D0199090

COLLECTION
FOLIO CLASSIQUE

Voltaire

L'Affaire Calas

et autres affaires

Édition présentée, établie et annotée par Jacques Van den Heuvel

Gallimard

PRÉFACE

*Janvier 1761. Par l'intermédiaire d'Helvétius, Voltaire transmet « ses vœux aux frères, aux initiés » pour le triomphe de la philosophie. Il a quant à lui « passé le Rubicon » : « Il faut hardiment chasser aux bêtes puantes. » Entendons par là l'*Infâme*, ce monstre que représente toute religion établie, et en particulier, bien entendu, la religion chrétienne, dans ce qu'elle a de plus cruellement oppresseur. Cette Infâme, le temps n'est plus où Frédéric II pouvait lui reprocher de la « caresser d'une main et de l'égratigner de l'autre ». A la sévérité accrue du pouvoir doit maintenant répondre une véritable mobilisation contre toutes les formes du fanatisme, cette « hydre à plusieurs têtes ». Et il ne s'agit pas seulement de la « canaille janséniste et parlementaire », qui a obtenu la condamnation simultanée de l'*Encyclopédie *de Diderot, du traité d'Helvétius* De l'Esprit, *et de la* Loi naturelle *de Voltaire. Ni de ces jésuites qui ne vont pas tarder à être expulsés et contre lesquels les frères parisiens comme d'Alembert ont le tort, selon l'ermite de Ferney, de porter uniquement leurs efforts. Les bons pères, en définitive, sont plus ridicules que dangereux. Voltaire « mange » encore du jésuite dans sa* Relation de la maladie et de la mort du P. Berthier, *directeur du* Journal de Trévoux *(un morceau de choix, comme précisément l'épisode des Oreillons dans* Candide), il s'offre, en s'installant à Ferney, quelques gourmandises anticléricales (tracasseries de voisinage bien dans sa manière, le curé Gros, le curé Ancian, les jésuites d'Ornex) : tout cela est à peine sérieux et tient plutôt du guignol que de la croisade. Autrement dangereux, pour l'heure, lui apparaissent, à côté des « fanatiques papistes », ces « fanatiques calvinistes » « pétris de la même m...e détrempée de sang corrompu », auprès desquels sa destinée a voulu qu'il s'installât. Il s'acharne à attiser la querelle qui, depuis le fameux article Genève de l'Encyclopédie (1757), s'éternise entre d'Alembert et ces « prédicants en manteau noir » tels que Vernet, ces sociniens honteux, « fanatiques imbéciles », « empoisonneurs des âmes », bourreaux de Michel Servet, ces ennemis des arts, de la poésie, de la musique, du théâtre. Non, rien vraiment ne porte alors Voltaire à l'indulgence vis-à-vis de la religion prétendue réformée, ni en Suisse, ni en France : qu'on laisse ces « brailleurs de psaumes » faire chez eux leur musique barbare et prier Dieu dans leur patois, mais qu'ils ne s'avisent pas de troubler l'ordre public de Sa Majesté ! On parierait volontiers que l'anniversaire de la Saint-Barthélemy le rendit, en cette année 1761, un peu moins malade qu'à l'accoutumée...

C'est dans ces intéressantes dispositions qu'il apprend, au mois d'octobre, l'arrestation du « prédicant Rochette », à Caussade, c'est-à-dire dans le ressort du parlement de Toulouse. Réaction des plus nettes : puisque Rochette n'a pas désavoué sa qualité de pasteur, il est en contravention avec les lois. « J'estime qu'il faut que le Parlement le condamne à être pendu, et que le roi lui fasse grâce. » Voltaire intervient — sans grand enthousiasme, on le sent, mais enfin il intervient —, auprès du maréchal duc de Richelieu. Il est toujours bon d'« avoir pour soi tout un parti », et si Richelieu obtenait cette grâce, il deviendrait l'idole de ces « faquins de huguenots ».

Le 19 février 1762, Rochette était exécuté avec trois gentilshommes qui avaient tenté de le délivrer. « Le tout pour avoir chanté des chansons de David. Le Parlement de Toulouse n'aime pas les mauvais vers[1]*. » Ainsi se clôt pour Voltaire ce qui aurait pu devenir l'« affaire Rochette », s'il avait pris un peu plus d'intérêt à cette cause.*

Trois semaines plus tard, la nouvelle du supplice de Jean Calas parvient à Ferney, et c'est tout naturellement, puisqu'il n'a aucune raison a priori de le croire innocent, que Voltaire en parle sur le même ton, c'est-à-dire avec la désinvolture la plus choquante : « un bon huguenot roué à Toulouse pour avoir étranglé son fils », « un saint réformé, qui voulait faire comme Abraham ». Conclusion : « Nous ne valons pas grand-chose, mais les huguenots sont pires que nous, et de plus ils déclament contre la comédie. » Pourtant, comme c'est souvent chez lui le cas, cette affectation de détachement masque une réelle inquiétude. Que Calas soit coupable ou non, on se trouve en présence du plus abominable des fanatismes, qui a fait pendre un fils par son père ou qui a fait rouer un innocent par huit conseillers du roi. L'Infâme est en jeu, mais de quel côté, Toulouse ou Genève ? Une lettre du 29 mars à d'Alembert est des plus révélatrices à cet égard. Point de départ : le libelle de l'« impertinent petit prêtre » (il s'agit toujours du pasteur Vernet et de ses Lettres critiques sur l'article « Genève »*), et ces « presbytériens qui ne valent pas mieux que les jésuites ». Et Voltaire d'enchaîner sur Rochette et Calas, qui sont déjà étroitement associés dans son esprit :*

On venait de pendre un de leurs prédicants à Toulouse, cela les rendait plus doux, mais on vient de rouer un de leurs frères accusé d'avoir pendu son fils en haine de notre sainte religion, pour laquelle le bon père soupçonnait dans son fils un secret penchant. *La ville de Toulouse, beaucoup plus sotte et plus fanatique que celle de Genève,* prit ce jeune pendu pour un martyr.

Mais s'est-on seulement avisé d'examiner s'il y avait des preuves contre « le roué » ?

Tous nos cantons hérétiques jettent les hauts cris, tous disent que nous sommes une nation aussi barbare que frivole, qui sait rouer et qui ne sait pas combattre, et qui passe de la Saint-Barthélemy à l'opéra-comique.

Provisoirement, Voltaire ne se prononce pas. Il n'ira « ni à Toulouse ni à Genève ». Mais il presse instamment d'Alembert de l'aider à résoudre ce problème et de faire éclater une vérité qui, il le sent déjà, « importe au genre humain ». L'affaire en effet n'est pas négligeable. Les deux philosophes s'occupaient à écraser l'Infâme à travers son image genevoise ; et brusquement, à cause de ce qui vient d'arriver à Toulouse, les signes menacent de s'inverser, et Genève, figure *de l'Infâme, est en passe de devenir sa* victime ! *L'adaptation était malaisée, et il est tout à l'honneur de Voltaire, malgré ses préventions initiales, malgré aussi la lenteur relative des communications, d'avoir réalisé en moins de quinze jours qu'il s'agissait d'une erreur judiciaire monstrueuse. Le 4 avril, son siège est fait, et le spectre de la Saint-Barthélemy, déjà évoqué dans la lettre à d'Alembert, reparaît dans toute son horreur :*

Mes chers frères, il est avéré que les juges toulousains ont roué le plus innocent des hommes. Jamais depuis la Saint-Barthélemy rien n'a tant déshonoré la nature humaine. Criez, et qu'on crie !

Sur ce plan-là, l'entière bonne foi, la parfaite sincérité de Voltaire ne sauraient être mises en cause. A partir de ce jour, et malgré tout un luxe de précautions supplémentaires, qui iront jusqu'à faire subir des interrogatoires au jeune Pierre Calas réfugié à Genève, jusqu'à le faire espionner pendant des mois, il « osera » être sûr de l'innocence de cette famille « comme de son existence », cette existence qui transfigurée va prendre à partir de ce moment précis un sens nouveau.

Il n'est pas exagéré de dire que l'épouvantable affaire qui, selon sa belle expression, a d'emblée « saisi toutes les puissances de son âme », et le précipite dans la plus exaltante des aventures, lui, le reclus de Ferney, a eu pour effet de révéler Voltaire à lui-même, en faisant coïncider pour la première fois ou presque deux aspects différents du combat avec lequel s'était identifiée jusqu'ici son existence. D'abord cette longue série d'affaires personnelles, qui ont pour nom Desfontaines, Jean-Baptiste Rousseau, Maupertuis, La Beaumelle, Lefranc de Pompignan, Fréron, et bien d'autres, et le maintiennent dans une perpétuelle actualité de polémiques à conduire, de comptes à régler, de rancunes, voire de haines à assouvir : l'envers d'une autre affaire d'envergure qui s'appelle l'affaire Voltaire... Jusque-là, il ne s'était guère senti la vocation de justicier, de redresseur de torts pour quelqu'un d'autre que pour lui-même. Parallèlement, son œuvre militante, c'est-à-dire presque toute son œuvre, est jalonnée par ces procès qu'il intente au fanatisme à travers l'histoire, conçue elle aussi comme une série d' « affaires », avec son cortège de victimes implorant justice et vengeance, Jan Hus, Jérôme de Prague, Michel Servet, Anne Dubourg, Antoine, Urbain Grandier, Barneveldt, la maréchale d'Ancre, Vanini : longue chaîne de l'innocence persécutée, dont Calas sera présenté parfois comme le dernier maillon [2]. Son « horrible aventure » vient prendre place tout naturellement dans la lignée de ces « annales du crime », ce qui lui confère une valeur universelle. Mais en même temps elle permet à Voltaire de s'engager à fond pour une cause actuelle, en la faisant profiter de toute l'expérience acquise à travers ses luttes dans le domaine de la chicane, de la publicité, du scandale [3].

Au fond, cette histoire des Calas, qui avait pu, au milieu de ses démêlés avec Genève, lui paraître inopportune, « dérangeante », tombe remarquablement à son heure. Au moment où il intensifie sa lutte contre l'Infâme, c'est pour Voltaire une affaire introuvable. Rien n'y manque en effet. Une monstrueuse erreur judiciaire, et voilà de quoi faire le procès de la procédure. Erreur commise par un parlement, et voilà de quoi s'en prendre à ces « Busiris en robe » que sont les juges jansénistes. De plus, ce parlement est celui de Toulouse, « terre d'élection du fanatisme », Toulouse au peuple superstitieux et emporté qui a donné l'exemple de la Saint-Barthélemy et « solennise encore tous les ans, nous apprend le Traité sur la Tolérance, *par une procession et des feux de joie le jour où elle massacra quatre mille citoyens hérétiques il y a deux siècles »; capitale de ce Midi « languedocien », peuplé d' « étranges Wisigoths » (ne pas oublier que pour Voltaire, surtout à partir des années soixante, la lumière est censée venir du Nord!). Enfin cette collusion entre l'appareil judiciaire et ce que l'Église offre de plus rétrograde, avec ses « monitoires » lus du haut de la chaire et enjoignant aux fidèles sous peine d'excommunication de révéler d'une affaire tout ce qui pouvait être venu à leur connaissance, avec ses processions expiatoires, avec ses Pénitents par le biais desquels il n'était que trop facile d'attaquer les confréries, c'est-à-dire les ordres, et par-derrière eux la toute-puissance romaine :*

On respecte toutes les confréries : elles sont édifiantes ; mais quelque grand bien qu'elles puissent faire à l'État, égale-t-il ce mal affreux qu'elles ont causé ?

Autrement dit, un terrain de choix pour grandes manœuvres voltairiennes ! A condition toutefois que l'erreur judiciaire soit bien établie, et là, il faut avouer que la tâche était difficile, dans la mesure où la thèse du suicide ne résistait guère à l'examen des faits, et où, si l'on adoptait ce système de défense, les premières déclarations des accusés, la nuit du drame, selon lesquelles Marc-Antoine avait été trouvé « étendu sur le plancher », restaient bien gênantes. « C'est ce mensonge » — mensonge qui très vraisemblablement exprimait la vérité ! — « qui a fait croire que Marc-Antoine a été étranglé par sa famille ; c'est ce mensonge qui a fait passer le mort pour un martyr, et qui lui a fait décerner trois pompes funèbres. Voilà ce qui a mené Jean Calas au supplice. » (Voltaire à Damilaville, octobre 1762.) Voltaire avait bien senti le véritable problème. La cause de l'innocence est celle de la vérité. Or le drame des Calas, c'est d'avoir menti d'une manière ou de l'autre dans leurs déclarations, alors que leur innocence était criante. Voltaire eut le mérite de comprendre rapidement que, s'il devait gagner la partie, ce n'était certes pas en essayant de faire toute la lumière sur la mort de Marc-Antoine, mais en poursuivant ces forces de la superstition qui s'étaient acharnées sans preuves décisives contre un innocent. Du même coup, l'histoire des Calas avait quelque chance de devenir une affaire, dans la mesure où, selon l'excellente expression de René Pomeau, « l'erreur n'était plus imputable à des défaillances individuelles, mais à la collectivité même, dictant au tribunal un verdict de passion ou de haine [4] ».

Lorsque Voltaire est persuadé que leur cas est exemplaire, il déclenche cette remarquable mécanique à éla-

borer les mythes, dont il connaît tous les rouages. Non sans prendre quelques libertés avec les faits, comme le ferait apparaître l'exégèse de tel ou tel passage du Traité sur la Tolérance, *selon la méthode qu'il se plaisait parfois à appliquer :*

Jean Calas, âgé de *soixante et huit ans...* :

Il en a en réalité soixante-deux, mais en le vieillissant, Voltaire le rend plus digne de compassion — c'est pour les mêmes raisons qu'il rajeunira parfois le chevalier de La Barre —, et en outre il rend la thèse du meurtre moins crédible.

... exerçait la profession de négociant à Toulouse depuis plus de quarante années, et était reconnu de tous ceux qui ont vécu avec lui pour un bon père. Il était protestant, ainsi que sa femme et tous ses enfants, excepté un, qui avait abjuré l'hérésie, et à qui le père *faisait une petite pension...* :

C'est une obligation que lui faisait la loi, et il y avait mis, pendant l'été 1761, toute la mauvaise volonté possible, au point que le subdélégué de Toulouse, M. Amblard, avait été chargé par l'Intendant du Languedoc d'enquêter sur l'affaire. « Le sieur Calas, écrit-il dans son rapport, est un homme fort riche, et je ne puis dissimuler que je l'ai trouvé fort dur à l'égard de son fils. »

Il paraissait si éloigné de cet absurde fanatisme qui rompt tous les liens de la société qu'il approuva la conversion de son fils Louis Calas... :

Il semble bien au contraire que depuis cette époque leurs rapports étaient très tendus et que Louis ne se montrait plus à la maison.

...et qu'il avait depuis trente ans chez lui une servante zélée catholique, laquelle avait élevé tous ses enfants :

Que Jeanne Viguière ait été depuis trente ans au service des Calas montre certes qu'elle s'était attachée à la famille, et donc que cette famille était attachante et des plus honorables, mais ne prouve en rien l'esprit de tolérance de Jean Calas : la loi faisant une obligation aux protestants de n'avoir que des servantes catholiques.

Mais ne chicanons pas Voltaire sur ces points de détail. Plus que d'habiletés d'avocat, il s'agit de l'organisation quasi spontanée des divers éléments du mythe, qui viennent s'intégrer comme d'eux-mêmes dans la perspective manichéenne de l'univers voltairien, selon la technique éprouvée de l'anecdote significative telle qu'on la trouve dans les Lettres philosophiques *ou évidemment dans les contes. D'un côté, une famille qui est le modèle de toutes les familles, où l'on aime Dieu, la patrie, le roi. Un père affectueux, bel échantillon de paternité sensible dans le goût du siècle, une mère infiniment vertueuse (quitte à suggérer aux intimes que si elle l'eût été moins, et mieux faite, elle aurait conquis plus aisément les Parisiens), des enfants tendrement unis. Sans trop solliciter la réalité, Voltaire la prolonge imperceptiblement jusqu'aux abords de la fiction, et c'est ainsi que l'histoire des Calas s'enrichit de traits empruntés à des œuvres antérieures. Jouissant d'un bien honnête, avec des amis, Calas n'est pas sans faire penser, toute proportion gardée, à cet autre « juste » qu'est Zadig, qui s'attire des ennuis par son innocence même et par l'envie qu'elle suscite. Le jeune Pierre et son ami Lavaysse ont la « candeur » de Candide, et comme le jeune Westphalien, « les mœurs les plus douces ». En face d'eux, toutes les forces du mal qui s'apprêtent à les assaillir, et avant tout la bêtise et la cruauté de la « vile populace », car, il faut le souligner, si les Calas ont fini par symboliser d'une certaine manière le peuple victime de l'arbitraire du pouvoir, Voltaire n'a jamais cessé de les présenter comme des victimes de l'arbitraire du peuple :*

Voilà bien le peuple, voilà un tableau trop fidèle de ses excès [5]!

Sur ces excès Voltaire se penche en clinicien. Il en détaille tous les symptômes. C'est d'abord l'ignorance et le préjugé qui se fondent sur les apparences les plus « frivoles », au sens où l'entendaient les philosophes de l'école, c'est-à-dire les plus éloignées de l'expérience et de la raison :

L'un avait vu dans l'obscurité, à travers le trou de la serrure de la porte, des hommes qui couraient ; l'autre avait entendu, du fond d'une maison éloignée à l'autre bout de la rue, la voix de Calas, qui se plaignait d'avoir été étranglé.

Un peintre, nommé Matei, dit que sa femme lui avait dit qu'une nommée Mandrille lui avait dit qu'une inconnue lui avait dit avoir entendu les cris de Marc-Antoine Calas à une autre extrémité de la ville...

A la contagion de l'erreur et de la sottise vient s'ajouter celle du « zèle » et de la foi. La « canonisation » de Marc-Antoine évoque les grandes heures de George Fox et de la fondation de la secte quaker, dans les Lettres philosophiques *— « Il leur fallait quelques miracles, ils en firent » —, ou des convulsionnaires de Saint-Médard sur la tombe du diacre Pâris :*

Alors il ne manqua plus au malheureux qui avait attenté sur soi-même que la canonisation : tout le peuple le regardait comme un saint ; quelques-uns l'invoquaient, d'autres allaient prier sur sa tombe, d'autres lui demandaient des miracles, d'autres racontaient ceux qu'il avait faits. Un moine lui arracha quelques dents pour avoir des reliques durables. Une dévote, un peu sourde, dit qu'elle avait entendu le son des cloches. Un prêtre apoplectique fut guéri après avoir pris de l'émétique. On dressa des verbaux de ces prodiges. Celui qui écrit cette relation possède une attestation qu'un jeune homme de Toulouse est devenu fou pour avoir prié plusieurs nuits sur le tombeau du nouveau saint, et pour n'avoir pu obtenir un miracle qu'il implorait.

Le tout couronné par la « contagion de la rage », dans l'atmosphère à la fois burlesque et macabre qui caractérise l'« autodafé » de Candide :

L'année 1762 était l'année séculaire. On dressait dans la ville l'appareil de cette solennité : cela même allumait encore l'imagination échauffée du peuple ; on disait publiquement que l'échafaud sur lequel on rouerait les Calas serait *le plus grand ornement de la fête.*

L'absurde en cette affaire côtoie souvent l'horrible ; il est donc normal, note Voltaire, que, dans le Traité sur la Tolérance, *certains endroits fassent « pouffer » en même temps qu'ils font frémir. Mais il est un autre registre, plus adapté à la gravité des circonstances : il l'adopte avec toute l'aisance que lui donnent quarante-cinq ans de métier : convenablement travaillée, la matière Calas devient une excellente tragédie, la meilleure que Voltaire à son dire ait jamais fait représenter, et qui respecte toutes les règles du genre, avec ses catastrophes soigneusement ménagées, son dosage savant de terreur et de pitié, son langage figé tout à coup dans la convention, « affreuse calamité », « moment fatal », « coups répétés du destin ». Fréron voyait juste lorsqu'il en raillait Voltaire : « La tête poétique s'échauffe ! » N'importe : malgré la convention, ce recours aux attitudes théâtrales constitue une étape importante dans le mouvement ascensionnel du mythe. De la populace fanatique de Toulouse, l' « horrible aventure » s'élève à la tragédie des « plus vertueux et malheureux des êtres », avant d'atteindre les cimes de l'admirable Prière à Dieu du* Traité sur la Tolérance, *vraie prière à un vrai Dieu, « celui de tous les êtres, de tous les mondes, de tous les temps », pour qu'il daigne « regarder en pitié les erreurs attachées à notre nature, et faire souvenir à tous les hommes qu'ils sont frères ».*

Cette remarquable hauteur de vues à laquelle atteint Voltaire sur le plan métaphysique traduit l'exaltation intérieure, le « frémissement » qui se sont emparés de tout son être. Voltaire est « tout Calas » et, pendant de nombreux mois, les Calas furent tout Voltaire. Peu à peu il s'est laissé envahir par le mythe. La correspondance des années 1762 à 1765 porte la marque de cette obsession. C'est une affaire qui lui est devenue « plus chère que la vie », qu'il « n'abandonnera qu'en mourant ». Et puis, avec le plein succès de la réhabilitation, c'est elle qui l'abandonne. Alors, rien de plus émouvant que de voir dans le détail comme il essaie de se raccrocher à elle, en faisant tous ses efforts pour la prolonger. Lors du dénouement, en mars 1765 — « le plus beau cinquième acte qui soit au théâtre » —, ils ont versé, le petit Calas et lui, des larmes d'attendrissement. C'est « la philosophie toute seule qui a remporté cette victoire ». Mais il ne faudra pas s'en arrêter là. La réparation doit être aussi complète que possible. Le roi a accordé une pension. Il faut maintenant obtenir la restitution des biens, et si possible l'amende honorable du Parlement de Toulouse, y faire afficher l'arrêt du Conseil du Roi, faire graver une estampe de toute la famille dans sa prison, procéder pour ce faire à une souscription, et moins que jamais Voltaire n'épargne sa peine, ni ses deniers : « Si vous êtes quatre à la tête de la bonne œuvre [...] je suis le cinquième ; si vous êtes trois, je suis d'un quart ; si vous êtes deux, je me mets en tiers. Vous pouvez prendre chez M. de Laleu l'argent qu'il faudra ; il vous le fera compter à l'inspection de ma lettre. » L'estampe arrive, la gravure n'en est pas très réussie, mais il pardonne tout, tant il est content d' « avoir cette famille sous les yeux ». Enfin, il peut annoncer qu'il a accroché l'estampe des Calas au chevet de son lit, et qu'il a « baisé, à travers la glace, Madame Calas et ses deux filles », ces deux filles qu'il lui reste à établir, comme il l'a fait pour Marie Corneille, en les mariant par exemple à deux conseillers au Parlement de Toulouse... Nul doute que ces persécutés de la vie, auxquels, persécuté lui-même ou croyant l'être, il s'assimile en profondeur, n'aient pris leur place dans la famille adoptive, mythique elle aussi, qu'il est en train de se constituer à Ferney, et que les Sirven, installés en Suisse, ne vont pas tarder à rejoindre :

J'entreprends un nouveau procès dans le goût des Calas, et je n'ai pu m'en dispenser, parce qu'un père, une mère et deux filles, remplis de vertu et condamnés au dernier supplice se sont réfugiés à ma porte, dans les larmes et le désespoir.

Pendant longtemps, Voltaire s'était refusé à gêner le déroulement de l'affaire Calas en lançant celle des Sirven, pâle réplique, à vrai dire, de la tragédie toulousaine, et singulièrement moins « intéressante », dans la mesure où, « malheureusement », il n'y avait eu ni prison, ni supplice, ni mort d'homme. « Comme on n'a été roué *cette fois, ironise Voltaire, qu'en effigie, et qu'il n'y a qu'une famille entière réduite à la misère, cela ne vaut pas la peine qu'on en parle. » Il en parlera pourtant avec obstination ; pendant sept longues années il refera tout le chemin qui l'a mené à la réhabilitation des Calas, avec les mêmes étapes. Aspect répétitif qui n'est pas dû seulement au hasard des circonstances, mais traduit sans doute une recherche profonde de l'*analogie, *destinée à fonder idéalement une justice en la dérobant aux contingences de l'éphémère. Voltaire se répète ; davantage, il se multiplie. C'est bientôt toute une série de protestants aux galères dont il va se faire le défenseur, les Chaumont, les Achard, les Espinas. Pour un peu, c'est le bagne entier qu'il aurait « vidé de ses huguenots », si les ministres ne s'étaient lassés d'accorder des grâces, ou bien encore si, comme ce fut le cas pour une trentaine d'entre eux à qui il avait fait proposer la liberté et mille écus pour aller « orner la Guyane », ils n'avaient pas mieux aimé, tels les compagnons d'Ulysse, « rester cochons que de redevenir hommes » !*

Les pasteurs affluaient à Genève. Diderot, dans une lettre à Sophie Volland, s'enthousiasmait, et, pour une fois, louait Voltaire :

O mon amie, le bel emploi du génie! Il faut que cet homme ait de l'âme, de la sensibilité, que l'injustice le révolte, et qu'il sente l'attrait de la vertu... Quand il y aurait un Christ, je vous assure que Voltaire serait sauvé [6]!

A quoi fait écho une lettre de Voltaire lui-même, à qui il ne déplaît point de mourir « en pratiquant les trois vertus théologales qui sont sa consolation » :

La foi que j'ai à la raison humaine, laquelle commence à se développer dans le monde ; l'espérance que des ministres hardis et sages détruiront enfin des usages aussi ridicules que dangereux ; et la charité, qui me fait gémir sur mon prochain, plaindre ses chaînes, et souhaiter sa délivrance.

Ainsi, avec la foi, l'espérance et la charité, j'achève ma vie en bon chrétien [7].

Voltaire, le Christ des temps modernes, qui, selon la formule vibrante de Michelet, « a pris sur lui toutes les douleurs des hommes... » C'est à ce point précis qu'il convient de se reprendre sous peine de glisser dans l'hagiographie. Que Voltaire ait été en passe à cette époque de devenir le « Don Quichotte de tous les roués et de tous les pendus » est chose possible. Mais un Don Quichotte singulièrement averti du rapport des forces en présence, des formes que doit adopter son action, des limites qu'elle lui impose. Perspicace, efficace, voire opportuniste. En toute sincérité, d'ailleurs. Son analyse de l' « Infâme » est loin de recouper entièrement celle des Encyclopédistes. Pour ces derniers, l' « Infâme », c'est le mélange indissociable du fanatisme et de l'arbitraire, l'amalgame de la superstition et du pouvoir, de tout *le pouvoir. Diderot s'oppose doublement à Voltaire : à la fois en deçà de lui par sa prudence, et au-delà par son radicalisme intransigeant ; il redoute les éclats, mais lorsqu'il se laisse aller à exprimer pour lui-même le fond de sa pensée, dans* Le Neveu de Rameau *par exemple, il n'hésite pas à inclure le souverain dans la « vile pantomime ». Tout à l'opposé, Voltaire croit fortement en la nécessité d'un maître unique, qui lui paraît le seul recours contre les tyrannies subalternes, en particulier ces Parlements, symboles des privilèges, des abus, des routines, en qui il s'est toujours refusé à voir, lui, l'expression d'une opinion publique montante :*

Les Parlements crient contre le despotisme, mais ce sont eux qui font mourir les citoyens.

C'est donc très logiquement qu'il s'adresse aux ministres, et par leur intermédiaire au roi, en qui il met tous ses espoirs. Le Traité sur la Tolérance *est donné comme « une requête que l'humanité présente très humblement au pouvoir et à la prudence ». Alors que dans son* Essai sur la société des gens de lettres et des grands, *d'Alembert prêche aux premiers à l'égard des seconds une réserve, une indifférence polies, Voltaire use de tous ses talents pour faire le siège des gens en place. Il sait que pour n'importe quelle affaire « il faut toujours trouver la porte du cabinet ». Il a retenu du grand siècle que l' « art de plaire » consiste à se proportionner à son interlocuteur, à employer son langage, si l'on veut se concilier ses faveurs. Les d'Argental, cela se devine, étaient bien plus friands de théâtre que de Calas. Si Voltaire, non sans une certaine inconvenance, leur désigne toujours comme « ses roués » la tragédie du* Triumvirat *qu'il a mise sur le chantier, c'est, n'en doutons pas, pour se ménager d'habiles transitions, et glisser comme en contrebande à ses protecteurs un mot de ses protégés, avant de « baiser le bout de leurs ailes ». Et plus il approche du sommet, avec le Maréchal duc de Richelieu, Chauvelin, Choiseul, plus il fait miroiter toutes les facettes de son esprit, prodigue flagorneries, caresses et tous autres raffinements puisés dans sa vieille expérience de courtisan.*

Quitte à orchestrer le scandale dans le même temps qu'il sollicite : nul n'a son pareil pour ameuter, pour susciter un charivari qu'il appelle non sans humour le « concert des âmes vertueuses ». Surtout lorsque c'est celui « du sang innocent », selon le beau titre qu'il adoptera pour un pamphlet bien ultérieur, le cri réveille, brisant la conspiration du silence, le cri fait peur, effrayant

« les animaux carnassiers, au moins pour quelque temps », et, surtout, « le cri individuel engendre le cri public », qui s'enfle et devient « criaillement »; tel est le sens du mot d'ordre envoyé de Ferney pendant l'été 1762:

Faire brailler tout l'ordre des avocats, et que de bouche en bouche, on fasse tinter les oreilles du chancelier, qu'on ne lui donne ni repos ni trêve : qu'on lui crie toujours Calas! Calas!

Cajoleries et clameurs, deux moyens opposés, mais complémentaires, de faire céder l'autorité... Ces moyens moins purs que la Cause, les a-t-on assez reprochés à Voltaire, sans voir que, s'il les avait négligés, la belle âme des philosophes n'eût pas eu de prise sur les événements, et que leur protestation fût restée lettre morte! Henri Guillemin fait un pas de plus, en affirmant dans un fougueux et talentueux réquisitoire[8] *que loin de s'identifier avec la Cause, les Calas n'ont été, eux aussi, que de vulgaires moyens utilisés pour son triomphe:*

... Voltaire s'entoure d'abord de hautes protections. Le terrain prêt, il s'avance avec son artillerie et ses larmes. Zola risquera gros, dans l'affaire Dreyfus. Aucun désagrément à redouter, des profits seulement à recueillir, pour Voltaire, dans l'affaire Calas. L'opération achevée, Calas ne sera plus, pour Voltaire, que le « roué de Toulouse », comme l'Autre était le « pendu » de Jérusalem, et la veuve du roué, une « huguenote imbécile ».

Sans aller aussi loin, on peut admettre que Voltaire ait été tenu d'épouser par souci d'efficacité la ligne du pouvoir. Oui, quand il prend la défense des Calas, la guerre de Sept Ans touche à sa fin, nos armées sont vaincues par les hérétiques, l'argent est rare, le gouver-

nement en cherche — pourquoi pas ? — à Genève, et vient, chose inouïe, d'accorder le titre de fermier général au protestant J.-R. Tronchin. Oui, quand il s'attaque au Parlement de Toulouse, et non encore au Parlement de Paris, c'est que la révolte gronde en province (« cessation » de la justice à Dijon, à Grenoble, affaire d'Aiguillon-La Chalotais à Rennes), et que c'est surtout à ce moment l'attitude des cours de province qui irrite le pouvoir royal. Et encore ne faut-il pas trop miser sur ces dissensions, car, si l'on va trop loin, « le Parlement vous brûle et le roi s'en rit ». On a vite fait de dire que Voltaire n'a « aucun désagrément à redouter » lorsqu'il se livre à ses manèges. La lecture de sa correspondance, dans la première « époque » de Ferney, celle qui s'étend précisément jusqu'aux parlements Maupeou (1771), prouve à la suffisance qu'il n'a cessé de trembler à l'idée qu'on ne vienne l'« enfumer dans son terrier ». Et quand souffle la bourrasque de 1766, il se terre — peut-on vraiment lui en faire grief ? — et se tait.

Par une série de coïncidences dont l'histoire est coutumière, l'année 1766 en effet devait se révéler très lourde en ce genre d'« affaires ». A peine Voltaire venait-il de se familiariser avec le Traité *de Beccaria* [9]*, que l'actualité lui fournit coup sur coup deux affreux exemples de disproportion entre « les délits et les peines ». Le lieutenant général comte de Lally, le vaincu de Pondichéry, qui venait d'être condamné par le Parlement de Paris « à être décapité, comme dûment atteint d'avoir trahi les intérêts du roi, de l'État, et de la compagnie des Indes », et qui eut la tête tranchée le 9 mai, s'était fait détester de tous les officiers et de tous les habitants de Pondichéry, mais il n'y avait, en son cas, « ni apparence de concussion ni apparence de trahison » : « un homme odieux, un méchant homme si vous voulez, qui méritait d'être tué par tout le monde, excepté par le bourreau ». Quant au supplice du jeune chevalier de La Barre, décidé quelques* *semaines plus tard par ce même Parlement de Paris, il passe en horreur « tout ce qu'on a jamais rapporté ou inventé sur les Cannibales ». Et pourquoi ? « Pour quelques plaisanteries de collégien. » « Pour quelques inepties, fait écho Frédéric II, qui ne méritaient qu'une légère correction paternelle. » Il y avait de quoi* hurler *à la face du monde, c'est-à-dire de cette élite européenne qui s'identifie alors au monde civilisé, « la honte éternelle de ce siècle infâme ».*

Mais cette fois le cri de Voltaire s'étrangle dans la peur. Lorsque le 1er juillet, sur la Grand'Place d'Abbeville, le corps décapité du chevalier avait été jeté sur le bûcher, on avait disposé d'un côté, sa tête, la face tournée vers le ciel, et de l'autre, préalablement lacéré, ce Dictionnaire philosophique, *découvert dans sa bibliothèque entre* La Religieuse en chemise *et* Le Portier des chartreux, *et rendu responsable de ses sacrilèges. Et le conseiller Pasquier, ce « bœuf mugissant » (Voltaire), cette « tête de veau dont la langue était bonne à griller » (d'Alembert), n'avait-il pas été jusqu'à dire, en rapportant, qu'il faudrait brûler non seulement les livres, mais les auteurs « que Dieu demande en sacrifice » ? Aussi, la* Relation de la mort du chevalier de La Barre, *que Voltaire ne fit circuler qu'avec d'infinies précautions, en attendant pour la diffuser un moment plus propice, est-elle plus qu'une protestation indignée devant la politique « imbécile et barbare » dont Voltaire risquait à son tour de faire les frais : c'est une authentique réaction d'effroi. Aux eaux de Rolle, en Suisse, où il se réfugie pendant quelques semaines de l'été, il ne peut que dévorer en secret son désespoir et sa honte, et « gémir obscurément sur la nature humaine ». Lui, le défenseur des Calas, il « plie la tête ». Il ressent cruellement son impuissance et l'exprime en un terrible aveu : « Il y a des pays et des occasions où il faut savoir garder le silence. »*

La grande peur de Voltaire en 1766 ne saurait lui

faire injure : elle marque les limites qu'une société déterminée pouvait imposer à ce genre de protestation. « Je sais trop qu'il y a des monstres qu'on ne peut apprivoiser. Ceux qui ont trempé leurs mains dans le sang du chevalier de La Barre sont des gens avec qui je ne voudrais me commettre qu'en cas que j'eusse dix mille serviteurs de Dieu avec moi, ayant l'épée sur la cuisse, et combattant les combats du Seigneur [10]*. » Quelques années plus tard, les perspectives ont changé. Ce sont les Parlements Maupeou, auxquels Voltaire bien entendu fut aussi favorable que les Encyclopédistes leur étaient hostiles : il n'eut aucun mal à obtenir d'eux la réhabilitation d'un autre « innocent roué », Montbailli* [11]*, celle, définitive, des Sirven, à mettre en route celle du comte de Lally et du « Sieur d'Etallonde »* (Le Cri du sang innocent). *C'est l'avènement de Louis XVI, en qui il met tant d'espoir, c'est le ministère de Turgot, tout acquis aux idées nouvelles : les dernières actions qu'il mena, et qui n'ont d'affaires que le nom — celle de la gabelle du pays de Gex* [12]*, ou des serfs de Saint-Claude* [13] *—, ne sont plus qu'une série de négociations plus ou moins réussies avec le pouvoir. A travers les « affaires » intéressantes qui n'enflammèrent pas l'opinion (Martin* [14]*, Montbailli), celles qui offraient moins d'intérêt ou n'étaient même pas fort recommandables (Claustre* [15]*, Mlle Camp* [16]*, Morangiès* [17]*), on sent un net fléchissement.*

Mais le souvenir de la grande époque des Calas suffisait à tout magnifier [18]*. C'est bien le défenseur des Calas que Paris acclame en 1778, puis, l'apostolat débouchant sur l'apothéose* [19]*, conduit solennellement au Panthéon en 1791. En même temps s'ouvrait devant la postérité un grand procès, le procès Voltaire : c'est en Calas qu'à son tour Voltaire trouverait son meilleur défenseur.*

Jacques Van den Heuvel.

NOTE SUR LA PRÉSENTE ÉDITION

Les principes qui nous ont guidé dans cette édition sont les suivants : nous avons groupé autour des grandes affaires des textes qui sont *tous* de Voltaire, mais d'un caractère différent :

1° Des lettres supposées, écrites par Voltaire en son propre nom, ou au nom de ses protégés, comme les lettres de « la Dame veuve Calas », ou de Donat Calas fils à sa mère.

2° Des déclarations, mémoires, etc. (comme *Le Cri du sang innocent*).

3° Des ouvrages théoriques ou historiques (traités, commentaire, relations, « fragments » tels que les *Fragments sur l'Inde*).

4° Enfin des lettres extraites de la *Correspondance générale* de Voltaire, et réellement envoyées à ses correspondants (la plupart du temps ses familiers, d'où leur intérêt).

Nous avons essayé de concilier l'ordre chronologique le plus strict avec le groupement par thèmes. Cependant les prolongements de certaines affaires empiètent parfois sur celles qui les suivent, ce qui nous a contraint exceptionnellement de faire quelques entorses à la chronologie (par exemple, les *Fragments sur l'Inde*, relatifs à l'affaire Lally, mais bien postérieurs à 1766, trouvent néanmoins leur place avant la *Relation de la mort du chevalier de La Barre*).

L'Affaire Calas
et le
Traité sur la Tolérance

C'est le soir du 13 octobre 1761, à Toulouse. Une honnête famille de commerçants protestants, marchands d'indiennes, la famille Calas, soupe en son domicile de la rue des Filatiers. Jean Calas et sa femme, née Anne-Rose Cabibel, sont là avec deux de leurs fils : Marc-Antoine et Pierre. De leurs autres fils l'un, Louis, a abjuré la religion protestante et ne se montre plus guère chez ses parents, qui sont tenus de par la loi à lui verser une petite pension ; le plus jeune, Donat, est en apprentissage chez un marchand de Nîmes : quant aux deux filles, elles étaient parties la veille chez des amis, dans les environs de Toulouse, à Péchabon. Un hôte à souper : Gaubert Lavaysse, fils d'un avocat connu, ami des Calas, qui arrive de Bordeaux et doit passer la nuit à Toulouse avant d'aller rejoindre ses parents. Dernier personnage, la servante, Jeanne Viguière, qui est depuis longtemps attachée aux Calas. Elle est catholique. La loi faisait en effet obligation aux protestants d'avoir des servantes catholiques. A la fin de la soirée que les parents, leur fils Pierre et son ami Lavaysse avaient terminée ensemble, et, dirent-ils, sans se quitter, *Pierre Calas, descendant raccompagner son ami, remarque que la porte de la boutique donnant sur le corridor est entrebâillée, et découvre le corps de son frère Marc-Antoine qui les avait quittés une heure auparavant.*

Quand arrive, alerté par la rumeur publique, le capitoul David de Beaudrigue, Marc-Antoine est étendu par terre, la chevelure bien peignée, sa veste proprement pliée sur le comptoir, sans aucune blessure, mais, comme le porte le rapport des médecins, « avec une marque livide au col de l'étendue d'environ un demi-pouce en forme de cercle, qui se perdait sur le derrière dans les cheveux, divisée en deux branches sur le haut de chaque côté du col », rapport qui semble confirmer la première impression du chirurgien qu'il avait été non pendu, mais étranglé. Une large cravate noire dissimulait les traces de la corde, donnant l'impression d'un crime qu'on avait voulu « maquiller ». Le sieur David n'avait pas de parti pris à l'origine. Mais, de caractère emporté, assez dédaigneux des formes de la justice, sans expérience apparemment des grands crimes, il négligea de faire établir un procès-verbal des lieux — il était alors plus de minuit —, et fit emmener aussitôt en prison les trois Calas, Gaubert Lavaysse, et la servante. Dans un premier interrogatoire, qui eut lieu immédiatement, Pierre Calas déclara qu'il avait découvert son frère étranglé, « étendu près de la porte du magasin qui donne dans la boutique ». Mais sous l'impulsion de Me Carrière, jeune avocat ami de Marc-Antoine, la défense s'organise. On sent tout le danger, pour les accusés, d'un meurtre commis à l'intérieur de la maison, alors que la porte de l'extérieur semblait être fermée, et qu'on n'avait pas retrouvé la clé sur la victime. On met alors sur pied, vraisemblablement, un système de défense que l'on fait parvenir à Jean Calas, qui était enfermé avec son fils : « Rappelez-vous, Monsieur, de dire que vous n'avez su la mort de M. votre fils que par le sieur Lavaysse, qui vint vous l'apprendre dans votre chambre, et que vous vîtes votre fils pendu, *et que vous le* dépendîtes. » *Recommandation sans doute superflue si le fait avait été exact! Toujours est-il que le 15 octobre, dans un nouvel interrogatoire, le père et le fils déclarent cette fois que Marc-Antoine a été trouvé pendu dans l'entrebâillement de la porte qui séparait la boutique du magasin, et que c'est son père qui l'a dépendu et étendu sur le sol. Pourquoi avaient-ils, dans ces conditions, parlé l'avant-veille d'assassinat ? Pour éviter à leur fils le traitement qu'on infligeait alors aux suicidés, qui étaient traînés sur une claie à travers la ville puis jetés à la voirie.*

Or la thèse du suicide n'était guère soutenable. On avait retrouvé derrière le comptoir la corde et le billot, sorte de règle de bois lisse, avec lesquels Marc-Antoine était censé s'être pendu. Les enquêteurs firent et refirent l'expérience sans résultat, le billot glissant toujours sur les deux battants de la porte. Ainsi David de Beaudrigue n'eut pas tort de conclure que les Calas ne disaient pas la vérité, et qu'il y avait eu bel et bien crime. Mais, prêtant trop l'oreille aux rumeurs diffuses qui commençaient à se propager sur l'éventualité d'un crime calviniste, il omit délibérément d'envisager l'hypothèse, aujourd'hui considérée comme la plus vraisemblable, d'un assassinat commis dans la rue, ou dans le couloir obscur (crime crapuleux, affaire de jeu, histoire de filles), par un inconnu qui aurait ramené le corps dans la boutique, l'aurait « arrangé », et se serait enfui sans bruit en emportant la clé. En effet, on disait de plus en plus fort que Marc-Antoine était sur le point d'abjurer, comme l'avait fait son frère Louis, la religion protestante. Il voulait embrasser la profession d'avocat et avait besoin pour y parvenir d'un certificat de catholicité. On l'avait vu en prière à l'église. On avait entendu son père le menacer. Pis : le jeune Lavaysse avait été désigné par une assemblée de protestants, pour lui faire expier son crime d'abjuration. Tous ces bruits n'étaient guère vérifiables — et Voltaire aura beau jeu de porter une partie de ses efforts sur ce plan —, mais ils contribuaient, tous réunis, à renforcer un préjugé antiprotestant dont le sieur David ne sut pas se déprendre. Les neuf points du « monitoire » décidé par les capitouls le 17 octobre n'envisageaient que l'hypothèse du crime religieux, et l'accréditaient par là même. Autre erreur des capitouls : lorsque le corps, qui avait été conservé trois semaines à l'Hôtel de ville, à fins d'enquête, put enfin être mis en terre, ils décidèrent de lui donner sépulture dans le cimetière catholique de la paroisse de Saint-Étienne. La cérémonie se déroula en grande pompe, au milieu d'une foule considérable. La dépouille de Marc-Antoine était suivie d'une imposante procession de Pénitents blancs, confrérie à laquelle appartenait depuis sa conversion Louis Calas. Quelques jours plus tard, ils firent un service dans leur chapelle toute tendue de noir. Sur le catafalque, un squelette représentait Marc-Antoine, tenant d'une main une palme et de l'autre un écriteau qui portait « Abjuration de l'hérésie ».

Cependant la procédure de l'affaire suivait son cours, et le 18 novembre 1761, un arrêt des capitouls porte que Calas, sa femme et son fils subiront la torture, que Lavaysse et la servante seront présentés à la question. Arrêt qui soulève de telles protestations qu'il est cassé par le Parlement, lequel se saisit de l'affaire et fait recommencer l'enquête, sans beaucoup plus de résultats que les capitouls. Les Parlementaires n'étaient pas ces loups ou ces tigres altérés de sang que Voltaire cherche à nous représenter. C'étaient au contraire de grands bourgeois scrupuleux, sages et cultivés. Leurs hésitations le prouvent. Même en additionnant les probabilités, ils n'arrivaient pas à se prouver la culpabilité des Calas. Mais, les déclarations de ces derniers étaient si contradictoires, la thèse du suicide si improbable, et la pression de l'opinion publique si forte, que Jean Calas fut condamné le 9 mars 1762 à la peine capitale (sentence qui fut acquise selon Court de Gébelin par huit voix contre cinq, c'est-à-dire à une voix près, *puisque les sentences de ce genre devaient passer à deux voix de majorité). En décidant de lui faire appliquer la question ordinaire et extraordinaire, les juges espéraient des aveux, et n'avaient pas statué sur le cas des autres inculpés. Le 10 mars, sur la place Saint-Georges, où l'on s'écrasait, l'échafaud était dressé, portant une roue. Calas protesta une dernière fois de son innocence. Le bourreau lui broya successivement les quatre membres à l'aide d'une grande barre carrée. Un dominicain, le Père Bourges, s'employa en vain à lui arracher une abjuration. Au bout de deux heures, le « roué » fut étranglé, puis brûlé sur le bûcher. Ses cendres furent dispersées. Le 18 mars, en l'absence des aveux escomptés, les juges acquittèrent Mme Calas, Lavaysse, et Jeanne Viguière, et bannirent le jeune Pierre à perpétuité. Mais entretemps, le négociant marseillais, Dominique Audibert, avait pris la route de Toulouse à Genève. Le 20, il racontait à Voltaire l'« horrible aventure ». C'en était fini de Calas, mais l'affaire Calas commençait.*

Nous publions l'essentiel des textes qu'a inspirés à Voltaire l'affaire Calas. D'abord quelques lettres de Voltaire à ses proches, qui montrent à quel point cette affaire le préoccupait. Puis les Pièces originales, *écrites et rassemblées par Voltaire. Ensuite le* Traité sur la Tolérance, *publié à un moment décisif pour le succès de l'affaire, en 1763, et dont l'influence fut énorme.*

LETTRE A MADEMOISELLE ***

Aux Délices, le 15 avril [1762][1].

Il est vrai, mademoiselle, que dans une réponse que j'ai faite à M. de Chazelles[2], je lui ai demandé des éclaircissements sur l'aventure horrible de Calas, dont le fils a excité ma douleur autant que ma curiosité. J'ai rendu compte à M. de Chazelles des sentiments et des clameurs de tous les étrangers dont je suis environné ; mais je ne peux lui avoir parlé de mon opinion sur cette affaire cruelle, puisque je n'en ai aucune. Je ne connais que les factums faits en faveur des Calas, et ce n'est pas assez pour oser prendre parti.

J'ai voulu m'instruire en qualité d'historien.

Un événement aussi épouvantable que celui d'une famille entière accusée d'un parricide commis par esprit de religion ; un père expirant sur la roue pour avoir étranglé de ses mains son propre fils, sur le simple soupçon que ce fils voulait quitter les opinions de Jean Calvin ; un frère violemment chargé d'avoir aidé à étrangler son frère ; la mère accusée ; un jeune avocat soupçonné d'avoir servi de bourreau dans cette exécution inouïe ; cet événement, dis-je, appartient essentiellement à l'histoire de l'esprit humain et au vaste tableau de nos fureurs et de nos faiblesses, dont j'ai déjà donné une esquisse.

Je demandais donc à M. de Chazelles des instructions, mais je n'attendais pas qu'il dût montrer ma lettre. Quoi qu'il en soit, je persiste à souhaiter que le parlement de Toulouse daigne rendre public le procès de Calas, comme on a publié celui de Damiens [3]. On se met au-dessus des usages dans des cas aussi extraordinaires. Ces deux procès intéressent le genre humain ; et si quelque chose peut arrêter chez les hommes la rage du fanatisme, c'est la publicité et la preuve du parricide et du sacrilège qui ont conduit Calas sur la roue, et qui laissent la famille entière en proie aux plus violents soupçons. Tel est mon sentiment.

A M. PIERRE MARIETTE [4]

Aux Délices, ce 11 juin [1762] [5].

Je vous adresse, monsieur, la plus infortunée de toutes les femmes, qui demande la chose du monde la plus juste. Mandez-moi, je vous prie, sur-le-champ, quelles mesures on peut prendre ; je me chargerai de la reconnaissance : je suis trop heureux de l'exercer envers un talent aussi beau qu'est le vôtre. Ce procès, d'ailleurs si étrange et si capital, peut vous faire un honneur infini ; et l'honneur, dans votre noble profession, amène tôt ou tard la fortune. Cette affaire, à laquelle je prends le plus vif intérêt, est si extraordinaire qu'il faudra aussi des moyens extraordinaires. Soyez sûr que le parlement de Toulouse ne donnera point des armes contre lui ; il a défendu que l'on communiquât les pièces à personne, et même l'extrait de l'arrêt. Il n'y a qu'une grande protection qui puisse obtenir de monsieur le chancelier [6] ou du roi un ordre d'envoyer copie des registres. Nous cherchons cette protection : le cri du public, ému et attendri, devrait l'obtenir. Il est de l'intérêt de l'État qu'on découvre de quel côté est le plus horrible fanatisme. Je ne doute pas que cette entreprise ne vous paraisse très importante ; je vous supplie d'en parler aux magistrats et aux jurisconsultes de votre connaissance, et de faire en sorte qu'on parle à monsieur le chancelier. Tâchons d'exciter sa compassion et sa justice, après quoi vous aurez la gloire d'avoir été le vengeur de l'innocence, et d'avoir appris aux juges à ne se pas jouer impunément du sang des hommes. Les cruels! ils ont oublié qu'ils étaient hommes. Ah, les barbares!

Monsieur, j'ai l'honneur d'être avec tous les sentiments que je vous dois, etc.

A M. LE COMTE D'ARGENTAL [7]

Aux Délices, 5 juillet [1762] [8].

Mes divins anges, cette malheureuse veuve [9] a donc eu la consolation de paraître en votre présence ; vous avez bien voulu l'assurer de votre protection. Vous avez lu sans doute les *Pièces originales* que je vous ai envoyées par M. de Courteilles ; comment peut-on tenir contre les faits avérés que ces pièces contiennent ? et que demandons-nous ? rien autre chose sinon que la justice ne soit pas muette comme elle est aveugle, qu'elle parle, qu'elle dise pourquoi elle a condamné Calas. Quelle horreur qu'un jugement secret, une condamnation sans motifs ! y a-t-il une plus exécrable tyrannie que celle de verser le sang à son gré, sans en rendre la moindre raison ? Ce n'est pas l'usage, disent les juges. Eh ! monstres ! il faut que cela devienne l'usage : vous devez compte aux hommes du sang des hommes. Le chancelier serait-il assez... pour ne pas faire venir la procédure ?

Pour moi, je persiste à ne vouloir autre chose que la production publique de cette procédure. On imagine qu'il faut préalablement que cette pauvre femme fasse venir des pièces de Toulouse. Où les trouvera-t-elle ? qui lui ouvrira l'antre du greffe ? où la renvoie-t-on, si elle est réduite à faire elle-même ce que le chancelier ou le conseil seul peut faire ? Je ne conçois pas l'idée de ceux qui conseillent cette pauvre infortunée. D'ailleurs ce n'est pas elle seulement qui m'intéresse, c'est le public, c'est l'humanité. Il importe à tout le monde qu'on motive de tels arrêts. Le parlement de Toulouse doit sentir qu'on le regardera comme coupable tant qu'il ne daignera pas montrer que les Calas le sont ; il peut s'assurer qu'il sera l'exécration d'une grande partie de l'Europe.

Cette tragédie me fait oublier toutes les autres, jusqu'aux miennes. Puisse celle qu'on joue en Allemagne finir bientôt [10] !

Mes charmants anges, je remercie encore une fois votre belle âme de votre belle action.

A M. AUDIBERT, NÉGOCIANT A MARSEILLE ET DE L'ACADÉMIE DE LA MÊME VILLE

Aux Délices, le 9 juillet [1762] [11],

Vous avez pu voir, monsieur, les lettres de la veuve Calas et de son fils. J'ai examiné cette affaire pendant trois mois ; je peux me tromper, mais il me paraît clair comme le jour que la peur de la faction et la singularité de la destinée ont concouru à faire assassiner juridiquement sur la roue le plus innocent et le plus malheureux des hommes, à disperser sa famille, et à la réduire à la mendicité. J'ai bien peur qu'à Paris on songe peu à cette horrible affaire. On aurait beau rouer cent innocents, on ne parlera à Paris que d'une pièce nouvelle, et on ne songera qu'à un bon souper.

Cependant, à force d'élever la voix, on se fait entendre des oreilles les plus dures ; et quelquefois même les cris des infortunés parviennent jusqu'à la cour. La veuve Calas est à Paris chez MM. Dufour et Mallet, rue Montmartre ; le jeune Lavaysse y est aussi. Je crois qu'il a changé de nom ; mais la pauvre veuve pourra vous faire parler à lui. Je vous demande en grâce d'avoir la curiosité de les voir l'un et l'autre ; c'est une tragédie dont le dénoûment est horrible et absurde, mais dont le nœud n'est pas encore bien débrouillé.

Je vous demande en grâce de faire parler ces deux acteurs, de tirer d'eux tous les éclaircissements possibles, et de vouloir bien m'instruire des particularités principales que vous aurez apprises.

Mandez-moi aussi, monsieur, je vous en conjure, si la veuve Calas est dans le besoin ; je ne doute pas qu'en ce cas MM. Tournon et Baur ne se joignent à vous pour la soulager. Je me suis chargé de payer les frais du procès qu'elle doit intenter au conseil du roi. Je l'ai adressée à M. Mariette, avocat au conseil, qui demande pour agir l'extrait de procédure de Toulouse. Le parlement, qui paraît honteux de son jugement, a défendu qu'on donnât communication des pièces, et même de l'arrêt. Il n'y a qu'une extrême protection auprès du roi qui puisse forcer ce parlement à mettre au jour la vérité. Nous faisons l'impossible pour avoir cette protection, et nous croyons que le cri public est le meilleur moyen pour y parvenir.

Il me paraît qu'il est de l'intérêt de tous les hommes d'approfondir cette affaire, qui, d'une part ou d'une autre, est le comble du plus horrible fanatisme. C'est renoncer à l'humanité que de traiter une telle aventure avec indifférence. Je suis sûr de votre zèle : il échauffera celui des autres, sans vous compromettre.

Je vous embrasse tendrement, mon cher camarade, et suis, avec tous les sentiments que vous méritez, etc.

PIÈCES ORIGINALES
CONCERNANT LA MORT DES SIEURS CALAS ET LE JUGEMENT RENDU A TOULOUSE

EXTRAIT D'UNE LETTRE DE LA DAME VEUVE CALAS [12]

Du 15 juin 1762.

Non, monsieur, il n'y a rien que je ne fasse pour prouver notre innocence, préférant de mourir justifiée à vivre et à être crue coupable. On continue d'opprimer l'innocence, et d'exercer sur nous et notre déplorable famille une cruelle persécution. On vient encore de me faire enlever, comme vous le savez, mes chères filles, seuls restes de ma consolation, pour les conduire dans deux différents couvents de Toulouse : on les mène dans le lieu qui a servi de théâtre à tous nos affreux malheurs ; on les a même séparées. Mais si le roi daigne ordonner qu'on ait soin d'elles, je n'ai qu'à le bénir. Voici exactement le détail de notre malheureuse affaire, tout comme elle s'est passée au vrai.

Le 13 octobre 1761, jour infortuné pour nous, M. Gaubert Lavaysse, arrivé de Bordeaux (où il avait resté quelque temps) pour voir ses parents qui étaient pour lors à leur campagne, et cherchant un cheval de louage pour les y aller joindre sur les quatre à cinq heures du soir, vient à la maison ; et mon mari lui dit que, puisqu'il ne partait pas, s'il voulait souper avec nous il nous ferait plaisir ; à quoi le jeune homme consentit, et il monta me voir dans ma chambre, d'où, contre mon ordinaire, je n'étais pas sortie. Le premier compliment fait, il me dit : « Je soupe avec vous, votre mari m'en a prié. » Je lui en témoignai ma satisfaction, et le quittai quelques moments pour aller donner des ordres à ma servante. En conséquence je fus aussi trouver mon fils aîné, Marc-Antoine, que je trouvai assis tout seul dans la boutique, et fort rêveur, pour le prier d'aller acheter du fromage de Roquefort. Il était ordinairement le pourvoyeur pour cela, parce qu'il s'y connaissait mieux que les autres ; je lui dis donc : « Tiens, va acheter du fromage de Roquefort, voilà de l'argent pour cela, et tu rendras le reste à ton père » ; et je retourne dans ma chambre joindre le jeune homme Lavaysse, que j'y avais laissé. Mais peu d'instants après il me quitta, disant qu'il voulait retourner chez les fenassiers [13] voir s'il y avait quelque cheval d'arrivé, voulant absolument partir le lendemain pour la campagne de son père ; et il sortit.

Lorsque mon fils aîné eut fait l'emplette du fromage, l'heure du souper arrivée [14], tout le monde se rendit pour se mettre à table, et nous nous y plaçâmes. Durant le souper, qui ne fut pas fort long, on s'entretint de choses indifférentes, et entre autres des antiquités de l'hôtel de ville ; et mon cadet, Pierre, voulut en citer quelques-unes, et son frère le reprit, parce qu'il ne les racontait pas bien ni juste.

Lorsque nous fûmes au dessert, ce malheureux enfant, je veux dire mon fils aîné Marc-Antoine, se leva de table, comme c'était sa coutume, et passa à la cuisine. La servante lui dit : « Avez-vous froid, monsieur l'aîné ? Chauffez-vous. » Il lui répondit : « Bien au contraire, je brûle » ; et sortit. Nous restâmes encore quelques moments à table ; après quoi nous passâmes dans cette chambre que vous connaissez, et où vous avez couché [15], M. Lavaysse, mon mari, mon fils, et moi ; les deux premiers se mirent sur le sofa, mon cadet sur un fauteuil, et moi sur une chaise, et là nous fîmes la conversation tous ensemble. Mon fils cadet s'endormit ; et environ sur les neuf heures trois quarts à dix heures, M. Lavaysse prit congé de nous, et nous réveillâmes mon cadet pour aller accompagner ledit Lavaysse, lui remettant le flambeau à la main pour lui faire lumière ; et ils descendirent ensemble.

Mais lorsqu'ils furent en bas, l'instant d'après nous entendîmes de grands cris d'alarme [16], sans distinguer ce que l'on disait, auxquels mon mari accourut, et moi, je demeurai tremblante sur la galerie, n'osant descendre, et ne sachant pas ce que ce pouvait être.

Cependant, ne voyant personne venir, je me déterminai de descendre : ce que je fis, mais je trouvai au bas de l'escalier M. Lavaysse, à qui je demandai avec précipitation qu'est-ce qu'il y avait. Il me répondit qu'il me suppliait de remonter, que je le saurais ; et il me fit tant d'instances que je remontai avec lui dans ma chambre. Sans doute que c'était pour m'épargner la douleur de voir mon fils dans cet état, et il redescendit ; mais l'incertitude où j'étais était un état trop violent pour pouvoir y rester longtemps ; j'appelle donc ma servante, et lui dis : « Jeannette, allez voir ce qu'il y a là-bas ; je ne sais pas ce que c'est, je suis toute tremblante » ; et je lui mis la chandelle à la main, et elle descendit ; mais ne la voyant pas remonter pour me rendre compte, je descendis moi-même. Mais grand Dieu ! quelle fut ma douleur et ma surprise, lorsque je vis ce cher fils étendu à terre ! Cependant je ne le crus pas mort, et je courus chercher de l'eau de la reine de Hongrie, croyant qu'il se trouvait mal ; et comme l'espérance est ce qui nous quitte le dernier, je lui donnai tous les secours qu'il m'était possible pour le rappeler à la vie, ne pouvant me persuader qu'il fût mort. Nous nous en flattions tous, puisqu'on avait été chercher le chirurgien, et qu'il était auprès de moi, sans que je l'eusse vu ni aperçu que lorsqu'il me dit qu'il était inutile de lui faire rien de plus, qu'il était mort. Je lui soutins alors que cela ne se pouvait pas, et je le priai de redoubler ses attentions et de l'examiner plus exactement, ce qu'il fit inutilement. Cela n'était que trop vrai ; et pendant tout ce temps-là mon mari était appuyé sur un comptoir à se désespérer ; de sorte que mon cœur était déchiré entre le déplorable spectacle de mon fils mort et la crainte de perdre ce cher mari, de la douleur à laquelle il se livrait tout entier sans entendre aucune consolation ; et ce fut dans cet état que la justice nous trouva, lorsqu'elle nous arrêta dans notre chambre où l'on nous avait fait remonter.

Voilà l'affaire tout comme elle s'est passée, mot à mot ; et je prie Dieu, qui connaît notre innocence, de me punir éternellement si j'ai augmenté, ni diminué d'un iota, et si je n'ai dit la pure vérité en toutes ses circonstances. Je suis prête à sceller de mon sang cette vérité.

LETTRE DE DONAT CALAS FILS A LA DAME VEUVE CALAS, SA MÈRE

De Châtelaine [17], 22 juin 1762.

Ma chère, infortunée et respectable mère, j'ai vu votre lettre du 15 juin entre les mains d'un ami qui pleurait en la lisant [18] ; je l'ai mouillée de mes larmes. Je suis tombé à genoux ; j'ai prié Dieu de m'exterminer si aucun de ma famille était coupable de l'abominable parricide imputé à mon père, à mon frère, et dans lequel vous, la meilleure et la plus vertueuse des mères, avez été impliquée vous-même.

Obligé d'aller en Suisse depuis quelques mois pour mon petit commerce [19], c'est là que j'appris le désastre inconcevable de ma famille entière. Je sus d'abord que vous ma mère, mon père, mon frère Pierre Calas, M. Lavaysse, jeune homme connu pour sa probité et pour la douceur de ses mœurs, vous étiez tous aux fers à Toulouse ; que mon frère aîné, Marc-Antoine, était mort d'une mort affreuse, et que la haine, qui naît si souvent de la diversité des religions, vous accusait tous de ce meurtre. Je tombai malade dans l'excès de ma douleur, et j'aurais voulu être mort.

On m'apprit bientôt qu'une partie de la populace de Toulouse avait crié à notre porte en voyant mon frère expiré : « C'est son père, c'est sa famille protestante qui l'a assassiné ; il voulait se faire catholique [20], il devait abjurer le lendemain ; son père l'a étranglé de ses mains, croyant faire une œuvre agréable à Dieu ; il a été assisté dans ce sacrifice par son fils Pierre, par sa femme, par le jeune Lavaysse. »

On ajoutait que Lavaysse, âgé de vingt ans, arrivé de Bordeaux, le jour même, avait été choisi, dans une assemblée de protestants, pour être le bourreau de la secte, et pour étrangler quiconque changerait de religion. On criait dans Toulouse que c'était la jurisprudence ordinaire des réformés.

L'extravagance absurde de ces calomnies me rassurait ; plus elles manifestaient de démence, plus j'espérais de la sagesse de vos juges.

Je tremblai, il est vrai, quand toutes les nouvelles m'apprirent qu'on avait commencé par faire ensevelir mon frère Marc-Antoine dans une église catholique, sur cette seule supposition imaginaire qu'il devait changer de religion. On nous apprit que la confrérie des pénitents blancs lui avait fait un service solennel comme à un martyr, qu'on lui avait dressé un mausolée, et qu'on avait placé sur ce mausolée sa figure, tenant dans les mains une palme.

Je ne pressentis que trop les effets de cette précipitation et ce fatal enthousiasme. Je connus que, puisqu'on regardait mon frère Marc-Antoine comme un martyr, on ne voyait dans mon père, dans vous, dans mon frère Pierre, dans le jeune Lavaysse, que des bourreaux. Je restai dans une horreur stupide un mois entier. J'avais beau me dire à moi-même : Je connais mon malheureux frère, je sais qu'il n'avait point le dessein d'abjurer ; je sais que s'il avait voulu changer de religion, mon père et ma mère n'auraient jamais gêné sa conscience ; ils ont trouvé bon que mon autre frère Louis se fît catholique ; ils lui font une pension ; rien n'est plus commun, dans les familles de ces provinces, que de voir des frères de religion différente ; l'amitié fraternelle n'est point refroidie ; la tolérance heureuse, cette sainte et divine maxime dont nous faisons profession, ne nous laisse condamner personne ; nous ne savons point prévenir les jugements de Dieu ; nous suivons les mouvements de notre conscience sans inquiéter celle des autres.

Il est incompréhensible, disais-je, que mon père et ma mère, qui n'ont jamais maltraité aucun de leurs enfants, en qui je n'ai jamais vu ni colère ni humeur, qui jamais en leur vie n'ont commis la plus légère violence, aient passé tout d'un coup d'une douceur habituelle de trente années à la fureur inouïe d'étrangler de leurs mains leur fils aîné, dans la crainte chimérique qu'il ne quittât une religion qu'il ne voulait point quitter.

Voilà, ma mère, les idées qui me rassuraient ; mais à chaque poste c'étaient de nouvelles alarmes. Je voulais venir me jeter à vos pieds et baiser vos chaînes. Vos amis, mes protecteurs, me retinrent par des considérations aussi puissantes que ma douleur.

Ayant passé près de deux mois dans cette incertitude effrayante, sans pouvoir ni recevoir de vos lettres, ni vous faire parvenir les miennes, je vis enfin les mémoires produits pour la justification de l'innocence. Je vis dans deux de ces factums précisément la même chose que vous dites aujourd'hui dans votre lettre du 15 juin, que mon malheureux frère Marc-Antoine avait soupé avec vous avant sa mort, et qu'aucun de ceux qui assistèrent à ce dernier repas de mon frère ne se sépara de la compagnie qu'au moment fatal où l'on s'aperçut de sa fin tragique [21].

Pardonnez-moi si je vous rappelle toutes ces images horribles ; il le faut bien. Nos malheurs nouveaux vous retracent continuellement les anciens, et vous ne me pardonneriez pas de ne point rouvrir vos blessures. Vous ne sauriez croire, ma mère, quel effet favorable fit sur tout le monde cette preuve que mon père et vous, et mon frère Pierre, et le sieur Lavaysse, vous ne vous étiez pas quittés un moment dans le temps qui s'écoula entre ce triste souper et votre emprisonnement.

Voici comme on a raisonné dans tous les endroits de l'Europe où notre calamité est parvenue ; j'en suis bien informé, et il faut que vous le sachiez. On disait :

Si Marc-Antoine Calas a été étranglé par quelqu'un de sa famille, il l'a été certainement par sa famille entière, et par Lavaysse, et par la servante même : car il est prouvé que cette famille, et Lavaysse, et la servante [22], furent toujours tous ensemble ; les juges en conviennent ; rien n'est plus avéré. Ou tous les prisonniers sont coupables, ou aucun d'eux ne l'est ; il n'y a pas de milieu. Or il n'est pas dans la nature qu'une famille jusque-là irréprochable, un père tendre, la meilleure des mères, un frère qui aimait son frère, un ami qui arrivait dans la ville, et qui par hasard avait soupé avec eux, aient pu prendre tous à la fois, et en un moment, sans aucune raison, sans le moindre motif, la résolution inouïe de commettre un parricide. Un tel complot dans de telles circonstances est impossible [23] ; l'exécution en est plus impossible encore. Il est donc infiniment probable que les juges répareront l'affront fait à l'innocence.

Ces discours me soutenaient un peu dans mon accablement.

Toutes ces idées de consolation ont été bien vaines. La nouvelle arriva, au mois de mars, du supplice de mon père. Une lettre qu'on voulait me cacher, et que j'arrachai, m'apprit ce que je n'ai pas la force d'exprimer, et ce qu'il vous a fallu si souvent entendre.

Soutenez-moi, ma mère, dans ce moment où je vous écris en tremblant, et donnez-moi votre courage : il est égal à votre horrible situation. Vos enfants dispersés, votre fils aîné mort à vos yeux, votre mari, mon père, expirant du plus cruel des supplices, votre dot perdue, l'indigence et l'opprobre succédant à la considération et à la fortune : voilà donc votre état ! mais Dieu vous reste, il ne vous a pas abandonnée ; l'honneur de mon père vous est cher ; vous bravez les horreurs de la pauvreté, de la maladie, de la honte même, pour venir de deux cents lieues implorer au pied du trône la justice du roi. Si vous parvenez à vous faire entendre, vous l'obtiendrez sans doute.

Que pourrait-on opposer aux cris et aux larmes d'une mère et d'une veuve, et aux démonstrations de la raison ? Il est prouvé que mon père ne vous a pas quittée, qu'il a été constamment avec vous et avec tous les accusés dans l'appartement d'en haut, tandis que mon malheureux frère était mort au bas de la maison. Cela suffit. On a condamné mon père au dernier et au plus affreux des supplices ; mon frère est banni par un second jugement ; et, malgré son bannissement, on le met dans un couvent de jacobins de la même ville.

Vous êtes hors de cour, Lavaysse hors de cour. Personne n'a conçu ces jugements extraordinaires et contradictoires. Pourquoi mon frère n'est-il que banni, s'il est coupable du meurtre de son frère ? Pourquoi, s'il est banni du Languedoc, est-il enfermé dans un couvent de Toulouse ? On n'y comprend rien. Chacun cherche la raison de ces arrêts et de cette conduite, et personne ne la trouve.

Tout ce que je sais, c'est que les juges, sur des indices trompeurs, voulaient condamner tous les accusés au supplice, et qu'ils se contentèrent de faire périr mon père, dans l'idée où ils étaient que cet infortuné avouerait, en expirant, le crime de toute la famille. Ils furent étonnés, m'a-t-on dit, quand mon père, au milieu des tourments, prit Dieu à témoin de son innocence et de la vôtre, et mourut en priant ce Dieu de miséricorde de faire grâce à ces juges de rigueur que la calomnie avait trompés.

Ce fut alors qu'ils prononcèrent l'arrêt qui vous a rendu la liberté, mais qui ne vous a rendu ni vos biens dissipés, ni votre honneur indignement flétri, si pourtant l'honneur dépend de l'injustice des hommes.

Ce ne sont pas les juges que j'accuse : ils n'ont pas voulu sans doute assassiner juridiquement l'innocence ; j'impute tout aux calomnies, aux indices faux, mal exposés, aux rapports de l'ignorance [24], aux méprises extravagantes de quelques déposants, aux cris d'une multitude insensée, et à ce zèle furieux qui veut que ceux qui ne pensent pas comme nous soient capables des plus grands crimes.

Il vous serait aisé sans doute de dissiper les illusions [25] qui ont surpris des juges, d'ailleurs intègres et éclairés : car enfin, puisque mon père a été le seul condamné, il faut que mon père ait commis seul le parricide. Mais comment se peut-il faire qu'un vieillard de soixante et huit ans, que j'ai vu pendant deux ans attaqué d'un rhumatisme sur les jambes, ait seul pendu un jeune homme de vingt-huit ans, dont la force prodigieuse et l'adresse singulière étaient connues ?

Si le mot de ridicule pouvait trouver place au milieu de tant d'horreurs, le ridicule excessif de cette supposition suffirait seul, sans autre examen, pour nous obtenir la réparation qui nous est due. Quels misérables indices, quels discours vagues, quels rapports populaires pourront tenir contre l'impossibilité physique démontrée ?

Voilà où je m'en tiens. Il est impossible que mon père, que même deux personnes aient pu étrangler mon frère ; il est impossible, encore une fois, que mon père soit seul coupable, quand tous les accusés ne l'ont pas quitté d'un moment. Il faut donc absolument, ou que les juges aient condamné un innocent, ou qu'ils aient prévariqué, en ne purgeant pas la terre de quatre monstres coupables du plus horrible crime.

Plus je vous aime et vous respecte, ma mère, moins j'épargne les termes. L'excès de l'horreur dont on vous a chargée ne sert qu'à mettre au jour l'excès de votre malheur et de votre vertu. Vous demandez à présent ou la mort ou la justification de mon père ; je me joins à vous, et je demande la mort avec vous si mon père est coupable.

Obtenez seulement que les juges produisent le procès criminel : c'est tout ce que je veux, c'est ce que tout le monde désire, et ce qu'on ne peut refuser. Toutes les nations, toutes les religions y sont intéressées. La justice est peinte un bandeau sur les yeux, mais doit-elle être muette ? Pourquoi, lorsque l'Europe demande compte d'un arrêt si étrange, ne s'empresse-t-on pas à le donner ?

C'est pour le public que la punition des scélérats est décernée : les accusations sur lesquelles on les punit doivent donc être publiques. On ne peut retenir plus longtemps dans l'obscurité ce qui doit paraître au grand jour. Quand on veut donner quelque idée des tyrans de l'antiquité, on dit qu'ils décidaient arbitrairement de la vie des hommes. Les juges de Toulouse ne sont point des tyrans, ils sont les ministres des lois, ils jugent au nom d'un roi juste ; s'ils ont été trompés, c'est qu'ils sont hommes : ils peuvent le reconnaître et devenir eux-mêmes vos avocats auprès du trône.

Adressez-vous donc à monsieur le chancelier [26], à messieurs les ministres avec confiance. Vous êtes timide, vous craignez de parler ; mais votre cause parlera. Ne croyez point qu'à la cour on soit aussi insensible, aussi dur, aussi injuste que l'écrivent d'impudents raisonneurs, à qui les hommes de tous les états sont également inconnus. Le roi rend la justice ; c'est la base de son gouvernement ; son conseil n'a certainement nul intérêt que cette justice ne soit pas rendue. Croyez-moi, il y a dans les cœurs de la compassion et de l'équité : les passions turbulentes et les préjugés étouffent souvent en nous ces sentiments, et le conseil du roi n'a certainement ni passion dans cette affaire, ni préjugé qui puisse éteindre ses lumières.

Qu'arrivera-t-il enfin ? Le procès criminel sera-t-il mis sous les yeux du public ? Alors on verra si le rapport contradictoire [27] d'un chirurgien, et quelques méprises frivoles, doivent l'emporter sur les démonstrations les plus évidentes que l'innocence ait jamais produites. Alors on plaindra les juges de n'avoir point vu par leurs yeux dans une affaire si importante, et de s'en être rapportés à l'ignorance , alors les juges eux-mêmes [28] joindront leurs voix aux nôtres. Refuseront-ils de tirer la vérité de leur greffe ? Cette vérité s'élèvera alors avec plus de force.

Persistez donc, ma mère, dans votre entreprise ; laissons là notre fortune : nous sommes cinq enfants sans pain, mais nous avons tous de l'honneur, et nous le préférons comme vous à la vie. Je me jette à vos pieds, je les baigne de mes pleurs ; je vous demande votre bénédiction avec un respect que vos malheurs augmentent.

Donat Calas.

LETTRE A MONSEIGNEUR LE CHANCELIER [29]

De Châtelaine, 7 juillet 1762.

Monseigneur,

S'il est permis à un sujet d'implorer son roi, s'il est permis à un fils, à un frère, de parler pour son père, pour sa mère et pour son frère, je me jette à vos pieds avec confiance.

Toute ma famille et le fils d'un avocat célèbre, nommé Lavaysse, ont tous été accusés d'avoir étranglé et pendu un de mes frères, pour cause de religion, dans la ville de Toulouse. Le parlement a fait périr mon père par le supplice de la roue. C'était un vieillard de soixante-huit ans, que j'ai vu incommodé des jambes. Vous sentez, Monseigneur, qu'il est impossible qu'il ait pendu seul un jeune homme de vingt-huit ans, dix fois plus fort que lui. Il a protesté devant Dieu de son innocence en expirant. Il est prouvé par le procès-verbal que mon père n'avait pas quitté un instant le reste de sa famille, ni le sieur Lavaysse, pendant qu'on suppose qu'il commettait ce parricide.

Mon frère Pierre Calas, accusé comme mon père, a été banni : ce qui est trop, s'il est innocent, et trop peu, s'il est coupable. Malgré son bannissement on le retient dans un couvent, à Toulouse.

Ma mère, sans autre appui que son innocence, ayant perdu tout son bien dans cette cruelle affaire, ne trouve encore personne qui la présente devant vous. J'ose, Monseigneur, parler en son nom et au mien ; on m'assure que les pièces ci-jointes [30] feront impression sur votre esprit et sur votre cœur, si vous daignez les lire.

Réduit à l'état le plus déplorable, je ne demande autre chose, sinon que la vérité s'éclaire. Tous ceux qui, dans l'Europe entière, ont entendu parler de cette horrible aventure joignent leurs voix à la mienne. Tant que le parlement de Toulouse, qui m'a ravi mon père et mon bien, ne manifestera pas les causes d'un tel malheur, on sera en droit de croire qu'il s'est trompé, et que l'esprit de parti seul a prévalu par les calomnies auprès des juges les plus intègres. Je serai surtout en droit de redemander le sang innocent de mon malheureux père.

Pour mon bien, qui est entièrement perdu, ce n'est pas un objet dont je me plaigne ; je ne demande autre chose de votre justice, et de celle du conseil du roi, sinon que la procédure qui m'a ravi mon père, ma mère, mon frère, ma patrie, vous soit au moins communiquée.

Je suis, avec le plus profond respect, etc.

Donat Calas.

REQUÊTE AU ROI EN SON CONSEIL

Châtelaine, 7 juillet 1762.

Donat Calas, fils de Jean Calas, négociant de Toulouse, et d'Anne-Rose Cabibel, représente humblement :

Que, le 13 octobre 1761, son frère aîné Marc-Antoine Calas se trouva mort dans la maison de son père, vers les dix heures du soir, après souper ;

Que la populace, animée par quelques ennemis de la

famille, croit que le mort avait été étranglé par sa famille même, en haine de la religion catholique ;

Que le père, la mère, et un des frères de l'exposant, le fils d'un avocat nommé Gaubert Lavaysse, âgé de vingt ans, furent mis aux fers ;

Qu'il fut prouvé que tous les accusés ne s'étaient pas quittés un seul instant pendant que l'on supposait qu'ils avaient commis ce meurtre ;

Que Jean Calas, père du plaignant, a été condamné à expirer sur la roue, et qu'il a protesté, en mourant, de son innocence ;

Que tous les autres accusés ont été élargis ;

Qu'il est physiquement impossible que Jean Calas le père, âgé de soixante-huit ans, ait pu seul pendre Marc-Antoine Calas, son fils, âgé de vingt-huit ans, qui était l'homme le plus robuste de la province ;

Qu'aucun des indices trompeurs sur lesquels il a été jugé ne peut balancer cette impossibilité physique ;

Que Pierre Calas, frère de l'exposant, accusé de cet assassinat aussi bien que son père, a été condamné au bannissement : ce qui est évidemment trop s'il est innocent, et trop peu s'il est coupable ;

Qu'on l'a fait sortir de la ville par une porte, et rentrer par une autre ;

Qu'on l'a mis dans un couvent de jacobins ;

Que tous les biens de la famille ont été dissipés ;

Que l'exposant, qui pour lors était absent, est réduit à la dernière misère ;

Que cette horrible aventure est, de part ou d'autre, l'effet du plus horrible fanatisme ;

Qu'il importe à Sa Majesté de s'en faire rendre compte :

Que ledit exposant ne demande autre chose, sinon que Sa Majesté se fasse représenter la procédure sur laquelle, tous les accusés étant ou également innocents, ou également coupables, on a roué le père, banni et rappelé le fils, ruiné la mère, mis Lavaysse hors de cour ; et comment on a pu rendre des jugements si contradictoires.

Donat Calas se borne à demander que la vérité soit connue ; et, quand elle le sera, il ne demande que justice.

MÉMOIRE DE DONAT CALAS POUR SON PÈRE, SA MÈRE, ET SON FRÈRE [31]

Je commence par avouer que toute notre famille est née dans le sein d'une religion qui n'est pas la dominante. On sait assez combien il en coûte à la probité de changer. Mon père et ma mère ont persévéré dans la religion de leurs pères. On nous a trompés peut-être, mes parents et moi, quand on nous a dit que cette religion est celle que professaient autrefois la France, la Germanie et l'Angleterre, lorsque le concile de Francfort, assemblé par Charlemagne, condamnait le culte des images ; lorsque Ratram [32], sous Charles le Chauve, écrivait en cent endroits de son livre, en faisant parler Jésus-Christ même : « Ne croyez pas que ce soit corporellement que vous mangiez ma chair et buviez mon sang » ; lorsqu'on chantait dans la plupart des églises cette homélie conservée dans plusieurs bibliothèques : « Nous recevons le corps et le sang de Jésus-Christ, non corporellement, mais spirituellement. »

Quand on se fut fait, m'a-t-on dit, des notions plus relevées de ce mystère ; quand on crut devoir changer l'économie de l'Église, plusieurs évêques ne changèrent point : surtout Claude, évêque de Turin, retint les dogmes et le culte que le concile de Francfort avait adoptés, et qu'il crut être ceux de l'Église primitive ; il eut toujours un troupeau attaché à ce culte. Le grand nombre prévalut, et prodigua à nos pères les noms de manichéens, de bulgares, de patarins, de lollards, de vaudois, d'albigeois, de huguenots, de calvinistes.

Telles sont les idées acquises par l'examen que ma jeunesse a pu me permettre : je ne les rapporte pas pour étaler une vaine érudition, mais pour tâcher d'adoucir dans l'esprit de nos frères catholiques la haine qui peut les armer contre leurs frères ; mes notions peuvent être erronées, mais ma bonne foi n'est point criminelle.

Nous avons fait de grandes fautes, comme tous les autres hommes : nous avons imité les fureurs des Guises ; mais nous avons combattu pour Henri IV, si cher à Louis XV. Les horreurs des Cévennes, commises par des paysans insensés, et que la licence des dragons avait fait naître, ont été mises en oubli, comme les horreurs de la Fronde. Nous sommes les enfants de Louis XV, ainsi que ses autres sujets ; nous le vénérons ; nous chérissons en lui notre père commun ; nous obéissons à toutes ses lois ; nous payons avec allégresse des impôts nécessaires pour le soutien de sa juste guerre [33] ; nous respectons le clergé de France, qui fait gloire d'être soumis comme nous à son autorité royale et paternelle ; nous révérons les parlements ; nous les regardons comme les défenseurs du trône et de l'État contre les entreprises ultramontaines. C'est dans ces sentiments que j'ai été élevé, et c'est ainsi que pense parmi nous quiconque sait lire et écrire. Si nous avons quelques grâces à demander, nous les espérons en silence de la bonté du meilleur des rois.

Il n'appartient pas à un jeune homme, à un infortuné, de décider laquelle des deux religions est la plus agréable à l'Être suprême ; tout ce que je sais, c'est que le fond de la religion est entièrement semblable pour tous les cœurs bien nés ; que tous aiment également Dieu, leur patrie et leur roi.

L'horrible aventure dont je vais rendre compte

pourra émouvoir la justice de ce roi bienfaisant et de son conseil, la charité du clergé, qui nous plaint en nous croyant dans l'erreur, et la compassion généreuse du parlement même qui nous a plongés dans la plus affreuse calamité où une famille honnête puisse être réduite.

Nous sommes actuellement cinq enfants orphelins : car notre père a péri par le plus grand des supplices, et notre mère poursuit loin de nous, sans secours et sans appui, la justice due à la mémoire de mon père. Notre cause est celle de toutes les familles ; c'est celle de la nature : elle intéresse l'État, la religion, et les nations voisines.

Mon père, Jean Calas, était un négociant établi à Toulouse depuis quarante ans. Ma mère est anglaise ; mais elle est, par son aïeule, de la maison de La Garde-Montesquieu, et tient à la principale noblesse du Languedoc. Tous deux ont élevé leurs enfants avec tendresse ; jamais aucun de nous n'a essuyé d'eux ni coups ni mauvaise humeur : il n'a peut-être jamais été de meilleurs parents.

S'il fallait ajouter à mon témoignage des témoignages étrangers, j'en produirais plusieurs [34].

Tous ceux qui ont vécu avec nous savent que mon père ne nous a jamais gênés sur le choix d'une religion : il s'en est toujours rapporté à Dieu et à notre conscience. Il était si éloigné de ce zèle amer qui indispose les esprits qu'il a toujours eu dans sa maison une servante catholique.

Cette servante très pieuse contribua à la conversion d'un de mes frères, nommé Louis : elle resta auprès de nous après cette action ; on ne lui fit aucuns reproches. Il n'y a point de plus forte preuve de la bonté du cœur de mes parents.

Mon père déclara en présence de son fils Louis, devant M. de Lamotte, conseiller au parlement, que, « pourvu que la conversion de son fils fût sincère, il ne pouvait la désapprouver, parce que de gêner les consciences ne sert qu'à faire des hypocrites ». Ce furent ses propres paroles, que mon frère Louis a consignées dans une déclaration publique, au temps de notre catastrophe.

Mon père lui fit une pension de quatre cents livres, et jamais aucun de nous ne lui a fait le moindre reproche de son changement. Tel était l'esprit de douceur et d'union que mon père et ma mère avaient établi dans notre famille. Dieu la bénissait ; nous jouissions d'un bien honnête ; nous avions des amis ; et pendant quarante ans notre famille n'eut dans Toulouse ni procès ni querelle avec personne. Peut-être quelques marchands, jaloux de la prospérité d'une maison de commerce qui était d'une autre religion qu'eux, excitaient la populace contre nous ; mais notre modération constante semblait devoir adoucir leur haine.

Voici comment nous sommes tombés de cet état heureux dans le plus épouvantable désastre. Notre frère aîné Marc-Antoine Calas, la source de tous nos malheurs, était d'une humeur sombre et mélancolique ; il avait quelques talents, mais n'ayant pu réussir ni à se faire recevoir licencié en droit, parce qu'il eût fallu faire des actes de catholique, ou acheter des certificats ; ne pouvant être négociant, parce qu'il n'y était pas propre ; se voyant repoussé dans tous les chemins de la fortune, il se livrait à une douleur profonde. Je le voyais souvent lire des morceaux de divers auteurs sur le suicide, tantôt de Plutarque ou de Sénèque, tantôt de Montaigne : il savait par cœur la traduction en vers du fameux monologue de Hamlet, si célèbre en Angleterre, et des passages d'une tragi-comédie française intitulée *Sidney* [35]. Je ne croyais pas qu'il dût mettre un jour en pratique des leçons si funestes.

Enfin un jour, c'était le 13 octobre 1761 (je n'y étais pas ; mais on peut bien croire que je ne suis que trop instruit) ; ce jour, dis-je, un fils de M. Lavaysse, fameux avocat de Toulouse, arrivé de Bordeaux, veut aller voir son père qui était à la campagne ; il cherche partout des chevaux, il n'en trouve point : le hasard fait que mon père et mon frère Marc-Antoine, son ami, le rencontrent et le prient à souper ; on se met à table à sept heures, selon l'usage simple de nos familles réglées et occupées, qui finissent leur journée de bonne heure pour se lever avant le soleil. Le père, la mère, les enfants, leur ami, font un repas frugal au premier étage. La cuisine était auprès de la salle à manger ; la même servante catholique apportait les plats, entendait et voyait tout. Je ne peux que répéter ici ce qu'a dit ma malheureuse et respectable mère. Mon frère Marc-Antoine se lève de table un peu avant les autres ; il passe dans la cuisine ; la servante lui dit : « Approchez-vous du feu. — Ah! répondit-il, je brûle. » Après avoir proféré ces paroles qui n'en disent que trop, il descend en bas, vers le magasin, d'un air sombre, et profondément pensif. Ma famille, avec le jeune Lavaysse, continue une conversation paisible jusqu'à neuf heures trois quarts, sans se quitter un moment. M. Lavaysse se retire ; ma mère dit à son second fils, Pierre, de prendre un flambeau et de l'éclairer. Ils descendent ; mais quel spectacle s'offre à eux! Ils voient la porte du magasin ouverte, les deux battants rapprochés, un bâton, fait pour serrer et assujettir les ballots, passé au haut des deux battants, une corde à nœuds coulants, et mon malheureux frère suspendu en chemise, les cheveux arrangés, son habit plié sur le comptoir.

A cet objet ils poussent des cris : « Ah, mon Dieu! ah, mon Dieu! » Ils remontent l'escalier ; ils appellent le père ; la mère suit toute tremblante : ils l'arrêtent ; ils la conjurent de rester. Ils volent chez les chirurgiens, chez les magistrats. La mère, effrayée, descend avec la servante ; les pleurs et les cris redoublent : que faire ? laissera-t-on le corps de son fils sans secours ? Le père embrasse son fils mort ; la corde cède au premier effort, parce qu'un des bouts du bâton glissait aisément sur les battants, et que le corps soulevé par le père n'assujettissait plus ce billot. La mère veut faire avaler à son fils des liqueurs spiritueuses ; la servante multiplie en vain ses secours ; mon frère était mort. Aux cris et aux sanglots de mes parents, la populace environnait déjà la maison : j'ignore quel fanatique imagina le premier que mon frère était un martyr ; que sa famille l'avait étranglé pour prévenir son abjuration. Un autre ajoute que cette abjuration devait se faire le lendemain. Un troisième dit que la religion protestante ordonne aux pères et mères d'égorger ou d'étrangler leurs enfants, quand ils veulent se faire catholiques. Un quatrième dit que rien n'est plus vrai ; que les protestants ont, dans leur dernière assemblée, nommé un bourreau de la secte ; que le jeune Lavaysse, âgé de dix-neuf à vingt ans, est le bourreau ; que ce jeune homme, la candeur et la douceur mêmes, est venu de Bordeaux à Toulouse exprès pour pendre son ami. Voilà bien le peuple ! Voilà un tableau trop fidèle de ses excès !

Ces rumeurs volaient de bouche en bouche : ceux qui avaient entendu les cris de mon frère Pierre et du sieur Lavaysse, et les gémissements de mon père et de ma mère, à neuf heures trois quarts, ne manquaient pas d'affirmer qu'ils avaient entendu les cris de mon frère étranglé, et qui était mort deux heures auparavant.

Pour comble de malheur, le capitoul, prévenu par ces clameurs, arrive sur le lieu avec ses assesseurs, et fait transporter le cadavre à l'hôtel de ville. Le procès-verbal se fait à cet hôtel, au lieu d'être dressé dans l'endroit même où l'on a trouvé le mort, comme on m'a dit que la loi l'ordonne [36]. Quelques témoins ont dit que ce procès-verbal, fait à l'hôtel de ville, était daté de la maison du mort ; ce serait une grande preuve de l'animosité qui a perdu ma famille. Mais qu'importe que le juge en premier ressort ait commis cette faute ? nous ne prétendons accuser personne ; ce n'est pas cette irrégularité seule qui nous a été fatale.

Ces premiers juges ne balançaient pas entre un suicide, qui est rare en ce pays, et un parricide, qui est encore mille fois plus rare. Ils croyaient le parricide ; ils le supposaient sur le changement prétendu de religion que le mort devait faire ; et on va visiter ses papiers, ses livres, pour voir s'il n'y avait pas quelque preuve de ce changement ; on n'en trouve aucune.

Enfin un chirurgien, nommé Lamarque, est nommé pour ouvrir l'estomac de mon frère, et pour faire rapport s'il y a trouvé des restes d'aliments. Son rapport dit que les aliments ont été pris quatre heures avant sa mort. Il se trompait évidemment de plus de deux. Il est clair qu'il voulait se faire valoir en prononçant quel temps il faut pour la digestion, que la diversité des tempéraments rend plus ou moins lente. Cette petite erreur d'un chirurgien devait-elle préparer le supplice de mon père ? La vie des hommes dépend donc d'un mauvais raisonnement !

Il n'y avait point de preuve contre mes parents, et il ne pouvait y en avoir aucune : on eut incontinent recours à un monitoire. Je n'examine pas si ce monitoire était dans les règles ; on y supposait le crime, et on demandait la révélation des preuves. On supposait Lavaysse mandé de Bordeaux pour être bourreau, et on supposait l'assemblée tenue pour élire ce bourreau le jour même de l'arrivée de Lavaysse, 13 octobre. On imaginait que quand on étrangle quelqu'un pour cause de religion on le fait mettre à genoux, et on demandait si l'on n'avait pas vu le malheureux Marc-

Antoine Calas à genoux devant son père, qui l'étranglait, pendant la nuit, dans un endroit où il n'y avait point de lumière.

On était sûr que mon frère était mort catholique, et l'on demandait des preuves de sa catholicité, quoiqu'il soit bien prouvé que mon frère n'avait point changé de religion, et n'en voulait point changer. On était surtout persuadé que la maxime de tous les protestants est d'étrangler leur fils, dès qu'ils ont le moindre soupçon que leur fils veut être catholique ; et ce fanatisme fut porté au point que toute l'Église de Genève se crut obligée d'envoyer une attestation de son horreur pour des idées si abominables et si insensées, et de l'étonnement où elle était qu'un tel soupçon eût jamais pu entrer dans la tête des juges.

Avant que ce monitoire parût, il s'éleva une voix du peuple qui dit que mon frère Marc-Antoine devait entrer le lendemain dans la confrérie des pénitents blancs : aussitôt les capitouls ordonnèrent qu'on enterrât mon frère pompeusement au milieu de l'église de Saint-Étienne. Quarante prêtres et tous les pénitents blancs assistèrent au convoi [37].

Quatre jours après, les pénitents blancs lui firent un service solennel dans leur chapelle ; l'église était tendue de blanc ; on avait élevé au milieu un catafalque, au haut duquel on voyait un squelette humain qu'un chirurgien avait prêté : ce squelette tenait dans une main un papier où on lisait ces mots : *abjuration contre l'hérésie ;* et de l'autre, une palme, l'emblème de son martyre.

Le lendemain, les cordeliers lui firent un pareil service. On peut juger si un tel éclat acheva d'enflammer tous les esprits ; les pénitents blancs et les cordeliers dictaient, sans le savoir, la mort de mon père.

Le parlement saisit bientôt cette affaire. Il cassa d'abord la procédure des capitouls, qui, étant vicieuse dans toutes ses formes, ne pouvait pas subsister ; mais le préjugé subsista avec violence. Tous les zélés voulaient déposer ; l'un avait vu dans l'obscurité, à travers le trou de la serrure de la porte, des hommes qui couraient ; l'autre avait entendu, du fond d'une maison éloignée à l'autre bout de la rue, la voix de Calas, qui se plaignait d'avoir été étranglé.

Un peintre, nommé Matei, dit que sa femme lui avait dit qu'une nommée Mandrille lui avait dit qu'une inconnue lui avait dit avoir entendu les cris de Marc-Antoine Calas à une autre extrémité de la ville.

Mais pour tous les accusés, mon père, ma mère, mon frère Pierre, le jeune Lavaysse, et la servante, ils furent unanimement d'accord sur tous les points essentiels : tous aux fers, tous séparément interrogés, ils soutinrent la vérité, sans jamais varier ni au récolement, ni à la confrontation.

Leur trouble mortel put, à la vérité, faire chanceler leur mémoire sur quelques petites circonstances qu'ils n'avaient aperçues qu'avec des yeux égarés et offusqués par les larmes ; mais aucun d'eux n'hésita un moment sur tout ce qui pouvait constater leur innocence. Les cris de la multitude, l'ignorante déposition du chirurgien Lamarque, des témoins auriculaires qui, ayant une fois débité des accusations absurdes, ne voulaient pas s'en dédire, l'emportèrent sur la vérité la plus évidente.

Les juges avaient, d'un côté, ces accusations frivoles sous leurs yeux ; de l'autre, l'impossibilité démontrée que mon père, âgé de soixante-huit ans, eût pu seul pendre un jeune homme de vingt-huit ans beaucoup plus robuste que lui, comme on l'a déjà dit ailleurs [38] ; ils convenaient bien que ce crime était difficile à commettre, mais ils prétendaient qu'il était encore plus difficile que mon frère Marc-Antoine Calas eût terminé lui-même sa vie.

Vainement Lavaysse et la servante prouvaient l'innocence de mon père, de ma mère, et de mon frère Pierre ; Lavaysse et la servante étaient eux-mêmes accusés ; le secours de ces témoins nécessaires nous fut ravi contre l'esprit de toutes les lois.

Il est clair, et tout le monde en convient, que si Marc-Antoine Calas avait été assassiné, il l'avait été par toute la famille, et par Lavaysse et par la servante, qu'ils étaient ou tous innocents ou tous coupables, puisqu'il était prouvé qu'ils ne s'étaient pas quittés un moment, ni pendant le souper, ni après le souper.

J'ignore par quelle fatalité les juges crurent mon père criminel, et comment la forme l'emporta sur le fond. On m'a assuré que plusieurs d'entre eux soutinrent longtemps l'innocence de mon père, mais qu'ils cédèrent enfin à la pluralité. Cette pluralité croyait toute ma famille et le jeune Lavaysse également coupables. Il est certain qu'ils condamnèrent mon malheureux père au supplice de la roue, dans l'idée où ils étaient qu'il ne résisterait pas aux tourments, et qu'il avouerait les prétendus compagnons de son crime dans l'horreur du supplice.

Je l'ai déjà dit, et je ne peux trop le répéter, ils furent surpris de le voir mourir en prenant à témoin de son innocence le Dieu devant lequel il allait comparaître. Si la voix publique ne m'a pas trompé, les deux dominicains, nommés Bourges et Caldaguès, qu'on lui donna pour l'assister dans ces moments cruels, ont rendu témoignage de sa résignation ; ils le virent pardonner à ses juges, et les plaindre ; ils souhaitèrent enfin de mourir un jour avec des sentiments de piété aussi touchants.

Les juges furent obligés bientôt après d'élargir ma mère, le jeune Lavaysse et la servante ; ils bannirent mon frère Pierre ; et j'ai toujours dit avec le public :

Pourquoi le bannir s'il est innocent, et pourquoi se borner au bannissement s'il est coupable ?

J'ai toujours demandé pourquoi, ayant été conduit hors de la ville par une porte, on le laissa ou on le fit rentrer sur-le-champ par une autre ; pourquoi il fut enfermé trois mois dans un couvent de dominicains. Voulait-on le convertir au lieu de le bannir ? Mettait-on son rappel au prix de son changement ? Punissait-on, faisait-on grâce arbitrairement ? Et le supplice affreux de son père était-il un moyen de persuasion ?

Ma mère, après cette horrible catastrophe, a eu le courage d'abandonner sa dot et son bien ; elle est allée à Paris, sans autre secours que sa vertu, implorer la justice du roi : elle ose espérer que le conseil de Sa Majesté se fera représenter la procédure faite à Toulouse. Qui sait même si les juges, touchés de la conduite généreuse de ma mère, n'en verront pas plus évidemment l'innocence, déjà entrevue, de celui qu'ils ont condamné ? N'apercevront-ils pas qu'une femme sans appui n'oserait assurément demander la révision du procès si son mari était criminel ? Aurait-elle fait deux cents lieues pour aller chercher la mort qu'elle mériterait ? cela n'est pas plus dans la nature humaine que le crime dont mon père a été accusé. Car, je le dis encore avec horreur, si mon père a été coupable de ce parricide, ma mère et mon frère Pierre Calas le sont aussi ; Lavaysse et la servante ont eu, sans doute, part au crime. Ma mère aurait-elle entrepris ce voyage pour les exposer tous au supplice, et s'y exposer elle-même ?

Je déclare que je pense comme elle, que je me soumets à la mort comme elle, si mon père a commis, contre Dieu, la nature, l'État, et la religion, le crime qu'on lui a imputé.

Je me joins donc à cette vertueuse mère par cet acte légal ou non, mais public et signé de moi. Les avocats qui prendront sa défense pourront mettre au jour les nullités de la procédure : c'est à eux qu'il appartient de montrer que Lavaysse et la servante, quoique accusés, étaient des témoins nécessaires, qui déposaient invinciblement en faveur de mon père. Ils exposeront la nécessité où les juges ont été réduits de supposer qu'un vieillard de soixante et huit ans, que j'ai vu incommodé des jambes, avait seul pendu son propre fils, le plus robuste des hommes, et l'impossibilité absolue d'une telle exécution.

Ils mettront dans la balance, d'un côté cette impossibilité physique, et de l'autre des rumeurs populaires. Ils pèseront les probabilités ; ils discuteront les témoignages auriculaires.

Que ne diront-ils pas sur tous les soins que nous avons pris depuis trois mois pour nous faire communiquer la procédure, et sur les refus qu'on nous en a faits! Le public et le conseil ne seront-ils pas saisis d'indignation et de pitié quand ils apprendront qu'un procureur nous a demandé deux cents louis d'or, à nous, à une famille devenue indigente, pour nous faire avoir cette procédure d'une manière illégale?

Je ne demande point pardon aux juges d'élever ma voix contre leur arrêt ; ils le pardonnent sans doute à la piété filiale ; ils me mépriseraient trop si j'avais une autre conduite, et peut-être quelques-uns d'eux mouilleront mon mémoire de leurs larmes.

Cette aventure épouvantable intéresse toutes les religions et toutes les nations ; il importe à l'État de savoir de quel côté est le fanatisme le plus dangereux. Je frémis en y pensant, et plus d'un lecteur sensible frémira comme moi-même.

Seul dans un désert, dénué de conseil, d'appui, de consolation, je dis à monseigneur le chancelier et à tout le Conseil d'État : cette requête que je mets à vos pieds est extra-judiciaire ; mais rendez-la judiciaire par votre autorité et par votre justice. N'ayez point pitié de ma famille, mais faites paraître la vérité. Que le parlement de Toulouse ait le courage de publier les procédures : l'Europe les demande, et, s'il ne les produit pas, il voie ce que l'Europe décide.

A Châtelaine, 22 juillet 1762.

Signé : Donat Calas.

DÉCLARATION DE PIERRE CALAS

En arrivant chez mon frère Donat Calas pour pleurer avec lui, j'ai trouvé entre ses mains ce mémoire qu'il venait d'achever pour la justification de notre malheureuse famille. Je me joins à ma mère et à lui ; je suis prêt d'attester la vérité de tout ce qu'il vient d'écrire ; je ratifie tout ce qu'a dit ma mère, et, devenu plus courageux par son exemple, je demande avec elle à mourir si mon père a été criminel.

Je dépose et je promets de déposer juridiquement ce qui suit :

Le jeune Gaubert Lavaysse, âgé de dix-neuf à vingt ans, jeune homme des mœurs les plus douces, élevé dans la vertu par son père, célèbre avocat, était l'ami de Marc-Antoine, mon frère ; et ce frère était un homme de lettres, qui avait étudié aussi pour être avocat. Lavaysse soupa avec nous, le 13 octobre 1761, comme on l'a dit. Je m'étais un peu endormi après le souper, au temps que le sieur Lavaysse voulut prendre congé. Ma mère me réveilla, et me dit d'éclairer notre ami avec un flambeau.

On peut juger de mon horrible surprise quand je vis mon frère suspendu, en chemise, aux deux battants de la porte de la boutique qui donne dans le magasin.

Je poussai des cris affreux ; j'appelai mon père ; il descend éperdu ; il prend à brasse-corps son malheureux fils, en faisant glisser le bâton et la corde qui le soutenaient ; il ôte la corde du cou, en élargissant le nœud ; il tremblait, il pleurait, il s'écriait dans cette opération funeste : « Va, me dit-il, au nom de Dieu, chez le chirurgien Camoire, notre voisin ; peut-être mon pauvre fils n'est pas tout à fait mort. »

Je vole chez le chirurgien ; je ne trouve que le sieur Gorse, son garçon, et je l'amène avec moi. Mon père était entre ma mère et un de nos voisins, nommé Delpech, fils d'un négociant catholique, qui pleurait avec eux. Ma mère tâchait en vain de faire avaler à mon frère des eaux spiritueuses, et lui frottait les tempes. Le chirurgien Gorse lui tâte le pouls et le cœur ; il le trouve mort et déjà froid ; il lui ôte son tour de cou qui était de taffetas noir ; il voit l'impression d'une corde, et prononce qu'il est étranglé.

Sa chemise n'était pas seulement froissée, ses cheveux arrangés comme à l'ordinaire, et je vis son habit proprement plié sur le comptoir. Je sors pour aller partout demander conseil. Mon père, dans l'excès de sa douleur, me dit : « Ne va pas répandre le bruit que ton frère s'est défait lui-même ; sauve au moins l'honneur de ta misérable famille. » Je cours, tout hors de moi, chez le sieur Caseing, ami de la maison, négociant qui demeurait à la Bourse ; je l'amène au logis : il nous conseille d'avertir au plus vite la justice. Je vole chez le sieur Clausade, homme de loi ; Lavaysse court chez le greffier des capitouls, chez l'assesseur maître Monier. Je retourne en hâte me rendre auprès de mon père, tandis que Lavaysse et Clausade faisaient relever l'assesseur, qui était déjà couché, et qu'ils vont avertir le capitoul lui-même.

Le capitoul était déjà parti, sur la rumeur publique, pour se rendre chez nous. Il entre avec quarante soldats ; j'étais en bas pour le recevoir ; il ordonne qu'on me garde.

Dans ce moment même, l'assesseur arrivait avec les sieurs Clausade et Lavaysse. Les gardes ne voulurent point laisser entrer Lavaysse et le repoussèrent : ce ne fut qu'en faisant beaucoup de bruit, en insistant, et en disant qu'il avait soupé avec la famille, qu'il obtint du capitoul qu'on le laissât entrer.

Quiconque aura la moindre connaissance du cœur humain verra bien par toutes ces démarches quelle était notre innocence : comment pouvait-on la soupçonner ? A-t-on quelque exemple, dans les annales du monde et des crimes, d'un pareil parricide, commis sans aucun dessein, sans aucun intérêt, sans aucune cause ?

Le capitoul avait mandé le sieur Latour, médecin, et les sieurs Lamarque et Perronet, chirurgiens ; ils visitèrent le cadavre en ma présence, cherchèrent des meurtrissures sur le corps, et n'en trouvèrent point. Ils ne visitèrent point la corde : ils firent un rapport secret, seulement de bouche, au capitoul ; après quoi on nous mena tous à l'hôtel de ville, c'est-à-dire mon père, ma mère, le sieur Lavaysse, le sieur Caseing notre ami, la servante et moi. On prit le cadavre et les habits, qui furent portés aussi à l'hôtel de ville.

Je voulus laisser un flambeau allumé dans le passage, au bas de la maison, pour retrouver de la lumière à notre retour. Telle était ma sécurité et celle de mon père que nous pensions être menés seulement à l'hôtel de ville pour rendre témoignage à la vérité, et que nous nous flattions de revenir coucher chez nous ; mais le capitoul, souriant de ma simplicité, fit éteindre le flambeau, en disant que nous ne reviendrions pas sitôt. Mon père et moi fûmes mis dans un cachot noir ; ma mère, dans un cachot éclairé, ainsi que Lavaysse, Caseing, et la servante. Le procès-verbal du capitoul, et celui des médecins et chirurgiens, furent faits le lendemain à l'hôtel.

Caseing, qui n'avait point soupé avec nous, fut bientôt élargi ; nous fûmes, tous les autres, condamnés à la question, et mis aux fers, le 18 novembre. Nous en appelâmes au parlement, qui cassa la sentence du capitoul, irrégulière en plusieurs points, et qui continua les procédures.

On m'interrogea plus de cinquante fois : on me demanda si mon frère Marc-Antoine devait se faire catholique. Je répondis que j'étais sûr du contraire ; mais qu'étant homme de lettres et amateur de la musique, il allait quelquefois entendre les prédicateurs qu'il croyait éloquents, et la musique quand elle était bonne : et que m'eût importé, bon Dieu! que mon frère Marc-Antoine eût été catholique ou réformé ? En ai-je moins vécu en intelligence avec mon frère Louis, parce qu'il allait à la messe ? N'ai-je pas dîné avec lui ? N'ai-je pas toujours fréquenté les catholiques dans Toulouse ? Aucun s'est-il jamais plaint de mon père et de moi ? N'ai-je pas appris dans le célèbre mandement de M. l'évêque de Soissons [39] qu'il faut traiter les Turcs mêmes comme nos frères : pourquoi aurais-je traité mon frère comme une bête féroce ? Quelle idée! Quelle démence!

Je fus confronté souvent avec mon père, qui en me voyant éclatait en sanglots, et fondait en larmes. L'excès de ses malheurs dérangeait quelquefois sa mémoire. « Aide-moi », me disait-il ; et je le remettais sur la voie concernant des points tout à fait indifférents : par exemple, il lui échappa de dire que nous sortîmes de table tous ensemble. « Eh ! mon père, m'écriai-je, oubliez-vous que mon frère sortit quelque temps avant nous ? — Tu as raison, me dit-il ; pardonne, je suis troublé. »

Je fus confronté avec plus de cinquante témoins.

Les cœurs se soulèveront de pitié quand ils verront quels étaient ces témoins et ces témoignages. C'était un nommé Popis, garçon passementier, qui, entendant d'une maison voisine les cris que je poussais à la vue de mon frère mort, s'était imaginé entendre les cris de mon frère même ; c'était une bonne servante qui, lorsque je m'écriais : *Ah, mon Dieu!* crut que je criais *au voleur;* c'étaient des ouï-dire d'après des ouï-dire extravagants. Il ne s'agissait guère que de méprises pareilles.

La demoiselle Peyronet déposa qu'elle m'avait vu dans la rue, le 13 octobre, à dix heures du soir, « courant avec un mouchoir, essuyant mes larmes, disant que mon frère était mort d'un coup d'épée ». Non, je ne le dis pas, et si je l'avais dit, j'aurais bien fait de sauver l'honneur de mon cher frère. Les juges auraient-ils fait plus d'attention à la partie fausse de cette déposition qu'à la partie pleine de vérité qui parlait de mon trouble et de mes pleurs ? Et ces pleurs ne s'expliquaient-ils pas d'une manière invincible contre toutes les accusations frivoles sous lesquelles l'innocence la plus pure a succombé ? Il se peut qu'un jour mon père, mécontent de mon frère aîné, qui perdait son temps et son argent au billard, lui ait dit : « Si tu ne changes, je te punirai, ou je te chasserai, ou tu te perdras, tu périras »; mais fallait-il qu'un témoin, fanatique impétueux, donnât une interprétation dénaturée à ces paroles paternelles, et qu'il substituât méchamment aux mots : *Si tu ne changes de conduite,* ces mots cruels : *Si tu changes de religion ?* Fallait-il que les juges, entre un témoin inique et un père accusé, décidassent en faveur de la calomnie contre la nature ?

Il n'y eut contre nous aucun témoin valable ; et on s'en apercevra bien à la lecture du procès-verbal, si on peut parvenir à tirer ce procès du greffier, qui a eu défense d'en donner communication. Tout le reste est exactement conforme à ce que ma mère et mon frère Donat Calas ont écrit. Jamais innocence ne fut plus avérée. Des deux jacobins qui assistèrent au supplice de mon père, l'un, qui était venu de Castres, dit publiquement : « Il est mort un juste. » Sur quoi donc, me dira-t-on, votre père a-t-il été condamné ? Je vais le dire, et on va être étonné.

Le capitoul, l'assesseur M. Monier, le procureur du roi, l'avocat du roi, étaient venus, quelques jours après notre détention, avec un expert, dans la maison où mon frère Marc-Antoine était mort : quel était cet expert ? pourra-t-on le croire ? c'était le bourreau. On lui demanda si un homme pouvait se pendre aux deux battants de la porte du magasin où j'avais trouvé mon frère. Ce misérable, qui ne connaissait que ses opérations, répondit que la chose n'était pas praticable. C'était donc une affaire de physique ? Hélas ! l'homme le moins instruit aurait vu que la chose n'était que trop aisée ; et Lavaysse, qu'on peut interroger avec moi, en avait vu de ses yeux la preuve bien évidente.

Le chirurgien Lamarque, appelé pour visiter le cadavre, pouvait être indisposé contre moi parce qu'un jour, dans un de ses rapports juridiques, ayant pris l'œil droit pour l'œil gauche, j'avais relevé sa méprise. Ainsi mon père fut sacrifié à l'ignorance autant qu'aux préjugés. Il s'en fallut bien que les juges fussent unanimes ; mais la pluralité l'emporta.

Après cette horrible exécution les juges me firent comparaître ; l'un d'eux me dit ces mots : « Nous avons condamné votre père ; si vous n'avouez pas, prenez garde à vous. » Grand Dieu ! que pouvais-je avouer, sinon que des hommes trompés avaient répandu le sang innocent ?

Quelques jours après, le P. Bourges, l'un des deux

jacobins qu'on avait donnés à mon père pour être les témoins de son supplice et de ses sentiments, vint me trouver dans mon cachot, et me menaça du même genre de mort si je n'abjurais pas. Peut-être qu'autrefois, dans les persécutions exagérées dont on nous parle, un proconsul romain, revêtu d'un pouvoir arbitraire, se serait expliqué ainsi. J'avoue que j'eus la faiblesse de céder à la crainte d'un supplice épouvantable.

Enfin on vint m'annoncer mon arrêt de bannissement ; il était resté quatre jours sur le bureau sans être signé. Que d'irrégularités ! que d'incertitudes ! La main des juges devait trembler de signer quelque arrêt que ce fût, après avoir signé la mort de mon père. Le greffier de la geôle me lut seulement deux lignes du mien.

Quant à l'arrêt qui livra mon vertueux père au plus affreux supplice, je ne le vis jamais ; il ne fut jamais connu ; c'est un mystère impénétrable. Ces jugements sont faits pour le public ; ils étaient autrefois envoyés au roi, et n'étaient point exécutés sans son approbation : c'est ainsi qu'on en use encore dans une grande partie de l'Europe. Mais pour le jugement qui a condamné mon père, on a pris, si j'ose m'exprimer ainsi, autant de soin de le dérober à la connaissance des hommes que les criminels en prennent ordinairement pour cacher leurs crimes.

Mon jugement me surprit, comme il a surpris tout le monde : car si mon malheureux frère avait pu être assassiné, il ne pouvait l'avoir été que par moi et par Lavaysse, et non par un vieillard faible. C'est à moi que le plus horrible supplice aurait été dû.

On voit assez qu'il n'y avait point de milieu entre le parricide et l'innocence.

Je fus conduit incontinent à une porte de la ville ; un abbé m'y accompagna, et me fit rentrer le moment d'après au couvent des jacobins : le P. Bourges m'attendait à la porte ; il me dit qu'on ne ferait aucune attention à mon bannissement si je professais la foi catholique romaine ; il me fit demeurer quatre mois dans ce monastère, où je fus gardé à vue.

Je suis échappé enfin de cette prison, prêt à me remettre dans celle que le roi jugera à propos d'ordonner, et disposé à verser mon sang pour l'honneur de mon père et de ma mère.

Le préjugé aveugle nous a perdus ; la raison éclairée nous plaint aujourd'hui ; le public, juge de l'honneur et de la honte, réhabilite la mémoire de mon père ; le conseil confirmera l'arrêt du public, s'il daigne seulement voir les pièces. Ce n'est point ici un de ces procès qu'on laisse dans la poudre d'un greffe, parce qu'il est inutile de les publier ; je sens qu'il importe au genre humain qu'on soit instruit jusque dans les derniers détails de tout ce qu'a pu produire le fanatisme, cette peste exécrable du genre humain.

A Châtelaine, 23 juillet 1762.

Signé : Pierre Calas.

HISTOIRE D'ÉLISABETH CANNING ET DES CALAS [40]

D'ÉLISABETH CANNING

J'étais à Londres, en 1753 [41], quand l'aventure de la jeune Élisabeth Canning fit tant de bruit. Élisabeth avait disparu pendant un mois de la maison de ses parents ; elle revint maigre, défaite, et n'ayant que des habits délabrés. « Hé, mon Dieu! dans quel état vous revenez! où avez-vous été? d'où venez-vous? que vous est-il arrivé? — Hélas! ma tante, je passais par Moorfields pour retourner à la maison, lorsque deux bandits vigoureux me jetèrent par terre, me volèrent, et m'emmenèrent dans une maison à dix milles de Londres. »

La tante et les voisines pleurèrent à ce récit. « Ah! ma chère enfant, n'est-ce pas chez cette infâme Mme Web que ces brigands vous ont menée? Car c'est juste à dix milles d'ici qu'elle demeure. — Oui, ma tante, chez Mme Web. — Dans cette grande maison à droite? — Justement, ma tante. » Les voisines dépeignirent alors Mme Web ; et la jeune Canning convint que cette femme était faite précisément comme elles le disaient. L'une d'elles apprend à miss Canning qu'on joue toute la nuit chez cette femme, et que c'est un coupe-gorge où tous les jeunes gens vont perdre leur argent. « Ah! un vrai coupe-gorge, répondit Élisabeth Canning. — On y fait bien pis, dit une autre voisine : ces deux brigands, qui sont cousins de Mme Web, vont sur les grands chemins prendre toutes les petites filles qu'ils rencontrent, et les font jeûner au pain et à l'eau jusqu'à ce qu'elles soient obligées de s'abandonner aux joueurs qui se tiennent dans la maison. — Hélas! ne t'a-t-on pas mise au pain et à l'eau, ma chère nièce? — Oui, ma tante. » On lui demande si ces deux brigands n'ont point abusé d'elle, et si on ne l'a pas prostituée. Elle répond qu'elle s'est défendue, qu'on l'a accablée de coups, et que sa vie a été en péril. Alors la tante et les voisines recommencèrent à crier et à pleurer.

On mena aussitôt la petite Canning chez un M. Adamson, protecteur de la famille depuis longtemps : c'était un homme de bien qui avait un grand crédit dans sa paroisse. Il monte à cheval avec un de ses amis aussi zélé que lui ; ils vont reconnaître la maison de Mme Web ; ils ne doutent pas, en la voyant, que la petite n'y ait été enfermée ; ils jugent même, en apercevant une petite grange où il y a du foin, que c'est dans cette grange qu'on a tenu Élisabeth en prison. La pitié du bon Adamson en augmente : il fait convenir Élisabeth, à son retour, que c'est là qu'elle a été retenue ; il anime tout le quartier ; on fait une souscription pour la jeune demoiselle si cruellement traitée.

A mesure que la jeune Canning reprend son embonpoint et sa beauté, tous les esprits s'échauffent pour elle. M. Adamson fait présenter au shérif une plainte au nom de l'innocence outragée. Mme Web et tous ceux de sa maison, qui étaient tranquilles dans leur campagne, sont arrêtés, et mis tous au cachot.

M. le shérif, pour mieux s'instruire de la vérité du fait, commence par faire venir chez lui amicalement une jeune servante de Mme Web, et l'engage par de douces paroles à dire tout ce qu'elle sait. La servante, qui n'avait jamais vu en sa vie miss Canning, ni entendu parler d'elle, répondit d'abord ingénument qu'elle ne savait rien de ce qu'on lui demandait ; mais quand le shérif lui eut dit qu'il faudrait répondre devant la justice, et qu'elle serait infailliblement pendue si elle n'avouait pas, elle dit tout ce qu'on voulut : enfin les jurés s'assemblèrent, et neuf personnes furent condamnées à la corde.

Heureusement en Angleterre aucun procès n'est secret, parce que le châtiment des crimes est destiné à être une instruction publique aux hommes, et non pas une vengeance particulière. Tous les interrogatoires se font à portes ouvertes, et tous les procès intéressants sont imprimés dans les journaux.

Il y a plus ; on a conservé en Angleterre une ancienne loi de France, qui ne permet pas qu'aucun criminel soit exécuté à mort sans que le procès ait été présenté au roi, et qu'il en ait signé l'arrêt. Cette loi, si sage, si humaine, si nécessaire, a été enfin mise en oubli en France, comme beaucoup d'autres ; mais elle est observée dans presque toute l'Europe : elle l'est aujourd'hui en Russie, elle l'est à la Chine, cette ancienne patrie de la morale, qui a publié des lois divines avant que l'Europe eût des coutumes.

Le temps de l'exécution des neuf accusés approchait, lorsque le papier qu'on appelle des sessions tomba entre les mains d'un philosophe nommé M. Ramsay [42] ; il lut le procès, et le trouva absurde d'un bout à l'autre. Cette lecture l'indigna ; il se mit à écrire une feuille dans laquelle il pose pour principe que le premier devoir des jurés est d'avoir le sens commun. Il fit voir que Mme Web, ses deux cousins, et tout le reste de la maison, étaient formés d'une autre pâte que les autres hommes s'ils faisaient jeûner au pain et à l'eau de petites filles dans le dessein de les prostituer ; qu'au contraire ils devaient les bien nourrir et les parer pour les rendre agréables ; que des marchands ne salissent ni ne déchirent la marchandise qu'ils veulent vendre. Il fit voir que jamais miss Canning n'avait été dans cette maison ; qu'elle n'avait fait que répéter ce que la bêtise de sa tante lui avait suggéré ; que le bonhomme Adamson avait, par excès de zèle, produit cet extravagant procès criminel ; qu'enfin il en allait coûter la vie à neuf citoyens, parce que miss Canning était jolie et qu'elle avait menti.

La servante, qui avait avoué amicalement au shérif tout ce qui n'était pas vrai, n'avait pu se dédire juridiquement. Quiconque a rendu un faux témoignage par enthousiasme ou par crainte le soutient d'ordinaire, et ment de peur de passer pour un menteur.

C'est en vain, dit M. Ramsay, que la loi veut que deux témoins fassent pendre un accusé. Si M. le chancelier et M. l'archevêque de Cantorbéry déposaient qu'ils m'ont vu assassiner mon père et ma mère, et les manger tout entiers à mon déjeuner en un demi-quart d'heure, il faudrait mettre à Bedlam [43] M. le chancelier et M. l'archevêque, plutôt que de me brûler sur leur beau témoignage. Mettez d'un côté une chose absurde et impossible, et de l'autre mille témoins et mille raisonneurs, l'impossibilité doit démentir les témoignages et les raisonnements.

Cette petite feuille fit tomber les écailles des yeux de M. le shérif et des jurés. Ils furent obligés de revoir le procès : il fut avéré que miss Canning était une petite friponne qui était allée accoucher, pendant qu'elle prétendait avoir été en prison chez Mme Web ; et toute la ville de Londres, qui avait pris parti pour elle, fut aussi honteuse qu'elle l'avait été lorsqu'un charlatan proposa de se mettre dans une bouteille de deux pintes, et que deux mille personnes étant venues à ce spectacle, il emporta leur argent, et leur laissa sa bouteille.

Il se peut qu'on se soit trompé sur quelques circonstances de cet événement ; mais les principales sont d'une vérité reconnue de toute l'Angleterre.

HISTOIRE DES CALAS

Cette aventure ridicule serait devenue bien tragique s'il ne s'était pas trouvé un philosophe qui lut par hasard les papiers publics. Plût à Dieu que, dans un procès non moins absurde et mille fois plus horrible, il y eût eu dans Toulouse un philosophe au milieu de tant de pénitents blancs ! On ne gémirait pas aujourd'hui sur le sang de l'innocence que le préjugé a fait répandre.

Il y eut pourtant à Toulouse un sage qui éleva sa voix contre les cris de la populace effrénée, et contre les préjugés des magistrats prévenus. Ce sage, qu'on ne peut trop bénir, était M. de Lassalle, conseiller au parlement, qui devait être un des juges.

Il s'expliqua d'abord sur l'irrégularité du monitoire ; il condamna hautement la précipitation avec laquelle on avait fait trois services solennels à un homme qu'on devait probablement traîner sur la claie : il déclara qu'on ne devait pas ensevelir en catholique et canoniser en martyr un mort qui, selon toutes les apparences, s'était défait lui-même, et qui certainement n'était point catholique. On savait que maître Chalier, avocat au parlement, avait déposé que Marc-Antoine Calas (qu'on supposait devoir faire abjuration le lendemain) avait au contraire le dessein d'aller à Genève se proposer pour être reçu pasteur des églises protestantes.

Le sieur Caseing avait entre les mains une lettre de ce même Marc-Antoine, dans laquelle il traitait de déserteur son frère Louis, devenu catholique : Notre déserteur, disait-il dans cette lettre, nous tracasse. Le curé de Saint-Étienne avait déclaré authentiquement que Marc-Antoine Calas était venu lui demander un certificat de catholicité, et qu'il n'avait pas voulu se charger de la prévarication de donner un certificat de catholicité à un protestant.

M. le conseiller de Lassalle pesait toutes ces raisons ; il ajoutait surtout que, selon la disposition des ordonnances et celle du droit romain, suivi dans le Languedoc, « il n'y a ni indice ni présomption, fût-elle de droit, qui puisse faire regarder un père comme coupable de la mort de son fils, et balancer la présomption naturelle et sacrée qui met les pères à l'abri de tout soupçon du meurtre de leurs enfants ».

Enfin ce digne magistrat trouvait que le jeune Lavaysse, étranger à toute cette horrible aventure, et la servante catholique, ne pouvant être accusés du meurtre prétendu de Marc-Antoine Calas, devaient être regardés comme témoins, et que leur témoignage nécessaire ne devait pas être ravi aux accusés.

Fondé sur tant de raisons invincibles, et pénétré d'une juste pitié, M. de Lassalle en parla avec le zèle que donnent la persuasion de l'esprit et la bonté du cœur. Un des juges lui dit : « Ah! Monsieur, vous êtes tout Calas. — Ah! Monsieur, vous êtes tout peuple », répondit M. de Lassalle.

Il est bien triste que cette noble chaleur qu'il faisait paraître ait servi au malheur de la famille dont son équité prenait la défense : car, s'étant déclaré avec tant de hauteur et en public, il eut la délicatesse de se récuser, et les Calas perdirent un juge éclairé, qui probablement aurait éclairé les autres.

M. Laborde, au contraire, qui s'était déclaré pour les préjugés populaires, et qui, ayant marqué un zèle que lui-même croyait outré ; M. Laborde, qui avait renoncé aussi à juger cette affaire, qui s'était retiré à la campagne près d'Albi, en revint pourtant pour condamner un père de famille à la roue.

Il n'y avait, comme on l'a déjà dit, et comme on le dira toujours, aucune preuve contre cette famille infortunée : on ne s'appuyait que sur des indices ; et quels indices encore! La raison humaine en rougit.

Le sieur David, capitoul de Toulouse, avait consulté le bourreau sur la manière dont Marc-Antoine Calas avait pu être pendu ; et ce fut l'avis du bourreau qui prépara l'arrêt, tandis qu'on négligeait les avis de tous les avocats.

Quand on alla aux opinions, le rapporteur ne délibéra que sur Calas père, et opina que ce père innocent « fût condamné à être d'abord appliqué à la question ordinaire et extraordinaire, pour avoir révélation de ses complices, être ensuite rompu vif, expirer sur la roue, après y avoir demeuré deux heures, et être ensuite brûlé ».

Cet avis fut suivi par six juges ; trois autres opinèrent

à la question seulement ; deux autres furent d'avis qu'on vérifiât sur les lieux s'il était possible que Marc-Antoine Calas eût pu se pendre lui-même ; un seul opina à mettre Jean Calas hors de cour.

Enfin, après de très longs débats, la pluralité se trouva pour la question ordinaire et extraordinaire, et pour la roue.

Ce malheureux père de famille, qui n'avait jamais eu de querelle avec personne, qui n'avait jamais battu un seul de ses enfants, ce faible vieillard de soixante-huit ans fut donc condamné au plus horrible des supplices, pour avoir étranglé et pendu de ses débiles mains, en haine de la religion catholique, un fils robuste et vigoureux, qui n'avait pas plus d'inclination pour cette religion catholique que le père lui-même.

Interrogé sur ses complices au milieu des horreurs de la question, il répondit ces propres mots : « Hélas! où il n'y a point de crime peut-il y avoir des complices ? »

Conduit de la chambre de la question au lieu du supplice, la même tranquillité d'âme l'y accompagna. Tous ses concitoyens, qui le virent passer sur le chariot fatal, en furent attendris ; le peuple même, qui depuis quelque temps était revenu de son fanatisme, versait sur son malheur des larmes sincères. Le commissaire qui présidait à l'exécution prit de lui le dernier interrogatoire ; il n'eut de lui que les mêmes réponses. Le P. Bourges, religieux jacobin et professeur en théologie, qui, avec le P. Caldaguès, religieux du même ordre, avait été chargé de l'assister dans ses derniers moments, et surtout de l'engager à ne rien celer de la vérité, le trouva tout disposé à offrir à Dieu le sacrifice de sa vie pour l'expiation de ses péchés ; mais, autant qu'il marquait de résignation aux décrets de la Providence, autant il fut ferme à défendre son innocence et celle des autres prévenus.

Un seul cri fort modéré lui échappa au premier coup qu'il reçut, les autres ne lui arrachèrent aucune plainte. Placé ensuite sur la roue pour y attendre le moment qui devait finir son supplice et sa vie, il ne tint que des discours remplis de sentiments de christianisme ; il ne s'emporta point contre ses juges ; sa charité lui fit dire qu'il ne leur imputait pas sa mort, et qu'il fallait qu'ils eussent été trompés par de faux témoins. Enfin lorsqu'il vit le moment où l'exécuteur se disposait à le délivrer de ses peines, ses dernières paroles au P. Bourges furent celles-ci : « Je meurs innocent ; Jésus-Christ, qui était l'innocence même, a bien voulu mourir par un supplice plus cruel encore. Je n'ai point de regret à une vie dont la fin va, je l'espère, me conduire à un bonheur éternel. Je plains mon épouse et mon fils ; mais ce pauvre étranger à qui je croyais faire politesse en le priant à souper, ce fils de M. Lavaysse, augmente encore mes regrets. »

Il parlait ainsi, lorsque le capitoul, premier auteur de cette catastrophe, qui avait voulu être témoin de son supplice et de sa mort, quoiqu'il ne fût pas nommé commissaire, s'approcha de lui, et lui cria : « Malheureux! voici le bûcher qui va réduire ton corps en cendres, dis la vérité. » Le sieur Calas ne fit pour toute réponse que détourner un peu la tête, et au même instant l'exécuteur fit son office, et lui ôta la vie.

Quoique Jean Calas soit mort protestant, le P. Bourges et le P. Caldaguès, son collègue, ont donné à sa mémoire les plus grands éloges : « C'est ainsi, ont-ils dit à quiconque a voulu les entendre, c'est ainsi que moururent autrefois nos martyrs » ; et même, sur un bruit qui courut que le sieur Calas s'était démenti et avait avoué son prétendu crime, le P. Bourges crut devoir aller lui-même rendre compte aux juges des derniers sentiments de Jean Calas, et les assurer qu'il avait toujours protesté de son innocence et de celle des autres accusés.

Après cette étrange exécution, on commença par juger Pierre Calas le fils ; il était regardé comme le plus coupable de ceux qui restaient en vie ; voici sur quel fondement.

Un jeune homme du peuple, nommé Cazères, avait été appelé à Montpellier pour déposer dans la continuation d'information ; il avait déposé qu'étant en qualité de garçon chez un tailleur nommé Bou, qui occupait une boutique dépendante de la maison du sieur Calas, le sieur Pierre Calas étant entré un jour dans cette boutique, la demoiselle Bou, entendant sonner la bénédiction, ordonna à ses garçons de l'aller recevoir ; sur quoi Pierre Calas lui dit : « Vous ne pensez qu'à vos bénédictions ; on peut se sauver dans les deux religions ; deux de mes frères pensent comme moi : si je savais qu'ils voulussent changer, je serais en état de les poignarder ; et si j'avais été à la place de mon père, quand Louis Calas, mon autre frère, se fit catholique, je ne l'aurais pas épargné. »

Pourquoi affecta-t-on de faire venir ce témoin de Montpellier pour déposer d'un fait que ce témoin prétendait s'être passé devant la demoiselle Bou et deux de ses garçons, qui étaient tous à Toulouse ? Pourquoi ne voulut-on pas faire ouïr la demoiselle Bou et ces deux garçons, surtout après qu'il eut été avancé dans les mémoires des Calas que la demoiselle Bou et ces deux garçons soutenaient fortement que tout ce que Cazères avait osé dire n'était qu'un mensonge dicté par des ennemis de l'accusé et par la haine des partis ? Quoi ! le nommé Cazères a entendu publiquement ce qu'on disait à ses maîtres, et ses maîtres et ses compagnons ne l'ont pas entendu ! Et les juges l'écoutent, et ils n'écoutent pas ces compagnons et ces maîtres !

Ne voit-on pas que la déposition de ce misérable était une contradiction dans les termes ? « On peut se sauver dans les deux religions » ; c'est-à-dire Dieu a pitié de l'ignorance et de la faiblesse humaine, et moi, je n'aurai pas pitié de mon frère ! Dieu accepte les vœux sincères de quiconque s'adresse à lui, et moi, je tuerai quiconque s'adressera à Dieu d'une manière qui ne me plaira pas ! Peut-on supposer un discours rempli d'une démence si atroce ?

Un autre témoin, mais bien moins important, qui déposa que Pierre Calas parlait mal de la religion romaine, commença par dire : « J'ai une aversion invincible pour tous les protestants. » Voilà certes un témoignage bien recevable !

C'était là tout ce qu'on avait pu rassembler contre Pierre Calas : le rapporteur crut y trouver une preuve assez forte pour fonder une condamnation aux galères perpétuelles ; il fut seul de son avis. Plusieurs opinèrent à mettre Pierre hors de cour, d'autres à le condamner au bannissement perpétuel ; le rapporteur se réduisit à cet avis, qui prévalut.

On vint ensuite à la veuve Calas, à cette mère vertueuse. Il n'y avait contre elle aucune sorte de preuve, ni de présomption, ni d'indice ; le rapporteur opina néanmoins contre elle au bannissement ; tous les autres juges furent d'avis de la mettre hors de cour et de procès.

Ce fut après cela le tour du jeune Lavaysse. Les soupçons contre lui étaient absurdes. Comment ce jeune homme de dix-neuf ans, étant à Bordeaux, aurait-il été élu à Toulouse bourreau des protestants ? La mère lui aurait-elle dit : « Vous venez à propos, nous avons un fils aîné à exécuter ; vous êtes son ami, vous souperez avec lui pour le pendre ; un de nos amis devait être du souper, il nous aurait aidés, mais nous nous passerons bien de lui » ?

Cet excès de démence ne pouvait se soutenir plus longtemps ; cependant le rapporteur fut d'avis de condamner Lavaysse au bannissement ; tous les autres juges, à l'exception du sieur Darbou, s'élevèrent contre cet avis.

Enfin, quand il fut question de la servante des Calas, le rapporteur opina à son élargissement, en faveur de son ancienne catholicité ; et cet avis passa tout d'une voix.

Serait-il possible qu'il y eût à présent dans Toulouse des juges qui ne pleurassent pas l'innocence d'une famille ainsi traitée ? Ils pleurent sans doute, et ils rougissent : et une preuve qu'ils se repentent de cet arrêt cruel, c'est qu'ils ont pendant quatre mois refusé la communication du procès, et même de l'arrêt, à quiconque l'a demandée.

Chacun d'eux se dit aujourd'hui dans le fond de son cœur : « Je vois avec horreur tous ces préjugés, toutes ces suppositions qui font frémir la nature et le sens commun. Je vois que par un arrêt j'ai fait expirer sur la roue un vieillard qui ne pouvait être coupable ; et que par un autre arrêt j'ai mis hors de cour tous ceux qui auraient été nécessairement criminels comme lui si le crime eût été possible. Je sens qu'il est évident qu'un de ces arrêts dément l'autre ; j'avoue que si j'ai fait mourir le père sur la roue, j'ai eu tort de me borner à bannir le fils, et j'avoue qu'en effet j'ai à me reprocher le bannissement du fils, la mort effroyable du père, et les fers dont j'ai chargé une mère respectable et le jeune Lavaysse pendant six mois.

« Si nous n'avons pas voulu montrer la procédure à ceux qui nous l'ont demandée, c'est qu'elle était effacée par nos larmes ; ajoutons à ces larmes la réparation qui est due à une honnête famille que nous avons précipitée dans la désolation et dans l'indigence ; je ne dirai pas dans l'opprobre, car l'opprobre n'est pas le partage des innocents ; rendons à la mère le bien que ce procès abominable lui a ravi. J'ajouterais : demandons-lui pardon ; mais qui de nous oserait soutenir sa présence ?

« Recevons du moins des remontrances publiques, fruit lamentable d'une publique injustice ; nous en faisons au roi, quand il demande à son peuple des secours absolument indispensables pour défendre ce même peuple du fer de ses ennemis : ne soyons pas étonnés que la terre entière nous en fasse quand nous avons fait mourir le plus innocent des hommes. Ne voyons-nous pas que ces remontrances sont écrites de son sang ? »

Il est à croire que les juges ont fait plusieurs fois en secret ces réflexions. Qu'il serait beau de s'y livrer ! et qu'ils sont à plaindre si une fausse honte les a étouffées dans leur cœur [44] !

A M. THIROUX DE CROSNE [45]
MAITRE DES REQUÊTES, ETC.

A Ferney, le 30 janvier [1763] [46].

Monsieur, je me crois autorisé à prendre la liberté de vous écrire ; l'amour de la vérité me l'ordonne.

Pierre Calas accusé d'un fratricide, et qui en serait indubitablement coupable si son père l'eût été, demeure auprès de mes terres : je l'ai vu souvent. Je fus d'abord en défiance ; j'ai fait épier, pendant quatre mois, sa conduite et ses paroles ; elles sont de l'innocence la plus pure et de la douleur la plus vraie. Il est près d'aller à Paris, ainsi que sa mère, qui n'a pu ignorer le crime, supposé qu'il ait été commis, qui, dans ce cas, en serait complice, et dont vous connaissez la candeur et la vertu.

Je dois, monsieur, avoir l'honneur de vous parler d'un fait dont les avocats n'étaient point instruits ; vous jugerez de son importance.

La servante catholique, et qui a élevé tous les enfants de Calas, est encore en Languedoc ; elle se confesse et communie tous les huit jours ; elle a été témoin que le père, la mère, les enfants, et Lavaysse, ne se quittèrent point dans le temps qu'on suppose le parricide commis. Si elle a fait un faux serment en justice pour sauver ses maîtres, elle s'en est accusée dans la confession ; on lui aurait refusé l'absolution ; elle ne communierait pas. Ce n'est pas une preuve juridique ; mais elle peut servir à fortifier toutes les autres ; et j'ai cru qu'il était de mon devoir de vous en parler.

L'affaire commence à intéresser toute l'Europe. Ou le fanatisme a rendu une famille entière coupable d'un parricide, ou il a fasciné les yeux des juges jusqu'à faire rouer un père de famille innocent : il n'y a pas de milieu. Tout le monde s'en rapportera à vos lumières et à votre équité.

J'ai l'honneur d'être avec respect, etc.

TRAITÉ SUR LA TOLÉRANCE
A L'OCCASION DE LA MORT DE JEAN CALAS[1]
(1763)

CHAPITRE PREMIER

HISTOIRE ABRÉGÉE DE LA MORT DE JEAN CALAS

Le meurtre de Calas, commis dans Toulouse avec le glaive de la justice, le 9 mars 1762, est un des plus singuliers événements qui méritent l'attention de notre âge et de la postérité. On oublie bientôt cette foule de morts qui a péri dans des batailles sans nombre, non seulement parce que c'est la fatalité inévitable de la guerre, mais parce que ceux qui meurent par le sort des armes pouvaient aussi donner la mort à leurs ennemis, et n'ont point péri sans se défendre. Là où le danger et l'avantage sont égaux, l'étonnement cesse, et la pitié même s'affaiblit ; mais si un père de famille innocent est livré aux mains de l'erreur, ou de la passion, ou du fanatisme ; si l'accusé n'a de défense que sa vertu ; si les arbitres de sa vie n'ont à risquer en l'égorgeant que de se tromper ; s'ils peuvent tuer impunément par un arrêt, alors le cri public s'élève, chacun craint pour soi-même, on voit que personne n'est en sûreté de sa vie devant un tribunal érigé pour veiller sur la vie des citoyens, et toutes les voix se réunissent pour demander vengeance.

Il s'agissait, dans cette étrange affaire, de religion, de suicide, de parricide ; il s'agissait de savoir si un père et une mère avaient étranglé leur fils pour plaire à Dieu, si un frère avait étranglé son frère, si un ami avait étranglé son ami, et si les juges avaient à se reprocher d'avoir fait mourir sur la roue un père innocent, ou d'avoir épargné une mère, un frère, un ami coupables.

Jean Calas, âgé de soixante et huit ans, exerçait la profession de négociant à Toulouse depuis plus de quarante années, et était reconnu de tous ceux qui ont vécu avec lui pour un bon père. Il était protestant, ainsi que sa femme et tous ses enfants, excepté un, qui avait abjuré l'hérésie, et à qui le père faisait une petite pension. Il paraissait si éloigné de cet absurde fanatisme qui rompt tous les liens de la société qu'il approuva la conversion de son fils Louis Calas, et qu'il avait depuis trente ans chez lui une servante zélée catholique, laquelle avait élevé tous ses enfants.

Un des fils de Jean Calas, nommé Marc-Antoine, était un homme de lettres : il passait pour un esprit inquiet, sombre et violent. Ce jeune homme, ne pouvant réussir ni à entrer dans le négoce, auquel il n'était pas propre, ni à être reçu avocat, parce qu'il fallait des certificats de catholicité qu'il ne put obtenir, résolut de finir sa vie, et fit pressentir ce dessein à un de ses amis ; il se confirma dans sa résolution par la lecture de tout ce qu'on a jamais écrit sur le suicide.

Enfin, un jour, ayant perdu son argent au jeu, il choisit ce jour-là pour exécuter son dessein. Un ami de sa famille et le sien, nommé Lavaysse, jeune homme de dix-neuf ans, connu par la candeur et la douceur de ses mœurs, fils d'un avocat célèbre de Toulouse, était arrivé de Bordeaux la veille [2] ; il soupa par hasard chez les Calas. Le père, la mère, Marc-Antoine leur fils aîné, Pierre leur second fils, mangèrent ensemble. Après le souper on se retira dans un petit salon : Marc-Antoine disparut ; enfin, lorsque le jeune Lavaysse voulut partir, Pierre Calas et lui étant descendus trouvèrent en bas, auprès du magasin, Marc-Antoine en chemise, pendu à une porte, et son habit plié sur le comptoir ; sa chemise n'était pas seulement dérangée ; ses cheveux étaient bien peignés : il n'avait sur le corps aucune plaie, aucune meurtrissure [3].

On passe ici tous les détails dont les avocats ont rendu compte : on ne décrira point la douleur et le désespoir du père et de la mère ; leurs cris furent entendus des voisins. Lavaysse et Pierre Calas, hors d'eux-mêmes, coururent chercher des chirurgiens et la justice.

Pendant qu'ils s'acquittaient de ce devoir, pendant que le père et la mère étaient dans les sanglots et dans les larmes, le peuple de Toulouse s'attroupa autour de la maison. Ce peuple est superstitieux et emporté ; il regarde comme des monstres ses frères qui ne sont pas de la même religion que lui. C'est à Toulouse qu'on remercia Dieu solennellement de la mort de Henri III, et qu'on fit serment d'égorger le premier qui parlerait de reconnaître le grand, le bon Henri IV. Cette ville solennise encore tous les ans, par une procession et par des feux de joie, le jour où elle massacra quatre mille citoyens hérétiques, il y a deux siècles. En vain six arrêts du conseil ont défendu cette odieuse fête, les Toulousains l'ont toujours célébrée comme les jeux floraux.

Quelque fanatique de la populace s'écria que Jean Calas avait pendu son propre fils Marc-Antoine. Ce cri, répété, fut unanime en un moment ; d'autres ajoutèrent que le mort devait le lendemain faire abjuration ; que sa famille et le jeune Lavaysse l'avaient étranglé par haine contre la religion catholique : le moment d'après on n'en douta plus ; toute la ville fut persuadée que c'est un point de religion chez les protestants qu'un père et une mère doivent assassiner leur fils dès qu'il veut se convertir.

Les esprits une fois émus ne s'arrêtent point. On imagina que les protestants du Languedoc s'étaient assemblés la veille ; qu'ils avaient choisi, à la pluralité des voix, un bourreau de la secte ; que le choix était tombé sur le jeune Lavaysse ; que ce jeune homme, en vingt-quatre heures, avait reçu la nouvelle de son élection, et était arrivé de Bordeaux pour aider Jean Calas, sa femme et leur fils Pierre, à étrangler un ami, un fils, un frère.

Le sieur David, capitoul de Toulouse, excité par ces rumeurs et voulant se faire valoir par une prompte exécution, fit une procédure contre les règles et les ordonnances. La famille Calas, la servante catholique, Lavaysse, furent mis aux fers.

On publia un monitoire non moins vicieux que la procédure. On alla plus loin : Marc-Antoine Calas était mort calviniste, et s'il avait attenté sur lui-même, il devait être traîné sur la claie ; on l'inhuma avec la plus grande pompe dans l'église Saint-Étienne, malgré le curé, qui protestait contre cette profanation.

Il y a, dans le Languedoc, quatre confréries de pénitents, la blanche, la bleue, la grise, et la noire. Les confrères portent un long capuce, avec un masque de drap percé de deux trous pour laisser la vue libre : ils ont voulu engager M. le duc de Fitz-James, commandant de la province, à entrer dans leur corps, et il les a refusés. Les confrères blancs firent à Marc-Antoine Calas un service solennel, comme à un martyr. Jamais aucune Église ne célébra la fête d'un martyr véritable avec plus de pompe ; mais cette pompe fut terrible. On avait élevé au-dessus d'un magnifique catafalque un squelette qu'on faisait mouvoir, et qui représentait Marc-Antoine Calas, tenant d'une main une palme, et de l'autre la plume dont il devait signer l'abjuration de l'hérésie, et qui écrivait en effet l'arrêt de mort de son père.

Alors il ne manqua plus au malheureux qui avait attenté sur soi-même que la canonisation : tout le peuple le regardait comme un saint ; quelques-uns l'invoquaient, d'autres allaient prier sur sa tombe, d'autres lui demandaient des miracles, d'autres racontaient ceux qu'il avait faits. Un moine lui arracha quelques dents pour avoir des reliques durables. Une dévote, un peu sourde, dit qu'elle avait entendu le son des cloches. Un prêtre apoplectique fut guéri après avoir pris de l'émétique. On dressa des verbaux de ces prodiges. Celui qui écrit cette relation possède une attestation qu'un jeune homme de Toulouse est devenu fou pour avoir prié plusieurs nuits sur le tombeau du nouveau saint, et pour n'avoir pu obtenir un miracle qu'il implorait.

Quelques magistrats étaient de la confrérie des pénitents blancs. Dès ce moment la mort de Jean Calas parut infaillible.

Ce qui surtout prépara son supplice, ce fut l'approche de cette fête singulière que les Toulousains célèbrent tous les ans en mémoire d'un massacre de quatre mille huguenots ; l'année 1762 [4] était l'année séculaire. On dressait dans la ville l'appareil de cette solennité : cela même allumait encore l'imagination échauffée du peuple ; on disait publiquement que l'échafaud sur lequel on rouerait les Calas serait le plus grand ornement de la fête ; on disait que la Providence amenait elle-même ces victimes pour être sacrifiées à notre sainte religion. Vingt personnes ont entendu ce discours, et de plus violents encore. Et c'est de nos jours ! et c'est dans un temps où la philosophie a fait tant de progrès ! et c'est lorsque cent académies écrivent pour inspirer la douceur des mœurs ! Il semble que le fanatisme, indigné depuis peu des succès de la raison, se débatte sous elle avec plus de rage.

Treize juges s'assemblèrent tous les jours pour terminer le procès. On n'avait, on ne pouvait avoir aucune preuve contre la famille ; mais la religion trompée tenait lieu de preuve. Six juges persistèrent longtemps à condamner Jean Calas, son fils et Lavaysse à la roue, et la femme de Jean Calas au bûcher. Sept autres plus modérés voulaient au moins qu'on examinât. Les débats furent réitérés et longs. Un des juges [5], convaincu de l'innocence des accusés et de l'impossibilité du crime, parla vivement en leur faveur ; il opposa le zèle de l'humanité au zèle de la sévérité ; il devint l'avocat public des Calas dans toutes les maisons de Toulouse, où les cris continuels de la religion abusée demandaient le sang de ces infortunés. Un autre juge, connu par sa violence [6], parlait dans la ville avec autant d'emportement contre les Calas que le premier montrait d'empressement à les défendre. Enfin l'éclat fut si grand qu'ils furent obligés de se récuser l'un et l'autre ; ils se retirèrent à la campagne.

Mais, par un malheur étrange, le juge favorable aux Calas eut la délicatesse de persister dans sa récusation, et l'autre revint donner sa voix contre ceux qu'il ne devait point juger : ce fut cette voix qui forma la condamnation à la roue, car il n'y eut que huit voix contre cinq, un des six juges opposés ayant à la fin, après bien des contestations, passé au parti le plus sévère.

Il semble que, quand il s'agit d'un parricide et de livrer un père de famille au plus affreux supplice, le jugement devrait être unanime, parce que les preuves d'un crime si inouï [7] devraient être d'une évidence sensible à tout le monde : le moindre doute dans un cas pareil doit suffire pour faire trembler un juge qui va signer un arrêt de mort. La faiblesse de notre raison et l'insuffisance de nos lois se font sentir tous les jours ; mais dans quelle occasion en découvre-t-on mieux la misère que quand la prépondérance d'une seule voix fait rouer un citoyen? Il fallait, dans Athènes, cinquante voix au delà de la moitié pour oser prononcer un jugement de mort. Qu'en résulte-t-il? Ce que nous savons très inutilement, que les Grecs étaient plus sages et plus humains que nous.

Il paraissait impossible que Jean Calas, vieillard de soixante-huit ans, qui avait depuis longtemps les jambes enflées et faibles, eût seul étranglé et pendu un fils âgé de vingt-huit ans, qui était d'une force au-dessus de l'ordinaire ; il fallait absolument qu'il eût été assisté dans cette exécution par sa femme, par son fils Pierre Calas, par Lavaysse et par la servante. Ils ne s'étaient pas quittés un seul moment le soir de cette fatale aventure. Mais cette supposition était encore aussi absurde que l'autre : car comment une servante zélée catholique aurait-elle pu souffrir que des huguenots assassinassent un jeune homme élevé par elle pour le punir d'aimer la religion de cette servante? Comment Lavaysse serait-il venu exprès de Bordeaux pour étrangler son ami dont il ignorait la conversion prétendue? Comment une mère tendre aurait-elle mis les mains sur son fils? Comment tous ensemble auraient-ils pu étrangler un jeune homme aussi robuste qu'eux tous, sans un combat long et violent, sans des cris affreux qui auraient appelé tout le voisinage, sans des coups réitérés, sans des meurtrissures, sans des habits déchirés.

Il était évident que, si le parricide avait pu être commis, tous les accusés étaient également coupables, parce qu'ils ne s'étaient pas quittés d'un moment ; il était évident qu'ils ne l'étaient pas ; il était évident que le père seul ne pouvait l'être ; et cependant l'arrêt condamna ce père seul à expirer sur la roue.

Le motif de l'arrêt était aussi inconcevable que tout le reste. Les juges qui étaient décidés pour le supplice de Jean Calas persuadèrent aux autres que ce vieillard faible ne pourrait résister aux tourments, et qu'il avouerait sous les coups des bourreaux son crime et celui de ses complices. Ils furent confondus, quand ce vieillard, en mourant sur la roue, prit Dieu à témoin de son innocence, et le conjura de pardonner à ses juges.

Ils furent obligés de rendre un second arrêt contradictoire avec le premier, d'élargir la mère, son fils Pierre, le jeune Lavaysse et la servante ; mais un des conseillers leur ayant fait sentir que cet arrêt démentait l'autre, qu'ils se condamnaient eux-mêmes, que tous les accusés ayant toujours été ensemble dans le temps qu'on supposait le parricide, l'élargissement de tous les survivants prouvait invinciblement l'innocence du père de famille exécuté, ils prirent alors le parti de bannir Pierre Calas son fils. Ce bannissement semblait aussi inconséquent, aussi absurde que tout le reste : car Pierre Calas était coupable ou innocent du parricide ; s'il était coupable, il fallait le rouer comme son père ; s'il était innocent, il ne fallait pas le bannir. Mais les juges, effrayés du supplice du père et de la piété attendrissante avec laquelle il était mort, imaginèrent de sauver leur honneur en laissant croire qu'ils faisaient grâce au fils, comme si ce n'eût pas été une prévarication nouvelle de faire grâce ; et ils crurent que le bannissement de ce jeune homme pauvre et sans appui, étant sans conséquence, n'était pas une grande injustice, après celle qu'ils avaient eu le malheur de commettre.

On commença par menacer Pierre Calas, dans son cachot, de le traiter comme son père s'il n'abjurait pas sa religion. C'est ce que ce jeune homme [8] atteste par serment.

Pierre Calas, en sortant de la ville, rencontra un abbé convertisseur qui le fit rentrer dans Toulouse ; on l'enferma dans un couvent de dominicains, et là on le contraignit à remplir toutes les fonctions de la catholicité : c'était en partie ce qu'on voulait, c'était le prix du sang de son père ; et la religion, qu'on avait cru venger, semblait satisfaite.

On enleva les filles à la mère ; elles furent enfermées dans un couvent. Cette femme, presque arrosée du sang de son mari, ayant tenu son fils aîné mort entre ses bras, voyant l'autre banni, privée de ses filles, dépouillée de tout son bien, était seule dans le monde, sans pain, sans espérance, et mourante de l'excès de son malheur. Quelques personnes, ayant examiné mûrement toutes les circonstances de cette aventure horrible, en furent si frappées qu'elles firent presser la dame Calas, retirée dans une solitude, d'oser venir demander justice au pied du trône. Elle ne pouvait pas alors se soutenir, elle s'éteignait ; et d'ailleurs, étant née Anglaise, transplantée dans une province de France dès son jeune âge, le nom seul de la ville de Paris l'effrayait. Elle s'imaginait que la capitale du royaume devait être encore plus barbare que celle du Languedoc. Enfin le devoir de venger la mémoire de son mari l'emporta sur sa faiblesse. Elle arriva à Paris prête d'expirer. Elle fut étonnée d'y trouver de l'accueil, des secours et des larmes.

La raison l'emporte à Paris sur le fanatisme, quelque grand qu'il puisse être, au lieu qu'en province le fanatisme l'emporte presque toujours sur la raison.

M. de Beaumont, célèbre avocat du parlement de Paris, prit d'abord sa défense, et dressa une consultation qui fut signée de quinze avocats [9]. M. Loiseau, non moins éloquent, composa un mémoire [10] en faveur de la famille. M. Mariette, avocat au conseil, dressa une requête juridique [11] qui portait la conviction dans tous les esprits.

Ces trois généreux défenseurs des lois et de l'innocence abandonnèrent à la veuve le profit des éditions de leurs plaidoyers [12]. Paris et l'Europe entière s'émurent de pitié, et demandèrent justice avec cette femme infortunée. L'arrêt fut prononcé par tout le public longtemps avant qu'il pût être signé par le conseil.

La pitié pénétra jusqu'au ministère, malgré le torrent continuel des affaires, qui souvent exclut la pitié, et malgré l'habitude de voir des malheureux, qui peut endurcir le cœur encore davantage. On rendit les filles à la mère. On les vit toutes les trois, couvertes d'un crêpe et baignées de larmes, en faire répandre à leurs juges.

Cependant cette famille eut encore quelques ennemis, car il s'agissait de religion. Plusieurs personnes, qu'on appelle en France *dévotes* [13], dirent hautement qu'il valait mieux laisser rouer un vieux calviniste innocent que d'exposer huit conseillers de Languedoc à convenir qu'ils s'étaient trompés : on se servit même de cette expression : « Il y a plus de magistrats que de Calas » ; et on inférait de là que la famille Calas devait être immolée à l'honneur de la magistrature. On ne songeait pas que l'honneur des juges consiste, comme celui des autres hommes, à réparer leurs fautes. On ne croit pas en France que le pape, assisté de ses cardinaux, soit infaillible : on pourrait croire de même que huit juges de Toulouse ne le sont pas. Tout le reste des gens sensés et désintéressés disaient que l'arrêt de Toulouse serait cassé dans toute l'Europe, quand même des considérations particulières empêcheraient qu'il fût cassé dans le conseil.

Tel était l'état de cette étonnante aventure, lorsqu'elle a fait naître à des personnes impartiales, mais sensibles, le dessein de présenter au public quelques réflexions sur la tolérance, sur l'indulgence, sur la commisération, que l'abbé Houtteville [14] appelle *dogme monstrueux*, dans sa déclamation ampoulée et erronée sur des faits, et que la raison appelle l'*apanage de la nature.*

Ou les juges de Toulouse, entraînés par le fanatisme de la populace, ont fait rouer un père de famille innocent, ce qui est sans exemple ; ou ce père de famille et sa femme ont étranglé leur fils aîné, aidés dans ce parricide par un autre fils et par un ami, ce qui n'est pas dans la nature. Dans l'un ou dans l'autre cas, l'abus de la religion la plus sainte a produit un grand crime. Il est donc de l'intérêt du genre humain d'examiner si la religion doit être charitable ou barbare.

CHAPITRE II

CONSÉQUENCES DU SUPPLICE DE JEAN CALAS

Si les pénitents blancs furent la cause du supplice d'un innocent, de la ruine totale d'une famille, de sa dispersion et de l'opprobre qui ne devrait être attaché qu'à l'injustice, mais qui l'est au supplice ; si cette précipitation des pénitents blancs à célébrer comme un saint celui qu'on aurait dû traîner sur la claie, suivant nos barbares usages, a fait rouer un père de famille vertueux ; ce malheur doit sans doute les rendre pénitents en effet pour le reste de leur vie ; eux et les juges doivent pleurer, mais non pas avec un long habit blanc et un masque sur le visage qui cacherait leurs larmes.

On respecte toutes les confréries : elles sont édifiantes ; mais quelque grand bien qu'elles puissent faire à l'État, égale-t-il ce mal affreux qu'elles ont causé ? Elles semblent instituées par le zèle qui anime en Languedoc les catholiques contre ceux que nous nommons *huguenots*. On dirait qu'on a fait vœu de haïr ses frères, car nous n'en avons pas assez pour aimer et pour secourir. Et que serait-ce si ces confréries étaient gouvernées par des enthousiastes, comme l'ont été autrefois quelques congrégations des artisans et des *messieurs* [15], chez lesquels on réduisait en art et en système l'habitude d'avoir des visions, comme le dit un de nos plus éloquents et savants magistrats ? Que serait-ce si on établissait dans les confréries ces chambres obscures, appelées *chambres de méditation*, où l'on faisait peindre des diables armés de cornes et de griffes, des gouffres de flammes, des croix et des poignards, avec le saint nom de Jésus au-dessus du tableau ? Quel spectacle pour des yeux déjà fascinés, et pour des imaginations aussi enflammées que soumises à leurs directeurs !

Il y a eu des temps, on ne le sait que trop, où des confréries ont été dangereuses. Les frérots, les flagellants, ont causé des troubles. La Ligue commença par de telles associations. Pourquoi se distinguer ainsi des autres citoyens ? S'en croyait-on plus parfait ? Cela même est une insulte au reste de la nation. Voulait-on que tous les chrétiens entrassent dans la confrérie ? Ce serait un beau spectacle que l'Europe en capuchon et en masque, avec deux petits trous ronds au devant des yeux ! Pense-t-on de bonne foi que Dieu préfère cet accoutrement à un justaucorps ? Il y a bien plus : cet habit est un uniforme de controversistes, qui avertit les adversaires de se mettre sous les armes ; il peut exciter une espèce de guerre civile dans les esprits, et elle finirait peut-être par de funestes excès si le roi et ses ministres n'étaient aussi sages que les fanatiques sont insensés.

On sait assez ce qu'il en a coûté depuis que les chrétiens disputent sur le dogme : le sang a coulé, soit sur les échafauds, soit dans les batailles, dès le IVe siècle jusqu'à nos jours. Bornons-nous ici aux guerres et aux horreurs que les querelles de la réforme ont excitées, et voyons quelle en a été la source en France. Peut-être un tableau raccourci et fidèle de tant de calamités ouvrira les yeux de quelques personnes peu instruites, et touchera des cœurs bien faits.

CHAPITRE III

IDÉE DE LA RÉFORME DU XVIe SIÈCLE

Lorsque à la renaissance des lettres les esprits commencèrent à s'éclairer, on se plaignit généralement des abus ; tout le monde avoue que cette plainte était légitime.

Le pape Alexandre VI avait acheté publiquement la tiare, et ses cinq bâtards en partageaient les avantages. Son fils, le cardinal duc de Borgia, fit périr, de concert avec le pape son père, les Vitelli, les Urbino, les Gravina, les Oliveretto, et cent autres seigneurs, pour ravir leurs domaines. Jules II, animé du même esprit, excommunia Louis XII, donna son royaume au premier occupant ; et lui-même, le casque en tête et la cuirasse sur le dos, mit à feu et à sang une partie de l'Italie. Léon X, pour payer ses plaisirs, trafiqua des indulgences comme on vend des denrées dans un marché public. Ceux qui s'élevèrent contre tant de brigandages n'avaient du moins aucun tort dans la morale. Voyons s'ils en avaient contre nous dans la politique.

Ils disaient que Jésus-Christ n'ayant jamais exigé

d'annates ni de réserves, ni vendu des dispenses pour ce monde et des indulgences pour l'autre, on pouvait se dispenser de payer à un prince étranger le prix de toutes ces choses. Quand les annates, les procès en cour de Rome, et les dispenses qui subsistent encore aujourd'hui, ne nous coûteraient que cinq cent mille francs par an, il est clair que nous avons payé depuis François Ier, en deux cent cinquante années, cent vingt-cinq millions ; et en évaluant les différents prix du marc d'argent, cette somme en compose une d'environ deux cent cinquante millions d'aujourd'hui. On peut donc convenir sans blasphème que les hérétiques, en proposant l'abolition de ces impôts singuliers dont la postérité s'étonnera, ne faisaient pas en cela un grand mal au royaume, et qu'ils étaient plutôt bons calculateurs que mauvais sujets. Ajoutons qu'ils étaient les seuls qui sussent la langue grecque, et qui connussent l'antiquité. Ne dissimulons point que malgré leurs erreurs, nous leur devons le développement de l'esprit humain, longtemps enseveli dans la plus épaisse barbarie.

Mais comme ils niaient le purgatoire, dont on ne doit pas douter, et qui d'ailleurs rapportait beaucoup aux moines ; comme ils ne révéraient pas des reliques qu'on doit révérer, mais qui rapportaient encore davantage ; enfin comme ils attaquaient des dogmes très respectés [16], on ne leur répondit d'abord qu'en les faisant brûler. Le roi, qui les protégeait et les soudoyait en Allemagne, marcha dans Paris à la tête d'une procession après laquelle on exécuta plusieurs de ces malheureux ; et voici quelle fut cette exécution. On les suspendait au bout d'une longue poutre qui jouait en bascule sur un arbre debout ; un grand feu était allumé sous eux, on les y plongeait, et on les relevait alternativement : ils éprouvaient les tourments et la mort par degrés, jusqu'à ce qu'ils expirassent par le plus long et le plus affreux supplice que jamais ait inventé la barbarie.

Peu de temps avant la mort de François Ier, quelques membres du parlement de Provence, animés par des ecclésiastiques contre les habitants de Mérindol et de Cabrières, demandèrent au roi des troupes pour appuyer l'exécution de dix-neuf personnes de ce pays condamnées par eux ; ils en firent égorger six mille, sans pardonner ni au sexe, ni à la vieillesse, ni à l'enfance ; ils réduisirent trente bourgs en cendres. Ces peuples, jusqu'alors inconnus, avaient tort, sans doute, d'être nés vaudois ; c'était leur seule iniquité. Ils étaient établis depuis trois cents ans dans des déserts et sur des montagnes qu'ils avaient rendus fertiles par un travail incroyable. Leur vie pastorale et tranquille retraçait l'innocence attribuée aux premiers âges du monde. Les villes voisines n'étaient connues d'eux que par le trafic des fruits qu'ils allaient vendre, ils ignoraient les procès et la guerre ; ils ne se défendirent pas : on les égorgea comme des animaux fugitifs qu'on tue dans une enceinte [17].

Après la mort de François Ier, prince plus connu cependant par ses galanteries et par ses malheurs que par ses cruautés, le supplice de mille hérétiques, surtout celui du conseiller au parlement Dubourg, et enfin le massacre de Vassy, armèrent les persécutés, dont la secte s'était multipliée à la lueur des bûchers et sous le fer des bourreaux ; la rage succéda à la patience ; ils imitèrent les cruautés de leurs ennemis : neuf guerres civiles remplirent la France de carnage ; une paix plus funeste que la guerre produisit la Saint-Barthélemy, dont il n'y avait aucun exemple dans les annales des crimes.

La Ligue assassina Henri III et Henri IV, par les mains d'un jacobin et d'un monstre qui avait été frère feuillant. Il y a des gens qui prétendent que l'humanité, l'indulgence, et la liberté de conscience, sont des choses horribles ; mais, en bonne foi, auraient-elles produit des calamités comparables ?

CHAPITRE IV

SI LA TOLÉRANCE EST DANGEREUSE, ET CHEZ QUELS PEUPLES ELLE EST PERMISE

Quelques-uns ont dit que si l'on usait d'une indulgence paternelle envers nos frères errants qui prient Dieu en mauvais français, ce serait leur mettre les armes à la main ; qu'on verrait de nouvelles batailles de Jarnac, de Moncontour, de Coutras, de Dreux, de Saint-Denis, etc. : c'est ce que j'ignore, parce que je ne suis pas un prophète ; mais il me semble que ce n'est pas raisonner conséquemment que de dire : « Ces hommes se sont soulevés quand je leur ai fait du mal : donc ils se soulèveront quand je leur ferai du bien. »

J'oserais prendre la liberté d'inviter ceux qui sont à la tête du gouvernement, et ceux qui sont destinés aux grandes places, à vouloir bien examiner mûrement si l'on doit craindre en effet que la douceur produise les mêmes révoltes que la cruauté a fait naître ; si ce qui est arrivé dans certaines circonstances doit arriver dans d'autres ; si les temps, l'opinion, les mœurs, sont toujours les mêmes.

Les huguenots, sans doute, ont été enivrés de fanatisme et souillés de sang comme nous ; mais la génération présente est-elle aussi barbare que leurs pères ? Le temps, la raison qui fait tant de progrès, les bons livres, la douceur de la société, n'ont-ils point pénétré chez ceux qui conduisent l'esprit de ces peuples ? et ne nous apercevons-nous pas que presque toute l'Europe a changé de face depuis environ cinquante années ?

Le gouvernement s'est fortifié partout, tandis que les mœurs se sont adoucies. La police générale, soutenue d'armées nombreuses toujours existantes, ne permet pas d'ailleurs de craindre le retour de ces temps anarchiques, où des paysans calvinistes combattaient des paysans catholiques enrégimentés à la hâte entre les semailles et les moissons.

D'autres temps, d'autres soins. Il serait absurde de décimer aujourd'hui la Sorbonne parce qu'elle présenta requête autrefois pour faire brûler la Pucelle d'Orléans ; parce qu'elle déclara Henri III déchu du droit de régner, qu'elle l'excommunia, qu'elle proscrivit le grand Henri IV. On ne recherchera pas sans doute les autres corps du royaume, qui commirent les mêmes excès dans ces temps de frénésie : cela serait non seulement injuste, mais il y aurait autant de folie qu'à purger tous les habitants de Marseille parce qu'ils ont eu la peste en 1720.

Irons-nous saccager Rome, comme firent les troupes de Charles Quint, parce que Sixte Quint, en 1585, accorda neuf ans d'indulgence à tous les Français qui prendraient les armes contre leur souverain ? Et n'est-ce pas assez d'empêcher Rome de se porter jamais à des excès semblables ?

La fureur qu'inspirent l'esprit dogmatique et l'abus de la religion chrétienne mal entendue a répandu autant de sang, a produit autant de désastres, en Allemagne, en Angleterre, et même en Hollande, qu'en France : cependant aujourd'hui la différence des religions ne cause aucun trouble dans ces États ; le juif, le catholique, le grec, le luthérien, le calviniste, l'anabaptiste, le socinien, le mennonite, le morave, et tant d'autres, vivent en frères dans ces contrées, et contribuent également au bien de la société.

On ne craint plus en Hollande que les disputes d'un Gomar[18] sur la prédestination fassent trancher la tête au grand pensionnaire. On ne craint plus à Londres que les querelles des presbytériens et des épiscopaux, pour une liturgie et pour un surplis, répandent le sang d'un roi sur un échafaud. L'Irlande peuplée et enrichie ne verra plus ses citoyens catholiques sacrifier à Dieu pendant deux mois ses citoyens protestants, les enterrer vivants, suspendre les mères à des gibets, attacher les filles au cou de leurs mères, et les voir expirer ensemble ; ouvrir le ventre des femmes enceintes, en tirer les enfants à demi formés, et les donner à manger aux porcs et aux chiens ; mettre un poignard dans la main de leurs prisonniers garrottés, et conduire leurs bras dans le sein de leurs femmes, de leurs pères, de leurs mères, de leurs filles, s'imaginant en faire mutuellement des parricides, et les damner tous en les exterminant tous. C'est ce que rapporte Rapin-Thoiras, officier en Irlande, presque contemporain ; c'est ce que rapportent toutes les annales, toutes les histoires d'Angleterre, et ce qui sans doute ne sera jamais imité. La philosophie, la seule philosophie, cette sœur de la religion, a désarmé des mains que la superstition avait si longtemps ensanglantées ; et l'esprit humain, au réveil de son ivresse, s'est étonné des excès où l'avait emporté le fanatisme.

Nous-mêmes, nous avons en France une province opulente où le luthéranisme l'emporte sur le catholicisme. L'université d'Alsace est entre les mains des luthériens ; ils occupent une partie des charges municipales : jamais la moindre querelle religieuse n'a dérangé le repos de cette province depuis qu'elle appartient à nos rois. Pourquoi ? C'est qu'on n'y a persécuté personne. Ne cherchez point à gêner les cœurs, et tous les cœurs seront à vous.

Je ne dis pas que tous ceux qui ne sont point de la religion du prince doivent partager les places et les honneurs de ceux qui sont de la religion dominante. En Angleterre, les catholiques, regardés comme attachés au parti du prétendant, ne peuvent parvenir aux emplois : ils payent même double taxe ; mais ils jouissent d'ailleurs de tous les droits des citoyens.

On a soupçonné quelques évêques français de penser qu'il n'est ni de leur honneur ni de leur intérêt d'avoir dans leur diocèse des calvinistes, et que c'est là le plus grand obstacle à la tolérance ; je ne le puis croire. Le corps des évêques, en France, est composé de gens de qualité qui pensent et qui agissent avec une noblesse digne de leur naissance ; ils sont charitables et généreux, c'est une justice qu'on leur rendra ; ils doivent penser que certainement leurs diocésains fugitifs ne se convertiront pas dans les pays étrangers, et que, retournés auprès de leurs pasteurs, ils pourraient être éclairés par leurs instructions et touchés par leurs exemples : il y aurait de l'honneur à les convertir, le temporel n'y perdrait pas, et plus il y aurait de citoyens, plus les terres des prélats rapporteraient.

Un évêque de Varmie, en Pologne, avait un anabaptiste pour fermier, et un socinien pour receveur ; on lui proposa de chasser et de poursuivre l'un, parce qu'il ne croyait pas la consubstantialité, et l'autre, parce qu'il ne baptisait son fils qu'à quinze ans ; il répondit qu'ils seraient éternellement damnés dans l'autre monde, mais que, dans ce monde-ci, ils lui étaient très nécessaires.

Sortons de notre petite sphère, et examinons le reste de notre globe. Le Grand Seigneur gouverne en paix vingt peuples de différentes religions ; deux cent mille Grecs vivent avec sécurité dans Constantinople ; le muphti même nomme et présente à l'empereur le patriarche grec ; on y souffre un patriarche latin. Le sultan nomme des évêques latins pour quelques îles de la Grèce [19], et voici la formule dont il se sert : « Je lui commande d'aller résider évêque dans l'île de Chio, selon leur ancienne coutume et leurs vaines cérémonies. » Cet empire est rempli de jacobites, de nestoriens, de monothélites ; il y a des cophtes, des chrétiens de Saint-Jean, des juifs, des guèbres, des banians. Les annales turques ne font mention d'aucune révolte excitée par aucune de ces religions.

Allez dans l'Inde, dans la Perse, dans la Tartarie, vous y verrez la même tolérance et la même tranquillité. Pierre le Grand a favorisé tous les cultes dans son vaste empire ; le commerce et l'agriculture y ont gagné, et le corps politique n'en a jamais souffert.

Le gouvernement de la Chine n'a jamais adopté, depuis plus de quatre mille ans qu'il est connu, que le culte des noachides, l'adoration simple d'un seul Dieu : cependant il tolère les superstitions de Fô, et une multitude de bonzes qui serait dangereuse si la sagesse des tribunaux ne les avait pas toujours contenus.

Il est vrai que le grand empereur Young-tching, le plus sage et le plus magnanime peut-être qu'ait eu la Chine, a chassé les jésuites ; mais ce n'était pas parce qu'il était intolérant, c'était, au contraire, parce que les jésuites l'étaient. Ils rapportent eux-mêmes, dans leurs *Lettres curieuses*, les paroles que leur dit ce bon prince : « Je sais que votre religion est intolérante ; je sais ce que vous avez fait aux Manilles et au Japon ; vous avez trompé mon père, n'espérez pas me tromper moi-même. » Qu'on lise tout le discours qu'il daigna leur tenir, on le trouvera le plus sage et le plus clément des hommes. Pouvait-il, en effet, retenir des physiciens d'Europe qui, sous le prétexte de montrer des thermomètres et des éolipyles à la cour, avaient soulevé déjà un prince du sang ? Et qu'aurait dit cet empereur, s'il avait lu nos histoires, s'il avait connu nos temps de la Ligue et de la conspiration des poudres ?

C'en était assez pour lui d'être informé des querelles indécentes des jésuites, des dominicains, des capucins, des prêtres séculiers, envoyés du bout du monde dans ses États : ils venaient prêcher la vérité, et ils s'anathématisaient les uns les autres. L'empereur ne fit donc que renvoyer des perturbateurs étrangers ; mais avec quelle bonté les renvoya-t-il ! Quels soins paternels n'eut-il pas d'eux pour leur voyage et pour empêcher qu'on ne les insultât sur la route ! Leur bannissement même fut un exemple de tolérance et d'humanité.

Les Japonais [20] étaient les plus tolérants de tous les hommes : douze religions paisibles étaient établies dans leur empire ; les jésuites vinrent faire la treizième, mais bientôt, n'en voulant pas souffrir d'autres, on sait ce qui en résulta : une guerre civile, non moins affreuse que celle de la Ligue, désola ce pays. La religion chrétienne fut noyée enfin dans des flots de sang ; les Japonais fermèrent leur empire au reste du monde, et ne nous regardèrent que comme des bêtes farouches, semblables à celles dont les Anglais ont purgé leur île. C'est en vain que le ministre Colbert, sentant le besoin que nous avions des Japonais, qui n'ont nul besoin de nous, tenta d'établir un commerce avec leur empire : il les trouva inflexibles.

Ainsi donc notre continent entier nous prouve qu'il ne faut ni annoncer ni exercer l'intolérance.

Jetez les yeux sur l'autre hémisphère ; voyez la Caroline, dont le sage Locke fut le législateur : il suffit de sept pères de famille pour établir un culte public approuvé par la loi ; cette liberté n'a fait naître aucun désordre. Dieu nous préserve de citer cet exemple pour engager la France à l'imiter ! on ne le rapporte que pour faire voir que l'excès le plus grand où puisse aller la tolérance n'a pas été suivi de la plus légère dissension ; mais ce qui est très utile et très bon dans une colonie naissante n'est pas convenable dans un ancien royaume.

Que dirons-nous des primitifs, que l'on a nommés *quakers* par dérision, et qui, avec des usages peut-être ridicules, ont été si vertueux et ont enseigné inutilement la paix au reste des hommes ? Ils sont en Pennsylvanie au nombre de cent mille ; la discorde, la controverse, sont ignorées dans l'heureuse patrie qu'ils se sont faite, et le nom seul de leur ville de Philadelphie, qui leur rappelle à tout moment que les hommes sont frères, est l'exemple et la honte des peuples qui ne connaissent pas encore la tolérance.

Enfin cette tolérance n'a jamais excité de guerre civile ; l'intolérance a couvert la terre de carnage. Qu'on juge maintenant entre ces deux rivales, entre la mère qui veut qu'on égorge son fils et la mère qui le cède pourvu qu'il vive !

Je ne parle ici que de l'intérêt des nations ; et en respectant, comme je le dois, la théologie, je n'envisage dans cet article que le bien physique et moral de la société. Je supplie tout lecteur impartial de peser ces vérités, de les rectifier, et de les étendre. Des lecteurs attentifs, qui se communiquent leurs pensées, vont toujours plus loin que l'auteur [21].

CHAPITRE V

COMMENT LA TOLÉRANCE PEUT ÊTRE ADMISE

J'ose supposer qu'un ministre éclairé et magnanime, un prélat humain et sage, un prince qui sait que son intérêt consiste dans le grand nombre de ses sujets, et sa gloire dans leur bonheur, daigne jeter les yeux sur cet écrit informe et défectueux ; il y supplée par ses propres lumières ; il se dit à lui-même : Que risquerai-je à voir la terre cultivée et ornée par plus de mains laborieuses, les tributs augmentés, l'État plus florissant ?

L'Allemagne serait un désert couvert des ossements des catholiques, évangéliques, réformés, anabaptistes, égorgés les uns par les autres, si la paix de Westphalie n'avait pas procuré enfin la liberté de conscience.

Nous avons des juifs à Bordeaux, à Metz, en Alsace ; nous avons des luthériens, des molinistes, des jansénistes : ne pouvons-nous pas souffrir et contenir des calvinistes à peu près aux mêmes conditions que les catholiques sont tolérés à Londres ? Plus il y a de sectes, moins chacune est dangereuse ; la multiplicité les affaiblit, toutes sont réprimées par de justes lois qui défendent les assemblées tumultueuses, les injures, les séditions, et qui sont toujours en vigueur par la force coactive.

Nous savons que plusieurs chefs de famille, qui ont élevé de grandes fortunes dans les pays étrangers, sont prêts à retourner dans leur patrie ; ils ne demandent que la protection de la loi naturelle, la validité de leurs mariages, la certitude de l'état de leurs enfants, le droit d'hériter de leurs pères, la franchise de leurs personnes ; point de temples publics, point de droit aux charges municipales, aux dignités : les catholiques n'en ont ni à Londres ni en plusieurs autres pays. Il ne s'agit plus de donner des privilèges immenses, des places de sûreté à une faction, mais de laisser vivre un peuple paisible, d'adoucir des édits autrefois peut-être nécessaires, et qui ne le sont plus. Ce n'est pas à nous d'indiquer au ministère ce qu'il peut faire ; il suffit de l'implorer pour des infortunés.

Que de moyens de les rendre utiles, et d'empêcher qu'ils ne soient jamais dangereux ! La prudence du ministère et du conseil, appuyée de la force, trouvera bien aisément ces moyens, que tant d'autres nations emploient si heureusement.

Il y a des fanatiques encore dans la populace calviniste ; mais il est constant qu'il y en a davantage dans la populace convulsionnaire. La lie des insensés de Saint-Médard est comptée pour rien dans la nation, celle des prophètes calvinistes est anéantie. Le grand moyen de diminuer le nombre des maniaques, s'il en reste, est d'abandonner cette maladie de l'esprit au régime de la raison, qui éclaire lentement, mais infailliblement, les hommes. Cette raison est douce, elle est humaine, elle inspire l'indulgence, elle étouffe la discorde, elle affermit la vertu, elle rend aimable l'obéissance aux lois, plus encore que la force ne les maintient. Et comptera-t-on pour rien le ridicule attaché aujourd'hui à l'enthousiasme par tous les honnêtes gens ? Ce ridicule est une puissante barrière contre les extravagances de tous les sectaires. Les temps passés sont comme s'ils n'avaient jamais été. Il faut toujours partir du point où l'on est, et de celui où les nations sont parvenues.

Il a été un temps où l'on se crut obligé de rendre des arrêts contre ceux qui enseignaient une doctrine contraire aux catégories d'Aristote, à l'horreur du vide, aux quiddités, et à l'universel de la part de la chose. Nous avons en Europe plus de cent volumes de jurisprudence sur la sorcellerie, et sur la manière de distinguer les faux sorciers des véritables. L'excommunication des sauterelles et des insectes nuisibles aux moissons a été très en usage et subsiste encore dans plusieurs rituels. L'usage est passé ; on laisse en paix Aristote, les sorciers et les sauterelles. Les exemples de ces graves démences, autrefois si importantes, sont innombrables : il en revient d'autres de temps en temps ; mais quand elles ont fait leur effet, quand on en est rassasié, elles s'anéantissent. Si quelqu'un s'avisait aujourd'hui d'être carpocratien, ou eutychéen, ou monothélite, monophysite, nestorien, manichéen, etc., qu'arriverait-il ? On en rirait, comme d'un homme habillé à l'antique, avec une fraise et un pourpoint.

La nation commençait à entrouvrir les yeux lorsque les jésuites Le Tellier et Doucin fabriquèrent la bulle *Unigenitus*, qu'ils envoyèrent à Rome : ils crurent être encore dans ces temps d'ignorance où les peuples adoptaient sans examen les assertions les plus absurdes. Ils osèrent proscrire cette proposition, qui est d'une vérité universelle dans tous les cas et dans tous les temps : « La crainte d'une excommunication injuste ne doit point empêcher de faire son devoir. » C'était proscrire la raison, les libertés de l'Église gallicane, et le fondement de la morale ; c'était dire aux hommes : Dieu vous ordonne de ne jamais faire votre devoir, dès que vous craindrez l'injustice. On n'a jamais heurté le sens commun plus effrontément. Les consulteurs de Rome n'y prirent pas garde. On persuada à la cour de Rome que cette bulle était nécessaire, et que la nation la désirait ; elle fut signée, scellée, et envoyée : on en sait les suites ; certainement, si on les avait prévues, on aurait mitigé la bulle. Les querelles ont été vives ; la prudence et la bonté du roi les ont enfin apaisées.

Il en est de même dans une grande partie des points qui divisent les protestants et nous ; il y en a quelques-uns qui ne sont d'aucune conséquence ; il y en a d'autres plus graves, mais sur lesquels la fureur de la dispute est tellement amortie que les protestants eux-mêmes ne prêchent aujourd'hui la controverse en aucune de leurs églises.

C'est donc ce temps de dégoût, de satiété, ou plutôt de raison, qu'on peut saisir comme une époque et un gage de tranquillité publique. La controverse est une maladie épidémique qui est sur sa fin, et cette peste, dont on est guéri, ne demande plus qu'un régime doux. Enfin l'intérêt de l'État est que des fils expatriés reviennent avec modestie dans la maison de leur père : l'humanité le demande, la raison le conseille, et la politique ne peut s'en effrayer.

CHAPITRE VI

SI L'INTOLÉRANCE EST DE DROIT NATUREL ET DE DROIT HUMAIN

Le droit naturel est celui que la nature indique à tous les hommes. Vous avez élevé votre enfant, il vous doit du respect comme à son père, de la reconnaissance comme à son bienfaiteur. Vous avez droit aux productions de la terre que vous avez cultivée par vos mains. Vous avez donné et reçu une promesse, elle doit être tenue.

Le droit humain ne peut être fondé en aucun cas que sur ce droit de nature ; et le grand principe, le principe universel de l'un et de l'autre, est, dans toute la terre : « Ne fais pas ce que tu ne voudrais pas qu'on te fît. » Or on ne voit pas comment, suivant ce principe, un homme pourrait dire à un autre : « Crois ce que je crois, et ce que tu ne peux croire, ou tu périras. » C'est ce qu'on dit en Portugal, en Espagne, à Goa. On se contente à présent, dans quelques autres pays, de dire : « Crois, ou je t'abhorre ; crois, ou je te ferai tout le mal que je pourrai ; monstre, tu n'as pas ma religion, tu n'as donc point de religion : il faut que tu sois en horreur à tes voisins, à ta ville, à ta province. »

S'il était de droit humain de se conduire ainsi, il faudrait donc que le Japonais détestât le Chinois, qui aurait en exécration le Siamois; celui-ci poursuivrait les Gangarides, qui tomberaient sur les habitants de l'Indus ; un Mogol arracherait le cœur au premier Malabare qu'il trouverait ; le Malabare pourrait égorger le Persan, qui pourrait massacrer le Turc : et tous ensemble se jetteraient sur les chrétiens, qui se sont si longtemps dévorés les uns les autres.

Le droit de l'intolérance est donc absurde et barbare : c'est le droit des tigres, et il est bien horrible, car les tigres ne déchirent que pour manger, et nous nous sommes exterminés pour des paragraphes.

CHAPITRE VII

SI L'INTOLÉRANCE A ÉTÉ CONNUE DES GRECS

Les peuples dont l'histoire nous a donné quelques faibles connaissances ont tous regardé leurs différentes religions comme des nœuds qui les unissaient tous ensemble : c'était une association entre les dieux comme entre les hommes. Un étranger arrivait-il dans une ville, il commençait par adorer les dieux du pays. On ne manquait jamais de vénérer les dieux même de ses ennemis. Les Troyens adressaient des prières aux dieux qui combattaient pour les Grecs.

Alexandre alla consulter dans les déserts de Libye le dieu Ammon, auquel les Grecs donnèrent le nom de *Zeus*, et les Latins, de *Jupiter*, quoique les uns et les autres eussent leur *Jupiter* et leur *Zeus* chez eux. Lorsqu'on assiégeait une ville, on faisait un sacrifice et des prières aux dieux de la ville pour se les rendre favorables. Ainsi, au milieu même de la guerre, la religion réunissait les hommes, et adoucissait quelquefois leurs fureurs, si quelquefois elle leur commandait des actions inhumaines et horribles.

Je peux me tromper ; mais il me paraît que de tous les anciens peuples policés, aucun n'a gêné la liberté de penser. Tous avaient une religion ; mais il me semble qu'ils en usaient avec les hommes comme avec leurs dieux : ils reconnaissaient tous un dieu suprême, mais ils lui associaient une quantité prodigieuse de divinités inférieures ; ils n'avaient qu'un culte, mais ils permettaient une foule de systèmes particuliers.

Les Grecs, par exemple, quelque religieux qu'ils fussent, trouvaient bon que les épicuriens niassent la Providence et l'existence de l'âme. Je ne parle pas des autres sectes, qui toutes blessaient les idées saines qu'on doit avoir de l'Être créateur, et qui toutes étaient tolérées.

Socrate, qui approcha le plus près de la connaissance du Créateur, en porta, dit-on, la peine, et mourut martyr de la Divinité ; c'est le seul que les Grecs aient fait mourir pour ses opinions. Si ce fut en effet la cause de sa condamnation, cela n'est pas à l'honneur de l'intolérance, puisqu'on ne punit que celui qui seul rendit gloire à Dieu, et qu'on honora tous ceux qui donnaient de la Divinité les notions les plus indignes. Les ennemis de la tolérance ne doivent pas, à mon avis, se prévaloir de l'exemple odieux des juges de Socrate.

Il est évident d'ailleurs qu'il fut la victime d'un parti furieux animé contre lui. Il s'était fait des ennemis irréconciliables des sophistes, des orateurs, des poètes, qui enseignaient dans les écoles, et même de tous les précepteurs qui avaient soin des enfants de distinction. Il avoue lui-même, dans son discours rapporté par Platon, qu'il allait de maison en maison prouver à ces précepteurs qu'ils n'étaient que des ignorants. Cette conduite n'était pas digne de celui qu'un oracle avait déclaré le plus sage des hommes. On déchaîna contre lui un prêtre et un conseiller des cinq-cents, qui l'accusèrent ; j'avoue que je ne sais pas précisément de quoi, je ne vois que du vague dans son *Apologie ;* on lui fait dire en général qu'on lui imputait d'inspirer aux jeunes gens des maximes contre la religion et le gouvernement. C'est ainsi qu'en usent tous les jours les calomniateurs dans le monde ; mais il faut dans un tribunal des faits avérés, des chefs d'accusation précis et circonstanciés ; c'est ce que le procès de Socrate ne nous fournit point ; nous savons seulement qu'il eut d'abord deux cent vingt voix pour lui. Le tribunal des cinq-cents possédait donc deux cent vingt philosophes : c'est beaucoup ; je doute qu'on les trouvât ailleurs. Enfin la pluralité fut pour la ciguë ; mais aussi songeons que les Athéniens, revenus à eux-mêmes, eurent les accusateurs et les juges en horreur ; que Mélitos, le principal auteur de cet arrêt, fut condamné à mort pour cette injustice ; que les autres furent bannis, et qu'on éleva un temple à Socrate. Jamais la philosophie ne fut si bien vengée ni tant honorée. L'exemple de Socrate est au fond le plus terrible argument qu'on puisse alléguer contre l'intolérance. Les Athéniens avaient un autel dédié aux dieux étrangers, aux dieux qu'ils ne pouvaient connaître. Y a-t-il une plus forte preuve non seulement d'indulgence pour toutes les nations, mais encore de respect pour leurs cultes ?

Un honnête homme, qui n'est ennemi ni de la raison, ni de la littérature, ni de la probité, ni de la patrie, en justifiant depuis peu la Saint-Barthélemy, cite la guerre des Phocéens, nommée *la guerre sacrée*, comme si cette guerre avait été allumée pour le culte, pour le dogme, pour des arguments de théologie ; il s'agissait de savoir à qui appartiendrait un champ : c'est le sujet de toutes les guerres. Des gerbes de blé ne sont pas un symbole de croyance ; jamais aucune ville grecque ne combattit pour des opinions. D'ailleurs, que prétend cet homme modeste et doux ? Veut-il que nous fassions une guerre sacrée [22] ?

CHAPITRE VIII

SI LES ROMAINS ONT ÉTÉ TOLÉRANTS

Chez les anciens Romains, depuis Romulus jusqu'aux temps où les chrétiens disputèrent avec les prêtres de l'empire, vous ne voyez pas un seul homme persécuté pour ses sentiments. Cicéron douta de tout, Lucrèce nia tout ; et on ne leur en fit pas le plus léger reproche. La licence même alla si loin que Pline le naturaliste commence son livre par nier un Dieu, et par dire qu'il en est un, c'est le soleil. Cicéron dit, en parlant des enfers : « *Non est anus tam excors quae credat ;* il n'y a pas même de vieille imbécile pour les croire [23]. » Juvénal dit : « *Nec pueri credunt* (satire II, vers 152) ; les enfants n'en croient rien. » On chantait sur le théâtre de Rome :

> *Post mortem nihil est, ipsaque mors nihil.*
> (Sénèque, *Troade ;* chœur à la fin du second acte.)
> Rien n'est après la mort, la mort même n'est rien.

Abhorrons ces maximes, et, tout au plus, pardonnons-les à un peuple que les évangiles n'éclairaient pas ; elles sont fausses, elles sont impies ; mais concluons que les Romains étaient très tolérants, puisqu'elles n'excitèrent jamais le moindre murmure.

Le grand principe du sénat et du peuple romain était : « *Deorum offensae diis curae ;* c'est aux dieux seuls à se soucier des offenses faites aux dieux. » Ce peuple-roi ne songeait qu'à conquérir, à gouverner et à policer l'univers. Ils ont été nos législateurs, comme nos vainqueurs ; et jamais César, qui nous donna des fers, des lois, et des jeux, ne voulut nous forcer à quitter nos druides pour lui, tout grand pontife qu'il était d'une nation notre souveraine.

Les Romains ne professaient pas tous les cultes, ils ne donnaient pas à tous la sanction publique ; mais ils les permirent tous. Ils n'eurent aucun objet matériel de culte sous Numa, point de simulacres, point de statues ; bientôt ils en élevèrent aux dieux *majorum gentium*, que les Grecs leur firent connaître. La loi des douze tables, *Deos peregrinos ne colunto*, se réduisit à n'accorder le culte public qu'aux divinités supérieures approuvées par le sénat. Isis eut un temple dans Rome, jusqu'au temps où Tibère le démolit, lorsque les prêtres de ce temple, corrompus par l'argent de Mundus, le firent coucher dans le temple, sous le nom du dieu Anubis, avec une femme nommée Pauline. Il est vrai que Josèphe est le seul qui rapporte cette histoire ; il n'était pas contemporain, il était crédule et exagérateur. Il y a peu d'apparence que, dans un temps aussi éclairé que celui de Tibère, une dame de la première condition eût été assez imbécile pour croire avoir les faveurs du dieu Anubis.

Mais que cette anecdote soit vraie ou fausse, il demeure certain que la superstition égyptienne avait élevé un temple à Rome avec le consentement public. Les Juifs y commerçaient dès le temps de la guerre punique ; ils y avaient des synagogues du temps d'Auguste, et ils les conservèrent presque toujours, ainsi que dans Rome moderne. Y a-t-il un plus grand exemple que la tolérance était regardée par les Romains comme la loi la plus sacrée du droit des gens ?

On nous dit qu'aussitôt que les chrétiens parurent, ils furent persécutés par ces mêmes Romains qui ne persécutaient personne. Il me paraît évident que ce fait est très faux ; je n'en veux pour preuve que saint Paul lui-même. Les *Actes des apôtres* nous apprennent que [24], saint Paul étant accusé par les Juifs de vouloir détruire la loi mosaïque par Jésus-Christ, saint Jacques proposa à saint Paul de se faire raser la tête, et d'aller se purifier dans le temple avec quatre Juifs, « afin que tout le monde sache que tout ce que l'on dit de vous est faux, et que vous continuez à garder la loi de Moïse ».

Paul, chrétien, alla donc s'acquitter de toutes les cérémonies judaïques pendant sept jours ; mais les sept jours n'étaient pas encore écoulés quand des Juifs d'Asie le reconnurent ; et, voyant qu'il était entré dans le temple, non seulement avec des Juifs, mais avec des Gentils, ils crièrent à la profanation : on le saisit, on le mena devant le gouverneur Félix, et ensuite on s'adressa au tribunal de Festus. Les Juifs en foule demandèrent sa mort ; Festus leur répondit [25] : « Ce n'est point la coutume des Romains de condamner un homme avant que l'accusé ait ses accusateurs devant lui, et qu'on lui ait donné la liberté de se défendre. »

Ces paroles sont d'autant plus remarquables dans ce magistrat romain qu'il paraît n'avoir eu nulle considération pour saint Paul, n'avoir senti pour lui que du mépris : trompé par les fausses lumières de sa raison, il le prit pour un fou ; il lui dit à lui-même qu'il était en démence [26] : *Multae te litterae ad insaniam convertunt*. Festus n'écouta donc que l'équité de la loi romaine en donnant sa protection à un inconnu qu'il ne pouvait estimer.

Voilà le Saint-Esprit lui-même qui déclare que les Romains n'étaient pas persécuteurs, et qu'ils étaient justes. Ce ne sont pas les Romains qui se soulevèrent contre saint Paul, ce furent les Juifs. Saint Jacques frère de Jésus, fut lapidé par l'ordre d'un Juif saducéen et non d'un Romain. Les Juifs seuls lapidèrent saint Étienne [27] ; et lorsque saint Paul gardait les manteaux des exécuteurs [28], certes il n'agissait pas en citoyen romain.

Les premiers chrétiens n'avaient rien sans doute à démêler avec les Romains ; ils n'avaient d'ennemis que les Juifs, dont ils commençaient à se séparer. On sait quelle haine implacable portent tous les sectaires à ceux qui abandonnent leur secte. Il y eut sans doute du tumulte dans les synagogues de Rome. Suétone dit, dans la *Vie de Claude* (chap. XXV) : *Judaeos, impulsore Christo assidue tumultuantes, Roma expulit.* Il se trompait, en disant que c'était à l'instigation du Christ : il ne pouvait pas être instruit des détails d'un peuple aussi méprisé à Rome que l'était le peuple juif ; mais il ne se trompait pas sur l'occasion de ces querelles. Suétone écrivait sous Adrien, dans le second siècle ; les chrétiens n'étaient pas alors distingués des Juifs aux yeux des Romains. Le passage de Suétone fait voir que les Romains, loin d'opprimer les premiers chrétiens, réprimaient alors les Juifs qui les persécutaient. Ils voulaient que la synagogue de Rome eût pour ses frères séparés la même indulgence que le sénat avait pour elle, et les Juifs chassés revinrent bientôt après ; ils parvinrent même aux honneurs, malgré les lois qui les en excluaient ; c'est Dion Cassius et Ulpien [29] qui nous l'apprennent. Est-il possible qu'après la ruine de Jérusalem les empereurs eussent prodigué des dignités aux Juifs, et qu'ils eussent persécuté, livré aux bourreaux et aux bêtes des chrétiens qu'on regardait comme une secte de Juifs ?

Néron, dit-on, les persécuta. Tacite nous apprend qu'ils furent accusés de l'incendie de Rome, et qu'on les abandonna à la fureur du peuple. S'agissait-il de leur croyance dans une telle accusation ? non, sans doute. Dirons-nous que les Chinois que les Hollandais égorgèrent, il y a quelques années, dans les faubourgs de Batavia, furent immolés à la religion ? Quelque envie qu'on ait de se tromper, il est impossible d'attribuer à l'intolérance le désastre arrivé sous Néron à quelques malheureux demi-Juifs et demi-chrétiens.

CHAPITRE IX

DES MARTYRS

Il y eut dans la suite des martyrs chrétiens. Il est bien difficile de savoir précisément pour quelles raisons ces martyrs furent condamnés ; mais j'ose croire qu'aucun ne le fut, sous les premiers Césars, pour sa seule religion : on les tolérait toutes ; comment aurait-on pu rechercher et poursuivre des hommes obscurs, qui avaient un culte particulier, dans le temps qu'on permettait tous les autres ?

Les Titus, les Trajan, les Antonin, les Décius, n'étaient pas des barbares : peut-on imaginer qu'ils auraient privé les seuls chrétiens d'une liberté dont jouissait toute la terre ? Les aurait-on seulement osé accuser d'avoir des mystères secrets, tandis que les mystères d'Isis, ceux de Mithras, ceux de la déesse de Syrie, tous étrangers au culte romain, étaient permis sans contradiction ? Il faut bien que la persécution ait eu d'autres causes, et que les haines particulières, soutenues par la raison d'État, aient répandu le sang des chrétiens.

Par exemple, lorsque saint Laurent refuse au préfet de Rome, Cornelius Secularis, l'argent des chrétiens qu'il avait en sa garde, il est naturel que le préfet et l'empereur soient irrités : ils ne savaient pas que saint Laurent avait distribué cet argent aux pauvres, et qu'il avait fait une œuvre charitable et sainte ; ils le regardèrent comme un réfractaire, et le firent périr.

Considérons le martyre de saint Polyeucte. Le condamna-t-on pour sa religion seule ? Il va dans le temple, où l'on rend aux dieux des actions de grâces pour la victoire de l'empereur Décius ; il y insulte les sacrificateurs, il renverse et brise les autels et les statues : quel est le pays au monde où l'on pardonnerait un pareil attentat ? Le chrétien qui déchira publiquement l'édit de l'empereur Dioclétien, et qui attira sur ses frères la grande persécution dans les deux dernières années du règne de ce prince, n'avait pas un zèle selon la science, et il était bien malheureux d'être la cause du désastre de son parti. Ce zèle inconsidéré, qui éclata souvent et qui fut même condamné par plusieurs Pères de l'Église, a été probablement la source de toutes les persécutions.

Je ne compare point sans doute les premiers sacramentaires aux premiers chrétiens : je ne mets point l'erreur à côté de la vérité ; mais Farel, prédécesseur de Jean Calvin, fit dans Arles la même chose que saint Polyeucte avait faite en Arménie. On portait dans les rues la statue de saint Antoine l'ermite en procession ; Farel tombe avec quelques-uns des siens sur les moines qui portaient saint Antoine, les bat, les disperse, et jette saint Antoine dans la rivière. Il méritait la mort, qu'il ne reçut pas, parce qu'il eut le temps de s'enfuir. S'il s'était contenté de crier à ces moines qu'il ne croyait pas qu'un corbeau eût apporté la moitié d'un pain à saint Antoine l'ermite, ni que saint Antoine eût eu des conversations avec des centaures et des satyres, il aurait mérité une forte réprimande, parce qu'il troublait l'ordre ; mais si le soir, après la procession, il avait examiné paisiblement l'histoire du corbeau, des centaures, et des satyres, on n'aurait rien eu à lui reprocher.

Quoi ! les Romains auraient souffert que l'infâme Antinoüs fût mis au rang des seconds dieux, et ils auraient déchiré, livré aux bêtes, tous ceux auxquels on n'aurait reproché que d'avoir paisiblement adoré un juste ! Quoi ! ils auraient reconnu un Dieu suprême [30], un Dieu souverain, maître de tous les dieux secondaires, attesté par cette formule : *Deus optimus maximus;* et ils auraient recherché ceux qui adoraient un Dieu unique!

Il n'est pas croyable que jamais il y eut une inquisition contre les chrétiens sous les empereurs, c'est-à-dire qu'on soit venu chez eux les interroger sur leur croyance. On ne troubla jamais sur cet article ni Juif, ni Syrien, ni Égyptien, ni bardes, ni druides, ni philosophes. Les martyrs furent donc ceux qui s'élevèrent contre les faux dieux. C'était une chose très sage, très pieuse de n'y pas croire ; mais enfin si, non contents d'adorer un Dieu en esprit et en vérité, ils éclatèrent violemment contre le culte reçu, quelque absurde qu'il pût être, on est forcé d'avouer qu'eux-mêmes étaient intolérants.

Tertullien, dans son *Apologétique* [31], avoue qu'on regardait les chrétiens comme des factieux : l'accusation était injuste, mais elle prouvait que ce n'était pas la religion seule des chrétiens qui excitait le zèle des magistrats. Il avoue [32] que les chrétiens refusaient d'orner leurs portes de branches de laurier dans les réjouissances publiques pour les victoires des empereurs : on pouvait aisément prendre cette affectation condamnable pour un crime de lèse-majesté.

La première sévérité juridique exercée contre les chrétiens fut celle de Domitien ; mais elle se borna à un exil qui ne dura pas une année : « *Facile coeptum repressit, restitutis etiam quos relegaverat* », dit Tertullien (chap. v). Lactance, dont le style est si emporté, convient que, depuis Domitien jusqu'à Décius, l'Église fut tranquille et florissante [33]. Cette longue paix, dit-il, fut interrompue quand cet exécrable animal Décius opprima l'Église : « *Exstitit enim post annos plurimos exsecrabile animal Decius, qui vexaret Ecclesiam.* » (*Apol.*, chap. IV.)

On ne veut point discuter ici le sentiment du savant

Dodwell sur le petit nombre des martyrs[34] ; mais si les Romains avaient tant persécuté la religion chrétienne, si le sénat avait fait mourir tant d'innocents par des supplices inusités, s'ils avaient plongé des chrétiens dans l'huile bouillante, s'ils avaient exposé des filles toutes nues aux bêtes dans le cirque, comment auraient-ils laissé en paix tous les premiers évêques de Rome ? Saint Irénée ne compte pour martyr parmi ces évêques que le seul Télesphore, dans l'an 139 de l'ère vulgaire, et on n'a aucune preuve que ce Télesphore ait été mis à mort. Zéphirin gouverna le troupeau de Rome pendant dix-huit années, et mourut paisiblement l'an 219. Il est vrai que, dans les anciens martyrologes, on place presque tous les premiers papes ; mais le mot de martyre n'était pris alors que suivant sa véritable signification : *martyre* voulait dire *témoignage*, et non pas *supplice*.

Il est difficile d'accorder cette fureur de persécution avec la liberté qu'eurent les chrétiens d'assembler cinquante-six conciles que les écrivains ecclésiastiques comptent dans les trois premiers siècles.

Il y eut des persécutions ; mais si elles avaient été aussi violentes qu'on le dit, il est vraisemblable que Tertullien, qui écrivit avec tant de force contre le culte reçu, ne serait pas mort dans son lit. On sait bien que les empereurs ne lurent pas son *Apologétique;* qu'un écrit obscur, composé en Afrique, ne parvient pas à ceux qui sont chargés du gouvernement du monde ; mais il devait être connu de ceux qui approchaient le proconsul d'Afrique ; il devait attirer beaucoup de haine à l'auteur ; cependant il ne souffrit point le martyre.

Origène enseigna publiquement dans Alexandrie, et ne fut point mis à mort. Ce même Origène, qui parlait avec tant de liberté aux païens et aux chrétiens, qui annonçait Jésus aux uns, qui niait un Dieu en trois personnes aux autres, avoue expressément, dans son troisième livre contre Celse, « qu'il y a eu très peu de martyrs, et encore de loin en loin. Cependant, dit-il, les chrétiens ne négligent rien pour faire embrasser leur religion par tout le monde ; ils courent dans les villes, dans les bourgs, dans les villages. »

Il est certain que ces courses continuelles pouvaient être aisément accusées de sédition par les prêtres ennemis ; et pourtant ces missions sont tolérées, malgré le peuple égyptien, toujours turbulent, séditieux et lâche : peuple qui avait déchiré un Romain pour avoir tué un chat, peuple en tout temps méprisable, quoi qu'en disent les admirateurs des pyramides.

Qui devait plus soulever contre lui les prêtres et le gouvernement que saint Grégoire Thaumaturge, disciple d'Origène ? Grégoire avait vu pendant la nuit un vieillard envoyé de Dieu, accompagné d'une femme resplendissante de lumière : cette femme était la sainte Vierge, et ce vieillard était saint Jean l'Évangéliste. Saint Jean lui dicta un symbole que saint Grégoire alla prêcher. Il passa, en allant à Néocésarée, près d'un temple où l'on rendait des oracles, et où la pluie l'obligea de passer la nuit ; il y fit plusieurs signes de croix. Le lendemain le grand sacrificateur du temple fut étonné que les démons, qui lui répondaient auparavant, ne voulaient plus rendre d'oracles ; il les appela : les diables vinrent pour lui dire qu'ils ne viendraient plus ; ils lui apprirent qu'ils ne pouvaient plus habiter ce temple, parce que Grégoire y avait passé la nuit, et qu'il y avait fait des signes de croix.

Le sacrificateur fit saisir Grégoire, qui lui répondit : « Je peux chasser les démons d'où je veux, et les faire entrer où il me plaira. — Faites-les donc rentrer dans mon temple », dit le sacrificateur. Alors Grégoire déchira un petit morceau d'un volume qu'il tenait à la main, et y traça ces paroles : « Grégoire à Satan : Je te commande de rentrer dans ce temple. » On mit ce billet sur l'autel : les démons obéirent, et rendirent ce jour-là leurs oracles comme à l'ordinaire ; après quoi ils cessèrent, comme on le sait.

C'est saint Grégoire de Nysse qui rapporte ces faits dans la vie de saint Grégoire Thaumaturge. Les prêtres des idoles devaient sans doute être animés contre Grégoire, et, dans leur aveuglement, le déférer au magistrat : cependant leur plus grand ennemi n'essuya aucune persécution.

Il est dit dans l'histoire de saint Cyprien qu'il fut le premier évêque de Carthage condamné à la mort. Le martyre de saint Cyprien est de l'an 258 de notre ère : donc pendant un très long temps aucun évêque de Carthage ne fut immolé pour sa religion. L'histoire ne nous dit point quelles calomnies s'élevèrent contre saint Cyprien, quels ennemis il avait, pourquoi le proconsul d'Afrique fut irrité contre lui. Saint Cyprien écrit à Cornélius, évêque de Rome : « Il arriva depuis peu une émotion populaire à Carthage, et on cria par deux fois qu'il fallait me jeter aux lions. » Il est bien vraisemblable que les emportements du peuple féroce de Carthage furent enfin cause de la mort de Cyprien ; et il est bien sûr que ce ne fut pas l'empereur Gallus qui le condamna de si loin pour sa religion, puisqu'il laissait en paix Corneille, qui vivait sous ses yeux.

Tant de causes secrètes se mêlent souvent à la cause apparente, tant de ressorts inconnus servent à persécuter un homme, qu'il est impossible de démêler dans les siècles postérieurs la source cachée des malheurs des hommes les plus considérables, à plus forte raison celle du supplice d'un particulier qui ne pouvait être connu que par ceux de son parti.

Remarquez que saint Grégoire Thaumaturge et

saint Denis évêque d'Alexandrie, qui ne furent point suppliciés, vivaient dans le temps de saint Cyprien. Pourquoi, étant aussi connus pour le moins que cet évêque de Carthage, demeurèrent-ils paisibles? Et pourquoi saint Cyprien fut-il livré au supplice? N'y a-t-il pas quelque apparence que l'un succomba sous des ennemis personnels et puissants, sous la calomnie, sous le prétexte de la raison d'État, qui se joint si souvent à la religion, et que les autres eurent le bonheur d'échapper à la méchanceté des hommes?

Il n'est guère possible que la seule accusation de christianisme ait fait périr saint Ignace sous le clément et juste Trajan, puisqu'on permit aux chrétiens de l'accompagner et de le consoler, quand on le conduisit à Rome. Il y avait eu souvent des séditions dans Antioche, ville toujours turbulente, où Ignace était évêque secret des chrétiens : peut-être ces séditions, malignement imputées aux chrétiens innocents, excitèrent l'attention du gouvernement, qui fut trompé, comme il est trop souvent arrivé.

Saint Siméon, par exemple, fut accusé devant Sapor d'être l'espion des Romains. L'histoire de son martyre rapporte que le roi Sapor lui proposa d'adorer le soleil; mais on sait que les Perses ne rendaient point de culte au soleil : ils le regardaient comme un emblème du bon principe, d'Oromase, ou Orosmade, du Dieu créateur qu'ils reconnaissaient.

Quelque tolérant que l'on puisse être, on ne peut s'empêcher de sentir quelque indignation contre ces déclamateurs qui accusent Dioclétien d'avoir persécuté les chrétiens depuis qu'il fut sur le trône; rapportons-nous-en à Eusèbe de Césarée : son témoignage ne peut être récusé; le favori, le panégyriste de Constantin, l'ennemi violent des empereurs précédents, doit en être cru quand il les justifie. Voici ses paroles [35] : « Les empereurs donnèrent longtemps aux chrétiens de grandes marques de bienveillance ; ils leur confièrent des provinces ; plusieurs chrétiens demeurèrent dans le palais ; ils épousèrent même des chrétiennes. Dioclétien prit pour son épouse Prisca, dont la fille fut femme de Maximien Galère, etc. »

Qu'on apprenne donc de ce témoignage décisif à ne plus calomnier ; qu'on juge si la persécution excitée par Galère, après dix-neuf ans d'un règne de clémence et de bienfaits, ne doit pas avoir sa source dans quelque intrigue que nous ne connaissons pas.

Qu'on voie combien la fable de la légion thébaine ou thébéenne, massacrée, dit-on, tout entière pour la religion, est une fable absurde. Il est ridicule qu'on ait fait venir cette légion d'Asie par le Grand Saint-Bernard ; il est impossible qu'on l'eût appelée d'Asie pour venir apaiser une sédition dans les Gaules, un an après que cette sédition avait été réprimée ; il n'est pas moins impossible qu'on ait égorgé six mille hommes d'infanterie et sept cents cavaliers dans un passage où deux cents hommes pourraient arrêter une armée entière. La relation de cette prétendue boucherie commence par une imposture évidente : « Quand la terre gémissait sous la tyrannie de Dioclétien, le ciel se peuplait de martyrs. » Or cette aventure, comme on l'a dit, est supposée en 286, temps où Dioclétien favorisait le plus les chrétiens, et où l'empire romain fut le plus heureux. Enfin ce qui devrait épargner toutes ces discussions, c'est qu'il n'y eut jamais de légion thébaine : les Romains étaient trop fiers et trop sensés pour composer une légion de ces Égyptiens qui ne servaient à Rome que d'esclaves, *Verna Canopi :* c'est comme s'ils avaient eu une légion juive. Nous avons les noms des trente-deux légions qui faisaient les principales forces de l'empire romain ; assurément la légion thébaine ne s'y trouve pas. Rangeons donc ce conte avec les vers acrostiches des sibylles qui prédisaient les miracles de Jésus-Christ, et avec tant de pièces supposées qu'un faux zèle prodigua pour abuser la crédulité.

CHAPITRE X

DU DANGER DES FAUSSES LÉGENDES ET DE LA PERSÉCUTION

Le mensonge en a trop longtemps imposé aux hommes ; il est temps qu'on connaisse le peu de vérités qu'on peut démêler à travers ces nuages de fables qui couvrent l'histoire romaine depuis Tacite et Suétone, et qui ont presque toujours enveloppé les annales des autres nations anciennes.

Comment peut-on croire, par exemple, que les Romains, ce peuple grave et sévère de qui nous tenons nos lois, aient condamné des vierges chrétiennes, des filles de qualité, à la prostitution ? C'est bien mal connaître l'austère dignité de nos législateurs, qui punissaient si sévèrement les faiblesses des vestales. Les *Actes sincères* de Ruinart rapportent ces turpitudes ; mais doit-on croire aux *Actes* de Ruinart comme aux *Actes des apôtres ?* Ces *Actes sincères* disent, après Bollandus, qu'il y avait dans la ville d'Ancyre sept vierges chrétiennes, d'environ soixante et dix ans chacune, que le gouverneur Théodecte les condamna à passer par les mains des jeunes gens de la ville ; mais que ces vierges ayant été épargnées, comme de raison, il les obligea de servir toutes nues aux mystères de Diane, auxquels pourtant on n'assista jamais qu'avec un voile. Saint Théodote, qui, à la vérité, était cabaretier, mais qui n'en était pas moins zélé, pria Dieu ardemment de vouloir bien faire mourir ces saintes filles, de peur qu'elles ne succombassent à la tentation. Dieu l'exauça ; le gouverneur les fit jeter dans un lac avec une pierre au cou : elles apparurent aussitôt à Théodote, et le prièrent de ne pas souffrir que leurs corps fussent mangés des poissons ; ce furent leurs propres paroles.

Le saint cabaretier et ses compagnons allèrent pendant la nuit au bord du lac gardé par des soldats ; un flambeau céleste marcha toujours devant eux, et quand ils furent au lieu où étaient les gardes, un cavalier céleste, armé de toutes pièces, poursuivit ces gardes la lance à la main. Saint Théodote retira du lac les corps des vierges : il fut mené devant le gouverneur ; et le cavalier céleste n'empêcha pas qu'on ne lui tranchât la tête. Ne cessons de répéter que nous vénérons les vrais martyrs, mais qu'il est difficile de croire cette histoire de Bollandus et de Ruinart.

Faut-il rapporter ici le conte du jeune saint Romain ? On le jeta dans le feu, dit Eusèbe, et des Juifs qui étaient présents insultèrent à Jésus-Christ qui laissait brûler ses confesseurs, après que Dieu avait tiré Sidrach, Misach, et Abdenago, de la fournaise ardente[36]. A peine les Juifs eurent-ils parlé que saint Romain sortit triomphant du bûcher : l'empereur ordonna qu'on lui pardonnât, et dit au juge qu'il ne voulait rien avoir à démêler avec Dieu ; étranges paroles pour Dioclétien ! Le juge, malgré l'indulgence de l'empereur, commanda qu'on coupât la langue à saint Romain, et, quoiqu'il eût des bourreaux, il fit faire cette opération par un médecin. Le jeune Romain, né bègue, parla avec volubilité dès qu'il eut la langue coupée. Le médecin essuya une réprimande, et, pour montrer que l'opération était faite selon les règles de l'art, il prit un passant et lui coupa juste autant de langue qu'il en avait coupé à saint Romain, de quoi le passant mourut sur-le-champ : *car*, ajoute savamment l'auteur, *l'anatomie nous apprend qu'un homme sans langue ne saurait vivre.* En vérité, si Eusèbe a écrit de pareilles fadaises, si on ne les a point ajoutées à ses écrits, quel fond peut-on faire sur son *Histoire ?*

On nous donne le martyre de sainte Félicité et de ses sept enfants, envoyés, dit-on, à la mort par le sage et vieux Antonin, sans nommer l'auteur de la relation.

Il est bien vraisemblable que quelque auteur plus zélé que vrai a voulu imiter l'histoire des Macchabées. C'est ainsi que commence la relation : « Sainte Félicité était Romaine, elle vivait sous le règne d'Antonin » ; il est clair, par ces paroles, que l'auteur n'était pas contemporain de sainte Félicité. Il dit que le préteur les jugea sur son tribunal dans le champ de Mars ; mais le préfet de Rome tenait son tribunal au Capitole, et non au champ de Mars, qui, après avoir servi à tenir les comices, servait alors aux revues des soldats, aux courses, aux jeux militaires : cela seul démontre la supposition.

Il est dit encore qu'après le jugement, l'empereur commit à différents juges le soin de faire exécuter l'arrêt : ce qui est entièrement contraire à toutes les formalités de ces temps-là et à celles de tous les temps.

Il y a de même un saint Hippolyte, que l'on suppose traîné par des chevaux, comme Hippolyte, fils de Thésée. Ce supplice ne fut jamais connu des anciens Romains, et la seule ressemblance du nom a fait inventer cette fable.

Observez encore que dans les relations des martyres, composées uniquement par les chrétiens mêmes, on voit presque toujours une foule de chrétiens venir librement dans la prison du condamné, le suivre au supplice, recueillir son sang, ensevelir son corps, faire des miracles avec les reliques. Si c'était la religion seule qu'on eût persécutée, n'aurait-on pas immolé ces chrétiens qui assistaient leurs frères condamnés, et qu'on accusait d'opérer des enchantements avec les restes des corps martyrisés ? Ne les aurait-on pas traités comme nous avons traité les vaudois, les albigeois, les hussites, les différentes sectes des protestants ? Nous les avons égorgés, brûlés en foule, sans distinction ni d'âge ni de sexe. Y a-t-il, dans les relations avérées des persécutions anciennes, un seul trait qui approche de la Saint-Barthélemy et des massacres d'Irlande ? Y en a-t-il un seul qui ressemble à la fête annuelle qu'on célèbre encore dans Toulouse, fête cruelle, fête abolissable à jamais, dans laquelle un peuple entier remercie Dieu en procession, et se félicite d'avoir égorgé, il y a deux cents ans, quatre mille de ses concitoyens ?

Je le dis avec horreur, mais avec vérité : c'est nous, chrétiens, c'est nous qui avons été persécuteurs, bourreaux, assassins ! Et de qui ? de nos frères. C'est nous qui avons détruit cent villes, le crucifix ou la *Bible* à la main, et qui n'avons cessé de répandre le sang et d'allumer des bûchers, depuis le règne de Constantin jusqu'aux fureurs des cannibales qui habitaient les Cévennes : fureurs qui, grâces au ciel, ne subsistent plus aujourd'hui.

Nous envoyons encore quelquefois à la potence de pauvres gens du Poitou, du Vivarais, de Valence, de Montauban. Nous avons pendu, depuis 1745, huit personnages de ceux qu'on appelle *prédicants* ou *ministres de l'Évangile*, qui n'avaient d'autre crime que d'avoir prié Dieu pour le roi en patois, et d'avoir donné une goutte de vin et un morceau de pain levé à quelques paysans imbéciles. On ne sait rien de cela dans Paris, où le plaisir est la seule chose importante, où l'on ignore tout ce qui se passe en province et chez les étrangers. Ces procès se font en une heure, et plus vite qu'on ne juge un déserteur. Si le roi en était instruit, il ferait grâce.

On ne traite ainsi les prêtres catholiques en aucun pays protestant. Il y a plus de cent prêtres catholiques en Angleterre et en Irlande ; on les connaît, on les a laissés vivre très paisiblement dans la dernière guerre.

Serons-nous toujours les derniers à embrasser les opinions saines des autres nations ? Elles se sont corrigées : quand nous corrigerons-nous ? Il a fallu soixante ans pour nous faire adopter ce que Newton avait démontré ; nous commençons à peine à oser sauver la vie à nos enfants par l'inoculation [37] ; nous ne pratiquons que depuis très peu de temps les vrais principes de l'agriculture ; quand commencerons-nous à pratiquer les vrais principes de l'humanité ? et de quel front pouvons-nous reprocher aux païens d'avoir fait des martyrs, tandis que nous avons été coupables de la même cruauté dans les mêmes circonstances ?

Accordons que les Romains ont fait mourir une multitude de chrétiens pour leur seule religion ; en ce cas, les Romains ont été très condamnables. Voudrions-nous commettre la même injustice ? Et quand nous leur reprochons d'avoir persécuté, voudrions-nous être persécuteurs ?

S'il se trouvait quelqu'un assez dépourvu de bonne foi, ou assez fanatique, pour me dire ici : Pourquoi venez-vous développer nos erreurs et nos fautes ? pourquoi détruire nos faux miracles et nos fausses légendes ? Elles sont l'aliment de la piété de plusieurs personnes ; il y a des erreurs nécessaires ; n'arrachez pas du corps un ulcère invétéré qui entraînerait avec lui la destruction du corps, voici ce que je lui répondrais :

Tous ces faux miracles par lesquels vous ébranlez la foi qu'on doit aux véritables, toutes ces légendes absurdes que vous ajoutez aux vérités de l'Évangile, éteignent la religion dans les cœurs ; trop de personnes qui veulent s'instruire, et qui n'ont pas le temps de s'instruire assez, disent : « Les maîtres de ma religion m'ont trompé, il n'y a donc point de religion ; il vaut mieux se jeter dans les bras de la nature que dans ceux de l'erreur ; j'aime mieux dépendre de la loi naturelle que des inventions des hommes. » D'autres ont le malheur d'aller encore plus loin : ils voient que l'imposture leur a mis un frein, et ils ne veulent pas même du frein de la vérité, ils penchent vers l'athéisme ; on devient dépravé parce que d'autres ont été fourbes et cruels.

Voilà certainement les conséquences de toutes les fraudes pieuses et de toutes les superstitions. Les hommes d'ordinaire ne raisonnent qu'à demi ; c'est un très mauvais argument que de dire : Voragine, l'auteur de *la Légende dorée*, et le jésuite Ribadeneira, compilateur de *la Fleur des saints*, n'ont dit que des sottises : donc il n'y a point de Dieu ; les catholiques ont égorgé un certain nombre de huguenots, et les huguenots à leur tour ont assassiné un certain nombre de catholiques : donc il n'y a point de Dieu ; on s'est servi de la confession, de la communion, et de tous les sacrements, pour commettre les crimes les plus horribles : donc il n'y a point de Dieu. Je conclurais au contraire : Donc il y a un Dieu qui, après cette vie passagère, dans laquelle nous l'avons tant méconnu, et tant commis de crimes en son nom, daignera nous consoler de tant d'horribles malheurs : car, à considérer les guerres de religion, les quarante schismes des papes, qui ont presque tous été sanglants ; les impostures, qui ont presque toutes été funestes : les haines irréconciliables allumées par les différentes opinions ; à voir tous les maux qu'a produits le faux zèle, les hommes ont eu longtemps leur enfer dans cette vie.

CHAPITRE XI

ABUS DE L'INTOLÉRANCE

Mais quoi! sera-t-il permis à chaque citoyen de ne croire que sa raison, et de penser ce que cette raison éclairée ou trompée lui dictera? Il le faut bien [38], pourvu qu'il ne trouble point l'ordre: car il ne dépend pas de l'homme de croire ou de ne pas croire, mais il dépend de lui de respecter les usages de sa patrie; et si vous disiez que c'est un crime de ne pas croire à la religion dominante, vous accuseriez donc vous-même les premiers chrétiens vos pères, et vous justifieriez ceux que vous accusez de les avoir livrés aux supplices.

Vous répondez que la différence est grande, que toutes les religions sont les ouvrages des hommes, et que l'Église catholique, apostolique et romaine, est seule l'ouvrage de Dieu. Mais en bonne foi, parce que notre religion est divine doit-elle régner par la haine, par les fureurs, par les exils, par l'enlèvement des biens, les prisons, les tortures, les meurtres, et par les actions de grâces rendues à Dieu pour ces meurtres? Plus la religion chrétienne est divine, moins il appartient à l'homme de la commander; si Dieu l'a faite, Dieu la soutiendra sans vous. Vous savez que l'intolérance ne produit que des hypocrites ou des rebelles: quelle funeste alternative! Enfin voudriez-vous soutenir par des bourreaux la religion d'un Dieu que des bourreaux ont fait périr, et qui n'a prêché que la douceur et la patience?

Voyez, je vous prie, les conséquences affreuses du droit de l'intolérance. S'il était permis de dépouiller de ses biens, de jeter dans les cachots, de tuer un citoyen qui, sous un tel degré de latitude, ne professerait pas la religion admise sous ce degré, quelle exception exempterait les premiers de l'État des mêmes peines ? La religion lie également le monarque et les mendiants : aussi plus de cinquante docteurs ou moines ont affirmé cette horreur monstrueuse qu'il était permis de déposer, de tuer les souverains qui ne penseraient pas comme l'Église dominante ; et les parlements du royaume n'ont cessé de proscrire ces abominables décisions d'abominables théologiens.

Le sang de Henri le Grand fumait encore quand le parlement de Paris donna un arrêt qui établissait l'indépendance de la couronne comme une loi fondamentale. Le cardinal Duperron, qui devait la pourpre à Henri le Grand, s'éleva, dans les états de 1614, contre l'arrêt du parlement, et le fit supprimer. Tous les journaux du temps rapportent les termes dont Duperron se servit dans ses harangues : « Si un prince se faisait arien, dit-il, on serait bien obligé de le déposer. »

Non assurément, monsieur le cardinal. On veut bien adopter votre supposition chimérique qu'un de nos rois, ayant lu l'histoire des conciles et des pères, frappé d'ailleurs de ces paroles : *Mon père est plus grand que moi* [39], les prenant trop à la lettre et balançant entre le concile de Nicée et celui de Constantinople, se déclarât pour Eusèbe de Nicomédie : je n'en obéirai pas moins à mon roi, je ne me croirai pas moins lié par le serment que je lui ai fait ; et si vous osiez vous soulever contre lui, et que je fusse un de vos juges, je vous déclarerais criminel de lèse-majesté.

Duperron poussa plus loin la dispute, et je l'abrège. Ce n'est pas ici le lieu d'approfondir ces chimères révoltantes ; je me bornerai à dire, avec tous les citoyens, que ce n'est point parce que Henri IV fut sacré à Chartres qu'on lui devait obéissance, mais parce que le droit incontestable de la naissance donnait la couronne à ce prince, qui la méritait par son courage et par sa bonté.

Qu'il soit donc permis de dire que tout citoyen doit hériter, par le même droit, des biens de son père, et qu'on ne voit pas qu'il mérite d'en être privé, et d'être traîné au gibet, parce qu'il sera du sentiment de Ratram contre Paschase Tarbert, et de Bérenger contre Scot.

On sait que tous nos dogmes n'ont pas toujours été clairement expliqués et universellement reçus dans notre Église. Jésus-Christ ne nous ayant point dit comment procédait le Saint-Esprit, l'Église latine crut longtemps avec la grecque qu'il ne procédait que du Père : enfin elle ajouta au symbole qu'il procédait aussi du Fils. Je me demande si, le lendemain de cette décision, un citoyen qui s'en serait tenu au symbole de la veille eut été digne de mort ? La cruauté, l'injustice, seraient-elles moins grandes de punir aujourd'hui celui qui penserait comme on pensait autrefois ? Était-on coupable, du temps d'Honorius Ier, de croire que Jésus n'avait pas deux volontés ?

Il n'y a pas longtemps que l'immaculée conception est établie : les dominicains n'y croient pas encore. Dans quel temps les dominicains commenceront-ils à mériter des peines dans ce monde et dans l'autre ?

Si nous devons apprendre de quelqu'un à nous conduire dans nos disputes interminables, c'est certainement des apôtres et des évangélistes. Il y avait de quoi exciter un schisme violent entre saint Paul et saint Pierre. Paul dit expressément dans son *Épître aux Galates* qu'il résista en face à Pierre parce que Pierre était répréhensible, parce qu'il usait de dissimulation aussi bien que Barnabé, parce qu'ils mangeaient avec les Gentils avant l'arrivée de Jacques, et qu'ensuite ils se retirèrent secrètement, et se séparèrent des Gentils de peur d'offenser les circoncis. « Je vis, ajoute-t-il, qu'ils ne marchaient pas droit selon l'Évangile ; je dis à Céphas : Si vous, Juif, vivez comme les Gentils, et non comme les Juifs, pourquoi obligez-vous les Gentils à judaïser [40] ? »

C'était là un sujet de querelle violente. Il s'agissait de savoir si les nouveaux chrétiens judaïseraient ou non. Saint Paul alla dans ce temps-là même sacrifier dans le temple de Jérusalem. On sait que les quinze premiers évêques de Jérusalem furent des Juifs circoncis, qui observèrent le sabbat, et qui s'abstinrent de viandes défendues. Un évêque espagnol ou portugais qui se ferait circoncire, et qui observerait le sabbat, serait brûlé dans un *auto-da-fé*. Cependant la paix ne fut altérée, pour cet objet fondamental, ni parmi les apôtres, ni parmi les premiers chrétiens.

Si les évangélistes avaient ressemblé aux écrivains modernes, ils avaient un champ bien vaste pour combattre les uns contre les autres. Saint Matthieu compte vingt-huit générations de David jusqu'à Jésus [41] ; saint Luc en compte quarante et une, et ces générations sont absolument différentes [42]. On ne voit pourtant nulle dissension s'élever entre les disciples sur ces contrariétés apparentes, très bien conciliées par plusieurs Pères de l'Église. La charité ne fut point blessée, la paix fut conservée. Quelle plus grande leçon de nous tolérer dans nos disputes, et de nous humilier dans tout ce que nous n'entendons pas !

Saint Paul, dans son *Épître* à quelques juifs de Rome convertis au christianisme, emploie toute la fin du troisième chapitre à dire que la seule foi glorifie, et que les œuvres ne justifient personne. Saint Jacques, au contraire, dans son *Épître* aux douze tribus dispersées par toute la terre, chapitre II, ne cesse de dire qu'on ne peut être sauvé sans les œuvres. Voilà ce qui a séparé deux grandes communions parmi nous, et ce qui ne divisa point les apôtres.

Si la persécution contre ceux avec qui nous disputons était une action sainte, il faut avouer que celui qui aurait fait tuer le plus d'hérétiques serait le plus grand saint du paradis. Quelle figure y ferait un homme qui se serait contenté de dépouiller ses frères, et de les plonger dans des cachots, auprès d'un zélé qui en aurait massacré des centaines le jour de la Saint-Barthélemy ? En voici la preuve.

Le successeur de saint Pierre et son consistoire ne peuvent errer ; ils approuvèrent, célébrèrent, consacrèrent, l'action de la Saint-Barthélemy : donc cette action était très sainte ; donc de deux assassins égaux en piété, celui qui aurait éventré vingt-quatre femmes grosses huguenotes doit être élevé en gloire du double de celui qui n'en aura éventré que douze. Par la même raison, les fanatiques des Cévennes devaient croire qu'ils seraient élevés en gloire à proportion du nombre des prêtres, des religieux et des femmes catholiques qu'ils auraient égorgés. Ce sont là d'étranges titres pour la gloire éternelle.

CHAPITRE XII

SI L'INTOLÉRANCE FUT DE DROIT DIVIN DANS LE JUDAÏSME, ET SI ELLE FUT TOUJOURS MISE EN PRATIQUE [43]

On appelle, je crois, *droit divin* les préceptes que Dieu a donnés lui-même. Il voulut que les Juifs mangeassent un agneau cuit avec des laitues [44], et que les convives le mangeassent debout, un bâton à la main [45], en commémoration du *Phasé* [46] ; il ordonna que la consécration du grand prêtre se ferait en mettant du sang à son oreille droite [47], à sa main droite et à son pied droit, coutumes extraordinaires pour nous, mais non pas pour l'antiquité ; il voulut qu'on chargeât le bouc *Hazazel* des iniquités du peuple [48] ; il défendit qu'on se nourrît [49] de poissons sans écailles, de porcs, de lièvres, de hérissons, de hiboux, de griffons, d'ixions, etc.

Il institua les fêtes, les cérémonies. Toutes ces choses, qui semblaient arbitraires aux autres nations, et soumises au droit positif, à l'usage, étant commandées par Dieu même, devenaient un droit divin pour les Juifs, comme tout ce que Jésus-Christ, fils de Marie, fils de Dieu, nous a commandé est de droit divin pour nous.

Gardons-nous de rechercher ici pourquoi Dieu a substitué une loi nouvelle à celle qu'il avait donnée à Moïse, et pourquoi il avait commandé à Moïse plus de choses qu'au patriarche Abraham, et plus à Abraham qu'à Noé. Il semble qu'il daigne se proportionner aux temps et à la population du genre humain : c'est une gradation paternelle ; mais ces abîmes sont trop profonds pour notre débile vue. Tenons-nous dans les bornes de notre sujet ; voyons d'abord ce qu'était l'intolérance chez les Juifs.

Il est vrai que, dans l'*Exode*, les *Nombres*, le *Lévitique*, le *Deutéronome*, il y a des lois très sévères sur le culte, et des châtiments plus sévères encore. Plusieurs commentateurs ont de la peine à concilier les récits de Moïse avec les passages de Jérémie et d'Amos, et avec le célèbre discours de saint Étienne, rapporté dans les *Actes des apôtres*. Amos dit [50] que les Juifs adorèrent toujours dans le désert Moloch, Rempham, et Kium. Jérémie dit expressément [51] que Dieu ne demanda aucun sacrifice à leurs pères quand ils sortirent d'Égypte. Saint Étienne, dans son discours aux Juifs, s'exprime ainsi : « Ils adorèrent l'armée du ciel [52] ; ils n'offrirent ni sacrifices ni hosties dans le désert pendant quarante ans ; ils portèrent le tabernacle du dieu Moloch, et l'astre de leur dieu Rempham. »

D'autres critiques infèrent du culte de tant de dieux étrangers que ces dieux furent tolérés par Moïse, et ils citent en preuves ces paroles du *Deutéronome* [53] : « Quand vous serez dans la terre de Chanaan, vous ne ferez point comme nous faisons aujourd'hui, où chacun fait ce qui lui semble bon. »

Ils appuient leur sentiment sur ce qu'il n'est parlé d'aucun acte religieux du peuple dans le désert : point de Pâque célébrée, point de Pentecôte, nulle mention qu'on ait célébré la fête des tabernacles, nulle prière publique établie ; enfin la circoncision, ce sceau de l'alliance de Dieu avec Abraham, ne fut point pratiquée.

Ils se prévalent encore de l'histoire de Josué. Ce conquérant dit aux Juifs [54] : « L'option vous est donnée : choisissez quel parti il vous plaira, ou d'adorer les dieux que vous avez servis dans le pays des Amorrhéens, ou ceux que vous avez reconnus en Mésopotamie. » Le peuple répond : « Il n'en sera pas ainsi, nous servirons Adonaï. » Josué leur répliqua : « Vous avez choisi vous-mêmes ; ôtez donc du milieu de vous les dieux étrangers. » Ils avaient donc eu incontestablement d'autres dieux qu'Adonaï sous Moïse.

Il est très inutile de réfuter ici les critiques qui pensent que le *Pentateuque* ne fut pas écrit par Moïse ; tout a été dit dès longtemps sur cette matière ; et quand même quelque petite partie des livres de Moïse aurait été écrite du temps des juges ou des pontifes, ils n'en seraient pas moins inspirés et moins divins.

C'est assez, ce me semble, qu'il soit prouvé par la Sainte Écriture que, malgré la punition extraordinaire attirée aux Juifs par le culte d'Apis, ils conservèrent longtemps une liberté entière, peut-être même que le massacre que fit Moïse de vingt-trois mille hommes pour le veau érigé par son frère lui fit comprendre qu'on ne gagnait rien par la rigueur, et qu'il fut obligé de fermer les yeux sur la passion du peuple pour les dieux étrangers.

Lui-même semble bientôt transgresser la loi qu'il a donnée [55]. Il a défendu tout simulacre, cependant il érige un serpent d'airain. La même exception à la loi se trouve depuis dans le temple de Salomon : ce prince fait sculpter [56] douze bœufs qui soutiennent le grand bassin du temple ; des chérubins sont posés dans l'arche ; ils ont une tête d'aigle et une tête de veau ; et c'est apparemment cette tête de veau mal faite, trouvée dans le temple par des soldats romains, qui fit croire longtemps que les Juifs adoraient un âne.

En vain le culte des dieux étrangers est défendu ; Salomon est paisiblement idolâtre. Jéroboam, à qui Dieu donna dix parts du royaume, fait ériger deux veaux d'or [57], et règne vingt-deux ans, en réunissant en lui les dignités de monarque et de pontife. Le petit royaume de Juda dresse sous Roboam [58] des autels étrangers et des statues. Le saint roi Asa ne détruit point les hauts lieux [59]. Le grand prêtre Urias érige dans le temple, à la place de l'autel des holocaustes, un autel du roi de Syrie [60]. On ne voit, en un mot, aucune contrainte sur la religion. Je sais que la plupart des rois juifs s'exterminèrent, s'assassinèrent les uns les autres ; mais ce fut toujours pour leur intérêt, et non pour leur croyance.

Il est vrai [61] que parmi les prophètes il y en eut qui intéressèrent le ciel à leur vengeance : Élie fit descendre le feu céleste pour consumer les prêtres de Baal ; Élisée fit venir des ours [62] pour dévorer quarante-deux petits enfants qui l'avaient appelé *tête chauve* ; mais ce sont des miracles rares, et des faits qu'il serait un peu dur de vouloir imiter.

On nous objecte encore que le peuple juif fut très ignorant et très barbare. Il est dit [63] que, dans la guerre qu'il fit aux Madianites [64], Moïse ordonna de tuer tous les enfants mâles et toutes les mères, et de partager le butin. Les vainqueurs trouvèrent dans le camp [65] six cent soixante-quinze mille brebis, soixante-douze mille bœufs, soixante et un mille ânes, et trente-deux mille jeunes filles ; ils en firent le partage, et tuèrent tout le reste. Plusieurs commentateurs même prétendent que trente-deux filles furent immolées au Seigneur : « *Cesserunt in partem Domini triginta duae animae* [66]. »

En effet, les Juifs immolaient des hommes à la Divinité, témoin le sacrifice de Jephté, témoin le roi Agag coupé en morceaux par le prêtre Samuel. Ézéchiel même leur promet, pour les encourager, qu'ils mangeront de la chair humaine : « Vous mangerez, dit-il, le cheval et le cavalier ; vous boirez le sang des princes [67]. » Plusieurs commentateurs appliquent deux versets de cette prophétie aux Juifs mêmes, et les autres aux animaux carnassiers. On ne trouve, dans toute l'histoire de ce peuple, aucun trait de générosité, de magnanimité, de bienfaisance ; mais il s'échappe toujours, dans le nuage de cette barbarie si longue et si affreuse, des rayons d'une tolérance universelle.

Jephté, inspiré de Dieu, et qui lui immola sa fille, dit aux Ammonites [68] : « Ce que votre dieu Chamos vous a donné ne vous appartient-il pas de droit ? Souffrez donc que nous prenions la terre que notre Dieu nous a promise. » Cette déclaration est précise : elle peut mener bien loin ; mais au moins elle est une preuve évidente que Dieu tolérait Chamos. Car la Sainte Écriture ne dit pas : Vous pensez avoir droit sur les terres que vous dites vous avoir été données par le dieu Chamos ; elle dit positivement : « Vous avez droit, *tibi jure debentur* » ; ce qui est le vrai sens de ces paroles hébraïques *Otho thirasch*.

L'histoire de Michas et du lévite, rapportée aux XVIIe et XVIIIe chapitres du livre des *Juges*, est bien encore une preuve incontestable de la tolérance et de la liberté la plus grande, admise alors chez les Juifs. La mère de Michas, femme fort riche d'Éphraïm, avait perdu onze cents pièces d'argent : son fils les lui rendit ; elle voua cet argent au Seigneur, et en fit faire des idoles ; elle bâtit une petite chapelle. Un lévite desservit la chapelle, moyennant dix pièces d'argent, une tunique, un manteau par année, et sa nourriture ; et Michas s'écria [69] : « C'est maintenant que Dieu me fera du bien, puisque j'ai chez moi un prêtre de la race de Lévi. »

Cependant six cents hommes de la tribu de Dan, qui cherchaient à s'emparer de quelque village dans le pays, et à s'y établir, mais n'ayant point de prêtre lévite avec eux, et en ayant besoin pour que Dieu favorisât leur entreprise, allèrent chez Michas, et prirent son éphod, ses idoles ; et son lévite, malgré les remontrances de ce prêtre, et malgré les cris de Michas et de sa mère. Alors ils allèrent avec assurance attaquer le village nommé Laïs, et y mirent tout à feu et à sang selon leur coutume. Ils donnèrent le nom de Dan à Laïs, en mémoire de leur victoire ; ils placèrent l'idole de Michas sur un autel ; et, ce qui est bien le plus remarquable, Jonathan, petit-fils de Moïse, fut le grand prêtre de ce temple, où l'on adorait le Dieu d'Israël et l'idole de Michas.

Après la mort de Gédéon, les Hébreux adorèrent Baal-bérith pendant près de vingt ans, et renoncèrent au culte d'Adonaï, sans qu'aucun chef, aucun juge, aucun prêtre, criât vengeance. Leur crime était grand, je l'avoue ; mais si cette idolâtrie même fut tolérée, combien les différences dans le vrai culte ont-elles dû l'être !

Quelques-uns donnent pour une preuve d'intolérance que le Seigneur lui-même ayant permis que son arche fût prise par les Philistins dans un combat, il ne punit les Philistins qu'en les frappant d'une maladie secrète ressemblant aux hémorroïdes, en renversant la statue de Dagon, et en envoyant une multitude de rats dans leurs campagnes ; mais, lorsque les Philistins, pour apaiser sa colère, eurent renvoyé l'arche attelée de deux vaches qui nourrissaient leurs veaux, et offert à Dieu cinq rats d'or, et cinq anus d'or, le Seigneur fit mourir soixante et dix anciens d'Israël et cinquante mille hommes du peuple pour avoir regardé l'arche. On répond que le châtiment du Seigneur ne tombe point sur une croyance, sur une différence dans le culte, ni sur aucune idolâtrie.

Si le Seigneur avait voulu punir l'idolâtrie, il aurait fait périr tous les Philistins qui osèrent prendre son arche, et qui adoraient Dagon ; mais il fit périr cinquante mille soixante et dix hommes de son peuple, pour avoir regardé l'arche qu'ils ne devaient pas regarder : tant les lois, les mœurs de ce temps, l'économie judaïque, diffèrent de tout ce que nous connaissons ; tant les voies inscrutables de Dieu sont au-dessus des nôtres. « La rigueur exercée, dit le judicieux dom Calmet, contre ce grand nombre d'hommes ne paraîtra excessive qu'à ceux qui n'ont pas compris jusqu'à quel point Dieu voulait être craint et respecté parmi son peuple, et qui ne jugent des vues et des desseins de Dieu qu'en suivant les faibles lumières de leur raison. »

Dieu ne punit donc pas un culte étranger, mais une profanation du sien, une curiosité, indiscrète, une désobéissance, peut-être même un esprit de révolte. On sent bien que de tels châtiments n'appartiennent qu'à Dieu dans la théocratie judaïque. On ne peut trop redire que ces temps et ces mœurs n'ont aucun rapport aux nôtres.

Enfin, lorsque, dans les siècles postérieurs, Naaman l'idolâtre demanda à Élisée s'il lui était permis de suivre son roi dans le temple de Remnon, *et d'y adorer avec lui*, ce même Élisée, qui avait fait dévorer les enfants par les ours, ne lui répondit-il pas : *Allez en paix*[70] ?

Il y a bien plus ; le Seigneur ordonna à Jérémie de se mettre des cordes au cou, des colliers, et des jougs, de les envoyer aux roitelets ou melchim de Moab, d'Ammon, d'Édom, de Tyr, de Sidon ; et Jérémie leur fait dire par le Seigneur : « J'ai donné toutes vos terres à Nabuchodonosor, roi de Babylone, mon serviteur[71]. » Voilà un roi idolâtre déclaré serviteur de Dieu et son favori.

Le même Jérémie, que le melk ou roitelet juif Sedecias avait fait mettre au cachot, ayant obtenu son pardon de Sedecias, lui conseille, de la part de Dieu, de se rendre au roi de Babylone[72] : « Si vous allez vous rendre à ses officiers, dit-il, votre âme vivra. » Dieu prend donc enfin le parti d'un roi idolâtre ; il lui livre l'arche, dont la seule vue avait coûté la vie à cinquante mille soixante et dix Juifs ; il lui livre le Saint des saints, et le reste du temple, qui avait coûté à bâtir cent huit mille talents d'or, un million dix-sept mille talents en argent, et dix mille drachmes d'or, laissés par David et ses officiers pour la construction de la maison du Seigneur : ce qui, sans compter les deniers employés par Salomon, monte à la somme de dix-neuf milliards soixante-deux millions, ou environ, au cours de ce jour. Jamais idolâtrie ne fut plus récompensée. Je sais que ce compte est exagéré, qu'il y a probablement erreur de copiste ; mais réduisez la somme à la moitié, au quart, au huitième même, elle vous étonnera encore. On n'est guère moins surpris des richesses qu'Hérodote dit avoir vues dans le temple d'Éphèse. Enfin les trésors ne sont rien aux yeux de Dieu, et le nom de son serviteur, donné à Nabuchodonosor, est le vrai trésor inestimable.

Dieu ne favorise pas moins le *Kir*[73], ou *Koresh*, ou *Kosroès*, que nous appelons *Cyrus ;* il l'appelle *son christ, son oint*, quoiqu'il ne fût pas oint, selon la signification commune de ce mot, et qu'il suivît la religion de Zoroastre ; il l'appelle *son pasteur*, quoiqu'il fût usurpateur aux yeux des hommes : il n'y a pas dans toute la Sainte Écriture une plus grande marque de prédilection.

Vous voyez dans *Malachie* [74] que « du levant au couchant le nom de Dieu est grand dans les nations, et qu'on lui offre partout des oblations pures ». Dieu a soin des Ninivites idolâtres comme des Juifs ; il les menace, et il leur pardonne. Melchisédech, qui n'était point Juif, était sacrificateur de Dieu. Balaam, idolâtre, était prophète. L'Écriture nous apprend donc que non seulement Dieu tolérait tous les autres peuples, mais qu'il en avait un soin paternel : et nous osons être intolérants !

CHAPITRE XIII

EXTRÊME TOLÉRANCE DES JUIFS

Ainsi donc, sous Moïse, sous les juges, sous les rois, vous voyez toujours des exemples de tolérance. Il y a bien plus : Moïse dit plusieurs fois que « Dieu punit les pères dans les enfants jusqu'à la quatrième génération [75] » ; cette menace était nécessaire à un peuple à qui Dieu n'avait révélé ni l'immortalité de l'âme, ni les peines et les récompenses dans une autre vie. Ces vérités ne lui furent annoncées ni dans le *Décalogue*, ni dans aucune loi du *Lévitique* et du *Deutéronome*. C'étaient les dogmes des Perses, des Babyloniens, des Égyptiens, des Grecs, des Crétois ; mais ils ne constituaient nullement la religion des Juifs. Moïse ne dit point : « Honore ton père et ta mère, si tu veux aller au ciel » ; mais : « Honore ton père et ta mère, afin de vivre longtemps sur la terre [76]. » Il ne les menace que de maux corporels [77], de la gale sèche, de la gale purulente, d'ulcères malins dans les genoux et dans les gras des jambes, d'être exposés aux infidélités de leurs femmes, d'emprunter à usure des étrangers, et de ne pouvoir prêter à usure ; de périr de famine, et d'être obligés de manger leurs enfants ; mais en aucun lieu il ne leur dit que leurs âmes immortelles subiront des tourments après la mort, ou goûteront des félicités. Dieu, qui conduisait lui-même son peuple, le punissait ou le récompensait immédiatement après ses bonnes ou ses mauvaises actions. Tout était temporel, et c'est une vérité dont Warburton [78] abuse pour prouver que la loi des Juifs était divine : parce que Dieu même étant leur roi, rendant justice immédiatement après la transgression ou l'obéissance, n'avait pas besoin de leur révéler une doctrine qu'il réservait au temps où il ne gouvernerait plus son peuple. Ceux qui, par ignorance, prétendent que Moïse enseignait l'immortalité de l'âme ôtent au *Nouveau Testament* un de ses plus grands avantages sur l'*Ancien*. Il est constant que la loi de Moïse n'annonçait que des châtiments temporels jusqu'à la quatrième génération. Cependant, malgré l'énoncé précis de cette loi, malgré cette déclaration expresse de Dieu qu'il punirait jusqu'à la quatrième génération, Ézéchiel annonce tout le contraire aux Juifs, et leur dit [79] que le fils ne portera point l'iniquité de son père ; il va même jusqu'à faire dire à Dieu qu'il leur avait donné [80] « des préceptes qui n'étaient pas bons [81] ».

Le livre d'Ézéchiel n'en fut pas moins inséré dans le canon des auteurs inspirés de Dieu : il est vrai que la synagogue n'en permettait pas la lecture avant l'âge de trente ans, comme nous l'apprend saint Jérôme ; mais c'était de peur que la jeunesse n'abusât des peintures trop naïves qu'on trouve dans les chapitres XVI et XXIII du libertinage des deux sœurs Oolla et Ooliba. En un mot, son livre fut toujours reçu, malgré sa contradiction formelle avec Moïse.

Enfin, lorsque l'immortalité de l'âme fut un dogme reçu, ce qui probablement avait commencé dès le temps de la captivité de Babylone, la secte des saducéens persista toujours à croire qu'il n'y avait ni peines ni récompenses après la mort, et que la faculté de sentir et de penser périssait avec nous, comme la force active, le pouvoir de marcher et de digérer. Ils niaient l'existence des anges. Ils différaient beaucoup plus des autres Juifs que les protestants ne diffèrent des catholiques ; ils n'en demeurèrent pas moins dans la communion de leurs frères : on vit même des grands prêtres de leur secte.

Les pharisiens croyaient à la fatalité [82] et à la métempsycose [83]. Les esséniens pensaient que les âmes des justes allaient dans les îles fortunées [84], et celles des méchants dans une espèce de Tartare. Ils ne faisaient point de sacrifice ; ils s'assemblaient entre eux dans une synagogue particulière. En un mot, si l'on veut examiner de près le judaïsme, on sera étonné de trouver la plus grande tolérance au milieu des horreurs les plus barbares. C'est une contradiction ; il est vrai ; presque tous les peuples se sont gouvernés par des contradictions. Heureuse celle qui amène des mœurs douces quand on a des lois de sang !

CHAPITRE XIV

SI L'INTOLÉRANCE A ÉTÉ ENSEIGNÉE PAR JÉSUS-CHRIST

Voyons maintenant si Jésus-Christ a établi des lois sanguinaires, s'il a ordonné l'intolérance, s'il fit bâtir les cachots de l'Inquisition, s'il institua les bourreaux des *auto-da-fé*.

Il n'y a, si je ne me trompe, que peu de passages dans les *Évangiles* dont l'esprit persécuteur ait pu inférer que l'intolérance, la contrainte, sont légitimes. L'un est la parabole dans laquelle le royaume des cieux est comparé à un roi qui invite des convives aux noces de son fils ; ce monarque leur fait dire par ses serviteurs [85] : « J'ai tué mes bœufs et mes volailles ; tout est prêt, venez aux noces. » Les uns, sans se soucier de l'invitation, vont à leurs maisons de campagne, les autres à leur négoce ; d'autres outragent les domestiques du roi, et les tuent. Le roi fait marcher ses armées contre ces meurtriers, et détruit leur ville ; il envoie sur les grands chemins convier au festin tous ceux qu'on trouve : un d'eux s'étant mis à table sans avoir mis la robe nuptiale est chargé de fers, et jeté dans les ténèbres extérieures.

Il est clair que cette allégorie ne regardant que le royaume des cieux, nul homme assurément ne doit en prendre le droit de garrotter ou de mettre au cachot son voisin qui serait venu souper chez lui sans avoir un habit de noces convenable, et je ne connais dans l'histoire aucun prince qui ait fait pendre un courtisan pour un pareil sujet ; il n'est pas non plus à craindre que, quand l'empereur, ayant tué ses volailles, enverra des pages à des princes de l'empire pour les prier à souper, ces princes tuent ces pages. L'invitation au festin signifie la prédication du salut ; le meurtre des envoyés du prince figure la persécution contre ceux qui prêchent la sagesse et la vertu.

L'autre parabole [86] est celle d'un particulier qui invite ses amis à un grand souper, et lorsqu'il est prêt de se mettre à table, il envoie son domestique les avertir. L'un s'excuse sur ce qu'il a acheté une terre, et qu'il va la visiter : cette excuse ne paraît pas valable, ce n'est pas pendant la nuit qu'on va voir sa terre ; un autre dit qu'il a acheté cinq paires de bœufs, et qu'il les doit éprouver : il a le même tort que l'autre, on n'essaye pas des bœufs à l'heure du souper ; un troisième répond qu'il vient de se marier, et assurément son excuse est très recevable. Le père de famille, en colère, fait venir à son festin les aveugles et les boiteux, et, voyant qu'il reste encore des places vides, il dit à son valet [87] : « Allez dans les grands chemins et le long des haies, et contraignez les gens d'entrer. »

Il est vrai qu'il n'est pas dit expressément que cette parabole soit une figure du royaume des cieux. On n'a que trop abusé de ces paroles : *Contrains-les d'entrer* ; mais il est visible qu'un seul valet ne peut contraindre par la force tous les gens qu'il rencontre à venir souper chez son maître ; et d'ailleurs, des convives ainsi forcés ne rendraient pas le repas fort agréable. *Contrains-les d'entrer* ne veut dire autre chose, selon les commentateurs les plus accrédités, sinon : priez, conjurez, pressez, obtenez. Quel rapport, je vous prie, de cette prière et de ce souper à la persécution ?

Si on prend les choses à la lettre, faudra-t-il être aveugle, boiteux, et conduit par force, pour être dans le sein de l'Église ? Jésus dit dans la même parabole [88] : « Ne donnez à dîner ni à vos amis ni à vos parents riches » ; en a-t-on jamais inféré qu'on ne dût point en effet dîner avec ses parents et ses amis dès qu'ils ont un peu de fortune ?

Jésus-Christ, après la parabole du festin, dit [89] : « Si quelqu'un vient à moi, et ne hait pas son père, sa mère, ses frères, ses sœurs, et même sa propre âme, il ne peut être mon disciple, etc. Car qui est celui d'entre vous qui, voulant bâtir une tour, ne suppute pas auparavant la dépense ? » Y a-t-il quelqu'un, dans le monde, assez dénaturé pour conclure qu'il faut haïr son père et sa mère ? Et ne comprend-on pas aisément que ces paroles signifient : Ne balancez pas entre moi et vos plus chères affections ?

On cite le passage de saint Matthieu[90] : « Qui n'écoute point l'Église soit comme un païen et comme un receveur de la douane » ; cela ne dit pas absolument qu'on doive persécuter les païens et les fermiers des droits du roi : ils sont maudits, il est vrai, mais ils ne sont point livrés au bras séculier. Loin d'ôter à ces fermiers aucune prérogative de citoyen, on leur a donné les plus grands privilèges ; c'est la seule profession qui soit condamnée dans l'Écriture, et c'est la plus favorisée par les gouvernements. Pourquoi donc n'aurions-nous pas pour nos frères errants autant d'indulgence que nous prodiguons de considération à nos frères les traitants ?

Un autre passage dont on a fait un abus grossier est celui de saint Matthieu[91] et de saint Marc[92], où il est dit que Jésus, ayant faim le matin, approcha d'un figuier où il ne trouva que des feuilles, car ce n'était pas le temps des figues : il maudit le figuier, qui se sécha aussitôt.

On donne plusieurs explications différentes de ce miracle ; mais y en a-t-il une seule qui puisse autoriser la persécution ? Un figuier n'a pu donner des figues vers le commencement de mars, on l'a séché : est-ce une raison pour faire sécher nos frères de douleur dans tous les temps de l'année ? Respectons dans l'Écriture tout ce qui peut faire naître des difficultés dans nos esprits curieux et vains, mais n'en abusons pas pour être durs et implacables.

L'esprit persécuteur, qui abuse de tout, cherche encore sa justification dans l'expulsion des marchands du temple, et dans la légion de démons envoyée du corps d'un possédé dans le corps de deux mille animaux immondes. Mais qui ne voit que ces deux exemples ne sont autre chose qu'une justice que Dieu daigne faire lui-même d'une contravention à la loi? C'était manquer de respect à la maison du Seigneur que de changer son parvis en une boutique de marchands. En vain le sanhédrin et les prêtres permettaient ce négoce pour la commodité des sacrifices : le Dieu auquel on sacrifiait, pouvait sans doute, quoique caché sous la figure humaine, détruire cette profanation ; il pouvait de même punir ceux qui introduisaient dans le pays des troupeaux entiers défendus par une loi dont il daignait lui-même être l'observateur. Ces exemples n'ont pas le moindre rapport aux persécutions sur le dogme. Il faut que l'esprit d'intolérance soit appuyé sur de bien mauvaises raisons, puisqu'il cherche partout les plus vains prétextes.

Presque tout le reste des paroles et des actions de Jésus-Christ prêche la douceur, la patience, l'indulgence. C'est le père de famille qui reçoit l'enfant prodigue [93] ; c'est l'ouvrier qui vient à la dernière heure [94], et qui est payé comme les autres ; c'est le samaritain charitable [95] ; lui-même justifie ses disciples de ne pas jeûner [96] ; il pardonne à la pécheresse [97] ; il se contente de recommander la fidélité à la femme adultère [98] ; il daigne même condescendre à l'innocente joie des convives de Cana [99], qui, étant déjà échauffés de vin, en demandent encore ; il veut bien faire un miracle en leur faveur, il change pour eux l'eau en vin.

Il n'éclate pas même contre Judas, qui doit le trahir ; il ordonne à Pierre de ne se jamais servir de l'épée [100] ; il réprimande [101] les enfants de Zébédée, qui, à l'exemple d'Élie, voulaient faire descendre le feu du ciel sur une ville qui n'avait pas voulu le loger.

Enfin il meurt victime de l'envie. Si l'on ose comparer le sacré avec le profane, et un Dieu avec un homme, sa mort, humainement parlant, a beaucoup de rapport avec celle de Socrate. Le philosophe grec périt par la haine des sophistes, des prêtres, et des premiers du peuple : le législateur des chrétiens succomba sous la haine des scribes, des pharisiens et des prêtres. Socrate pouvait éviter la mort, et il ne le voulut pas : Jésus-Christ s'offrit volontairement. Le philosophe grec pardonna non seulement à ses calomniateurs et à ses juges iniques, mais il les pria de traiter un jour ses enfants comme lui-même, s'ils étaient assez heureux pour mériter leur haine comme lui : le législateur des chrétiens, infiniment supérieur, pria son père de pardonner à ses ennemis [102].

Si Jésus-Christ sembla craindre la mort, si l'angoisse qu'il ressentit fut si extrême qu'il en eut une sueur mêlée de sang [103], ce qui est le symptôme le plus violent et le plus rare, c'est qu'il daigna s'abaisser à toute la faiblesse du corps humain, qu'il avait revêtu. Son corps tremblait, et son âme était inébranlable ; il nous apprenait que la vraie force, la vraie grandeur, consistent à supporter des maux sous lesquels notre nature succombe. Il y a un extrême courage à courir à la mort en la redoutant.

Socrate avait traité les sophistes d'ignorants, et les avait convaincus de mauvaise foi : Jésus, usant de ses droits divins, traita les scribes [104] et les pharisiens d'hypocrites, d'insensés, d'aveugles, de méchants, de serpents, de race de vipères.

Socrate ne fut point accusé de vouloir fonder une secte nouvelle : on n'accusa point Jésus-Christ d'en avoir voulu introduire une [105]. Il est dit que les princes des prêtres et tout le conseil cherchaient un faux témoignage contre Jésus pour le faire périr.

Or, s'ils cherchaient un faux témoignage, ils ne lui reprochaient donc pas d'avoir prêché publiquement contre la loi. Il fut en effet soumis à la loi de Moïse depuis son enfance jusqu'à sa mort. On le circoncit le huitième jour, comme tous les autres enfants. S'il fut depuis baptisé dans le Jourdain, c'était une cérémonie consacrée chez les Juifs, comme chez tous les peuples de l'Orient. Toutes les souillures légales se nettoyaient par le baptême ; c'est ainsi qu'on consacrait les prêtres : on se plongeait dans l'eau à la fête de l'expiation solennelle, on baptisait les prosélytes.

Jésus observa tous les points de la loi : il fêta tous les jours de sabbat ; il s'abstint des viandes défendues ; il célébra toutes les fêtes, et même, avant sa mort, il avait célébré la pâque ; on ne l'accusa ni d'aucune opinion nouvelle, ni d'avoir observé aucun rite étranger. Né Israélite, il vécut constamment en Israélite.

Deux témoins qui se présentèrent l'accusèrent d'avoir dit [106] « qu'il pourrait détruire le temple et le rebâtir en trois jours ». Un tel discours était incompréhensible pour les Juifs charnels ; mais ce n'était pas une accusation de vouloir fonder une nouvelle secte.

Le grand prêtre l'interrogea, et lui dit [107] : « Je vous commande par le Dieu vivant de nous dire si vous êtes le Christ fils de Dieu. » On ne nous apprend point ce que le grand prêtre entendait par fils de Dieu. On se servait quelquefois de cette expression pour signifier un juste [108], comme on employait les mots de *fils de Bélial* pour signifier un méchant. Les Juifs grossiers n'avaient aucune idée du mystère sacré d'un fils de Dieu, Dieu lui-même, venant sur la terre.

Jésus lui répondit [109] : « Vous l'avez dit ; mais je vous dis que vous verrez bientôt le fils de l'homme assis à la droite de la vertu de Dieu, venant sur les nuées du ciel. »

Cette réponse fut regardée par le sanhédrin irrité comme un blasphème. Le sanhédrin n'avait plus le droit du glaive ; ils traduisirent Jésus devant le gouverneur romain de la province, et l'accusèrent calomnieusement d'être un perturbateur du repos public, qui disait qu'il ne fallait pas payer le tribut à César, et qui de plus se disait roi des Juifs. Il est donc de la plus grande évidence qu'il fut accusé d'un crime d'État.

Le gouverneur Pilate, ayant appris qu'il était Galiléen, le renvoya d'abord à Hérode, tétrarque de Galilée. Hérode crut qu'il était impossible que Jésus pût aspirer à se faire chef de parti, et prétendre à la royauté; il le traita avec mépris, et le renvoya à Pilate, qui eut l'indigne faiblesse de le condamner pour apaiser le tumulte excité contre lui-même, d'autant plus qu'il avait essuyé déjà une révolte des Juifs, à ce que nous apprend Josèphe. Pilate n'eut pas la même générosité qu'eut depuis le gouverneur Festus [110].

Je demande à présent si c'est la tolérance ou l'intolérance qui est de droit divin? Si vous voulez ressembler à Jésus-Christ, soyez martyrs, et non pas bourreaux.

CHAPITRE XV

TÉMOIGNAGES CONTRE L'INTOLÉRANCE

C'est une impiété d'ôter, en matière de religion, la liberté aux hommes, d'empêcher qu'ils ne fassent choix d'une divinité : aucun homme, aucun dieu, ne voudrait d'un service forcé. (*Apologétique*, chap. XXIV.)

Si on usait de violence pour la défense de la foi, les évêques s'y opposeraient. (Saint Hilaire, liv. Ier.)

La religion forcée n'est plus religion : il faut persuader, et non contraindre. La religion ne se commande point. (Lactance, liv. III).

C'est une exécrable hérésie de vouloir attirer par la force, par les coups, par les emprisonnements, ceux qu'on n'a pu convaincre par la raison. (Saint Athanase, liv. Ier.)

Rien n'est plus contraire à la religion que la contrainte. (Saint Justin, martyr, liv. V.)

Persécuterons-nous ceux que Dieu tolère ? dit saint Augustin, avant que sa querelle avec les donatistes l'eût rendu trop sévère.

Qu'on ne fasse aucune violence aux Juifs. (*Quatrième concile de Tolède,* cinquante-sixième canon.)

Conseillez, et ne forcez pas. (Lettre de saint Bernard.)

Nous ne prétendons point détruire les erreurs par la violence. (*Discours du clergé de France à Louis XIII.*)

Nous avons toujours désapprouvé les voies de rigueur. (*Assemblée du clergé,* 11 auguste 1560.)

Nous savons que la foi se persuade et ne se commande point. (Fléchier, évêque de Nîmes, *Lettre 19.*)

On ne doit pas même user de termes insultants. (L'évêque Du Bellay, dans une *Instruction pastorale.*)

Souvenez-vous que les maladies de l'âme ne se guérissent point par contrainte et par violence. (Le cardinal Le Camus, *Instruction pastorale* de 1688.)

Accordez à tous la tolérance civile. (Fénelon, archevêque de Cambrai, *au duc de Bourgogne.*)

L'exaction forcée d'une religion est une preuve évidente que l'esprit qui la conduit est un esprit ennemi de la vérité. (Dirois, docteur de Sorbonne, livre VI, chap. IV.)

La violence peut faire des hypocrites ; on ne persuade point quand on fait retentir partout les menaces. (Tillemont, *Histoire ecclésiastique,* t. VI.)

Il nous a paru conforme à l'équité et à la droite raison de marcher sur les traces de l'ancienne Église, qui n'a point usé de violence pour établir et étendre la religion. (*Remontrance du parlement de Paris à Henri II.*)

L'expérience nous apprend que la violence est plus capable d'irriter que de guérir un mal qui a sa racine dans l'esprit, etc. (De Thou, *Épître dédicatoire à Henri IV.*)

La foi ne s'inspire pas à coups d'épée. (Cerisiers, *Sur les règnes de Henri IV et de Louis XIII.*)

C'est un zèle barbare que celui qui prétend planter la religion dans les cœurs, comme si la persuasion pouvait être l'effet de la contrainte. (Boulainvilliers, *État de la France.*)

Il en est de la religion comme de l'amour : le commandement n'y peut rien, la contrainte encore moins ; rien de plus indépendant que d'aimer et de croire. (Amelot de La Houssaie, sur les *Lettres du cardinal d'Ossat.*)

Si le ciel vous a assez aimés pour vous faire voir la vérité, il vous a fait une grande grâce ; mais est-ce aux enfants qui ont l'héritage de leur père, de haïr ceux qui ne l'ont pas eu ? (*Esprit des lois*, liv. XXV.)

On pourrait faire un livre énorme, tout composé de pareils passages. Nos histoires, nos discours, nos sermons, nos ouvrages de morale, nos catéchismes, respirent tous, enseignent tous aujourd'hui ce devoir sacré de l'indulgence. Par quelle fatalité, par quelle inconséquence démentirions-nous dans la pratique une théorie que nous annonçons tous les jours ? Quand nos actions démentent notre morale, c'est que nous croyons qu'il y a quelque avantage pour nous à faire le contraire de ce que nous enseignons ; mais certainement il n'y a aucun avantage à persécuter ceux qui ne sont pas de notre avis, et à nous en faire haïr. Il y a donc, encore une fois, de l'absurdité dans l'intolérance. Mais, dira-t-on, ceux qui ont intérêt à gêner les consciences ne sont point absurdes. C'est à eux que s'adresse le chapitre suivant.

CHAPITRE XVI

DIALOGUE ENTRE UN MOURANT ET UN HOMME QUI SE PORTE BIEN[111]

Un citoyen était à l'agonie dans une ville de province ; un homme en bonne santé vint insulter à ses derniers moments, et lui dit :

Misérable! pense comme moi tout à l'heure : signe cet écrit, confesse que cinq propositions sont dans un livre que ni toi ni moi n'avons jamais lu ; sois tout à l'heure du sentiment de Lanfranc contre Bérenger, de saint Thomas contre saint Bonaventure ; embrasse le second concile de Nicée contre le concile de Francfort ; explique-moi dans l'instant comment ces paroles : « Mon Père est plus grand que moi[112] » signifient expressément : « Je suis aussi grand que lui. »

Dis-moi comment le Père communique tout au Fils, excepté la paternité, ou je vais faire jeter ton corps à la voirie ; tes enfants n'hériteront point de toi, ta femme sera privée de sa dot, et ta famille mendiera du pain, que mes pareils ne lui donneront pas.

LE MOURANT

J'entends à peine ce que vous me dites ; les menaces que vous me faites parviennent confusément à mon oreille, elles troublent mon âme, elles rendent ma mort affreuse. Au nom de Dieu, ayez pitié de moi.

LE BARBARE

De la pitié! je n'en puis avoir si tu n'es pas de mon avis en tout.

LE MOURANT

Hélas! vous sentez qu'à ces derniers moments tous mes sens sont flétris, toutes les portes de mon entendement sont fermées, mes idées s'enfuient, ma pensée s'éteint. Suis-je en état de disputer ?

LE BARBARE

Hé bien, si tu ne peux pas croire ce que je veux, dis que tu le crois, et cela me suffit.

LE MOURANT

Comment puis-je me parjurer pour vous plaire ? Je vais paraître dans un moment devant le Dieu qui punit le parjure.

LE BARBARE

N'importe ; tu auras le plaisir d'être enterré dans un cimetière, et ta femme, tes enfants, auront de quoi vivre. Meurs en hypocrite ; l'hypocrisie est une bonne chose ; c'est, comme on dit, un hommage que le vice rend à la vertu [113]. Un peu d'hypocrisie, mon ami, qu'est-ce que cela coûte?

LE MOURANT

Hélas! Vous méprisez Dieu, ou vous ne le reconnaissez pas, puisque vous me demandez un mensonge à l'article de la mort, vous qui devez bientôt recevoir votre jugement de lui, et qui répondrez de ce mensonge.

LE BARBARE

Comment, insolent! je ne reconnais point Dieu!

LE MOURANT

Pardon, mon frère, je crains que vous n'en connaissiez pas. Celui que j'adore ranime en ce moment mes forces pour vous dire d'une voix mourante que, si vous croyez en Dieu, vous devez user envers moi de charité. Il m'a donné ma femme et mes enfants, ne les faites pas périr de misère. Pour mon corps, faites-en ce que vous voudrez : je vous l'abandonne ; mais croyez en Dieu, je vous en conjure.

LE BARBARE

Fais, sans raisonner, ce que je t'ai dit ; je le veux, je te l'ordonne.

LE MOURANT

Et quel intérêt avez-vous à me tant tourmenter ?

LE BARBARE

Comment ! quel intérêt ? Si j'ai ta signature, elle me vaudra un bon canonicat.

LE MOURANT

Ah ! mon frère ! voici mon dernier moment ; je meurs, je vais prier Dieu qu'il vous touche et qu'il vous convertisse.

LE BARBARE

Au diable soit l'impertinent, qui n'a point signé ! Je vais signer pour lui et contrefaire son écriture.

La lettre suivante est une confirmation de la même morale.

CHAPITRE XVII

LETTRE ÉCRITE AU JÉSUITE LE TELLIER, PAR UN BÉNÉFICIER, LE 6 MAI 1714 [114]

Mon Révérend Père,

J'obéis aux ordres que Votre Révérence m'a donnés de lui présenter les moyens les plus propres de délivrer

Jésus et sa Compagnie de leurs ennemis. Je crois qu'il ne reste plus que cinq cent mille huguenots dans le royaume, quelques-uns disent un million, d'autres quinze cent mille ; mais en quelque nombre qu'ils soient, voici mon avis, que je soumets très humblement au vôtre, comme je le dois.

1° Il est aisé d'attraper en un jour tous les prédicants et de les pendre tous à la fois dans une même place, non seulement pour l'édification publique, mais pour la beauté du spectacle.

2° Je ferais assassiner dans leur lit tous les pères et mères, parce que si on les tuait dans les rues, cela pourrait causer quelque tumulte ; plusieurs même pourraient se sauver, ce qu'il faut éviter sur toute chose. Cette exécution est un corollaire nécessaire de nos principes : car, s'il faut tuer un hérétique, comme tant de grands théologiens le prouvent, il est évident qu'il faut les tuer tous.

3° Je marierais le lendemain toutes les filles à de bons catholiques, attendu qu'il ne faut pas dépeupler trop l'État après la dernière guerre ; mais à l'égard des garçons de quatorze et quinze ans, déjà imbus de mauvais principes, qu'on ne peut se flatter de détruire, mon opinion est qu'il faut les châtrer tous, afin que cette engeance ne soit jamais reproduite. Pour les autres petits garçons, ils seront élevés dans vos collèges, et on les fouettera jusqu'à ce qu'ils sachent par cœur les ouvrages de Sanchez et de Molina.

4° Je pense, sauf correction, qu'il en faut faire autant à tous les luthériens d'Alsace, attendu que, dans l'année 1704, j'aperçus deux vieilles de ce pays-là qui riaient le jour de la bataille d'Hochstedt.

5° L'article des jansénistes paraîtra peut-être un peu plus embarrassant : je les crois au nombre de six millions au moins ; mais un esprit tel que le vôtre ne doit pas s'en effrayer. Je comprends parmi les jansénistes tous les parlements, qui soutiennent si indignement les libertés de l'Église gallicane. C'est à Votre Révérence de peser, avec sa prudence ordinaire, les moyens de vous soumettre tous ces esprits revêches. La conspiration des poudres n'eut pas le succès désiré, parce qu'un des conjurés eut l'indiscrétion de vouloir sauver la vie à son ami ; mais, comme vous n'avez point d'ami, le même inconvénient n'est point à craindre : il vous sera fort aisé de faire sauter tous les parlements du royaume avec cette invention du moine Schwartz, qu'on appelle *pulvis pyrius*. Je calcule qu'il faut, l'un portant l'autre, trente-six tonneaux de poudre pour chaque parlement, et ainsi, en multipliant douze parlements par trente-six tonneaux, cela ne compose que quatre cent trente-deux tonneaux, qui, à cent écus pièce, font la somme de cent vingt-neuf mille six cents livres : c'est une bagatelle pour le révérend père général.

Les parlements une fois sautés, vous donnerez leurs charges à vos congréganistes, qui sont parfaitement instruits des lois du royaume.

6° Il sera aisé d'empoisonner M. le cardinal de Noailles, qui est un homme simple, et qui ne se défie de rien.

Votre Révérence emploiera les mêmes moyens de conversion auprès de quelques évêques rénitents ; leurs évêchés seront mis entre les mains des jésuites, moyennant un bref du pape : alors tous les évêques étant du parti de la bonne cause, et tous les curés étant habilement choisis par les évêques, voici ce que je conseille, sous le bon plaisir de Votre Révérence.

7° Comme on dit que les jansénistes communient au moins à Pâques, il ne serait pas mal de saupoudrer les hosties de la drogue dont on se servit pour faire justice de l'empereur Henri VII. Quelque critique me dira peut-être qu'on risquerait, dans cette opération, de donner aussi la mort-aux-rats aux molinistes : cette objection est forte ; mais il n'y a point de projet qui n'ait des inconvénients, point de système qui ne menace ruine par quelque endroit. Si on était arrêté par ces petites difficultés, on ne viendrait jamais à bout de rien ; et d'ailleurs, comme il s'agit de procurer le plus grand bien qu'il soit possible, il ne faut pas se scandaliser si ce grand bien entraîne après lui quelques mauvaises suites, qui ne sont de nulle considération.

Nous n'avons rien à nous reprocher : il est démontré que tous les prétendus réformés, tous les jansénistes, sont dévolus à l'enfer ; ainsi ne faisons-nous que hâter le moment où ils doivent entrer en possession.

Il n'est pas moins clair que le paradis appartient de droit aux molinistes : donc, en les faisant périr par mégarde et sans aucune mauvaise intention, nous accélérons leur joie ; nous sommes dans l'un et l'autre cas les ministres de la Providence.

Quant à ceux qui pourraient être un peu effarouchés du nombre, Votre Paternité pourra leur faire remarquer que depuis les jours florissants de l'Église jusqu'à 1707, c'est-à-dire depuis environ quatorze cents ans, la théologie a procuré le massacre de plus de cinquante millions d'hommes ; et que je ne propose d'en étrangler, ou égorger, ou empoisonner, qu'environ six millions cinq cent mille.

On nous objectera peut-être encore que mon compte n'est pas juste, et que je viole la règle de trois : car, dira-t-on, si en quatorze cents ans il n'a péri que cinquante millions d'hommes pour des distinctions, des dilemmes et des antilemmes théologiques, cela ne fait par année que trente-cinq mille sept cent quatorze personnes avec fraction, et qu'ainsi je tue six millions quatre cent soixante-quatre mille deux cent quatre-vingt-cinq personnes de trop avec fraction pour la présente année.

Mais, en vérité, cette chicane est bien puérile ; on peut même dire qu'elle est impie : car ne voit-on pas, par mon procédé, que je sauve la vie à tous les catholiques jusqu'à la fin du monde ? On n'aurait jamais fait, si on voulait répondre à toutes les critiques. Je suis avec un profond respect de Votre Paternité,

Le très humble, très dévot et très doux R[115]...
natif d'Angoulême, préfet de la Congrégation.

Ce projet ne put être exécuté, parce que le P. Le Tellier trouva quelques difficultés, et que Sa Paternité fut exilée l'année suivante. Mais comme il faut examiner le pour et le contre, il paraît qu'il est bon de rechercher dans quel cas on pourrait légitimement suivre en partie les vues du correspondant du P. Le Tellier. Il paraît qu'il serait dur d'exécuter ce projet dans tous ses points ; mais il faut voir dans quelles occasions on doit rouer ou pendre, ou mettre aux galères les gens qui ne sont pas de notre avis : c'est l'objet de l'article suivant.

CHAPITRE XVIII

SEULS CAS OÙ L'INTOLÉRANCE EST DE DROIT HUMAIN

Pour qu'un gouvernement ne soit pas en droit de punir les erreurs des hommes, il est nécessaire que ces erreurs ne soient pas des crimes ; elles ne sont des crimes que quand elles troublent la société : elles troublent cette société dès qu'elles inspirent le fanatisme ; il faut donc que les hommes commencent par n'être pas fanatiques pour mériter la tolérance.

Si quelques jeunes jésuites, sachant que l'Église a les réprouvés en horreur, que les jansénistes sont condamnés par une bulle, qu'ainsi les jansénistes sont réprouvés, s'en vont brûler une maison des Pères de l'Oratoire parce que Quesnel l'oratorien était janséniste, il est clair qu'on sera bien obligé de punir ces jésuites.

De même, s'ils ont débité des maximes coupables, si leur institut est contraire aux lois du royaume, on ne peut s'empêcher de dissoudre leur compagnie, et d'abolir les jésuites pour en faire des citoyens ; ce qui au fond est un mal imaginaire, et un bien réel pour eux, car où est le mal de porter un habit court au lieu d'une soutane, et d'être libre au lieu d'être esclave ? On réforme à la paix des régiments entiers, qui ne se plaignent pas : pourquoi les jésuites poussent-ils de si hauts cris quand on les réforme pour avoir la paix ?

Que les cordeliers, transportés d'un saint zèle pour la vierge Marie, aillent démolir l'église des jacobins, qui pensent que Marie est née dans le péché originel, on sera obligé alors de traiter les cordeliers à peu près comme les jésuites.

On en dira autant des luthériens et des calvinistes. Ils auront beau dire : Nous suivons les mouvements de notre conscience, il vaut mieux obéir à Dieu qu'aux hommes [116] ; nous sommes le vrai troupeau, nous devons exterminer les loups ; il est évident qu'alors ils sont loups eux-mêmes.

Un des plus étonnants exemples de fanatisme a été une petite secte en Danemark, dont le principe était le meilleur du monde. Ces gens-là voulaient procurer le salut éternel à leurs frères ; mais les conséquences de ce principe étaient singulières. Ils savaient que tous les petits enfants qui meurent sans baptême sont damnés, et que ceux qui ont le bonheur de mourir immédiatement après avoir reçu le baptême jouissent de la gloire éternelle : ils allaient égorgeant les garçons et les filles nouvellement baptisés qu'ils pouvaient rencontrer ; c'était sans doute leur faire le plus grand bien qu'on pût leur procurer : on les préservait à la fois du péché, des misères de cette vie, et de l'enfer ; on les envoyait infailliblement au ciel. Mais ces gens charitables ne considéraient pas qu'il n'est pas permis de faire un petit mal pour un grand bien ; qu'ils n'avaient aucun droit sur la vie de ces petits enfants ; que la plupart des pères et mères sont assez charnels pour aimer mieux avoir auprès d'eux leurs fils et leurs filles que de les voir égorger pour aller en paradis, et qu'en un mot, le magistrat doit punir l'homicide, quoiqu'il soit fait à bonne intention.

Les Juifs sembleraient avoir plus de droit que personne de nous voler et de nous tuer : car bien qu'il y ait cent exemples de tolérance dans l'*Ancien Testament*, cependant il y a aussi quelques exemples et quelques lois de rigueur. Dieu leur a ordonné quelquefois de tuer les idolâtres, et de ne réserver que les filles nubiles : ils nous regardent comme idolâtres, et, quoique nous les tolérions aujourd'hui, ils pourraient bien, s'ils étaient les maîtres, ne laisser au monde que nos filles.

Ils seraient surtout dans l'obligation indispensable d'assassiner tous les Turcs, cela va sans difficulté : car les Turcs possèdent le pays des Éthéens, des Jébuséens, des Amorrhéens, Jersénéens, Hévéens, Aracéens, Cinéens, Hamatéens, Samaréens : tous ces peuples furent dévoués à l'anathème ; leur pays, qui était de plus de vingt-cinq lieues de long, fut donné aux Juifs par plusieurs pactes consécutifs ; ils doivent rentrer dans leur bien ; les mahométans en sont les usurpateurs depuis plus de mille ans.

Si les Juifs raisonnaient ainsi aujourd'hui, il est

clair qu'il n'y aurait d'autre réponse à leur faire que de les mettre aux galères.

Ce sont à peu près les seuls cas où l'intolérance paraît raisonnable.

CHAPITRE XIX

RELATION D'UNE DISPUTE DE CONTROVERSE A LA CHINE

Dans les premières années du règne du grand empereur Kang-hi, un mandarin de la ville de Kanton entendit de sa maison un grand bruit qu'on faisait dans la maison voisine : il s'informa si l'on ne tuait personne ; on lui dit que c'était l'aumônier de la compagnie danoise, un chapelain de Batavia, et un jésuite qui disputaient ; il les fit venir, leur fit servir du thé et des confitures, et leur demanda pourquoi ils se querellaient.

Le jésuite lui répondit qu'il était bien douloureux pour lui, qui avait toujours raison, d'avoir affaire à des gens qui avaient toujours tort ; que d'abord il avait argumenté avec la plus grande retenue, mais qu'enfin la patience lui avait échappé.

Le mandarin leur fit sentir, avec toute la discrétion possible, combien la politesse est nécessaire dans la dispute, leur dit qu'on ne se fâchait jamais à la Chine, et leur demanda de quoi il s'agissait.

Le jésuite lui répondit : « Monseigneur, je vous en fais juge ; ces deux messieurs refusent de se soumettre aux décisions du concile de Trente.

— Cela m'étonne », dit le mandarin. Puis se tournant vers les deux réfractaires : « Il me paraît, leur dit-il, Messieurs, que vous devriez respecter les avis d'une grande assemblée ; je ne sais pas ce que c'est que le concile de Trente ; mais plusieurs personnes sont toujours plus instruites qu'une seule. Nul ne doit croire qu'il en sait plus que les autres, et que la raison n'habite que dans sa tête ; c'est ainsi que l'enseigne notre grand Confucius ; et si vous m'en croyez, vous ferez très bien de vous en rapporter au concile de Trente. »

Le Danois prit alors la parole, et dit : « Monseigneur parle avec la plus grande sagesse ; nous respectons les grandes assemblées comme nous le devons ; aussi sommes-nous entièrement de l'avis de plusieurs assemblées qui se sont tenues avant celle de Trente.

— Oh! si cela est ainsi, dit le mandarin, je vous demande pardon, vous pourriez bien avoir raison. Çà, vous êtes donc du même avis, ce Hollandais et vous, contre ce pauvre jésuite ?

— Point du tout, dit le Hollandais ; cet homme-ci a des opinions presque aussi extravagantes que celles de ce jésuite, qui fait ici le doucereux avec vous ; il n'y a pas moyen d'y tenir.

— Je ne vous conçois pas, dit le mandarin ; n'êtes-vous pas tous trois chrétiens ? Ne venez-vous pas tous trois enseigner le christianisme dans notre empire ? Et ne devez-vous pas par conséquent avoir les mêmes dogmes ?

— Vous voyez, Monseigneur, dit le jésuite ; ces deux gens-ci sont ennemis mortels, et disputent tous deux contre moi : il est donc évident qu'ils ont tous les deux tort, et que la raison n'est que de mon côté.

— Cela n'est pas si évident, dit le mandarin ; il se pourrait faire à toute force que vous eussiez tort tous trois ; je serais curieux de vous entendre l'un après l'autre. »

Le jésuite fit alors un assez long discours, pendant lequel le Danois et le Hollandais levaient les épaules ; le mandarin n'y comprit rien. Le Danois parla à son tour ; ses deux adversaires le regardèrent en pitié, et le mandarin n'y comprit pas davantage. Le Hollandais eut le même sort. Enfin ils parlèrent tous trois ensemble, ils se dirent de grosses injures. L'honnête mandarin eut bien de la peine à mettre le holà, et leur dit : « Si vous voulez qu'on tolère ici votre doctrine, commencez par n'être ni intolérants ni intolérables. »

Au sortir de l'audience, le jésuite rencontra un missionnaire jacobin ; il lui apprit qu'il avait gagné sa cause, l'assurant que la vérité triomphait toujours. Le jacobin lui dit : « Si j'avais été là, vous ne l'auriez pas gagnée ; je vous aurais convaincu de mensonge et d'idolâtrie. » La querelle s'échauffa ; le jacobin et le jésuite se prirent aux cheveux. Le mandarin, informé du scandale, les envoya tous deux en prison. Un sous-mandarin dit au juge : « Combien de temps Votre Excellence veut-elle qu'ils soient aux arrêts ? — Jusqu'à ce qu'ils soient d'accord, dit le juge. — Ah ! dit le sous-mandarin, ils seront donc en prison toute leur vie. — Hé bien ! dit le juge, jusqu'à ce qu'ils se pardonnent. — Ils ne se pardonneront jamais, dit l'autre ; je les connais bien. — Hé bien ! donc, dit le mandarin, jusqu'à ce qu'ils fassent semblant de se pardonner. »

CHAPITRE XX

S'IL EST UTILE D'ENTRETENIR LE PEUPLE DANS LA SUPERSTITION

Telle est la faiblesse du genre humain, et telle est sa perversité, qu'il vaut mieux sans doute pour lui d'être subjugué par toutes les superstitions possibles, pourvu qu'elles ne soient pas meurtrières, que de vivre sans religion. L'homme a toujours eu besoin d'un frein, et quoiqu'il fût ridicule de sacrifier aux faunes, aux sylvains, aux naïades, il était bien plus raisonnable et plus utile d'adorer ces images fantastiques de la Divinité que de se livrer à l'athéisme. Un athée qui serait raisonneur, violent et puissant, serait un fléau aussi funeste qu'un superstitieux sanguinaire.

Quand les hommes n'ont pas de notions saines de la Divinité, les idées fausses y suppléent, comme dans les temps malheureux on trafique avec de la mauvaise monnaie, quand on n'en a pas de bonne. Le païen craignait de commettre un crime, de peur d'être puni par les faux dieux ; le Malabare craint d'être puni par sa pagode. Partout où il y a une société établie, une religion est nécessaire ; les lois veillent sur les crimes connus, et la religion sur les crimes secrets.

Mais lorsqu'une fois les hommes sont parvenus à embrasser une religion pure et sainte, la superstition devient non seulement inutile, mais très dangereuse. On ne doit pas chercher à nourrir de gland ceux que Dieu daigne nourrir de pain.

La superstition est à la religion ce que l'astrologie est à l'astronomie, la fille très folle d'une mère très sage. Ces deux filles ont longtemps subjugué toute la terre.

Lorsque, dans nos siècles de barbarie, il y avait à peine deux seigneurs féodaux qui eussent chez eux un *Nouveau Testament*, il pouvait être pardonnable de présenter des fables au vulgaire, c'est-à-dire à ces seigneurs féodaux, à leurs femmes imbéciles, et aux brutes leurs vassaux ; on leur faisait croire que saint Christophe avait porté l'enfant Jésus du bord d'une rivière à l'autre ; on les repaissait d'histoires de sorciers et de possédés ; ils imaginaient aisément que saint Genou guérissait de la goutte, et que sainte Claire guérissait les yeux malades. Les enfants croyaient au loup-garou, et les pères au cordon de saint François. Le nombre des reliques était innombrable.

La rouille de tant de superstitions a subsisté encore

quelque temps chez les peuples, lors même qu'enfin la religion fut épurée. On sait que quand M. de Noailles, évêque de Châlons, fit enlever et jeter au feu la prétendue relique du saint nombril de Jésus-Christ, toute la ville de Châlons lui fit un procès ; mais il eut autant de courage que de piété, et il parvint bientôt à faire croire aux Champenois qu'on pouvait adorer Jésus-Christ en esprit et en vérité, sans avoir son nombril dans une église.

Ceux qu'on appelait *jansénistes* ne contribuèrent pas peu à déraciner insensiblement dans l'esprit de la nation la plupart des fausses idées qui déshonoraient la religion chrétienne. On cessa de croire qu'il suffisait de réciter l'oraison des trente jours à la vierge Marie pour obtenir tout ce qu'on voulait et pour pécher impunément

Enfin la bourgeoisie a commencé à soupçonner que ce n'était pas sainte Geneviève qui donnait ou arrêtait la pluie, mais que c'était Dieu lui-même qui disposait des éléments. Les moines ont été étonnés que leurs saints ne fissent plus de miracles ; et si les écrivains de la *Vie de saint François Xavier* revenaient au monde, ils n'oseraient pas écrire que ce saint ressuscita neuf morts, qu'il se trouva en même temps sur mer et sur terre, et que son crucifix étant tombé dans la mer un cancre vint le lui rapporter.

Il en a été de même des excommunications. Nos historiens nous disent que lorsque le roi Robert eut été excommunié par le pape Grégoire V, pour avoir épousé la princesse Berthe sa commère, ses domestiques jetaient par les fenêtres les viandes qu'on avait servies au roi, et que la reine Berthe accoucha d'une oie en punition de ce mariage incestueux. On doute aujourd'hui que les maîtres d'hôtel d'un roi de France excommunié jetassent son dîner par la fenêtre, et que la reine mît au monde un oison en pareil cas.

S'il y a quelques convulsionnaires dans un coin d'un faubourg [117], c'est une maladie pédiculaire dont il n'y a que la plus vile populace qui soit attaquée. Chaque jour la raison pénètre en France, dans les boutiques des marchands comme dans les hôtels des seigneurs. Il faut donc cultiver les fruits de cette raison, d'autant plus qu'il est impossible de les empêcher d'éclore. On ne peut gouverner la France, après qu'elle a été éclairée par les Pascal, les Nicole, les Arnauld, les Bossuet, les Descartes, les Gassendi, les Bayle, les Fontenelle, etc., comme on la gouvernait du temps des Garasse et des Menot.

Si les maîtres d'erreurs, je dis les grands maîtres, si longtemps payés et honorés pour abrutir l'espèce humaine, ordonnaient aujourd'hui de croire que le grain doit pourrir pour germer [118] ; que la terre est immobile sur ses fondements, qu'elle ne tourne point autour du soleil ; que les marées ne sont pas un effet naturel de la gravitation, que l'arc-en-ciel n'est pas formé par la réfraction et la réflexion des rayons de la lumière, etc., et s'ils se fondaient sur des passages mal entendus de la Sainte Écriture pour appuyer leurs ordonnances, comment seraient-ils regardés par tous les hommes instruits ? Le terme de *bêtes* serait-il trop fort ? Et si ces sages maîtres se servaient de la force et de la persécution pour faire régner leur ignorance insolente, le terme de *bêtes farouches* serait-il déplacé ?

Plus les superstitions des moines sont méprisées, plus les évêques sont respectés, et les curés considérés ; ils ne font que du bien, et les superstitions monacales ultramontaines feraient beaucoup de mal. Mais de toutes les superstitions, la plus dangereuse, n'est-ce pas celle de haïr son prochain pour ses opinions ? Et n'est-il pas évident qu'il serait encore plus raisonnable d'adorer le saint nombril, le saint prépuce, le lait et la robe de la vierge Marie, que de détester et de persécuter son frère ?

CHAPITRE XXI

VERTU VAUT MIEUX QUE SCIENCE

Moins de dogmes, moins de disputes ; et moins de disputes, moins de malheurs : si cela n'est pas vrai, j'ai tort.

La religion est instituée pour nous rendre heureux dans cette vie et dans l'autre. Que faut-il pour être heureux dans la vie à venir ? être juste.

Pour être heureux dans celle-ci, autant que le permet la misère de notre nature, que faut-il ? être indulgent.

Ce serait le comble de la folie de prétendre amener tous les hommes à penser d'une manière uniforme sur la métaphysique. On pourrait beaucoup plus aisément subjuguer l'univers entier par les armes que subjuguer tous les esprits d'une seule ville.

Euclide est venu aisément à bout de persuader à tous les hommes les vérités de la géométrie : pourquoi ? parce qu'il n'y en a pas une qui ne soit un corollaire évident de ce petit axiome : *deux et deux font quatre.* Il n'en est pas tout à fait de même dans le mélange de la métaphysique et de la théologie.

Lorsque l'évêque Alexandre et le prêtre Arios ou Arius commencèrent à disputer sur la manière dont le *Logos* était une émanation du Père, l'empereur Constantin leur écrivit d'abord ces paroles rapportées par Eusèbe et par Socrate : « Vous êtes de grands fous de disputer sur des choses que vous ne pouvez entendre. »

Si les deux partis avaient été assez sages pour convenir que l'empereur avait raison, le monde chrétien n'aurait pas été ensanglanté pendant trois cents années.

Qu'y a-t-il en effet de plus fou et de plus horrible que de dire aux hommes : « Mes amis, ce n'est pas assez d'être des sujets fidèles, des enfants soumis, des pères tendres, des voisins équitables, de pratiquer toutes les vertus, de cultiver l'amitié, de fuir l'ingratitude, d'adorer Jésus-Christ en paix : il faut encore que vous sachiez comment on est engendré de toute éternité ; et si vous ne savez pas distinguer l'*omousion* dans l'hypostase, nous vous dénonçons que vous serez brûlés à jamais ; et, en attendant, nous allons commencer par vous égorger » ?

Si on avait présenté une telle décision à un Archimède, à un Posidonius, à un Varron, à un Caton, à un Cicéron, qu'auraient-ils répondu ?

Constantin ne persévéra point dans sa résolution d'imposer silence aux deux partis : il pouvait faire venir les chefs de l'ergotisme dans son palais ; il pouvait leur demander par quelle autorité ils troublaient le monde : « Avez-vous les titres de la famille divine ? Que vous importe que le *Logos* soit fait ou engendré, pourvu qu'on lui soit fidèle, pourvu qu'on prêche une bonne morale, et qu'on la pratique si on peut ? J'ai commis bien des fautes dans ma vie, et vous aussi ; vous êtes ambitieux, et moi aussi ; l'empire m'a coûté des fourberies et des cruautés ; j'ai assassiné presque tous mes proches ; je m'en repens : je veux expier mes crimes en rendant l'empire romain tranquille, ne m'empêchez pas de faire le seul bien qui puisse faire oublier mes anciennes barbaries ; aidez-moi à finir mes jours en paix. » Peut-être n'aurait-il rien gagné sur les disputeurs ; peut-être fut-il flatté de présider à un concile en long habit rouge, la tête chargée de pierreries.

Voilà pourtant ce qui ouvrit la porte à tous ces

fléaux qui vinrent de l'Asie inonder l'Occident. Il sortit de chaque verset contesté une furie armée d'un sophisme et d'un poignard, qui rendit tous les hommes insensés et cruels. Les Huns, les Hérules, les Goths et les Vandales, qui survinrent, firent infiniment moins de mal, et le plus grand qu'ils firent fut de se prêter enfin eux-mêmes à ces disputes fatales.

CHAPITRE XXII

DE LA TOLÉRANCE UNIVERSELLE

Il ne faut pas un grand art, une éloquence bien recherchée, pour prouver que des chrétiens doivent se tolérer les uns les autres. Je vais plus loin : je vous dis qu'il faut regarder tous les hommes comme nos frères. Quoi! mon frère le Turc? mon frère le Chinois? le Juif? le Siamois? Oui, sans doute ; ne sommes-nous pas tous enfants du même père, et créatures du même Dieu?

Mais ces peuples nous méprisent; mais ils nous traitent d'idolâtres! Hé bien! je leur dirai qu'ils ont grand tort. Il me semble que je pourrais étonner au moins l'orgueilleuse opiniâtreté d'un iman ou d'un talapoin, si je leur parlais à peu près ainsi :

« Ce petit globe, qui n'est qu'un point, roule dans l'espace, ainsi que tant d'autres globes ; nous sommes perdus dans cette immensité. L'homme, haut d'environ cinq pieds, est assurément peu de chose dans la création. Un de ces êtres imperceptibles dit à quelques-uns de ses voisins, dans l'Arabie ou dans la Cafrerie : « Écoutez-moi, car le Dieu de tous ces mondes m'a « éclairé : il y a neuf cents millions de petites fourmis « comme nous sur la terre, mais il n'y a que ma four- « milière qui soit chère à Dieu ; toutes les autres lui

« sont en horreur de toute éternité ; elle sera seule « heureuse, et toutes les autres seront éternellement « infortunées. »

Ils m'arrêteraient alors, et me demanderaient quel est le fou qui a dit cette sottise. Je serais obligé de leur répondre : « C'est vous-mêmes. » Je tâcherais ensuite de les adoucir ; mais cela serait bien difficile.

Je parlerais maintenant aux chrétiens, et j'oserais dire, par exemple, à un dominicain inquisiteur pour la foi : « Mon frère, vous savez que chaque province d'Italie a son jargon, et qu'on ne parle point à Venise et à Bergame comme à Florence. L'Académie de la Crusca a fixé la langue ; son dictionnaire est une règle dont on ne doit pas s'écarter, et la *Grammaire* de Buonmattei est un guide infaillible qu'il faut suivre ; mais croyez-vous que le consul de l'Académie, et en son absence Buonmattei, auraient pu en conscience faire couper la langue à tous les Vénitiens et à tous les Bergamasques qui auraient persisté dans leur patois ? »

L'inquisiteur me répond : « Il y a bien de la différence ; il s'agit ici du salut de votre âme : c'est pour votre bien que le directoire de l'Inquisition ordonne qu'on vous saisisse sur la déposition d'une seule personne, fût-elle infâme et reprise de justice ; que vous n'ayez point d'avocat pour vous défendre ; que le nom de votre accusateur ne vous soit pas seulement connu ; que l'inquisiteur vous promette grâce, et ensuite vous condamne ; qu'il vous applique à cinq tortures différentes, et qu'ensuite vous soyez ou fouetté, ou mis aux galères, ou brûlé en cérémonie. Le P. Ivonet, le docteur Cuchalon, Zanchinus, Campegius, Roias, Felynus, Gomarus, Diabarus, Gemelinus [119], y sont formels, et cette pieuse pratique ne peut souffrir de contradiction. »

Je prendrais la liberté de lui répondre : « Mon frère, peut-être avez-vous raison ; je suis convaincu du bien que vous voulez me faire ; mais ne pourrais-je pas être sauvé sans tout cela ? »

Il est vrai que ces horreurs absurdes ne souillent pas tous les jours la face de la terre ; mais elles ont été fréquentes, et on en composerait aisément un volume beaucoup plus gros que les évangiles qui les réprouvent. Non seulement il est bien cruel de persécuter dans cette courte vie ceux qui ne pensent pas comme nous, mais je ne sais s'il n'est pas bien hardi de prononcer leur damnation éternelle. Il me semble qu'il n'appartient guère à des atomes d'un moment, tels que nous sommes, de prévenir ainsi les arrêts du Créateur. Je suis bien loin de combattre cette sentence : « Hors de l'Église point de salut » ; je la respecte, ainsi que tout ce qu'elle enseigne, mais, en vérité, connaissons-nous toutes les voies de Dieu et toute l'étendue de ses miséricordes ? N'est-il pas permis d'espérer en lui autant que de le craindre ? N'est-ce pas assez d'être fidèles à l'Église ? Faudra-t-il que chaque particulier usurpe les droits de la Divinité, et décide avant elle du sort éternel de tous les hommes ?

Quand nous portons le deuil d'un roi de Suède, ou de Danemark, ou d'Angleterre, ou de Prusse, disons-nous que nous portons le deuil d'un réprouvé qui brûle éternellement en enfer ? Il y a dans l'Europe quarante millions d'habitants qui ne sont pas de l'Église de Rome, dirons-nous à chacun d'eux : « Monsieur, attendu que vous êtes infailliblement damné, je ne veux ni manger, ni contracter, ni converser avec vous » ?

Quel est l'ambassadeur de France qui, étant présenté à l'audience du Grand Seigneur, se dira dans le fond de son cœur : Sa Hautesse sera infailliblement brûlée pendant toute l'éternité, parce qu'elle est soumise à la circoncision ? S'il croyait réellement que le Grand Seigneur est l'ennemi mortel de Dieu, et l'objet de sa vengeance, pourrait-il lui parler? devrait-il être envoyé vers lui? Avec quel homme pourrait-on commercer, quel devoir de la vie civile pourrait-on jamais remplir, si en effet on était convaincu de cette idée que l'on converse avec des réprouvés?

O sectateurs d'un Dieu clément! si vous aviez un cœur cruel; si, en adorant celui dont toute la loi consistait en ces paroles : « Aimez Dieu et votre prochain [120] », vous aviez surchargé cette loi pure et sainte de sophismes et de disputes incompréhensibles; si vous aviez allumé la discorde, tantôt pour un mot nouveau, tantôt pour une seule lettre de l'alphabet; si vous aviez attaché des peines éternelles à l'omission de quelques paroles, de quelques cérémonies que d'autres peuples ne pouvaient connaître, je vous dirais, en répandant des larmes sur le genre humain : « Transportez-vous avec moi au jour où tous les hommes seront jugés, et où Dieu rendra à chacun selon ses œuvres.

« Je vois tous les morts des siècles passés et du nôtre comparaître en sa présence. Êtes-vous bien sûrs que notre Créateur et notre Père dira au sage et vertueux Confucius, au législateur Solon, à Pythagore, à Zaleucus, à Socrate, à Platon, aux divins Antonins, au bon Trajan, à Titus, les délices du genre humain, à Épictète, à tant d'autres hommes, les modèles des hommes : Allez, monstres, allez subir des châtiments infinis en intensité et en durée; que votre supplice soit éternel comme moi! Et vous, mes bien-aimés, Jean Châtel, Ravaillac, Damiens, Cartouche, etc., qui êtes morts avec les formules prescrites, partagez à jamais à ma droite mon empire et ma félicité. »

Vous reculez d'horreur à ces paroles; et, après qu'elles me sont échappées, je n'ai plus rien à vous dire.

CHAPITRE XXIII

PRIÈRE A DIEU

Ce n'est donc plus aux hommes que je m'adresse ; c'est à toi, Dieu de tous les êtres, de tous les mondes et de tous les temps : s'il est permis à de faibles créatures perdues dans l'immensité, et imperceptibles au reste de l'univers, d'oser te demander quelque chose, à toi qui as tout donné, à toi dont les décrets sont immuables comme éternels, daigne regarder en pitié les erreurs attachées à notre nature ; que ces erreurs ne fassent point nos calamités. Tu ne nous as point donné un cœur pour nous haïr, et des mains pour nous égorger ; fais que nous nous aidions mutuellement à supporter le fardeau d'une vie pénible et passagère ; que les petites différences entre les vêtements qui couvrent nos débiles corps, entre tous nos langages insuffisants, entre tous nos usages ridicules, entre toutes nos lois imparfaites, entre toutes nos opinions insensées, entre toutes nos conditions si disproportionnées à nos yeux, et si égales devant toi ; que toutes ces petites nuances qui distinguent les atomes appelés *hommes* ne soient pas des signaux de haine et de persécution ; que ceux qui allument des cierges en plein midi pour te célébrer supportent ceux qui se contentent de la lumière de ton soleil ; que ceux qui couvrent leur robe d'une toile blanche pour dire qu'il faut t'aimer ne détestent pas ceux qui disent la même chose sous un manteau de laine noire ; qu'il soit égal de t'adorer dans un jargon formé d'une ancienne langue, ou dans un jargon plus nouveau ; que ceux dont l'habit est teint en rouge ou en violet, qui dominent sur une petite parcelle d'un petit tas de la boue de ce monde, et qui possèdent quelques fragments arrondis d'un certain métal, jouissent sans orgueil de ce qu'ils appellent *grandeur* et *richesse*, et que les autres les voient sans envie : car tu sais qu'il n'y a dans ces vanités ni de quoi envier, ni de quoi s'enorgueillir.

Puissent tous les hommes se souvenir qu'ils sont frères ! Qu'ils aient en horreur la tyrannie exercée sur les âmes, comme ils ont en exécration le brigandage qui ravit par la force le fruit du travail et de l'industrie paisible ! Si les fléaux de la guerre sont inévitables, ne nous haïssons pas, ne nous déchirons pas les uns les autres dans le sein de la paix, et employons l'instant de notre existence à bénir également en mille langages divers, depuis Siam jusqu'à la Californie, ta bonté qui nous a donné cet instant.

CHAPITRE XXIV

POST-SCRIPTUM

Tandis qu'on travaillait à cet ouvrage, dans l'unique dessein de rendre les hommes plus compatissants et plus doux, un autre homme écrivait dans un dessein tout contraire : car chacun a son opinion. Cet homme faisait imprimer un petit code de persécution, intitulé l'*Accord de la religion et de l'humanité* (c'est une faute de l'imprimeur : lisez *de l'inhumanité*) [121].

L'auteur du saint libelle s'appuie sur saint Augustin, qui, après avoir prêché la douceur, prêcha enfin la persécution, attendu qu'il était alors le plus fort, et qu'il changeait souvent d'avis. Il cite aussi l'évêque de Meaux, Bossuet, qui persécuta le célèbre Fénelon, archevêque de Cambrai, coupable d'avoir imprimé que Dieu vaut bien la peine qu'on l'aime pour lui-même.

Bossuet était éloquent, je l'avoue ; l'évêque d'Hippone, quelquefois inconséquent, était plus disert que ne sont les autres Africains, je l'avoue encore ; mais je prendrai la liberté de dire à l'auteur de ce saint libelle, avec Armande, dans *les Femmes savantes :*

> Quand sur une personne on prétend se régler,
> C'est par les beaux côtés qu'il lui faut ressembler.
>
> (Acte I, scène 1.)

Je dirai à l'évêque d'Hippone : Monseigneur, vous avez changé d'avis, permettez-moi de m'en tenir à votre première opinion ; en vérité, je la crois meilleure.

Je dirai à l'évêque de Meaux : Monseigneur, vous êtes un grand homme : je vous trouve aussi savant, pour le moins, que saint Augustin, et beaucoup plus éloquent ; mais pourquoi tant tourmenter votre confrère, qui était aussi éloquent que vous dans un autre genre, et qui était plus aimable ?

L'auteur du saint libelle sur l'inhumanité n'est ni un Bossuet ni un Augustin ; il me paraît tout propre à faire un excellent inquisiteur : je voudrais qu'il fût à Goa à la tête de ce beau tribunal. Il est, de plus, homme d'État, et il étale de grands principes de politique. « S'il y a chez vous, dit-il, beaucoup d'hétérodoxes, ménagez-les, persuadez-les ; s'il n'y en a qu'un petit nombre, mettez en usage la potence et les galères, et vous vous en trouverez fort bien » ; c'est ce qu'il conseille, à la page 89 et 90.

Dieu merci, je suis bon catholique, je n'ai point à craindre ce que les huguenots appellent *le martyre ;* mais si cet homme est jamais premier ministre, comme il paraît s'en flatter dans son libelle, je l'avertis que je pars pour l'Angleterre le jour qu'il aura ses lettres patentes.

En attendant, je ne puis que remercier la Providence de ce qu'elle permet que les gens de son espèce soient toujours de mauvais raisonneurs. Il va jusqu'à citer Bayle parmi les partisans de l'intolérance : cela est sensé et adroit ; et de ce que Bayle accorde qu'il faut punir les factieux et les fripons, notre homme en conclut qu'il faut persécuter à feu et à sang les gens de bonne foi qui sont paisibles.

Presque tout son livre est une imitation de l'*Apologie de la Saint-Barthélemy* [122]. C'est cet apologiste ou son écho. Dans l'un ou dans l'autre cas, il faut espérer que ni le maître ni le disciple ne gouverneront l'État.

Mais s'il arrive qu'ils en soient les maîtres, je leur présente de loin cette requête, au sujet de deux lignes de la page 93 du saint libelle :

« Faut-il sacrifier au bonheur du vingtième de la nation le bonheur de la nation entière ? »

Supposé qu'en effet il y ait vingt catholiques romains en France contre un huguenot, je ne prétends point que le huguenot mange les vingt catholiques ; mais aussi pourquoi ces vingt catholiques mangeraient-ils ce huguenot, et pourquoi empêcher ce huguenot de se marier ? N'y a-t-il pas des évêques, des abbés, des moines, qui ont des terres en Dauphiné, dans le Gévaudan, devers Agde, devers Carcassonne ? Ces évêques, ces abbés, ces moines, n'ont-ils pas de fermiers qui ont le malheur de ne pas croire à la transsubstantiation ? N'est-il pas de l'intérêt des évêques, des abbés, des moines et du public, que ces fermiers aient de nombreuses familles ? N'y aura-t-il que ceux qui communieront sous une seule espèce à qui il sera permis de faire des enfants ? En vérité cela n'est ni juste ni honnête.

« La révocation de l'édit de Nantes n'a point autant produit d'inconvénients qu'on lui en attribue », dit l'auteur.

Si en effet on lui en attribue plus qu'elle n'en a produit, on exagère, et le tort de presque tous les historiens est d'exagérer ; mais c'est aussi le tort de tous les controversistes de réduire à rien le mal qu'on leur reproche. N'en croyons ni les docteurs de Paris ni les prédicateurs d'Amsterdam.

Prenons pour juge M. le comte d'Avaux, ambassadeur en Hollande, depuis 1685 jusqu'en 1688. Il dit, page 181, tome V [123], qu'un seul homme avait offert de découvrir plus de vingt millions que les persécutés faisaient sortir de France. Louis XIV répond à M. d'Avaux : « Les avis que je reçois tous les jours d'un nombre infini de conversions ne me laissent plus douter que les plus opiniâtres ne suivent l'exemple des autres. »

On voit, par cette lettre de Louis XIV, qu'il était de très bonne foi sur l'étendue de son pouvoir. On lui disait tous les matins : « Sire, vous êtes le plus grand roi de l'univers ; tout l'univers fera gloire de penser comme vous dès que vous aurez parlé. » Pellisson, qui s'était enrichi dans la place de premier commis des finances ; Pellisson, qui avait été trois ans à la Bastille comme complice de Fouquet ; Pellisson, qui de calviniste était devenu diacre et bénéficier, qui faisait imprimer des prières pour la messe et des bouquets à Iris, qui avait obtenu la place des économats et de convertisseur ; Pellisson, dis-je, apportait tous les trois mois une grande liste d'abjurations à sept ou huit écus la pièce, et faisait accroire à son roi que, quand il voudrait, il convertirait tous les Turcs au même prix. On se relayait pour le tromper ; pouvait-il résister à la séduction ?

Cependant le même M. d'Avaux mande au roi qu'un nommé Vincent maintient plus de cinq cents ouvriers auprès d'Angoulême, et que sa sortie causera du préjudice : tome V, page 194.

Le même M. d'Avaux parle de deux régiments que le prince d'Orange fait déjà lever par les officiers français réfugiés ; il parle de matelots qui désertèrent de trois vaisseaux pour servir sur ceux du prince d'Orange. Outre ces deux régiments, le prince d'Orange forme encore une compagnie de cadets réfugiés, commandés par deux capitaines, page 240. Cet ambassadeur écrit encore, le 9 mai 1686, à M. de Seignelai, « qu'il ne peut lui dissimuler la peine qu'il a de voir les manufactures de France s'établir en Hollande, d'où elles ne sortiront jamais ».

Joignez à tous ces témoignages ceux de tous les intendants du royaume en 1699, et jugez si la révocation de l'édit de Nantes n'a pas produit plus de mal que de bien, malgré l'opinion du respectable auteur de l'*Accord de la religion et de l'inhumanité.*

Un maréchal de France connu par son esprit supérieur disait, il y a quelques années : « Je ne sais pas si la dragonnade a été nécessaire ; mais il est nécessaire de n'en plus faire. »

J'avoue que j'ai cru aller un peu trop loin, quand j'ai rendu publique la lettre du correspondant du P. Le Tellier, dans laquelle ce congréganiste propose des tonneaux de poudre. Je me disais à moi-même : On ne m'en croira pas, on regardera cette lettre comme une pièce supposée. Mes scrupules heureusement ont été levés quand j'ai lu dans l'*Accord de la religion et de l'inhumanité*, page 149, ces douces paroles :

« L'extinction totale des protestants en France n'affaiblirait pas plus la France qu'une saignée n'affaiblit un malade bien constitué. »

Ce chrétien compatissant, qui a dit tout à l'heure que les protestants composent le vingtième de la nation, veut donc qu'on répande le sang de cette vingtième partie, et ne regarde cette opération que comme une saignée d'une palette ! Dieu nous préserve avec lui des trois vingtièmes !

Si donc cet honnête homme propose de tuer le vingtième de la nation, pourquoi l'ami du P. Le Tellier n'aurait-il pas proposé de faire sauter en l'air, d'égorger et d'empoisonner le tiers ? Il est donc très vraisemblable que la lettre au P. Le Tellier a été réellement écrite.

Le saint auteur finit enfin par conclure que l'intolérance est une chose excellente, « parce qu'elle n'a pas été, dit-il, condamnée expressément par Jésus-Christ ». Mais Jésus-Christ n'a pas condamné non plus ceux qui mettraient le feu aux quatre coins de Paris ; est-ce une raison pour canoniser les incendiaires ?

Ainsi donc, quand la nature fait entendre d'un côté sa voix douce et bienfaisante, le fanatisme, cet ennemi de la nature, pousse des hurlements ; et lorsque la paix se présente aux hommes, l'intolérance forge ses armes. Ô vous, arbitre des nations, qui avez donné la paix à l'Europe, décidez entre l'esprit pacifique et l'esprit meurtrier !

CHAPITRE XXV

SUITE ET CONCLUSION

Nous apprenons que le 7 mars 1763, tout le conseil d'État assemblé à Versailles, les ministres d'État y assistant, le chancelier y présidant, M. de Crosne, maître des requêtes, rapporta l'affaire des Calas avec l'impartialité d'un juge, l'exactitude d'un homme parfaitement instruit, l'éloquence simple et vraie d'un orateur homme d'État, la seule qui convienne dans une telle assemblée. Une foule prodigieuse de personnes de tout rang attendait dans la galerie du château la décision du conseil. On annonça bientôt au roi que toutes les voix, sans excepter une, avaient ordonné que le parlement de Toulouse enverrait au conseil les pièces du procès, et les motifs de son arrêt qui avait fait expirer Jean Calas sur la roue. Sa Majesté approuva le jugement du conseil.

Il y a donc de l'humanité et de la justice chez les hommes, et principalement dans le conseil d'un roi aimé et digne de l'être. L'affaire d'une malheureuse famille de citoyens obscurs a occupé Sa Majesté, ses ministres, le chancelier et tout le conseil, et a été discutée avec un examen aussi réfléchi que les plus grands objets de la guerre et de la paix peuvent l'être. L'amour de l'équité, l'intérêt du genre humain, ont conduit tous les juges. Grâces en soient rendues à ce Dieu de clémence, qui seul inspire l'équité et toutes les vertus!

Nous attestons que nous n'avons jamais connu ni cet infortuné Calas que les huit juges de Toulouse firent périr sur les indices les plus faibles, contre les ordonnances de nos rois, et contre les lois de toutes les nations ; ni son fils Marc-Antoine, dont la mort étrange a jeté ces huit juges dans l'erreur ; ni la mère, aussi respectable que malheureuse ; ni ces innocentes filles, qui sont venues avec elle de deux cents lieues mettre leur désastre et leur vertu au pied du trône.

Ce Dieu sait que nous n'avons été animé que d'un esprit de justice, de vérité, et de paix, quand nous avons écrit ce que nous pensons de la tolérance, à l'occasion de Jean Calas, que l'esprit d'intolérance a fait mourir.

Nous n'avons pas cru offenser les huit juges de Toulouse en disant qu'ils se sont trompés, ainsi que tout le conseil l'a présumé : au contraire, nous leur avons ouvert une voie de se justifier devant l'Europe entière. Cette voie est d'avouer que des indices équivoques et les cris d'une multitude insensée ont surpris leur justice ; de demander pardon à la veuve, et de réparer, autant qu'il est en eux, la ruine entière d'une famille innocente, en se joignant à ceux qui la secourent dans son affliction. Ils ont fait mourir le père injustement : c'est à eux de tenir lieu de père aux enfants, supposé que ces orphelins veuillent bien recevoir d'eux une faible marque d'un très juste repentir. Il sera beau aux juges de l'offrir, et à la famille de la refuser.

C'est surtout au sieur David, capitoul de Toulouse, s'il a été le premier persécuteur de l'innocence, à donner l'exemple des remords. Il insulte un père de famille mourant sur l'échafaud. Cette cruauté est bien inouïe ; mais puisque Dieu pardonne, les hommes doivent aussi pardonner à qui répare ses injustices.

On m'a écrit du Languedoc cette lettre du 20 février 1763.

. . . .

« Votre ouvrage sur la tolérance me paraît plein d'humanité et de vérité ; mais je crains qu'il ne fasse plus de mal que de bien à la famille des Calas. Il peut ulcérer les huit juges qui ont opiné à la roue ; ils demanderont au parlement qu'on brûle votre livre, et les fanatiques (car il y en a toujours) répondront par des cris de fureur à la voix de la raison, etc. »

Voici ma réponse :

« Les huit juges de Toulouse peuvent faire brûler mon livre, s'il est bon ; il n'y a rien de plus aisé : on a bien brûlé les *Lettres provinciales*, qui valaient sans doute beaucoup mieux ; chacun peut brûler chez lui les livres et papiers qui lui déplaisent.

« Mon ouvrage ne peut faire ni bien ni mal aux Calas, que je ne connais point. Le conseil du roi, impartial et ferme, juge suivant les lois, suivant l'équité, sur les pièces, sur les procédures, et non sur un écrit qui n'est point juridique, et dont le fond est absolument étranger à l'affaire qu'il juge.

« On aurait beau imprimer des in-folio pour ou contre les huit juges de Toulouse, et pour ou contre la tolérance, ni le conseil, ni aucun tribunal ne regardera ces livres comme des pièces du procès.

« Cet écrit sur la tolérance est une requête que l'humanité présente très humblement au pouvoir et à la prudence. Je sème un grain qui pourra un jour produire une moisson. Attendons tout du temps, de la bonté du roi, de la sagesse de ses ministres, et de l'esprit de raison qui commence à répandre partout sa lumière.

« La nature dit à tous les hommes : je vous ai tous fait naître faibles et ignorants, pour végéter quelques minutes sur la terre et pour l'engraisser de vos cadavres. Puisque vous êtes faibles, secourez-vous ; puisque vous êtes ignorants, éclairez-vous et supportez-vous. Quand vous seriez tous du même avis, ce qui certainement n'arrivera jamais, quand il n'y aurait qu'un seul homme d'un avis contraire, vous devriez lui pardonner : car c'est moi qui le fais penser comme il pense. Je vous ai donné des bras pour cultiver la terre, et une petite lueur de raison pour vous conduire ; j'ai mis dans vos cœurs un germe de compassion pour vous aider les uns les autres à supporter la vie. N'étouffez pas ce germe, ne le corrompez pas, apprenez qu'il est divin, et ne substituez pas les misérables fureurs de l'école à la voix de la nature.

« C'est moi seule qui vous unis encore malgré vous par vos besoins mutuels, au milieu même de vos guerres cruelles si légèrement entreprises, théâtre éternel des fautes, des hasards, et des malheurs. C'est moi seule qui, dans une nation, arrête les suites funestes de la division interminable entre la noblesse et la magistrature, entre ces deux corps et celui du clergé, entre le bourgeois même et le cultivateur. Ils ignorent toutes les bornes de leurs droits ; mais ils écoutent tous malgré eux, à la longue, ma voix qui parle à leur cœur. Moi seule je conserve l'équité dans les tribunaux, où tout serait livré sans moi à l'indécision et aux caprices, au milieu d'un amas confus de lois faites souvent au hasard et pour un besoin passager, différentes entre elles de province en province, de ville en ville, et presque toujours contradictoires entre elles dans le même lieu. Seule je peux inspirer la justice, quand les lois n'inspirent que la chicane. Celui qui m'écoute juge toujours bien ; et celui qui ne cherche qu'à concilier des opinions qui se contredisent est celui qui s'égare.

« Il y a un édifice immense dont j'ai posé le fondement de mes mains : il était solide et simple, tous les hommes pouvaient y entrer en sûreté ; ils ont voulu y ajouter les ornements les plus bizarres, les plus grossiers, et les plus inutiles ; le bâtiment tombe en ruine de tous les côtés ; les hommes en prennent les pierres, et se les jettent à la tête ; je leur crie : Arrêtez, écartez ces décombres funestes qui sont votre ouvrage, et demeurez avec moi en paix dans l'édifice inébranlable qui est le mien. »

ARTICLE NOUVELLEMENT AJOUTÉ, DANS LEQUEL ON REND COMPTE DU DERNIER ARRÊT RENDU EN FAVEUR DE LA FAMILLE CALAS [124]

Depuis le 7 mars 1763 jusqu'au jugement définitif, il se passa encore deux années : tant il est facile au fanatisme d'arracher la vie à l'innocence, et difficile à la raison de lui faire rendre justice. Il fallut essuyer des longueurs inévitables, nécessairement attachées aux formalités. Moins ces formalités avaient été observées dans la condamnation de Calas, plus elles devaient l'être rigoureusement par le conseil d'État.

Une année entière ne suffit pas pour forcer le parlement de Toulouse à faire parvenir au conseil toute la procédure, pour en faire l'examen, pour le rapporter. M. de Crosne fut encore chargé de ce travail pénible. Une assemblée de près de quatre-vingts juges cassa l'arrêt de Toulouse, et ordonna la révision entière du procès.

D'autres affaires importantes occupaient alors presque tous les tribunaux du royaume. On chassait les jésuites ; on abolissait leur société en France : ils avaient été intolérants et persécuteurs ; ils furent persécutés à leur tour.

L'extravagance des billets de confession, dont on les crut les auteurs secrets, et dont ils étaient publiquement les partisans, avait déjà ranimé contre eux la haine de la nation. Une banqueroute immense d'un de leurs missionnaires [125], banqueroute que l'on crut en partie frauduleuse, acheva de les perdre. Ces seuls mots de *missionnaires* et de *banqueroutiers*, si peu faits pour être joints ensemble, portèrent dans tous les esprits l'arrêt de leur condamnation. Enfin les ruines de Port-Royal et les ossements de tant d'hommes célèbres insultés par eux dans leurs sépultures, et exhumés au commencement du siècle par des ordres que les jésuites seuls avaient dictés, s'élevèrent tous contre leur crédit expirant. On peut voir l'histoire de leur proscription dans l'excellent livre intitulé *Sur la destruction des jésuites en France* [126], ouvrage impartial, parce qu'il est d'un philosophe, écrit avec la finesse et l'éloquence de Pascal, et surtout avec une supériorité de lumières qui n'est pas offusquée, comme dans Pascal, par des préjugés qui ont quelquefois séduit de grands hommes.

Cette grande affaire, dans laquelle quelques partisans des jésuites disaient que la religion était outragée, et où le plus grand nombre la croyait vengée, fit pendant plusieurs mois perdre de vue au public le procès des Calas ; mais le roi ayant attribué au tribunal qu'on appelle *les requêtes de l'hôtel* le jugement définitif, le même public, qui aime à passer d'une scène à l'autre, oublia les jésuites, et les Calas saisirent toute son attention.

La chambre des requêtes de l'hôtel est une cour souveraine composée de maîtres des requêtes, pour juger les procès entre les officiers de la cour et les causes que le roi leur renvoie. On ne pouvait choisir un tribunal plus instruit de l'affaire : c'étaient précisément les mêmes magistrats qui avaient jugé deux fois les préliminaires de la révision, et qui étaient parfaitement instruits du fond et de la forme. La veuve de Jean Calas, son fils, et le sieur de Lavaysse, se remirent en prison : on fit venir du fond du Languedoc cette vieille servante catholique qui n'avait pas quitté un moment ses maîtres et sa maîtresse, dans le temps qu'on supposait, contre toute vraisemblance, qu'ils étranglaient leur fils et leur frère. On délibéra enfin sur les mêmes pièces qui avaient servi à condamner Jean Calas à la roue, et son fils Pierre au bannissement.

Ce fut alors que parut un nouveau mémoire de l'éloquent M. de Beaumont, et un autre du jeune M. de Lavaysse, si injustement impliqué dans cette procédure criminelle par les juges de Toulouse, qui, pour comble de contradiction, ne l'avaient pas déclaré absous. Ce jeune homme fit lui-même un factum qui fut jugé digne par tout le monde de paraître à côté de celui de M. de Beaumont. Il avait le double avantage de parler pour lui-même et pour une famille dont il avait partagé les fers. Il n'avait tenu qu'à lui de briser les siens et de sortir des prisons de Toulouse s'il avait voulu seulement dire qu'il avait quitté un moment les Calas dans le temps qu'on prétendait que le père et la mère avaient assassiné leur fils. On l'avait menacé du supplice ; la question et la mort avaient été présentées à ses yeux ; un mot lui aurait pu rendre sa liberté : il aima mieux s'exposer au supplice que de prononcer ce mot, qui aurait été un mensonge. Il exposa tout ce détail dans son factum, avec une candeur si noble, si simple, si éloignée de toute ostentation, qu'il toucha tous ceux qu'il ne voulait que convaincre, et qu'il se fit admirer sans prétendre à la réputation.

Son père, fameux avocat, n'eut aucune part à cet ouvrage : il se vit tout d'un coup égalé par son fils, qui n'avait jamais suivi le barreau.

Cependant les personnes de la plus grande considération venaient en foule dans la prison de Mme Calas, où ses filles s'étaient renfermées avec elle. On s'y attendrissait jusqu'aux larmes. L'humanité, la générosité, leur prodiguaient des secours. Ce qu'on appelle la charité ne leur en donnait aucun. La charité, qui d'ailleurs est si souvent mesquine et insultante, est le partage des dévots, et les dévots tenaient encore contre les Calas.

Le jour arriva (9 mars 1765) où l'innocence triompha pleinement. M. de Bacquencourt ayant rapporté toute la procédure, et ayant instruit l'affaire jusque dans les moindres circonstances, tous les juges, d'une voix unanime, déclarèrent la famille innocente, tortionnairement et abusivement jugée par le parlement de Toulouse. Ils réhabilitèrent la mémoire du père. Ils permirent à la famille de se pourvoir devant qui il appartiendrait pour prendre ses juges à partie, et pour obtenir les dépens, dommages et intérêts que les magistrats toulousains auraient dû offrir d'eux-mêmes.

Ce fut dans Paris une joie universelle : on s'attroupait dans les places publiques, dans les promenades ; on accourait pour voir cette famille si malheureuse et si bien justifiée ; on battait des mains en voyant passer les juges, on les comblait de bénédictions. Ce qui rendait encore ce spectacle plus touchant, c'est que ce jour, neuvième mars, était le jour même où Calas avait péri par le plus cruel supplice (trois ans auparavant).

Messieurs les maîtres des requêtes avaient rendu à la famille Calas une justice complète, et en cela ils n'avaient fait que leur devoir. Il est un autre devoir, celui de la bienfaisance, plus rarement rempli par les tribunaux, qui semblent se croire faits pour être seulement équitables. Les maîtres des requêtes arrêtèrent qu'ils écriraient en corps à Sa Majesté pour la supplier de réparer par ses dons la ruine de la famille. La lettre fut écrite. Le roi y répondit en faisant délivrer trente-six mille livres à la mère et aux enfants ; et de ces trente-six mille livres, il y en eut trois mille pour cette servante vertueuse qui avait constamment défendu la vérité en défendant ses maîtres.

Le roi, par cette bonté, mérita, comme par tant d'autres actions, le surnom que l'amour de la nation lui a donné. Puisse cet exemple servir à inspirer aux hommes la tolérance, sans laquelle le fanatisme désolerait la terre, ou du moins l'attristerait toujours! Nous savons qu'il ne s'agit ici que d'une seule famille et que la rage des sectes en a fait périr des milliers ; mais aujourd'hui qu'une ombre de paix laisse reposer toutes les sociétés chrétiennes, après des siècles de carnage, c'est dans ce temps de tranquillité que le malheur des Calas doit faire une plus grande impression, à peu près comme le tonnerre qui tombe dans la sérénité d'un beau jour. Ces cas sont rares, mais ils arrivent, et ils sont l'effet de cette sombre superstition qui porte les âmes faibles à imputer des crimes à quiconque ne pense pas comme elles.

L'Affaire Sirven

Vers 1760 vivait à Castres une famille protestante, la famille Sirven, composée du père, de la mère et de trois filles. Le chef de famille, Pierre-Paul Sirven, exerçait la profession de maître arpenteur-géomètre et de feudiste : honnête fonctionnaire estimé dans toute la région. Le malheur voulut que la cadette de ses filles, Élisabeth, qui était faible d'esprit, disparût de la maison le 6 mars 1760. Après l'avoir cherchée toute la journée, Sirven apprit de la bouche de l'évêque qu'elle avait demandé à se faire catholique, et à être conduite au couvent des dames Noires. Le désordre de sa raison y empira, et au bout de sept mois elle fut rendue à ses parents. En juillet 1761, la famille se déplaça à Saint-Alby, près de Castres, où Sirven devait travailler quelques mois au terrier du châtelain d'Aigues-Fondes, M. d'Espérandieu. Le 15 décembre 1761, deux mois après le drame des Calas, Sirven soupa chez les d'Espérandieu avec l'abbé Bel, vicaire d'Aigues-Fondes. Il passa la nuit dans la chambre qu'on lui avait réservée près du salon, se leva à sept heures du matin, comme à l'accoutumée, et ne tarda pas à recevoir la visite d'un commissionnaire, qui venait l'informer que sa fille avait disparu au milieu de la nuit, et qu'on ne l'avait pas retrouvée. Quinze jours plus tard, des enfants qui cherchaient des oiseaux dans les environs la découvrirent noyée dans un puits. Le procureur juridic-

tionnel de Mazamet, Trinquier, mena l'enquête d'une manière particulièrement tendancieuse. C'était un personnage médiocre et borné, qui voulait à tout prix faire la preuve de la culpabilité de ces protestants. Le 19 janvier, les Sirven étaient décrétés d'arrestation. Effrayés par l'antécédent de l'affaire Calas, ils s'enfuirent et se dispersèrent dans les montagnes autour de Castres. Après bien des péripéties, ils gagnèrent séparément la Suisse par des voies détournées, pour se retrouver enfin à Lausanne. Le 29 mars 1764, Sirven et sa femme furent déclarés « dûment atteints et convaincus du crime de parricide », et condamnés à être pendus. Les deux filles, reconnues comme complices, étaient condamnées à assister à l'exécution de leurs parents, et bannies à perpétuité de la juridiction de Mazamet. Ce ne fut d'ailleurs que cinq mois après, le 11 septembre, que l'exécution eut lieu en effigie, médiocrement goûtée par une population qui n'avait jamais caché ses sympathies pour une famille infortunée.

Voltaire avait eu connaissance de l'affaire Sirven dès le printemps 1762. (Première mention dans la correspondance in *Best. 10008.) Il ajourna son lancement jusqu'au succès de sa campagne en faveur des Calas, ayant peur que les deux causes ne se nuisent l'une à l'autre. Mais, dès la fin février 1765, il écrit à Élie de Beaumont pour lui signaler cette nouvelle affaire (cf. Best. 11576 que nous publions). L'avocat ne semble pas avoir marqué un grand enthousiasme, et fit attendre son mémoire pendant près de deux ans. Il était embarqué à ce moment-là dans un procès personnel qu'il menait contre des protestants! Lorsque le factum fut publié, en décembre 1766, dix-neuf avocats le signèrent. Mais l'appel présenté au Conseil du roi fut rejeté. Après de nombreux rebondissements, c'est le nouveau parlement installé à Toulouse par Maupeou, qui acquitta les Sirven (novembre 1771).*

Nous donnons quelques lettres de 1765 et 1766 montrant notamment les impatiences de Voltaire au sujet du factum qu'il avait demandé à l'avocat Élie de Beaumont, et qu'il attendit jusqu'à la fin de 1766. Puis l' Avis sur les parricides (*qui joignait solidement le cas de Calas et celui de Sirven*), *prêt dès juin 1766, et envoyé à divers princes allemands pour demander leur contribution. Entre-temps Voltaire s'était familiarisé avec le* Traité des délits et des peines *de Beccaria, et son* Commentaire *était prêt en juillet 1766, peu de temps après le supplice de Lally et celui du chevalier de La Barre.*

A M. ÉLIE DE BEAUMONT

A Ferney, 27 février [1765] [1].

Mes yeux ne peuvent guère lire, monsieur ; mais ils peuvent encore pleurer, et vous m'en avez bien fait apercevoir. Je ne sais quelle impression faisaient sur les Romains les oraisons pour Cluentius et pour Roscius Amerinus ; mais il me paraît impossible que votre mémoire [2] ne porte pas la conviction dans l'esprit des juges, et l'attendrissement dans les cœurs. Je suis sûr que ce malheureux David est actuellement rongé de remords. Jouissez de l'honneur et du plaisir d'être le vengeur de l'innocence. Toute cette affaire vous a comblé de gloire. Il ne reste plus aux Toulousains qu'à vous faire amende honorable, en abolissant pour jamais leur infâme fête, en jetant au feu les habits des pénitents blancs, gris et noirs, et en établissant un fonds pour la famille Calas ; mais vous avez affaire à d'étranges Visigoths.

M. Damilaville [3] vous a-t-il parlé d'une autre famille de protestants exécutée en effigie à Castres, fugitive vers notre Suisse, et plongée dans la misère pour une aventure presque en tout semblable à celle des Calas ? On croit être au siècle des Albigeois quand on voit de telles horreurs ; on dit que nous sommes au siècle de la philosophie, mais il y a encore cent fanatiques contre un philosophe. Jugez quelles obligations nous vous avons.

Mille respects, je vous prie, à Mme de Beaumont, qui est si digne de vous appartenir.

A M. ***
CONSEILLER AU PARLEMENT DE TOULOUSE

A Ferney, 19 avril [1765] [1].

Monsieur, je ne vous fais point d'excuse de prendre la liberté de vous écrire sans avoir l'honneur d'être connu de vous. Un hasard singulier avait conduit dans mes retraites, sur les frontières de la Suisse, les enfants du malheureux Calas ; un autre hasard y amène la famille Sirven, condamnée à Castres, sur l'accusation ou plutôt sur le soupçon du même crime qu'on imputait aux Calas.

Le père et la mère sont accusés d'avoir noyé leur fille dans un puits, par principe de religion. Tant de parricides ne sont pas heureusement dans la nature humaine ; il peut y avoir eu des dépositions formelles contre les Calas ; il n'y en a aucune contre les Sirven. J'ai vu le procès-verbal, j'ai longtemps interrogé cette famille déplorable ; je peux vous assurer, monsieur, que je n'ai jamais vu tant d'innocence accompagnée de tant de malheurs : c'est l'emportement du peuple du Languedoc contre les Calas qui détermina la famille Sirven à fuir dès qu'elle se vit décrétée. Elle est actuellement errante, sans pain, ne vivant que de la compassion des étrangers. Je ne suis pas étonné qu'elle ait pris le parti de se soustraire à la fureur du peuple, mais je crois qu'elle doit avoir confiance dans l'équité de votre parlement.

Si le cri public, le nombre des témoins abusés par le fanatisme, la terreur, et le renversement d'esprit qui put empêcher les Calas de se bien défendre, firent succomber Calas le père, il n'en sera pas de même des Sirven. La raison de leur condamnation est dans leur fuite. Ils sont jugés par contumace, et c'est à votre rapport, monsieur, que la sentence a été confirmée par le parlement.

Je ne vous cèlerai point que l'exemple des Calas effraye les Sirven, et les empêche de se représenter. Il faut pourtant ou qu'ils perdent leur bien pour jamais, ou qu'ils purgent la contumace, ou qu'ils se pourvoient au Conseil du roi.

Vous sentez mieux que moi combien il serait désagréable que deux procès d'une telle nature fussent portés dans une année devant Sa Majesté ; et je sens, comme vous, qu'il est bien plus convenable et bien plus digne de votre auguste corps que les Sirven implorent votre justice. Le public verra que si un amas de circonstances fatales a pu arracher des juges l'arrêt qui fit périr Calas, leur équité éclairée, n'étant pas entourée des mêmes pièges, n'en sera que plus déterminée à secourir l'innocence des Sirven.

Vous avez sous vos yeux toutes les pièces du procès : oserais-je vous supplier, monsieur, de les revoir ? Je suis persuadé que vous ne trouverez pas la plus légère preuve contre le père et la mère ; en ce cas, monsieur, j'ose vous conjurer d'être leur protecteur.

Me serait-il permis de vous demander encore une autre grâce ? c'est de faire lire ces mêmes pièces à quelques-uns des magistrats vos confrères. Si je pouvais être sûr que ni vous ni eux n'avez trouvé d'autre motif de la condamnation des Sirven que leur fuite ; si je pouvais dissiper leurs craintes, uniquement fondées sur les préjugés du peuple, j'enverrais à vos pieds cette famille infortunée, digne de toute votre compassion : car, monsieur, si la populace des catholiques superstitieux croit les protestants capables d'être parricides par piété, les protestants croient qu'on veut les rouer tous par dévotion, et je ne pourrais ramener les Sirven que par la certitude entière que leurs juges connaissent leur procès et leur innocence. J'aurais le bonheur de prévenir l'éclat d'un nouveau procès au Conseil du roi, et de vous donner en même temps une preuve de ma confiance en vos lumières et en vos bontés. Pardonnez cette démarche que ma compassion pour les malheureux et ma vénération pour le parlement et pour votre personne me font faire du fond de mes déserts.

J'ai l'honneur d'être avec respect, monsieur, votre, etc.

A M. ÉLIE DE BEAUMONT

Ferney, 1 de février [1766] [5].

Je vous assure, monsieur, qu'un des beaux jours de ma vie a été celui où j'ai reçu le mémoire que vous avez daigné faire pour les Sirven [6]. J'étais accablé de maux, ils ont tous été suspendus. J'ai envoyé chercher le bon Sirven ; je lui ai remis ces belles armes avec lesquelles vous défendez son innocence ; il les a baisées avec transport. J'ai peur qu'il n'en efface quelques lignes avec les larmes de douleur et de joie que cet événement lui fait répandre. Je lui ai confié votre mémoire et vos questions ; il signera, et fera signer par ses filles, la consultation ; il paraphera toutes les pages, les filles les parapheront aussi ; il rappellera sa mémoire, autant qu'il pourra, pour répondre aux questions que vous daignez lui faire ; vous serez obéi en tout comme vous devez l'être. Il cherche actuellement des certificats ; j'ai écrit à Berne pour lui en procurer.

Permettez, monsieur, que je paye tous les avocats qui voudront recevoir les honoraires de la consultation. Je n'épargnerai ni dépenses ni soins pour vous seconder de loin dans les combats que vous livrez, avec tant de courage, en faveur de l'innocence. C'est rendre en effet service à la patrie, que de détruire les soupçons de tant de parricides. Les huguenots de France sont, à la vérité, bien sots et bien fous ; mais ce ne sont pas des monstres.

J'enverrai votre factum à tous les princes d'Allemagne, qui ne sont pas bigots ; je vous demande en grâce de me laisser le soin de le faire tenir aux puissances du Nord ; j'ai l'ambition de vouloir être la première trompette de votre gloire à Pétersbourg et à Moscou.

Vous m'avez ordonné de vous dire mon avis sur quelques petits détails qui appartiennent plus à un académicien qu'à un orateur ; j'ai usé et peut-être abusé de cette liberté ; vous serez, comme de raison, le juge de ces remarques. J'aurai l'honneur de vous les envoyer avec votre original ; mais, en attendant, il faut que je me livre au plaisir de vous dire combien votre ouvrage m'a paru excellent, pour le fond et pour la forme. Cette consultation était bien plus difficile à faire que celle des Calas ; le sujet était moins tragique, l'objet de la requête moins favorable, les détails moins intéressants. Vous vous êtes tiré de toutes ces difficultés par un coup de l'art ; vous avez su rendre cette cause celle de la nation et du roi même.

Vos mémoires sur les Calas sont de beaux morceaux d'éloquence, celui-ci est un effort du génie.

Je vois que vous avez envie de rejeter, dans les notes, quelques preuves et quelques réflexions de jurisprudence, qui peuvent couper le fil historique et ralentir l'intérêt. Je vous exhorte à suivre cette idée ; votre ouvrage sera une belle oraison de Cicéron, avec des notes de la main de l'auteur.

J'attends Sirven avec grande impatience pour relire votre chef-d'œuvre, et ce ne sera pas sans enthousiasme. Si j'avais votre éloquence, je vous exprimerais tout ce que vous m'avez fait sentir.

AVIS AU PUBLIC

SUR LES PARRICIDES IMPUTÉS AUX CALAS ET AUX SIRVEN [7]

Voilà donc en France deux accusations de parricide pour cause de religion dans la même année, et deux familles juridiquement immolées par le fanatisme! Le même préjugé qui étendait Calas sur la roue, à Toulouse, traînait à la potence la famille entière de Sirven, dans une juridiction de la même province ; et le même défenseur de l'innocence, M. Élie de Beaumont, avocat au parlement de Paris, qui a justifié les Calas, vient de justifier les Sirven par un mémoire signé de plusieurs avocats, mémoire qui démontre que le jugement contre les Sirven est encore plus absurde que l'arrêt contre les Calas [8].

Voici en peu de mots le fait, dont le récit servira d'instruction pour les étrangers qui n'auront pu lire encore le factum de l'éloquent M. de Beaumont.

En 1761, dans le temps même que la famille protestante des Calas était dans les fers, accusée d'avoir assassiné Marc-Antoine Calas, qu'on supposait vouloir embrasser la religion catholique, il arriva qu'une fille du sieur Paul Sirven, commissaire à terrier du pays de Castres, fut présentée à l'évêque de Castres par une femme qui gouverne sa maison. L'évêque, apprenant que cette fille était d'une famille calviniste, la fait enfermer à Castres, dans une espèce de couvent qu'on appelle la *maison des régentes*[9]. On instruit à coups de fouet cette jeune fille dans la religion catholique, on la meurtrit de coups, elle devient folle, elle sort de sa prison, et, quelque temps après, elle va se jeter dans un puits, au milieu de la campagne, loin de la maison de son père, vers un village nommé Mazamet. Aussitôt le juge du village raisonne ainsi : On va rouer, à Toulouse, Calas, et brûler sa femme, qui sans doute ont pendu leur fils de peur qu'il n'allât à la messe ; je dois donc, à l'exemple de mes supérieurs, en faire autant des Sirven, qui sans doute ont noyé leur fille pour la même cause. Il est vrai que je n'ai aucune preuve que le père, la mère et les deux sœurs de cette fille l'aient assassinée ; mais j'entends dire qu'il n'y a pas plus de preuves contre les Calas ; ainsi je ne risque rien. Peut-être c'en serait trop pour un juge de village de rouer et de brûler : j'aurai au moins le plaisir de pendre toute une famille huguenote, et je serai payé de mes vacations sur leurs biens confisqués. Pour plus de sûreté, ce fanatique imbécile fait visiter le cadavre par un médecin aussi savant en physique que le juge l'est en jurisprudence. Le médecin, tout étonné de ne point trouver l'estomac de la fille rempli d'eau, et ne sachant pas qu'il est impossible que l'eau entre dans un corps dont l'air ne peut sortir, conclut que la fille a été assommée, et ensuite jetée dans le puits. Un dévot du voisinage assure que toutes les familles protestantes sont dans cet usage. Enfin, après bien des procédures aussi irrégulières que les raisonnements étaient absurdes, le juge décrète de prise de corps le père, la mère, les sœurs de la décédée. A cette nouvelle Sirven assemble ses amis : tous sont certains de son innocence ; mais l'aventure des Calas remplissait toute la province de terreur : ils conseillent à Sirven de ne point s'exposer à la démence du fanatisme ; il fuit avec sa femme et ses filles ; c'était dans une saison rigoureuse. Cette troupe d'infortunés est dans la nécessité de traverser à pied des montagnes couvertes de neige ; une des filles de Sirven, mariée depuis un an, accouche sans secours dans le chemin, au milieu des glaces. Il faut que, toute mourante qu'elle est, elle emporte son enfant mourant dans ses bras. Enfin, une des premières nouvelles que cette famille apprend quand elle est en lieu de sûreté, c'est que le père et la mère sont condamnés au dernier supplice, et que les deux sœurs, déclarées également coupables, sont bannies à perpétuité ; que leur bien est confisqué, et qu'il ne leur reste plus rien au monde que l'opprobre et la misère.

C'est ce qu'on peut voir plus au long dans le chef-d'œuvre de M. de Beaumont, avec les preuves complètes de la plus pure innocence et de la plus détestable injustice.

La Providence, qui a permis que les premières tentatives qui ont produit la justification de Calas, mort sur la roue, en Languedoc, vinssent du fond des montagnes et des déserts voisins de la Suisse, a voulu encore que la vengeance des Sirven vînt des mêmes solitudes. Les enfants de Calas s'y réfugièrent ; la famille de Sirven y chercha un asile dans le même temps. Les hommes compatissants et vraiment religieux qui ont eu la consolation de servir ces deux familles infortunées, et qui les premiers ont respecté leurs désastres et leur vertu, ne purent alors faire présenter des requêtes pour les Sirven comme pour les Calas, parce que le procès criminel contre les Sirven s'instruisit plus lentement, et dura plus longtemps. Et puis comment une famille errante, à quatre cents milles de sa patrie, pouvait-elle recouvrer les pièces nécessaires à sa justification ? Que pouvaient un père accablé, une femme mourante, et qui en effet est morte de sa douleur, et deux filles aussi malheureuses que le père et la mère ? Il fallait demander juridiquement la copie de leur procès ; des formes peut-être nécessaires, mais dont l'effet est souvent d'opprimer l'innocent et le pauvre, ne le permettaient pas. Leurs parents, intimidés, n'osaient même leur écrire ; tout ce que cette famille put apprendre dans un pays étranger, c'est qu'elle avait été condamnée au supplice dans sa patrie. Si on savait combien il a fallu de soins et de peines pour arracher enfin quelques preuves juridiques en leur faveur, on en serait effrayé. Par quelle fatalité est-il si aisé d'opprimer, et si difficile de secourir ?

On n'a pu employer pour les Sirven les mêmes formes de justice dont on s'est servi pour les Calas, parce que les Calas avaient été condamnés par un parlement, et que les Sirven ne l'ont été que par des juges subalternes, dont la sentence ressortit à ce même parlement. Nous ne répéterons rien ici de ce qu'a dit l'éloquent et généreux M. de Beaumont ; mais, ayant considéré combien ces deux aventures sont étroitement unies à l'intérêt du genre humain, nous avons cru qu'il est du même intérêt d'attaquer dans sa source le fanatisme qui les a produites. Il ne s'agit que de deux familles obscures ; mais, quand la créature la plus ignorée meurt de la même contagion qui a longtemps désolé la terre, elle avertit le monde entier que ce poison subsiste encore. Tous les hommes doivent se tenir sur leurs gardes ; et, s'il est quelques médecins, ils doivent chercher les remèdes qui peuvent détruire les principes de la mortalité universelle.

Il se peut encore que les formes de la jurisprudence ne permettent pas que la requête des Sirven soit admise au Conseil du roi de France, mais elle l'est par le public ; ce juge de tous les juges a prononcé. C'est donc à lui que nous nous adressons ; c'est d'après lui que nous allons parler.

EXEMPLES DU FANATISME EN GÉNÉRAL

Le genre humain a toujours été livré aux erreurs : toutes n'ont pas été meurtrières. On a pu ignorer que notre globe tourne autour du soleil ; on a pu croire aux diseurs de bonne aventure, aux revenants ; on a pu croire que les oiseaux annoncent l'avenir ; qu'on enchante les serpents ; que l'on peut faire naître des animaux bigarrés en présentant aux mères des objets diversement colorés ; on a pu se persuader que dans le décours de la lune la moelle des os diminue ; que les graines doivent pourrir pour germer [10], etc. Ces inepties au moins n'ont produit ni persécutions, ni discordes, ni meurtres.

Il est d'autres démences qui ont troublé la terre, d'autres folies qui l'ont inondée de sang. On ne sait point assez, par exemple, combien de misérables ont été livrés aux bourreaux par des juges ignorants, qui les condamnèrent aux flammes tranquillement et sans scrupule sur une accusation de sorcellerie. Il n'y a point eu de tribunal dans l'Europe chrétienne qui ne se soit souillé très souvent par de tels assassinats juridiques pendant quinze siècles entiers ; et, quand je dirai que parmi les chrétiens il y a eu plus de cent mille victimes de cette jurisprudence idiote et barbare, et que la plupart étaient des femmes et des filles innocentes, je ne dirai pas encore assez.

Les bibliothèques sont remplies de livres concernant la jurisprudence de la sorcellerie ; toutes les décisions de ces juges y sont fondées sur l'exemple des magiciens de Pharaon, de la pythonisse d'Endor, des possédés dont il est parlé dans l'*Évangile*, et des apôtres envoyés expressément pour chasser les diables des corps des possédés. Personne n'osait seulement alléguer, par pitié pour le genre humain, que Dieu a pu permettre autrefois les possessions et les sortilèges, et ne les permettre plus aujourd'hui : cette distinction aurait paru criminelle ; on voulait absolument des victimes. Le christianisme fut toujours souillé de cette absurde barbarie ; tous les Pères de l'Église crurent à la magie ; plus de cinquante conciles prononcèrent anathème contre ceux qui faisaient entrer le diable dans le corps des hommes par la vertu de leurs paroles. L'erreur universelle était sacrée ; les hommes d'État qui pouvaient détromper les peuples n'y pensèrent pas ; ils étaient trop entraînés par le torrent des affaires; ils craignaient le pouvoir du préjugé ; ils voyaient que ce fanatisme était né du sein de la religion même ; ils n'osaient frapper ce fils dénaturé, de peur de blesser la mère : ils aimèrent mieux s'exposer à être eux-mêmes les esclaves de l'erreur populaire que la combattre.

Les princes, les rois, ont payé chèrement la faute qu'ils ont faite d'encourager la superstition du vulgaire. Ne fit-on pas croire au peuple de Paris que le roi Henri III employait les sortilèges dans ses dévotions ? et ne se servit-on pas longtemps d'opérations magiques pour lui ôter une malheureuse vie que le couteau d'un jacobin [11] trancha plus sûrement que n'eût fait tout l'enfer évoqué par des conjurations ?

Des fourbes ne voulurent-ils pas conduire à Rome Marthe Brossier, la possédée, pour accuser Henri IV, au nom du diable, de n'être pas bon catholique? Chaque année, dans ces temps à demi sauvages auxquels nous touchons, était marquée par de semblables aventures. Tout ce qui restait de la Ligue à Paris ne publia-t-il pas que le diable avait tordu le cou à la belle Gabrielle d'Estrées?

On ne devrait pas, dit-on, reproduire aujourd'hui ces histoires si honteuses pour la nature humaine; et moi, je dis qu'il en faut parler mille fois, qu'il faut les rendre sans cesse présentes à l'esprit des hommes. Il faut répéter que le malheureux prêtre Urbain Grandier [12] fut condamné aux flammes par des juges ignorants et vendus à un ministre sanguinaire. L'innocence de Grandier était évidente; mais des religieuses assuraient qu'il les avait ensorcelées, et c'en était assez. On oubliait Dieu pour ne parler que du diable. Il arrivait nécessairement que les prêtres ayant fait un article de foi du commerce des hommes avec le diable, et les juges regardant ce prétendu crime comme aussi réel et aussi commun que le larcin, il se trouva parmi nous plus de sorciers que de voleurs.

UNE MAUVAISE JURISPRUDENCE MULTIPLIE LES CRIMES

Ce furent donc nos rituels et notre jurisprudence, fondée sur les décrets de Gratien, qui formèrent en effet des magiciens. Le peuple imbécile disait : Nos prêtres excommunient, exorcisent ceux qui ont fait des pactes avec le diable; nos juges les font brûler : il est donc très certain qu'on peut faire des marchés avec le diable; or, si ces marchés sont secrets, si Belzébuth nous tient parole, nous serons enrichis en une seule nuit ; il ne nous en coûtera que d'aller au sabbat ; la crainte d'être découverts ne doit pas l'emporter sur l'espérance des biens infinis que le diable peut nous faire. D'ailleurs Belzébuth, plus puissant que nos juges, nous peut secourir contre eux. Ainsi raisonnaient ces misérables ; et plus les juges fanatiques allumaient de bûchers, plus il se trouvait d'idiots qui les affrontaient.

Mais il y avait encore plus d'accusateurs que de criminels. Une fille devenait-elle grosse sans que l'on connût son amant, c'était le diable qui lui avait fait un enfant. Quelques laboureurs s'étaient-ils procuré par leur travail une récolte plus abondante que celle de leurs voisins, c'est qu'ils étaient sorciers : l'Inquisition les brûlait, et vendait leur bien à son profit. Le pape déléguait dans toute l'Allemagne et ailleurs des juges qui livraient les victimes au bras séculier, de sorte que les laïques ne furent très longtemps que les archers et les bourreaux des prêtres. Il en est encore ainsi en Espagne et en Portugal.

Plus une province était ignorante et grossière, plus l'empire du diable y était reconnu. Nous avons un recueil des arrêts rendus en Franche-Comté contre les sorciers, fait en 1607, par un grand juge de Saint-Claude, nommé Boguet [13], et approuvé par plusieurs évêques. On mettrait aujourd'hui dans l'hôpital des fous un homme qui écrirait un pareil ouvrage ; mais alors tous les autres juges étaient aussi cruellement insensés que lui. Chaque province eut un pareil registre. Enfin, lorsque la philosophie a commencé à éclairer un peu les hommes, on a cessé de poursuivre les sorciers, et ils ont disparu de la terre.

DES PARRICIDES

J'ose dire qu'il en est ainsi des parricides. Que les juges du Languedoc cessent de croire légèrement que tout père de famille protestant commence par assassiner ses enfants dès qu'il soupçonne qu'ils ont quelque penchant pour la créance romaine, et alors il n'y aura plus de procès de parricides. Ce crime est encore plus rare en effet que celui de faire un pacte avec le diable : car il se peut que des femmes imbéciles, à qui leur curé aura fait accroire dans son prône qu'on peut aller coucher avec un bouc au sabbat, conçoivent par ce prône même l'envie d'aller au sabbat, et d'y coucher avec un bouc. Il est dans la nature que, s'étant frottées d'onguent, elles rêvent pendant la nuit qu'elles ont eu les faveurs du diable ; mais il n'est pas dans la nature que les pères et les mères égorgent leurs enfants pour plaire à Dieu, et cependant si l'on continuait à soupçonner qu'il est ordinaire aux protestants d'assassiner leurs enfants de peur qu'ils ne se fassent catholiques, on leur rendrait enfin la religion catholique si odieuse qu'on pourrait venir à bout d'étouffer la nature dans quelques malheureux pères fanatiques, et leur donner la tentation de commettre le crime qu'on suppose si légèrement.

Un auteur italien rapporte qu'en Calabre un moine s'avisa d'aller prêcher de village en village contre la bestialité, et en fit des peintures si vives qu'il se trouva, trois mois après, plus de cinquante femmes accusées de cette horreur.

LA TOLÉRANCE PEUT SEULE RENDRE LA SOCIÉTÉ SUPPORTABLE

C'est une passion bien terrible que cet orgueil qui veut forcer les hommes à penser comme nous ; mais n'est-ce pas une extrême folie de croire les ramener à nos dogmes en les révoltant continuellement par les calomnies les plus atroces, en les persécutant, en les traînant aux galères, à la potence, sur la roue et dans les flammes ?

Un prêtre irlandais [14] a écrit depuis peu, dans une brochure à la vérité ignorée, mais enfin il a écrit, et il a entendu dire à d'autres, que nous venons cent ans trop tard pour élever nos voix contre l'intolérance, que la barbarie a fait place à la douceur, qu'il n'est plus temps de se plaindre. Je répondrai à ceux qui parlent ainsi : Voyez ce qui se passe sous vos yeux, et si vous avez un cœur humain vous joindrez votre compassion à la nôtre. On a pendu en France huit malheureux prédicants, depuis l'année 1745. Les billets de confession ont excité mille troubles ; enfin un malheureux fanatique de la lie du peuple, ayant assassiné son roi en 1757 [15], a répondu devant le parlement, à son premier interrogatoire, qu'il avait commis ce parricide par principe de religion, et il a ajouté ces mots funestes : « Qui n'est bon que pour soi n'est bon à rien. » De qui les tenait-il ? qui faisait parler ainsi un cuistre de collège, un misérable valet ? Il a soutenu à la torture, non seulement que son assassinat était « une œuvre méritoire », mais qu'il l'avait entendu dire à tous les prêtres dans la grand-salle du Palais où l'on rend la justice.

La contagion du fanatisme subsiste donc encore. Ce poison est si peu détruit qu'un prêtre [16] du pays des Calas et des Sirven a fait imprimer, il y a quelques années, l'apologie de la Saint-Barthélemy. Un autre a publié la justification des meurtriers du curé Urbain Grandier ; et quand le *Traité* aussi utile qu'humain *de la Tolérance* a paru en France, on n'a pas osé en permettre le débit publiquement. Ce traité a fait à la vérité quelque bien ; il a dissipé quelques préjugés ; il a inspiré de l'horreur pour les persécutions et pour le fanatisme ; mais, dans ce tableau des barbaries religieuses, l'auteur a omis bien des traits qui auraient rendu le tableau plus terrible, et l'instruction plus frappante.

On a reproché à l'auteur d'avoir été un peu trop loin lorsque, pour montrer combien la persécution est détestable et insensée, il introduit un parent de Ravaillac, proposant au jésuite Le Tellier d'empoisonner tous les jansénistes. Cette fiction pourrait en effet paraître trop outrée à quiconque ne sait pas jusqu'où peut aller la rage folle du fanatisme. On sera bien surpris quand on apprendra que ce qui est une fiction dans le *Traité de la Tolérance* est une vérité historique.

On voit en effet dans l'*Histoire de la réformation de Suisse* que, pour prévenir le grand changement qui était près d'éclater, des prêtres subornèrent à Genève, en 1536, une servante pour empoisonner trois principaux auteurs de la réforme, et que le poison n'ayant pas été assez fort, ils en mirent un plus violent dans le pain et le vin de la communion publique, afin d'exterminer en un seul matin tous les nouveaux réformés, et de faire triompher l'Église de Dieu [17].

L'auteur du *Traité de la Tolérance* n'a point parlé des supplices horribles dans lesquels on a fait périr tant de malheureux aux vallées du Piémont. Il a passé sous silence le massacre de six cents habitants de la Valteline, hommes, femmes, enfants, que les catholiques égorgèrent un dimanche, au mois de septembre 1620. Je ne dirai pas que ce fut avec l'aveu et avec le secours de l'archevêque de Milan, Charles Borromée, dont on a fait un saint. Quelques écrivains passionnés ont assuré ce fait, que je suis très loin de croire ; mais je dis qu'il n'y a guère dans l'Europe de ville et de bourg où le sang n'ait coulé pour des querelles de religion ; je dis que l'espèce humaine en a sensiblement diminué, parce qu'on massacrait les femmes et les filles aussi bien que les hommes ; je dis que l'Europe serait plus peuplée d'un tiers s'il n'y avait point eu d'arguments théologiques. Je dis enfin que, loin d'oublier ces temps abominables, il faut les remettre fréquemment sous nos yeux pour en inspirer une horreur éternelle, et que c'est à notre siècle à faire amende honorable, par la tolérance, pour ce long amas de crimes que l'intolérance a fait commettre pendant seize siècles de barbarie.

Qu'on ne dise donc point qu'il ne reste plus de traces du fanatisme affreux de l'intolérantisme : elles sont encore partout, elles sont dans les pays mêmes qui passent pour les plus humains. Les prédicants luthériens et calvinistes, s'ils étaient les maîtres, seraient peut-être aussi impitoyables, aussi durs, aussi insolents qu'ils reprochent à leurs antagonistes de l'être. La loi barbare qu'aucun catholique ne peut demeurer plus de trois jours dans certains pays protestants n'est point encore révoquée. Un Italien, un Français, un Autrichien, ne peut posséder une maison, un arpent de terre, dans leur territoire, tandis qu'au moins on permet en France qu'un citoyen inconnu de Genève ou de Schaffouse achète des terres seigneuriales. Si un Français, au contraire, voulait acheter un domaine dans les républiques protestantes dont je parle, et si le gouvernement fermait sagement les yeux, il y a encore des âmes de boue qui s'élèveraient contre cette humanité tolérante.

DE CE QUI FOMENTE PRINCIPALEMENT L'INTOLÉRANCE, LA HAINE ET L'INJUSTICE

Un des grands aliments de l'intolérance, et de la haine des citoyens contre leurs compatriotes, est ce malheureux usage de perpétuer les divisions par des monuments et par des fêtes. Telle est la procession annuelle de Toulouse [18], dans laquelle on remercie Dieu solennellement de quatre mille meurtres : elle a été défendue par plusieurs ordonnances de nos rois, et n'a point encore été abolie. On insulte dévotement, chaque année, la religion et le trône par cette cérémonie barbare ; l'insulte redouble à la fin du siècle avec la solennité. Ce sont là les jeux séculaires de Toulouse ; elle demande alors une indulgence plénière au pape en faveur de la procession. Elle a besoin sans doute d'indulgence ; mais on n'en mérite pas quand on éternise le fanatisme.

La dernière cérémonie séculaire se fit en 1762, au temps même où l'on fit expirer Calas sur la roue. On remerciait Dieu d'un côté, et de l'autre on massacrait l'innocence. La postérité pourra-t-elle croire à quel excès se porte de nos jours la superstition dans cette malheureuse solennité ?

D'abord les savetiers, en habit de cérémonie, portent la tête du premier évêque de Toulouse, prince du Péloponnèse, qui siégeait incontestablement à Toulouse avant la mort de Jésus-Christ. Ensuite viennent les couvreurs, chargés des os de tous les enfants qu'Hérode fit égorger, il y a dix-sept cent soixante et six ans ; et quoique ces enfants aient été enterrés à Éphèse, comme les onze mille vierges à Cologne, au vu et su de tout le monde, ils n'en sont pas moins enchâssés à Toulouse. Les fripiers étalent un morceau de la robe de la Vierge. Les reliques de saint Pierre et de saint Paul sont portées par les frères tailleurs. Trente corps morts paraissent ensuite dans cette marche. Plût à Dieu qu'on s'en tînt à ces spectacles! La piété trompée n'en est pas moins pitié. Le sot peuple peut à toute force remplir ses devoirs (surtout quand la police est exacte), quoiqu'il porte en procession les os de quatorze mille enfants tués par l'ordre censé d'Hérode dans Bethléem. Mais tant de corps morts, qui ne servent en ce jour qu'à renouveler la mémoire de quatre mille citoyens égorgés en 1562, ne peuvent faire sur les cerveaux des vivants qu'une impression funeste. Ajoutez que les pénitents blancs et noirs, marchant à cette procession avec un masque de drap sur le visage, ressemblent à des revenants qui augmentent l'horreur de cette fête lugubre. On en sort la tête remplie de fantômes, le cœur saisi de l'esprit de fanatisme, et rempli de fiel contre ses frères, que cette procession outrage. C'est ainsi qu'on sortait autrefois de la chambre des méditations chez les jésuites : l'imagination s'enflamme à ces objets, l'âme devient atroce et implacable.

Malheureux humains! ayez des fêtes qui adoucissent les mœurs, qui portent à la clémence, à la douceur, à la charité. Célébrez la journée de Fontenoy, où tous les ennemis blessés furent portés avec les nôtres dans les mêmes maisons, dans les mêmes hôpitaux, où ils furent traités, soignés avec le même empressement.

Célébrez la générosité des Anglais qui firent une souscription en faveur de nos prisonniers dans la dernière guerre.

Célébrez les bienfaits dont Louis XV a comblé la famille Calas, et que cette fête soit une éternelle réparation de l'injustice!

Célébrez les institutions bienfaisantes et utiles des Invalides, des demoiselles de Saint-Cyr, des gentilshommes de l'École militaire. Que vos fêtes soient les commémorations des actions vertueuses, et non de la haine, de la discorde, de l'abrutissement, du meurtre, et du carnage!

CAUSES ÉTRANGES DE L'INTOLÉRANCE

Je suppose qu'on raconte toutes ces choses à un Chinois, à un Indien de bon sens, et qu'il ait la patience de les écouter ; je suppose qu'il veuille s'informer pourquoi on a tant persécuté en Europe, pourquoi des haines si invétérées éclatent encore, d'où sont partis tant d'anathèmes réciproques, tant d'instructions pastorales qui ne sont que des libelles diffamatoires, tant de lettres de cachet qui sous Louis XIV ont rempli les prisons et les déserts, il faudra bien qu'on lui réponde. On lui dira donc en rougissant : Les uns croient à la grâce versatile, les autres à la grâce efficace. On dit dans Avignon que Jésus est mort pour tous, et dans un faubourg de Paris qu'il est mort pour plusieurs. Là on assure que le mariage est le signe visible d'une chose invisible ; ici on prétend qu'il n'y a rien d'invisible dans cette union. Il y a des villes où les apparences de la matière peuvent subsister sans que la matière existe, et où un corps peut être en mille endroits différents ; il y a d'autres villes où l'on croit la matière pénétrable ; et pour comble enfin, il y a dans ces villes de grands édifices où l'on enseigne une chose, et d'autres édifices où il faut croire une chose toute contraire. On a une différente manière d'argumenter, selon qu'on porte une robe blanche, grise ou noire, ou selon qu'on est affublé d'un manteau ou d'une chasuble. Ce sont là les raisons de cette intolérance réciproque qui rend éternellement ennemis les sujets d'un même État, et par un renversement d'esprit inconcevable on laisse subsister ces semences de discorde.

Certainement l'Indien ou le Chinois ne pourra comprendre qu'on se soit persécuté, égorgé si longtemps pour de telles raisons. Il pensera d'abord que cet horrible acharnement ne peut avoir d'autre source que dans des principes de morale entièrement opposés. Il sera bien surpris quand il apprendra que nous avons tous la même morale, la même qu'on professa de tout temps à la Chine et dans les Indes, la même qui a gouverné tous les peuples. Qu'il devra nous plaindre alors et nous mépriser, en voyant que cette morale uniforme et éternelle n'a pu ni nous réunir ni nous adoucir, et que les subtilités scolastiques ont fait des monstres de ceux qui, en s'attachant simplement à cette même morale, auraient été des frères.

Tout ce que je dis ici à l'occasion des Calas et des Sirven, on aurait dû le dire pendant quinze cents années, depuis les querelles d'Athanase et d'Arius, que l'empereur Constantin traita d'abord d'insensées, jusqu'à celles du jésuite Le Tellier et du janséniste Quesnel, et des billets de confession. Non, il n'y a pas une seule dispute théologique qui n'ait eu des suites funestes. On en compilerait vingt volumes ; mais je veux finir par celle des cordeliers et des jacobins, qui prépara la réformation de la puissante république de Berne. C'est, de mille histoires de cette nature, la plus horrible, la plus sacrilège, et en même temps la plus avérée.

DIGRESSION SUR LES SACRILÈGES QUI AMENÈRENT LA RÉFORMATION DE BERNE

On sait assez que les cordeliers ou franciscains, et les jacobins ou dominicains, se détestaient réciproquement depuis leur fondation. Ils étaient divisés sur plusieurs points de théologie, autant que sur l'intérêt de leur besace. Leur principale querelle roulait sur l'état de Marie avant qu'elle fût née. Les frères cordeliers assuraient que Marie n'avait pas péché dans le ventre de sa mère ; les frères jacobins le niaient : il n'y eut jamais peut-être de question plus ridicule, et ce fut cela même qui rendit ces deux ordres de moines irréconciliables.

Un cordelier, prêchant à Francfort, en 1503, sur l'immaculée conception de Marie, vit entrer dans l'église un dominicain nommé Vigam : *Sainte Vierge,* s'écria-t-il, *je te remercie de n'avoir pas permis que je fusse d'une secte qui te déshonore, toi et ton fils!* Vigam lui répondit qu'il en avait menti : le cordelier descendit de sa chaire, un crucifix de fer à la main ; il en frappa si rudement le jacobin Vigam qu'il le laissa presque mort sur la place, après quoi il acheva son sermon sur la Vierge.

Les jacobins s'assemblèrent en chapitre pour se venger, et, dans l'espérance d'humilier davantage les cordeliers, ils résolurent de faire des miracles. Après plusieurs essais infructueux, ils trouvèrent enfin une occasion favorable dans Berne.

Un de leurs moines confessait un jeune tailleur imbécile, nommé Jetser, très dévot d'ailleurs à la vierge Marie et à sainte Barbe. Cet idiot leur parut un excellent sujet à miracles. Son confesseur lui persuada que la Vierge et sainte Barbe lui ordonnaient expressément de se faire jacobin, et de donner tout son argent au couvent. Jetser obéit ; il prit l'habit. Quand on eut bien éprouvé sa vocation, quatre jacobins, dont les noms sont au procès, se déguisèrent plusieurs fois comme ils purent, l'un en ange, l'autre en âme du purgatoire, un troisième en vierge Marie, et le quatrième en sainte Barbe.

Le résultat de toutes ces apparitions, qui seraient trop ennuyeuses à décrire, fut qu'enfin la Vierge lui avoua qu'elle était née dans le péché originel ; qu'elle aurait été damnée si son fils, qui n'était pas encore au monde, n'avait pas eu l'attention de la régénérer immédiatement après qu'elle fut née ; que les cordeliers étaient des impies qui offensaient grièvement son fils en prétendant que sa mère avait été conçue sans péché mortel, et qu'elle le chargeait d'annoncer cette nouvelle à tous les serviteurs de Dieu et de Marie dans Berne.

Jetser n'y manqua pas. Marie, pour le remercier, lui apparut encore, accompagnée de deux anges robustes et vigoureux ; elle lui dit qu'elle venait lui imprimer les saints stigmates de son fils pour preuve de sa mission et pour sa récompense. Les deux anges le lièrent ; la Vierge lui enfonça les clous dans les pieds et dans les mains. Le lendemain on exposa publiquement sur l'autel frère Jetser, tout sanglant des faveurs célestes qu'il avait reçues. Les dévotes vinrent en foule baiser ses plaies. Il fit autant de miracles qu'il voulut ; mais les apparitions continuant toujours, Jetser reconnut enfin la voix du sous-prieur sous le masque qui le cachait ; il cria, il menaça de tout révéler ; il suivit le sous-prieur jusque dans sa cellule ; il y trouva son confesseur, sainte Barbe, et les deux anges qui buvaient avec des filles.

Les moines, découverts, n'avaient plus d'autre parti à prendre que celui de l'empoisonner. Ils saupoudrèrent une hostie de sublimé corrosif ; Jetser la trouva d'un si mauvais goût qu'il ne put l'avaler ; il s'enfuit hors de l'église, en criant aux empoisonneurs et aux sacrilèges. Le procès dura deux ans ; il fallut plaider devant l'évêque de Lausanne, car il n'était pas permis alors à des séculiers d'oser juger des moines. L'évêque prit le parti des dominicains ; il jugea que les apparitions étaient véritables, et que le pauvre Jetser était un imposteur : il eut même la barbarie de faire mettre cet innocent à la torture ; mais les dominicains ayant ensuite eu l'imprudence de le dégrader, et de lui ôter l'habit d'un ordre si saint, Jetser étant devenu séculier par cette manœuvre, le conseil de Berne s'assura de sa personne, reçut ses dépositions, et vérifia ce long tissu de crimes. Il fallut faire venir des juges ecclésiastiques de Rome ; il les força, par l'évidence de la vérité, à livrer les coupables au bras séculier ; ils furent brûlés le 31 mai 1509, à la porte de Marsilly. Tout le procès est encore dans les archives de Berne, et il a été imprimé plusieurs fois.

DES SUITES DE L'ESPRIT DE PARTI ET DU FANATISME

Si une simple dispute de moines a pu produire de si étranges abominations, ne soyons point étonnés de la foule de crimes que l'esprit de parti a fait naître entre tant de sectes rivales : craignons toujours les excès où conduit le fanatisme. Qu'on laisse ce monstre en liberté, qu'on cesse de couper ses griffes et de briser ses dents, que la raison si souvent persécutée se taise, on verra les mêmes horreurs qu'aux siècles passés ; le germe subsiste : si vous ne l'étouffez pas, il couvrira la terre.

Jugez donc enfin, lecteurs sages, lequel vaut le mieux, d'adorer Dieu avec simplicité, de remplir tous les devoirs de la société sans agiter des questions aussi funestes qu'incompréhensibles, et d'être justes et bienfaisants sans être d'aucune faction, que de vous livrer à des opinions fantastiques, qui conduisent les âmes faibles à un enthousiasme destructeur et aux plus détestables atrocités.

Je ne crois point m'être écarté de mon sujet en rapportant tous ces exemples, en recommandant aux hommes la religion qui les unit, et non pas celle qui les divise ; la religion qui n'est d'aucun parti, qui forme des citoyens vertueux, et non d'imbéciles scolastiques ; la religion qui tolère, et non celle qui persécute ; la religion qui dit que toute la loi consiste à aimer Dieu et son prochain et non celle qui fait de Dieu un tyran, et de son prochain un amas de victimes.

Ne faisons point ressembler la religion à ces nymphes de la fable, qui s'accouplèrent avec des animaux et qui enfantèrent des monstres.

Ce sont les moines surtout qui ont perverti les hommes. Le sage et profond Leibnitz l'a prouvé évidemment. Il a fait voir que le Xe siècle, qu'on appelle le siècle de fer, était bien moins barbare que le XIIIe et les suivants, où naquirent ces multitudes de gueux qui firent vœu de vivre aux dépens des laïques, et de tourmenter les laïques. Ennemis du genre humain, ennemis les uns des autres et d'eux-mêmes, incapables de connaître les douceurs de la société, il fallait bien qu'ils la haïssent. Ils déploient entre eux une dureté dont chacun d'eux gémit, et que chacun d'eux redouble. Tout moine secoue la chaîne qu'il s'est donnée, en frappe son confrère, et en est frappé à son tour. Malheureux dans leurs sacrés repaires, ils voudraient rendre malheureux les autres hommes. Leurs cloîtres sont le séjour du repentir, de la discorde, et de la haine. Leur juridiction secrète est celle de Maroc et d'Alger. Ils enterrent pour la vie dans des cachots ceux de leurs frères qui peuvent les accuser. Enfin ils ont inventé l'Inquisition.

Je sais que dans la multitude de ces misérables qui infectent la moitié de l'Europe, et que la séduction, l'ignorance, la pauvreté, ont précipités dans des cloîtres à l'âge de quinze ans, il s'est trouvé des hommes d'un rare mérite, qui se sont élevés au-dessus de leur état, et qui ont rendu service à leur patrie ; mais j'ose assurer que tous les grands hommes dont le mérite a percé du cloître dans le monde ont tous été persécutés par leurs confrères. Tout savant, tout homme de génie y essuie plus de dégoûts, plus de traits de l'envie, qu'il n'en aurait éprouvé dans le monde. L'ignorant et le fanatique, qui soutiennent les intérêts de la besace, y ont plus de considération que n'en aurait le plus grand génie de l'Europe ; l'horreur qui règne dans ces cavernes paraît rarement aux yeux des séculiers, et quand elle éclate, c'est par des crimes qui étonnent. On a vu, au mois de mai de cette année, huit de ces malheureux qu'on nomme capucins accusés d'avoir égorgé leur supérieur dans Paris.

Cependant, par une fatalité étrange, des pères, des mères, des filles, disent à genoux tous leurs secrets à ces hommes, le rebut de la nature, qui, tout souillés de crimes, se vantent de remettre les péchés des hommes, au nom du Dieu qu'ils font de leurs propres mains.

Combien de fois ont-ils inspiré à ceux qu'ils appellent leurs pénitents toute l'atrocité de leur caractère! C'est par eux que sont fomentées principalement ces haines religieuses qui rendent la vie si amère. Les juges qui ont condamné les Calas et les Sirven se confessent à des moines : ils ont donné deux moines à Calas pour l'accompagner au supplice. Ces deux hommes, moins barbares que leurs confrères, avouèrent que Calas, en expirant sur la roue, avait invoqué Dieu avec la résignation de l'innocence ; mais, quand nous leur avons demandé une attestation de ce fait, ils l'ont refusée : ils ont craint d'être punis par leurs supérieurs pour avoir dit la vérité.

Enfin, qui le croirait? après le jugement solennel

rendu en faveur des Calas, il s'est trouvé un jésuite irlandais qui, dans la plus insipide des brochures, a osé dire que les défenseurs des Calas, et les maîtres des requêtes qui ont rendu justice à leur innocence, étaient des ennemis de la religion.

Les catholiques répondent à tous ces reproches que les protestants en méritent d'aussi violents. Les meurtres de Servet et de Barneveldt, disent-ils, valent bien ceux du conseiller Dubourg. On peut opposer la mort de Charles Ier à celle de Henri III. Les sombres fureurs des presbytériens d'Angleterre, la rage des cannibales des Cévennes, ont égalé les horreurs de la Saint-Barthélemy.

Comparez les sectes, comparez les temps, vous trouverez partout, depuis seize cents années, une mesure à peu près égale d'absurdités et d'horreurs, partout des races d'aveugles se déchirent les uns les autres dans la nuit qui les environne. Quel livre de controverse n'a pas été écrit avec le fiel? et quel dogme théologique n'a pas fait répandre du sang? C'était la suite nécessaire de ces terribles paroles : « Quiconque n'écoute pas l'Église soit regardé comme un païen et un publicain [19]. » Chaque parti prétendait être l'Église ; chaque parti a donc dit toujours : Nous abhorrons les commis de la douane ; il nous est enjoint de traiter quiconque n'est pas de notre avis comme les contrebandiers traitent les commis de la douane quand ils sont les plus forts. Ainsi partout le premier dogme a été celui de la haine.

Lorsque le roi de Prusse entra pour la première fois dans la Silésie [20], une bourgade protestante, jalouse d'un village catholique, vint demander humblement au roi la permission de tout tuer dans ce village. Le roi répondit aux députés : « Si ce village venait me demander la permission de vous égorger, trouveriez-vous bon que je la lui accordasse? — O gracieuse

Majesté! répliquèrent les députés, cela est bien différent ; nous sommes la véritable Église. »

REMÈDES CONTRE LA RAGE DES AMES

La rage du préjugé qui nous porte à croire coupables tous ceux qui ne sont pas de notre avis, la rage de la superstition, de la persécution, de l'inquisition, est une maladie épidémique qui a régné en divers temps, comme la peste ; voici les préservatifs reconnus pour les plus salutaires. Faites-vous rendre compte d'abord des lois romaines jusqu'à Théodose, vous ne trouverez pas un seul édit pour mettre à la torture, ou crucifier, ou rouer ceux qui ne sont accusés que de penser différemment de vous, et qui ne troublent point la société par des actions de désobéissance, et par des insultes au culte public autorisé par les lois civiles. Cette première réflexion adoucira un peu les symptômes de la rage.

Rassemblez plusieurs passages de Cicéron, et commencez par celui-ci : « *Superstitio instat et urget, et quocumque te verteris, persequitur,* etc. — Si vous laissez entrer chez vous la superstition, elle vous poursuivra partout ; elle ne vous laissera point de relâche [21]. » Cette précaution sera très utile contre la maladie qu'il faut traiter.

N'oubliez pas Sénèque, qui, dans sa XCV[e] épître, s'exprime ainsi : « Voulez-vous avoir Dieu propice? soyez justes : on l'honore assez quand on l'imite. — *Vis Deos propitiare? bonus esto : satis illos coluit quisquis imitatus est.* »

Quand vous aurez choisi de quoi faire une provision de ces remèdes antiques qui sont innombrables, passez ensuite au bon évêque Synésius qui dit à ceux qui voulaient le consacrer : « Je vous avertis que je ne veux ni tromper ni forcer la conscience de personne ; je souffrirai que chacun demeure paisiblement dans son opinion, et je demeurerai dans les miennes. Je n'enseignerai rien de ce que je ne crois pas. Si vous voulez me consacrer à ces conditions, j'y consens ; sinon, je renonce à l'évêché. »

Descendez aux modernes ; prenez des préservatifs dans l'archevêque Tillotson [22], le plus sage et le plus éloquent prédicateur de l'Europe.

« Toutes les sectes, dit-il, s'échauffent avec d'autant plus de fureur, que les objets de leur emportement sont moins raisonnables. — *All sects are commonly most hot and furious for those things for which there is least reason* [23]. »

« Il vaudrait mieux, dit-il ailleurs, être sans révélation ; il vaudrait mieux s'abandonner aux sages principes de la nature, qui inspirent la douceur, l'humanité, la paix, et qui font le bonheur de la société, que d'être guidé par une religion qui porte dans les âmes une fureur si sauvage. — *Better it were that there were no reveal'd religion ; and that human nature were left to the conduct of its own principles mild and mercifull and conducive to the happiness of society than to be acted by a religion which inspires men with so wild a fury.* » Remarquez bien ces paroles mémorables : elles ne veulent pas dire que la raison humaine est préférable à la révélation ; elles signifient que s'il n'y avait point de milieu entre la raison et l'abus d'une révélation qui ne ferait que des fanatiques, il vaudrait cent fois mieux se livrer à la nature qu'à une religion tyrannique et persécutrice.

Je vous recommande encore ces vers que j'ai lus dans un ouvrage qui est à la fois très pieux et très philosophique :

A la religion discrètement fidèle
Sois doux, compatissant, sage, indulgent comme elle,
Et sans noyer autrui songe à gagner le port :
La clémence a raison, et la colère a tort.
Dans nos jours passagers de peines, de misères,
Enfants du même Dieu, vivons au moins en frères ;
Aidons-nous l'un et l'autre à porter nos fardeaux.
Nous marchons tous courbés sous le poids de nos maux ;
Mille ennemis cruels assiègent notre vie,
Toujours par nous maudite, et toujours si chérie ;
Notre cœur égaré, sans guide et sans appui,
Est brûlé de désirs, ou glacé par l'ennui,
Nul de nous n'a vécu sans connaître les larmes.
De la société les secourables charmes
Consolent nos douleurs au moins quelques instants :
Remède encor trop faible à des maux si constants.
Ah ! n'empoisonnons pas la douceur qui nous reste.
Je crois voir des forçats dans un cachot funeste,
Se pouvant secourir, l'un sur l'autre acharnés,
Combattre avec les fers dont ils sont enchaînés [24].

Quand vous aurez nourri votre esprit de cent passages pareils, faites encore mieux : mettez-vous au régime de penser par vous-même. Examinez ce qui vous revient de vouloir dominer sur les consciences. Vous serez suivi de quelques imbéciles, et vous serez en horreur à tous les esprits raisonnables. Si vous êtes persuadé, vous êtes un tyran d'exiger que les autres soient persuadés comme vous ; si vous ne croyez pas, vous êtes un monstre d'enseigner ce que vous méprisez, et de persécuter ceux mêmes dont vous partagez les opinions. En un mot, la tolérance mutuelle est l'unique remède aux erreurs qui pervertissent l'esprit des hommes d'un bout de l'univers à l'autre.

Le genre humain est semblable à une foule de voyageurs qui se trouvent dans un vaisseau ; ceux-là sont à la poupe, d'autres à la proue, plusieurs à fond de cale, et dans la sentine. Le vaisseau fait eau de tous côtés, l'orage est continuel : misérables passagers qui seront tous engloutis! faut-il qu'au lieu de nous porter les uns aux autres les secours nécessaires qui adouciraient le passage, nous rendions notre navigation affreuse! Mais celui-ci est nestorien, cet autre est juif ; en voilà un qui croit à un Picard, un autre à un natif d'Islèbe[25] ; ici est une famille d'ignicoles, là sont des musulmans, à quatre pas voilà des anabaptistes. Hé! qu'importent leurs sectes? Il faut qu'ils travaillent tous à calfater le vaisseau, et que chacun, en assurant la vie de son voisin pour quelques moments, assure la sienne ; mais ils se querellent, et ils périssent.

CONCLUSION

Après avoir montré aux lecteurs cette chaîne de superstitions qui s'étend de siècle en siècle jusqu'à nos jours, nous implorons les âmes nobles et compatissantes, faites pour servir d'exemple aux autres ; nous les conjurons de daigner se mettre à la tête de ceux qui ont entrepris de justifier et de secourir la famille des Sirven. L'aventure effroyable des Calas, à laquelle l'Europe s'est intéressée, n'aura point épuisé la compassion des cœurs sensibles ; et puisque la plus horrible injustice s'est multipliée, la pitié vertueuse redoublera.

On doit dire, à la louange de notre siècle et à celle de la philosophie, que les Calas n'ont reçu les secours qui ont réparé leur malheur que des personnes instruites et sages qui foulent le fanatisme à leurs pieds. Pas un de ceux qu'on appelle *dévots*, je le dis avec douleur, n'a essuyé leurs larmes ni rempli leur bourse. Il n'y a que les esprits raisonnables qui pensent noblement ; des têtes couronnées, des âmes dignes de leur rang, ont donné à cette occasion de grands exemples : leurs noms seront marqués dans les fastes de la philosophie, qui consiste dans l'horreur de la superstition, et dans cette charité universelle que Cicéron recommande, *caritas humani generis* : charité dont la théologie s'est approprié le nom, comme s'il n'appartient qu'à elle, mais dont elle a proscrit trop souvent la réalité ; charité, amour du genre humain, vertu inconnue aux trompeurs, aux pédants qui argumentent, aux fanatiques qui persécutent.

A M. LE COMTE D'ARGENTAL

13 de septembre [1766] [26].

J'ai toujours oublié de demander à mes anges s'ils avaient reçu une visite de M. Fabri, maire de la superbe ville de Gex, syndic de nos puissants États, subdélégué de monseigneur l'intendant, et sollicitant les suprêmes honneurs de la chevalerie de Saint-Michel. Je lui avais donné un petit chiffon de billet pour vous, à son départ de Gex pour Paris, et j'ai lieu de croire qu'il ne vous l'a point rendu. Je vous supplie, mes divins anges, de vouloir bien m'en instruire.

Il doit vous être parvenu un petit paquet sous l'enveloppe de M. de Courteille. Il contient un commentaire du livre italien *Des Délits et des Peines*. Ce commentaire est fait par un avocat de Besançon, ami intime comme moi de l'humanité. J'ai fourni peu de chose à cet ouvrage, presque rien ; l'auteur l'avoue hautement, et en fait gloire, et se soucie d'ailleurs fort peu qu'il soit bien ou mal reçu à Paris, pourvu qu'il réussisse parmi ses collègues de Franche-Comté, qui commencent à penser. Les provinces se forment ; et si l'infâme obstination du parlement visigoth de Toulouse, contre les Calas, fait encore subsister le fanatisme en Languedoc, l'humanité et la philosophie gagnent ailleurs beaucoup de terrain.

Je ne sais si je me trompe, mais l'affaire des Sirven me paraît très importante. Ce second exemple d'horreur doit achever de décréditer la superstition. Il faut bien que tôt ou tard les hommes ouvrent les yeux. Je sais que les sages qui ont pris leur parti n'apprendront rien de nouveau ; mais les jeunes gens flottants et indécis apprennent tous les jours, et je vous assure que la moisson est grande, d'un bout de l'Europe à l'autre. Pour moi, je suis trop vieux et trop malade pour me mêler d'écrire ; je reste chez moi tranquille. C'est en vain que des bruits vagues et sans fondement m'imputent le *Dictionnaire philosophique*, livre, après tout, qui n'enseigne que la vertu. On ne pourra jamais me convaincre d'y avoir part. Je serai toujours en droit de désavouer tous les ouvrages qu'on m'attribue ; et ceux que j'ai faits sont d'un bon citoyen. J'ai soutenu le théâtre de France pendant plus de quarante années ; j'ai fait le seul poème épique tolérable qu'on ait dans la nation. L'histoire du *Siècle de Louis XIV* n'est pas d'un mauvais compatriote. Si on veut me pendre pour cela, j'avertis messieurs qu'ils n'y réussiront pas, et que je vivrai toujours, en dépit d'eux, plus agréablement qu'eux. Mais, pour persécuter un homme légalement, il faut du moins quelques preuves commencées, et je défie qu'on ait contre moi la preuve la plus légère. Je m'oublie moi-même à présent pour ne songer qu'aux Sirven ; le plaisir de les servir me console. Je n'étais point instruit de la manière dont il fallait s'y prendre pour demander un rapporteur ; je croyais qu'on le nommait dans le Conseil du roi ; c'est la faute de M. de Beaumont de ne m'avoir pas instruit. J'écris à Mme la duchesse d'Anville, qui est actuellement à Liancourt, pour la supplier de demander M. Chardon [27] à monsieur le vice-chancelier. M. de Beaumont insiste sur M. Chardon. Pour moi, j'avoue que tout rapporteur m'est indifférent. Je trouve la cause des Sirven si claire, la sentence si absurde, et toutes les circonstances de cette affaire si horribles, que je ne crois pas qu'il y eût un seul homme au conseil qui balançât un moment.

Il faut vous dire encore que le parlement de Toulouse persiste à condamner la mémoire de Calas. Il a préféré l'intérêt de son indigne amour-propre à l'honneur d'avouer sa faute et de la réparer. Comment voudrait-on que les Sirven condamnés comme les Calas, allassent se remettre entre les mains de pareils juges ? La famille s'exposerait à être rouée. Nous comptons sur le suffrage de mes divins anges, sur leur protection, sur leur éloquence, sur le zèle de leurs belles âmes : je ne saurais leur exprimer mon respect et ma tendresse. V.

A M. DAMILAVILLE [28]

15 de décembre [1766] [29].

J'ai reçu à la fois, mon cher ami, vos lettres du 6 et du 8 de décembre. Il y a de la destinée en tout : la vôtre est de faire du bien, et même de réparer le mal que la négligence des autres a pu causer. Il est très certain que, si M. de Beaumont n'avait pas abandonné pendant dix-huit mois la cause des Sirven qu'il avait entreprise, nous ne serions pas aujourd'hui dans la peine où nous sommes. Il ne lui fallait que quinze jours de travail pour achever son mémoire ; il me l'avait promis. Ce mémoire lui aurait fait autant d'honneur que celui de M. de La Luzerne lui a causé de désagrément. Ce fut dans l'espérance de voir paraître incessamment le factum des Sirven que l'on composa l'*Avis au public.* C'est cet *Avis au public* qui a valu aux Sirven les deux cent cinquante ducats que vous avez entre les mains, les cent écus du roi de Prusse, et quelques autres petits présents qui aideront cette famille infortunée. J'ai empêché, autant que je l'ai pu, que le petit *Avis* entrât en France, et surtout à Paris ; mais plusieurs voyageurs y en ont apporté des exemplaires : ainsi ce qui nous a servi d'un côté nous a extrêmement nui de l'autre.

Voilà le triste effet de la négligence de M. de Beaumont. Je vous prie de lui bien exposer le fait, et surtout de lui dire, ainsi qu'aux autres avocats, que s'il y a dans ce petit imprimé quelques traits contre la superstition de Toulouse, il n'y a rien contre la religion. L'auteur, tout protestant qu'il est, ne s'est moqué que des reliques ridicules portées en procession par les Visigoths ; il n'a dit que tout ce que les gens sensés disent dans notre communion. Si ce petit ouvrage, fait pour les princes d'Allemagne, et non pour les bourgeois de Paris, révolte quelques avocats, ou si plutôt il leur fournit un prétexte de ne point signer la consultation de M. de Beaumont, c'est assurément un très grand malheur. Il n'y a que vous qui puissiez le réparer en leur faisant entendre raison, et les faisant rougir du dégoût qu'ils donnent à leurs confrères. Vous mettrez le comble à toutes vos bonnes actions, en suivant avec chaleur cette affaire qui sans vous échouerait entièrement. Ce dernier trait de votre vertu courageuse m'attache à vous plus que jamais.

Adieu, mon cher ami ; il ne reste que la place de vous dire à quel point je vous chéris.

Commentaire sur le livre des Délits et des Peines
(de Beccaria)

PAR UN AVOCAT DE PROVINCE

Une lettre de Voltaire à Damilaville du 28 juillet 1766 fait allusion à ce Commentaire, *mais il ne fut probablement publié qu'en septembre ; c'est le 13 de ce mois que Voltaire l'envoie aux d'Argental. L'œuvre avait été traduite en français par l'abbé Morellet en 1766. Mais Voltaire a lu le* Traité *de Beccaria en italien dès l'automne 1765 (lettre à Damilaville du 16 octobre) :*

« *Je commence à lire aujourd'hui le livre italien* Des Délits et des Peines. *A vue de pays, cela me paraît philosophique ; l'auteur est un frère.* »

I

OCCASION DE CE COMMENTAIRE

J'étais plein de la lecture du petit livre *Des Délits et des Peines*, qui est en morale ce que sont en médecine le peu de remèdes dont nos maux pourraient être soulagés. Je me flattais que cet ouvrage adoucirait ce qui reste de barbare dans la jurisprudence de tant de nations ; j'espérais quelque réforme dans le genre humain, lorsqu'on m'apprit qu'on venait de pendre, dans une province, une fille de dix-huit ans, belle et bien faite, qui avait des talents utiles, et qui était d'une très honnête famille.

Elle était coupable de s'être laissé faire un enfant ; elle l'était encore davantage d'avoir abandonné son fruit. Cette fille infortunée, fuyant la maison paternelle, est surprise des douleurs de l'enfantement ; elle est délivrée seule et sans secours auprès d'une fontaine. La honte, qui est dans le sexe une passion violente, lui donna assez de force pour revenir à la maison de son père, et pour y cacher son état. Elle laisse son enfant exposé, on le trouve mort le lendemain ; la mère est découverte, condamnée à la potence, et exécutée.

La première faute de cette fille, ou doit être renfermée dans le secret de sa famille, ou ne mérite que la protection des lois, parce que c'est au séducteur à réparer le mal qu'il a fait, parce que la faiblesse a droit à l'indulgence, parce que tout parle en faveur d'une fille dont la grossesse connue flétrit sa réputation, et que la difficulté d'élever son enfant est encore un grand malheur de plus.

La seconde faute est plus criminelle : elle abandonne le fruit de sa faiblesse, et l'expose à périr.

Mais parce qu'un enfant est mort, faut-il absolument faire mourir la mère ? Elle ne l'avait pas tué ; elle se flattait que quelque passant prendrait pitié de cette créature innocente ; elle pouvait même être dans le dessein d'aller retrouver son enfant, et de lui faire donner les secours nécessaires. Ce sentiment est si naturel qu'on doit le présumer dans le cœur d'une mère. La loi est positive contre la fille dans la province dont je parle ; mais cette loi n'est-elle pas injuste, inhumaine, et pernicieuse ? Injuste parce qu'elle n'a pas distingué entre celle qui tue son enfant et celle qui l'abandonne ; inhumaine, en ce qu'elle fait périr cruellement une infortunée à qui on ne peut reprocher que sa faiblesse et son empressement à cacher son malheur ; pernicieuse, en ce qu'elle ravit à la société une citoyenne qui devait donner des sujets à l'État, dans une province où l'on se plaint de la dépopulation.

La charité n'a point encore établi dans ce pays des maisons secourables où les enfants exposés soient nourris. Là où la charité manque, la loi est toujours cruelle. Il valait bien mieux prévenir ces malheurs, qui sont assez ordinaires, que se borner à les punir. La véritable jurisprudence est d'empêcher les délits, et non de donner la mort à un sexe faible, quand il est évident que sa faute n'a pas été accompagnée de malice, et qu'elle a coûté à son cœur.

Assurez, autant que vous le pourrez, une ressource à quiconque sera tenté de mal faire, et vous aurez moins à punir.

II

DES SUPPLICES

Ce malheur et cette loi si dure, dont j'ai été sensiblement frappé, m'ont fait jeter les yeux sur le code criminel des nations. L'auteur humain des *Délits et des Peines* n'a que trop raison de se plaindre que la punition soit trop souvent au-dessus du crime, et quelquefois pernicieuse à l'État, dont elle doit faire l'avantage.

Les supplices recherchés, dans lesquels on voit que l'esprit humain s'est épuisé à rendre la mort affreuse, semblent plutôt inventés par la tyrannie que par la justice.

Le supplice de la roue fut introduit en Allemagne dans les temps d'anarchie, où ceux qui s'emparaient des droits régaliens voulaient épouvanter, par l'appareil d'un tourment inouï, quiconque oserait attenter contre eux. En Angleterre on ouvrait le ventre d'un homme atteint de haute trahison, on lui arrachait le cœur, on lui en battait les joues, et le cœur était jeté dans les flammes. Mais quel était souvent ce crime de haute trahison ? c'était, dans les guerres civiles, d'avoir été fidèle à un roi malheureux, et quelquefois de s'être expliqué sur le droit douteux du vainqueur. Enfin les mœurs s'adoucirent ; il est vrai qu'on a continué d'arracher le cœur, mais c'est toujours après la mort du condamné. L'appareil est affreux, mais la mort est douce, si elle peut l'être.

III

DES PEINES CONTRE LES HÉRÉTIQUES

Ce fut surtout la tyrannie qui la première décerna la peine de mort contre ceux qui différaient de l'Église dominante dans quelques dogmes. Aucun empereur chrétien n'avait imaginé, avant le tyran Maxime, de condamner un homme au supplice uniquement pour des points de controverse. Il est bien vrai que ce furent deux évêques espagnols qui poursuivirent la mort des priscillianistes auprès de Maxime ; mais il n'est pas moins vrai que ce tyran voulait plaire au parti dominant en versant le sang des hérétiques. La barbarie et la justice lui étaient également indifférentes. Jaloux de Théodose, Espagnol comme lui, il se flattait de lui enlever l'empire d'Orient, comme il avait déjà envahi celui d'Occident. Théodose était haï pour ses cruautés ; mais il avait su gagner tous les chefs de la religion. Maxime voulait déployer le même zèle, et attacher les évêques espagnols à sa faction. Il flattait également l'ancienne religion et la nouvelle ; c'était un homme aussi fourbe qu'inhumain, comme tous ceux qui dans ce temps-là prétendirent ou parvinrent à l'empire. Cette vaste partie du monde était gouvernée comme l'est Alger aujourd'hui. La milice faisait et défaisait les empereurs ; elle les choisissait très souvent parmi les nations réputées barbares. Théodose lui opposait alors d'autres barbares de la Scythie. Ce fut lui qui remplit les armées de Goths, et qui éleva Alaric, le vainqueur de Rome. Dans cette confusion horrible, c'était donc à qui fortifierait le plus son parti par tous les moyens possibles.

Maxime venait de faire assassiner à Lyon l'empereur Gratien, collègue de Théodose ; il méditait la perte de Valentinien II, nommé successeur de Gratien à Rome dans son enfance. Il assemblait à Trèves une puissante armée, composée de Gaulois et d'Allemands. Il faisait lever des troupes en Espagne, lorsque deux évêques espagnols, Idacio et Ithacus ou Itacius [1], qui avaient alors beaucoup de crédit, vinrent lui demander le sang de Priscillien et de tous ses adhérents, qui disaient que les âmes sont des émanations de Dieu, que la Trinité ne contient point trois hypostases, et qui, de plus, poussaient le sacrilège jusqu'à jeûner le dimanche. Maxime, moitié païen, moitié chrétien, sentit bientôt toute l'énormité de ces crimes. Les saints évêques Idacio et Itacius obtinrent qu'on donnât d'abord la question à Priscillien et à ses complices avant qu'on les fît mourir : ils y furent présents, afin que tout se passât dans l'ordre, et s'en retournèrent en bénissant Dieu, et en plaçant Maxime, le défenseur de la foi, au rang des saints. Mais Maxime ayant été défait par Théodose, et ensuite assassiné aux pieds de son vainqueur, il ne fut point canonisé.

Il faut remarquer que saint Martin, évêque de Tours, véritablement homme de bien, sollicita la grâce de

Priscillien ; mais les évêques l'accusèrent lui-même d'être hérétique, et il s'en retourna à Tours, de peur qu'on ne lui fît donner la question à Trèves.

Quant à Priscillien, il eut la consolation, après avoir été pendu, qu'il fut honoré de sa secte comme un martyr. On célébra sa fête, et on le fêterait encore s'il y avait des priscillianistes.

Cet exemple fit frémir toute l'Église, mais bientôt après il fut imité et surpassé. On avait fait périr des priscillianistes par le glaive, par la corde, et par la lapidation. Une jeune dame de qualité, soupçonnée d'avoir jeûné le dimanche, n'avait été que lapidée dans Bordeaux [2]. Ces supplices parurent trop légers ; on prouva que Dieu exigeait que les hérétiques fussent brûlés à petit feu. La raison péremptoire qu'on en donnait, c'était que Dieu les punit ainsi dans l'autre monde, et que tout prince, tout lieutenant du prince, enfin le moindre magistrat, est l'image de Dieu dans ce monde-ci.

Ce fut sur ce principe qu'on brûla partout des sorciers, qui étaient visiblement sous l'empire du diable, et les hétérodoxes, qu'on croyait encore plus criminels et plus dangereux que les sorciers.

On ne sait pas bien précisément quelle était l'hérésie des chanoines que le roi Robert, fils de Hugues, et Constance sa femme, allèrent faire brûler en leur présence à Orléans en 1022. Comment le saurait-on? Il n'y avait alors qu'un très petit nombre de clercs et de moines qui eussent l'usage de l'écriture. Tout ce qui est constaté, c'est que Robert et sa femme rassasièrent leurs yeux de ce spectacle abominable. L'un des sectaires avait été le confesseur de Constance ; cette reine ne crut pas pouvoir mieux réparer le malheur de s'être confessée à un hérétique qu'en le voyant dévorer par les flammes.

L'habitude devient loi ; et depuis ce temps jusqu'à

nos jours, c'est-à-dire pendant plus de sept cents années, on a brûlé ceux qui ont été ou qui ont paru être souillés du crime d'une opinion erronée.

IV

DE L'EXTIRPATION DES HÉRÉSIES

Il faut, ce me semble, distinguer dans une hérésie l'opinion et la faction. Dès les premiers temps du christianisme, les opinions furent partagées. Les chrétiens d'Alexandrie ne pensaient pas, sur plusieurs points, comme ceux d'Antioche. Les Achaïens étaient opposés aux Asiatiques. Cette diversité a duré dans tous les temps, et durera vraisemblablement toujours. Jésus-Christ, qui pouvait réunir tous ses fidèles dans le même sentiment, ne l'a pas fait : il est donc à présumer qu'il ne l'a pas voulu, et que son dessein était d'exercer toutes ses Églises à l'indulgence et à la charité en leur permettant des systèmes différents, qui tous se réunissaient à le reconnaître pour leur chef et leur maître. Toutes ces sectes, longtemps tolérées par les empereurs, ou cachées à leurs yeux, ne pouvaient se persécuter et se proscrire les unes les autres, puisqu'elles étaient également soumises aux magistrats romains ; elles ne pouvaient que disputer. Quand les magistrats les poursuivirent, elles réclamèrent toutes également le droit de la nature. Elles dirent : Laissez-nous adorer Dieu en paix ; ne nous ravissez pas la liberté, que vous accordez aux Juifs. Toutes les sectes aujourd'hui peuvent tenir le même discours à ceux qui les oppriment. Elles peuvent dire aux peuples qui ont donné des privilèges aux Juifs : Traitez-nous comme vous traitez ces enfants de Jacob ; laissez-nous prier Dieu, comme eux, selon notre conscience ; notre opinion ne fait pas plus de tort à votre État que n'en fait le judaïsme. Vous tolérez les ennemis de Jésus-Christ ; tolérez-nous donc, nous qui adorons Jésus-Christ, et qui ne différons de vous que sur des subtilités de théologie ; ne vous privez pas vous-mêmes de sujets utiles. Il vous importe qu'ils travaillent à vos manufactures, à votre marine, à la culture de vos terres ; et il ne vous importe point qu'ils aient quelques autres articles de foi que vous. C'est de leurs bras que vous avez besoin, et non de leur catéchisme.

La faction est une chose toute différente. Il arrive toujours, et nécessairement, qu'une secte persécutée dégénère en faction. Les opprimés se réunissent et s'encouragent. Ils ont plus d'industrie pour fortifier leur parti que la secte dominante n'en a pour l'exterminer. Il faut, ou qu'ils soient écrasés, ou qu'ils écrasent. C'est ce qui arriva après la persécution excitée en 303 par le césar Galérius, les deux dernières années de l'empire de Dioclétien. Les chrétiens, ayant été favorisés par Dioclétien pendant dix-huit années entières, étaient devenus trop nombreux et trop riches pour être exterminés : ils se donnèrent à Constance Chlore ; ils combattirent pour Constantin son fils, et il y eut une révolution entière dans l'empire.

On peut comparer les petites choses aux grandes, quand c'est le même esprit qui les dirige. Une pareille révolution est arrivée en Hollande, en Écosse, en Suisse. Quand Ferdinand et Isabelle chassèrent d'Espagne les Juifs, qui y étaient établis, non seulement avant la maison régnante, mais avant les Maures et les Goths, et même avant les Carthaginois, les Juifs auraient fait une révolution en Espagne s'ils avaient été aussi guerriers que riches, et s'ils avaient pu s'entendre avec les Arabes.

En un mot, jamais secte n'a changé le gouvernement que quand le désespoir lui a fourni des armes. Mahomet lui-même n'a réussi que pour avoir été chassé de La Mecque, et parce qu'on y avait mis sa tête à prix.

Voulez-vous donc empêcher qu'une secte ne bouleverse un État, usez de tolérance ; imitez la sage conduite que tiennent aujourd'hui l'Allemagne, l'Angleterre, la Hollande. Il n'y a d'autre parti à prendre en politique, avec une secte nouvelle, que de faire mourir sans pitié les chefs et les adhérents, hommes, femmes, enfants, sans en excepter un seul, ou de les tolérer quand la secte est nombreuse. Le premier parti est d'un monstre, le second est d'un sage.

Enchaînez à l'État tous les sujets de l'État par leur intérêt ; que le Quaker et le Turc trouvent leur avantage à vivre sous vos lois. La religion est de Dieu à l'homme ; la loi civile est de vous à vos peuples.

V

DES PROFANATIONS

Louis IX, roi de France, placé par ses vertus au rang des saints, fit d'abord une loi contre les blasphémateurs. Il les condamnait à un supplice nouveau : on leur perçait la langue avec un fer ardent. C'était une espèce de talion ; le membre qui avait péché en souffrait la peine. Mais il était fort difficile de décider ce qui est un blasphème. Il échappe dans la colère, ou dans la joie, ou dans la simple conversation, des expressions qui ne sont, à proprement parler, que des explétives, comme le *sela* et le *vah* des Hébreux ; le *pol* et l'*edepol* des Latins ; et comme le *per deos immortales*, dont on se servait à tout propos, sans faire réellement un serment par les dieux immortels.

Ces mots, qu'on appelle jurements, blasphèmes, sont communément des termes vagues qu'on interprète arbitrairement. La loi qui les punit semble prise de celle des Juifs, qui dit : « Tu ne prendras point le nom de Dieu en vain [3]. » Les plus habiles interprètes croient que cette loi défend le parjure ; et ils ont d'autant plus raison que le mot *shavé*, qu'on a traduit par en vain, signifie proprement le parjure. Or quel rapport le parjure peut-il avoir avec ces mots qu'on adoucit par *cadélis, sangbleu, ventrebleu, corbleu* [4] ?

Les Juifs juraient par la vie de Dieu : *Vivit Dominus.* C'était une formule ordinaire. Il n'était donc défendu que de mentir au nom de Dieu, qu'on attestait.

Philippe Auguste, en 1181, avait condamné les nobles de son domaine qui prononceraient *têtebleu, ventrebleu, corbleu, sangbleu*, à payer une amende, et les roturiers à être noyés. La première partie de cette ordonnance parut puérile ; la seconde était abominable. C'était outrager la nature que de noyer des citoyens pour la même faute que les nobles expiaient pour deux ou trois sous de ce temps-là. Aussi cette étrange loi resta sans exécution, comme tant d'autres, surtout quand le roi fut excommunié et son royaume mis en interdit par le pape Célestin III.

Saint Louis, transporté de zèle, ordonna indifféremment qu'on perçât la langue, ou qu'on coupât la lèvre supérieure à quiconque aurait prononcé ces termes indécents. Il en coûta la langue à un gros bourgeois de Paris, qui s'en plaignit au pape Innocent IV. Ce pontife remontra fortement au roi que la peine était trop forte pour le délit. Le roi s'abstint désormais de cette sévérité. Il eût été heureux pour la société humaine que les papes n'eussent jamais affecté d'autre supériorité sur les rois.

L'ordonnance de Louis XIV, de l'année 1666, statue : « Que ceux qui seront convaincus d'avoir juré et blasphémé le saint nom de Dieu, de sa très sainte mère ou de ses saints, seront condamnés : pour la première fois, à une amende ; pour la seconde, tierce et quatrième fois, à une amende double, triple et quadruple ; pour la cinquième fois, au carcan ; pour la sixième fois, au pilori, et auront la lèvre supérieure coupée ; et la septième fois auront la langue coupée tout juste. »

Cette loi paraît sage et humaine ; elle n'inflige une peine cruelle qu'après six rechutes qui ne sont pas présumables.

Mais pour des profanations plus grandes qu'on appelle sacrilèges, nos collections de jurisprudence criminelle, dont il ne faut pas prendre les décisions pour des lois, ne parlent que du vol fait dans les églises, et aucune loi positive ne prononce même la peine du feu ; elles ne s'expliquent pas sur les impiétés publiques, soit qu'elles n'aient pas prévu de telles démences, soit qu'il fût trop difficile de les spécifier. Il est donc réservé à la prudence des juges de punir ce délit. Cependant la justice ne doit rien avoir d'arbitraire.

Dans un cas aussi rare, que doivent faire les juges ? Consulter l'âge des délinquants, la nature de leur faute, le degré de leur méchanceté, de leur scandale, de leur obstination, le besoin que le public peut avoir ou n'avoir pas d'une punition terrible. *Pro qualitate personae, proque rei conditione et temporis et aetatis et sexus, vel severius vel clementius statuendum*[5]. Si la loi n'ordonne point expressément la mort pour ce délit, quel juge se croira obligé de la prononcer ? S'il faut une peine, si la loi se tait, le juge doit, sans difficulté, prononcer la peine la plus douce, parce qu'il est homme.

Les profanations sacrilèges ne sont jamais commises que par de jeunes débauchés : les punirez-vous aussi sévèrement que s'ils avaient tué leurs frères ? Leur âge plaide en leur faveur : ils ne peuvent disposer de leurs biens, parce qu'ils ne sont point supposés avoir assez de maturité dans l'esprit pour voir les conséquences d'un mauvais marché ; ils n'en ont donc pas eu assez pour voir la conséquence de leur emportement impie.

Traitez-vous un jeune dissolu qui, dans son aveuglement, aura profané une image sacrée, sans la voler, comme vous avez traité la Brinvilliers, qui avait empoisonné son père et sa famille ? Il n'y a point de loi expresse contre ce malheureux ; et vous en feriez une pour le livrer au plus grand supplice ! Il mérite un châtiment exemplaire ; mais mérite-t-il des tourments qui effrayent la nature et une mort épouvantable ?

Il a offensé Dieu ; oui, sans doute, et très gravement. Usez-en avec lui comme Dieu même. S'il fait pénitence, Dieu lui pardonne. Imposez-lui une pénitence forte, et pardonnez-lui.

Votre illustre Montesquieu a dit : « Il faut honorer la Divinité, et non la venger [6]. » Pesons ces paroles : elles ne signifient pas qu'on doive abandonner le maintien de l'ordre public ; elles signifient, comme le dit le judicieux auteur des *Délits et des Peines*, qu'il est absurde qu'un insecte croie venger l'Être suprême. Ni un juge de village, ni un juge de ville, ne sont des Moïse et des Josué.

VI

INDULGENCE DES ROMAINS SUR CES OBJETS

D'un bout de l'Europe à l'autre, le sujet de la conversation des honnêtes gens instruits roule souvent sur cette différence prodigieuse entre les lois romaines et tant d'usages barbares qui leur ont succédé, comme les immondices d'une ville superbe qui couvrent ses ruines.

Certes le sénat romain avait un aussi profond respect

que nous pour le Dieu suprême, et autant pour les dieux immortels et secondaires, dépendants de leur maître éternel, que nous en montrons pour nos saints.

Ab Jove principium...,

(Virg., *Buc.* III, 12.)

était la formule ordinaire. Pline, dans le panégyrique du bon Trajan, commence par attester que les Romains ne manquèrent jamais d'invoquer Dieu en commençant leurs affaires ou leurs discours [7]. Cicéron, Tite-Live, l'attestent. Nul peuple ne fut plus religieux ; mais aussi il était trop sage et trop grand pour descendre à punir de vains discours ou des opinions philosophiques. Il était incapable d'infliger des supplices barbares à ceux qui doutaient des augures, comme Cicéron, augure lui-même, en doutait ; ni à ceux qui disaient en plein sénat, comme César, que les dieux ne punissent point les hommes après la mort.

On a cent fois remarqué que le sénat permit que sur le théâtre de Rome le chœur chantât dans la *Troade :*

« Il n'est rien après le trépas, et le trépas n'est rien. Tu demandes en quel lieu sont les morts ? au même lieu où ils étaient avant de naître. »

S'il y eut jamais des profanations, en voilà sans doute ; et depuis Ennius jusqu'à Ausone tout est profanation, malgré le respect pour le culte. Pourquoi donc le sénat romain ne les réprimait-il pas ? C'est qu'elles n'influaient en rien sur le gouvernement de l'État ; c'est qu'elles ne troublèrent aucune institution, aucune cérémonie religieuse. Les Romains n'en eurent pas moins une excellente police, et ils n'en furent pas moins les maîtres absolus de la plus belle partie du monde jusqu'à Théodose II.

La maxime du sénat, comme on l'a dit ailleurs,

était : « *Deorum offensae diis curae.* — Les offenses contre les dieux ne regardent que les dieux. » Les sénateurs étant à la tête de la religion, par l'institution la plus sage, n'avaient point à craindre qu'un collège de prêtres les forçât à servir sa vengeance, sous prétexte de venger le ciel. Ils ne disaient point : Déchirons les impies, de peur de passer pour impies nous-mêmes ; prouvons aux prêtres que nous sommes aussi religieux qu'eux, en étant cruels.

Notre religion est plus sainte que celle des anciens Romains. L'impiété, parmi nous, est un plus grand crime que chez eux. Dieu la punira ; c'est aux hommes à punir ce qu'il y a de criminel dans le désordre public que cette impiété a causé. Or, si dans une impiété il ne s'est pas volé un mouchoir, si personne n'a reçu la moindre injure, si les rites religieux n'ont pas été troublés, punirons-nous (il faut le dire encore) cette impiété comme un parricide ? La maréchale d'Ancre avait fait tuer un coq blanc dans la pleine lune ; fallait-il pour cela brûler la maréchale d'Ancre ?

Et modus in rebus, sunt certi denique fines.

(Hor., liv. I, sat. I, 108.)

Ne scutica dignum horribili sectere flagello.

(Hor., liv. I, sat. III, 119.)

VII

DU CRIME DE LA PRÉDICATION, ET D'ANTOINE

Un prédicant calviniste qui vient prêcher secrètement ses ouailles dans certaines provinces est puni de mort s'il est découvert, et ceux qui lui ont donné à souper et à coucher sont envoyés aux galères perpétuelles.

Dans d'autres pays, un jésuite qui vient prêcher est pendu. Est-ce Dieu qu'on a voulu venger en faisant pendre ce prédicant et ce jésuite ? S'est-on des deux côtés appuyé sur cette loi de l'*Évangile* : « Quiconque n'écoute point l'assemblée soit traité comme un païen et comme un receveur des deniers publics [8] » ? Mais l'*Évangile* n'ordonna pas qu'on tuât ce païen et ce receveur.

S'est-on fondé sur ces paroles du *Deutéronome* [9] : « S'il s'élève un prophète, ... et que ce qu'il a prédit arrive, ... et qu'il vous dise : Suivons des dieux étrangers ; ... et si votre frère ou votre fils, ou votre chère femme, ou l'ami de votre cœur vous dit : Allons, servons des dieux étrangers,... tuez-le aussitôt ; frappez le premier, et tout le peuple après vous » ? Mais ni ce jésuite ni ce calviniste ne vous ont dit : Allons, suivons des dieux étrangers.

Le conseiller Dubourg, le chanoine Jehan Chauvin dit Calvin, le médecin Servet, espagnol, le Calabrois Gentilis, servaient le même Dieu. Cependant le président Minard fit pendre le conseiller Dubourg ; et les amis de Dubourg firent assassiner Minard ; et Jehan Calvin fit brûler le médecin Servet à petit feu, et eut la consolation de contribuer beaucoup à faire trancher la tête au Calabrois Gentilis ; et les successeurs de Jean Calvin firent brûler Antoine. Est-ce la raison, la piété, la justice, qui ont commis tous ces meurtres ?

L'histoire d'Antoine est une des plus singulières dont le souvenir se soit conservé dans les annales de la démence. Voici ce que j'en ai lu dans un manuscrit très curieux, et qui est rapporté en partie par Jacob Spon. Antoine était né à Briey en Lorraine, de père et mère catholiques, et avait étudié à Pont-à-Mousson chez les jésuites. Le *prédicant* Ferry [10] l'engagea dans la religion protestante à Metz. Étant retourné à Nancy, on lui fit son procès comme à un hérétique, et si un ami ne l'avait fait sauver, il allait périr par la corde. Réfugié à Sedan, on le soupçonna d'être papiste, et on voulut l'assassiner.

Voyant par quelle étrange fatalité sa vie n'était en sûreté ni chez les protestants ni chez les catholiques, il alla se faire juif à Venise. Il se persuada très sincèrement, et il soutint jusqu'au dernier moment de la vie que la religion juive était la seule véritable, et que, puisqu'elle l'avait été autrefois, elle devait l'être toujours. Les juifs ne le circoncirent point, de peur de se faire des affaires avec le magistrat ; mais il n'en fut pas moins juif intérieurement. Il n'en fit point profession ouverte, et même, étant allé à Genève, en qualité de prédicant, il y fut premier régent du collège, et enfin il devint ce qu'on appelle ministre.

Le combat perpétuel qui s'excitait dans son cœur entre la secte de Calvin, qu'il était obligé de prêcher, et la religion mosaïque à laquelle seule il croyait, le rendit longtemps malade. Il tomba dans une mélancolie et dans une maladie cruelle ; troublé par ses douleurs, il s'écria qu'il était juif. Des ministres vinrent le visiter, et tâchèrent de le faire rentrer en lui-même ; il leur répondit qu'il n'adorait que le Dieu d'Israël, qu'il était impossible que Dieu changeât, que Dieu ne pouvait avoir donné lui-même et gravé de sa main une loi pour l'abolir. Il parla contre le christianisme ; ensuite il se dédit ; il écrivit une profession de foi pour échapper à la condamnation ; mais après l'avoir écrite, la malheureuse persuasion où il était ne lui permit pas de la signer. Le conseil de la ville assembla les prédicants pour savoir ce qu'il devait faire de cet infortuné. Le petit nombre de ces prêtres opina qu'on devait avoir pitié de lui, qu'il fallait plutôt tâcher de guérir sa maladie du cerveau que de la punir [11]. Le plus grand nombre décida qu'il méritait d'être brûlé, et il le fut. Cette aventure est de 1632 [12]. Il faut cent ans de raison et de vertu pour expier un pareil jugement.

VIII

HISTOIRE DE SIMON MORIN

La fin tragique de Simon Morin n'effraye pas moins que celle d'Antoine. Ce fut au milieu des fêtes d'une cour brillante, parmi les amours et les plaisirs, ce fut même dans le temps de la plus grande licence, que ce malheureux fut brûlé à Paris, en 1663. C'était un insensé qui croyait avoir eu des visions, et qui poussa la folie jusqu'à se croire envoyé de Dieu, et à se dire incorporé à Jésus-Christ.

Le parlement le condamna très sagement à être enfermé aux Petites-Maisons. Ce qui est extrêmement singulier, c'est qu'il y avait dans le même hôpital un autre fou qui se disait le Père éternel, de qui même la démence a passé en proverbe. Simon Morin fut si frappé de la folie de son compagnon qu'il reconnut la sienne. Il parut rentrer pour quelque temps dans son bon sens ; il exposa son repentir aux magistrats ; et, malheureusement pour lui, il obtint son élargissement.

Quelque temps après il retomba dans ses accès ; il dogmatisa. Sa mauvaise destinée voulut qu'il fît connaissance avec Saint-Sorlin Desmarets [13], qui fut pendant plusieurs mois son ami, mais qui bientôt, par jalousie de métier, devint son plus cruel persécuteur.

Ce Desmarets n'était pas moins visionnaire que Morin : ses premières inepties furent, à la vérité, innocentes : c'étaient les tragi-comédies d'*Érigone* et de *Mirame*, imprimées avec une traduction des psaumes ; c'étaient le roman d'*Ariane* et le poème de *Clovis* à côté de l'office de la Vierge mis en vers ; c'étaient des poésies dithyrambiques enrichies d'invectives contre Homère et Virgile. De cette espèce de folie, il passa à une autre plus sérieuse ; on le vit s'acharner contre Port-Royal ; et après avoir avoué qu'il avait engagé des femmes dans l'athéisme, il s'érigea en prophète. Il prétendit que Dieu lui avait donné, de sa main, la clef du trésor de l'*Apocalypse;* qu'avec cette clef il ferait une réforme de tout le genre humain, et qu'il allait commander une armée de cent quarante mille hommes contre les jansénistes.

Rien n'eût été plus raisonnable et plus juste que de le mettre dans la même loge que Simon Morin ; mais pourra-t-on s'imaginer qu'il trouva beaucoup de crédit auprès du jésuite Annat, confesseur du roi ? Il lui persuada que ce pauvre Simon Morin établissait une secte presque aussi dangereuse que le jansénisme même. Enfin, ayant porté l'infamie jusqu'à se rendre délateur, il obtint du lieutenant criminel un décret de prise de corps contre son malheureux rival. Osera-t-on le dire ? Simon Morin fut condamné à être brûlé vif.

Lorsqu'on allait le conduire au supplice, on trouva dans un de ses bas un papier dans lequel il demandait pardon à Dieu de toutes ses erreurs : cela devait le sauver ; mais la sentence était confirmée, il fut exécuté sans miséricorde.

De telles aventures font dresser les cheveux. Et dans quel pays n'a-t-on pas vu des événements aussi déplorables ? Les hommes oublient partout qu'ils sont frères, et ils se persécutent jusqu'à la mort. Il faut se flatter, pour la consolation du genre humain, que ces temps horribles ne reviendront plus.

IX

DES SORCIERS

En 1749, on brûla une femme de l'évêché de Vurtzbourg, convaincue d'être sorcière. C'est un grand phénomène dans le siècle où nous sommes. Mais est-il possible que des peuples qui se vantaient d'être réformés, et de fouler aux pieds les superstitions, qui pensaient enfin avoir perfectionné leur raison, aient pourtant cru aux sortilèges, aient fait brûler de pauvres femmes accusées d'être sorcières, et cela plus de cent années après la prétendue réforme de leur raison?

Dans l'année 1652 une paysanne du petit territoire de Genève, nommée Michelle Chaudron, rencontra le diable en sortant de la ville. Le diable lui donna un baiser, reçut son hommage, et imprima sur sa lèvre supérieure et à son téton droit la marque qu'il a coutume d'appliquer à toutes les personnes qu'il reconnaît pour ses favorites. Ce sceau du diable est un petit seing qui rend la peau insensible, comme l'affirment tous les jurisconsultes démonographes de ce temps-là.

Le diable ordonna à Michelle Chaudron d'ensorceler deux filles. Elle obéit à son seigneur ponctuellement. Les parents des filles l'accusèrent juridiquement de diablerie. Les filles furent interrogées et confrontées avec la coupable : elles attestèrent qu'elles sentaient continuellement une fourmilière dans certaines parties de leur corps, et qu'elles étaient possédées. On appela les médecins, ou du moins ceux qui passaient alors pour médecins. Ils visitèrent les filles. Ils cherchèrent sur le corps de Michelle le sceau du diable, que le procès-verbal appelle les marques sataniques. Ils y enfoncèrent une longue aiguille, ce qui était déjà une torture douloureuse. Il en sortit du sang, et

Michelle fit connaître, par ses cris, que les marques sataniques ne rendent point insensible. Les juges, ne voyant point de preuve complète que Michelle Chaudron fût sorcière, lui firent donner la question, qui produit infailliblement ces preuves : cette malheureuse, cédant à la violence des tourments, confessa enfin tout ce qu'on voulut.

Les médecins cherchèrent encore la marque satanique. Ils la trouvèrent à un petit seing noir sur une de ses cuisses. Ils y enfoncèrent l'aiguille. Les tourments de la question avaient été si horribles que cette pauvre créature expirante sentit à peine l'aiguille : elle ne cria point ; ainsi le crime fut avéré. Mais comme les mœurs commençaient à s'adoucir, elle ne fut brûlée qu'après avoir été pendue et étranglée.

Tous les tribunaux de l'Europe chrétienne retentissaient alors de pareils arrêts. Les bûchers étaient allumés partout pour les sorciers, comme pour les hérétiques. Ce qu'on reprochait le plus aux Turcs, c'était de n'avoir ni sorciers ni possédés parmi eux. On regardait cette privation de possédés comme une marque infaillible de la fausseté d'une religion.

Un homme zélé pour le bien public, pour l'humanité, pour la vraie religion, a publié, dans un de ses écrits en faveur de l'innocence, que les tribunaux chrétiens ont condamné à la mort plus de cent mille prétendus sorciers. Si on joint à ces massacres juridiques le nombre infiniment supérieur d'hérétiques immolés, cette partie du monde ne paraîtra qu'un vaste échafaud couvert de bourreaux et de victimes, entouré de juges, de sbires, et des spectateurs.

X

DE LA PEINE DE MORT

On a dit, il y a longtemps, qu'un homme pendu n'est bon à rien, et que les supplices inventés pour le bien de la société doivent être utiles à cette société. Il est évident que vingt voleurs vigoureux, condamnés à travailler aux ouvrages publics toute leur vie, servent l'État par leur supplice, et que leur mort ne fait de bien qu'au bourreau, que l'on paye pour tuer les hommes en public. Rarement les voleurs sont-ils punis de mort en Angleterre ; on les transporte dans les colonies. Il en est de même dans les vastes États de la Russie ; on n'a exécuté aucun criminel sous l'empire de l'autocratrice Élisabeth. Catherine II, qui lui a succédé, avec un génie très supérieur, suit la même maxime. Les crimes ne se sont point multipliés par cette humanité, et il arrive presque toujours que les coupables relégués en Sibérie y deviennent gens de bien. On remarque la même chose dans les colonies anglaises. Ce changement heureux nous étonne ; mais rien n'est plus naturel. Ces condamnés sont forcés à un travail continuel pour vivre. Les occasions du vice leur manquent : ils se marient, ils peuplent. Forcez les hommes au travail, vous les rendrez honnêtes gens. On sait assez que ce n'est pas à la campagne que se commettent les grands crimes, excepté peut-être quand il y a trop de fêtes, qui forcent l'homme à l'oisiveté, et le conduisent à la débauche.

On ne condamnait un citoyen romain à mourir que pour des crimes qui intéressaient le salut de l'État. Nos maîtres, nos premiers législateurs, ont respecté le sang de leurs compatriotes ; nous prodiguons celui des nôtres.

On a longtemps agité cette question délicate et funeste, s'il est permis aux juges de punir de mort quand la loi ne prononce pas expressément le dernier supplice. Cette difficulté fut solennellement débattue devant l'empereur Henri VI. Il jugea et décida qu'aucun juge ne peut avoir ce droit [14].

Il y a des affaires criminelles, ou si imprévues, ou si compliquées, ou accompagnées de circonstances si bizarres, que la loi elle-même a été forcée dans plus d'un pays d'abandonner ces cas singuliers à la prudence des juges. Mais s'il se trouve en effet une cause dans laquelle la loi permette de faire mourir un accusé qu'elle n'a pas condamné, il se trouvera mille causes dans lesquelles l'humanité, plus forte que loi, doit épargner la vie de ceux que la loi elle-même a dévoués à la mort.

L'épée de la justice est entre nos mains ; mais nous devons plus souvent l'émousser que la rendre plus tranchante. On la porte dans son fourreau devant les rois, c'est pour nous avertir de la tirer rarement.

On a vu des juges qui aimaient à faire couler le sang ; tel était Jeffreys, en Angleterre ; tel était, en France, un homme à qui l'on donna le surnom de *coupe-tête* [15]. De tels hommes n'étaient pas nés pour la magistrature ; la nature les fit pour être bourreaux.

XI

DE L'EXÉCUTION DES ARRÊTS

Faut-il aller au bout de la terre, faut-il recourir aux lois de la Chine, pour voir combien le sang des hommes doit être ménagé ? Il y a plus de quatre mille ans que les tribunaux de cet empire existent, et il y a aussi plus de quatre mille ans qu'on n'exécute pas un villageois à l'extrémité de l'empire sans envoyer son procès à l'empereur, qui le fait examiner trois fois par un de ses tribunaux ; après quoi il signe l'arrêt de mort, ou le changement de peine, ou de grâce entière [16].

Ne cherchons pas des exemples si loin, l'Europe en est pleine. Aucun criminel en Angleterre n'est mis à mort que le roi n'ait signé la sentence ; il en est ainsi en Allemagne et dans presque tout le Nord. Tel était autrefois l'usage de la France, tel il doit être chez toutes les nations policées. La cabale, le préjugé, l'ignorance, peuvent dicter des sentences loin du trône. Ces petites intrigues, ignorées à la cour, ne peuvent faire impression sur elle : les grands objets l'environnent. Le conseil suprême est plus accoutumé aux affaires, et plus au-dessus du préjugé ; l'habitude de voir tout en grand l'a rendu moins ignorant et plus sage ; il voit mieux qu'une justice subalterne de province si le corps de l'État a besoin ou non d'exemples sévères. Enfin, quand la justice inférieure a jugé sur la lettre de la loi, qui peut être rigoureuse, le conseil mitige l'arrêt suivant l'esprit de toute loi, qui est de n'immoler les hommes que dans une nécessité évidente.

XII

DE LA QUESTION

Tous les hommes étant exposés aux attentats de la violence ou de la perfidie détestent les crimes dont ils peuvent être les victimes. Tous se réunissent à vouloir la punition des principaux coupables et de leurs complices ; et tous cependant, par une pitié que Dieu a mise dans nos cœurs, s'élèvent contre les tortures qu'on fait souffrir aux accusés dont on veut arracher l'aveu. La loi ne les a pas encore condamnés, et on leur inflige, dans l'incertitude où l'on est de leur crime, un supplice beaucoup plus affreux que la mort qu'on leur donne, quand on est certain qu'ils la méritent. Quoi! j'ignore encore si tu es coupable, et il faudra que je te tourmente pour m'éclairer ; et si tu es innocent, je n'expierai point envers toi ces mille morts que je t'ai fait souffrir, au lieu d'une seule que je te préparais! Chacun frissonne à cette idée. Je ne dirai point ici que saint Augustin s'élève contre la question dans sa *Cité de Dieu*. Je ne dirai point qu'à Rome on ne la faisait subir qu'aux esclaves ; et que cependant Quintilien, se souvenant que les esclaves sont hommes, réprouve cette barbarie.

Quand il n'y aurait qu'une nation sur la terre qui eût aboli l'usage de la torture, s'il n'y a pas plus de crimes chez cette nation que chez une autre, si d'ailleurs elle est plus éclairée, plus florissante depuis cette abolition, son exemple suffit au reste du monde entier. Que l'Angleterre seule instruise les autres peuples ; mais elle n'est pas la seule : la torture est proscrite dans d'autres royaumes, et avec succès. Tout est donc décidé. Des peuples qui se piquent d'être polis ne se piqueront-ils pas d'être humains? s'obstineront-ils dans une pratique inhumaine, sur le seul prétexte qu'elle est d'usage? Réservez au moins cette cruauté pour des scélérats avérés qui auront assassiné un père de famille ou le père de la patrie ; recherchez leurs complices, mais qu'une jeune personne qui aura commis quelques fautes qui ne laissent aucune trace après elles subisse la même torture qu'un parricide, n'est-ce pas une barbarie inutile? J'ai honte d'avoir parlé sur ce sujet après ce qu'en a dit l'auteur des *Délits et des Peines*. Je dois me borner à souhaiter qu'on relise souvent l'ouvrage de cet amateur de l'humanité.

XIII

DE QUELQUES TRIBUNAUX DE SANG

Croirait-on qu'il y ait eu autrefois un tribunal suprême plus horrible que l'Inquisition, et que ce tribunal ait été établi par Charlemagne? C'était le jugement de Vestphalie, autrement appelé la cour *veimique*. La sévérité ou plutôt la cruauté de cette cour allait jusqu'à punir de mort tout Saxon qui avait rompu le jeûne en carême. La même loi fut établie en Flandre et en Franche-Comté au commencement du XVIIe siècle.

Les archives d'un petit coin de pays appelé Saint-Claude, dans les plus affreux rochers de la comté de Bourgogne, conservent la sentence et le procès-verbal d'exécution d'un pauvre gentilhomme, nommé Claude Guillon, auquel on trancha la tête le 28 juillet 1629. Il était réduit à la misère, et, pressé d'une faim dévorante, il mangea, un jour maigre, un morceau d'un cheval qu'on avait tué dans un pré voisin. Voilà son crime. Il fut condamné comme un sacrilège. S'il eût été riche, et qu'il se fût fait servir à souper pour deux cents écus de marée, en laissant mourir de faim les pauvres, il aurait été regardé comme un homme qui remplissait tous ses devoirs.

Voici le prononcé de la sentence du juge :

« Nous, après avoir vu toutes les pièces du procès et ouï l'avis des docteurs en droit, déclarons ledit Claude Guillon dûment atteint et convaincu d'avoir emporté de la viande d'un cheval tué dans le pré de cette ville, d'avoir fait cuire ladite viande le 31 mars, jour de samedi, et d'en avoir mangé, etc. »

Quels docteurs que ces docteurs en droit qui donnèrent leur avis! Est-ce chez les Topinambous et chez les Hottentots que ces aventures sont arrivées? La cour veimique était bien plus horrible : elle déléguait secrètement des commissaires qui allaient, sans être connus, dans toutes les villes d'Allemagne, prenaient des informations sans les dénoncer aux accusés, les jugeaient sans les entendre ; et souvent, quand ils manquaient de bourreaux, le plus jeune des juges en faisait l'office, et pendait lui-même le condamné. Il fallut, pour se soustraire aux assassinats de cette chambre, obtenir des lettres d'exemption, des sauvegardes des empereurs ; encore furent-elles souvent inutiles. Cette cour de meurtriers ne fut pleinement dissoute que par Maximilien Ier ; elle aurait dû l'être dans le sang des juges ; le tribunal des Dix à Venise était, en comparaison, un institut de miséricorde.

Que penser de ces horreurs, et de tant d'autres? Est-ce assez de gémir sur la nature humaine? Il y eut des cas où il fallut la venger.

XIV

DE LA DIFFÉRENCE DES LOIS POLITIQUES ET DES LOIS NATURELLES

J'appelle lois naturelles celles que la nature indique dans tous les temps, à tous les hommes, pour le maintien de cette justice que la nature, quoi qu'on en dise, a gravée dans nos cœurs. Partout le vol, la violence, l'homicide, l'ingratitude envers les parents bienfaiteurs, le parjure commis pour nuire et non pour secourir un innocent, la conspiration contre sa patrie, sont des délits évidents, plus ou moins sévèrement réprimés, mais toujours justement.

J'appelle lois politiques ces lois faites selon le besoin

présent, soit pour affermir la puissance, soit pour prévenir des malheurs.

On craint que l'ennemi ne reçoive des nouvelles d'une ville : on ferme les portes, on défend de s'échapper par les remparts, sous peine de mort.

On redoute une secte nouvelle, qui, se parant en public de son obéissance aux souverains, cabale en secret pour se soustraire à cette obéissance ; qui prêche que tous les hommes sont égaux, pour les soumettre également à ses nouveaux rites ; qui enfin, sous prétexte qu'il vaut mieux obéir à Dieu qu'aux hommes [17], et que la secte dominante est chargée de superstitions et de cérémonies ridicules, veut détruire ce qui est consacré par l'État ; on statue la peine de mort contre ceux qui, en dogmatisant publiquement en faveur de cette secte, peuvent porter le peuple à la révolte.

Deux ambitieux disputent un trône, le plus fort l'emporte : il décerne peine de mort contre les partisans du plus faible. Les juges deviennent les instruments de la vengeance du nouveau souverain, et les appuis de son autorité. Quiconque était en relation, sous Hugues Capet, avec Charles de Lorraine risquait d'être condamné à mort, s'il n'était puissant.

Lorsque Richard III, meurtrier de ses deux neveux, eut été reconnu roi d'Angleterre, le grand jury fit écarteler le chevalier Guillaume Colingbourne, coupable d'avoir écrit à un ami du comte de Richemond, qui levait alors des troupes, et qui régna depuis sous le nom de Henri VII ; on trouva deux lignes de sa main qui étaient d'un ridicule grossier : elles suffirent pour faire périr ce chevalier par un affreux supplice. Les histoires sont pleines de pareils exemples de justice.

Le droit de représailles est encore une de ces lois reçues des nations. Votre ennemi a fait pendre un de vos braves capitaines qui a tenu quelque temps dans un petit château ruiné contre une armée entière ; un de ses capitaines tombe entre vos mains ; c'est un homme vertueux que vous estimez et que vous aimez : vous le pendez par représailles. C'est la loi, dites-vous ; c'est-à-dire que si votre ennemi s'est souillé d'un crime énorme, il faut que vous en commettiez un autre !

Toutes ces lois d'une politique sanguinaire n'ont qu'un temps, et l'on voit bien que ce ne sont pas de véritables lois, puisqu'elles sont passagères. Elles ressemblent à la nécessité où l'on s'est trouvé quelquefois, dans une extrême famine, de manger des hommes ; on ne les mange plus dès qu'on a du pain.

XV

DU CRIME DE HAUTE TRAHISON. DE TITUS OATES, ET DE LA MORT D'AUGUSTE DE THOU

On appelle haute trahison un attentat contre la patrie ou contre le souverain qui la représente. Il est regardé comme un parricide : donc on ne doit pas l'étendre jusqu'aux délits qui n'approchent pas du parricide, car, si vous traitez de haute trahison un vol dans une maison de l'État, une concussion, ou même des paroles séditieuses, vous diminuez l'horreur que le crime de haute trahison ou de lèse-majesté doit inspirer.

Il ne faut pas qu'il y ait rien d'arbitraire dans l'idée qu'on se forme des grands crimes. Si vous mettez un vol fait à un père par son fils, une imprécation d'un fils contre son père, dans le rang des parricides, vous brisez les liens de l'amour filial. Le fils ne regardera plus son père que comme un maître terrible. Tout ce qui est outré dans les lois tend à la destruction des lois.

Dans les crimes ordinaires, la loi d'Angleterre est favorable à l'accusé ; mais dans celui de haute trahison, elle lui est contraire. L'ex-jésuite Titus Oates, ayant été juridiquement interrogé dans la chambre des communes, et ayant assuré par serment qu'il n'avait plus rien à dire, accusa cependant ensuite le secrétaire du duc d'York, depuis Jacques II, et plusieurs autres personnes, de haute trahison, et sa délation fut reçue ; il jura d'abord devant le conseil du roi qu'il n'avait point vu ce secrétaire ; et ensuite il jura qu'il l'avait vu. Malgré ces illégalités et ces contradictions, le secrétaire fut exécuté.

Ce même Oates et un autre témoin déposèrent que cinquante jésuites avaient comploté d'assassiner le roi Charles II, et qu'ils avaient vu des commissions du P. Oliva, général des jésuites, pour les officiers qui devaient commander une armée de rebelles. Ces deux témoins suffirent pour faire arracher le cœur à plusieurs accusés, et leur en battre les joues. Mais, en bonne foi, est-ce assez de deux témoins pour faire périr ceux qu'ils veulent perdre ? Il faut au moins que ces deux délateurs ne soient pas des fripons avérés ; il faut encore qu'ils ne déposent pas des choses improbables.

Il est bien évident que si les deux plus intègres magistrats du royaume accusaient un homme d'avoir conspiré avec le muphti pour circoncire tout le conseil d'État, le parlement, la chambre des comptes, l'archevêque et la Sorbonne, en vain ces deux magistrats jureraient qu'ils ont vu les lettres du muphti : on croirait plutôt qu'ils sont devenus fous qu'on n'aurait de foi à leur déposition. Il était tout aussi extravagant de supposer que le général des jésuites levait une armée en Angleterre qu'il le serait de croire que le muphti envoie circoncire la cour de France. Cependant on eut le malheur de croire Titus Oates, afin qu'il n'y eût aucune sorte de folie atroce qui ne fût entrée dans la tête des hommes.

Les lois d'Angleterre ne regardent pas comme coupables d'une conspiration ceux qui en sont instruits et qui ne la révèlent pas : elles ont supposé que le délateur est aussi infâme que le conspirateur est coupable. En France, ceux qui savent une conspiration et ne la dénoncent pas sont punis de mort. Louis XI, contre lequel on conspirait souvent, porta cette loi terrible. Un Louis XII, un Henri IV ne l'eût jamais imaginée.

Cette loi non seulement force un homme de bien à être délateur d'un crime qu'il pourrait prévenir par de sages conseils et par sa fermeté, mais elle l'expose encore à être puni comme calomniateur, parce qu'il est très aisé que les conjurés prennent tellement leurs mesures qu'il ne puisse les convaincre.

Ce fut précisément le cas du respectable François-Auguste de Thou, conseiller d'État, fils du seul bon historien dont la France pouvait se vanter, égal à Guichardin par ses lumières, et supérieur peut-être par son impartialité.

La conspiration était tramée beaucoup plus contre le cardinal de Richelieu que contre Louis XIII. Il ne s'agissait point de livrer la France à des ennemis : car le frère du roi, principal auteur de ce complot, ne pouvait avoir pour but de livrer un royaume dont il se regardait encore comme l'héritier présomptif, ne voyant entre le trône et lui qu'un frère aîné mourant et deux enfants au berceau.

De Thou n'était coupable ni devant Dieu ni devant les hommes. Un des agents de Monsieur, frère unique du roi, du duc de Bouillon, prince souverain de Sedan, et du grand écuyer d'Effiat Cinq-Mars, avait communiqué de bouche le plan du complot au conseiller d'État. Celui-ci alla trouver le grand écuyer Cinq-Mars, et fit ce qu'il put pour le détourner de cette entreprise ; il lui en remontra les difficultés. S'il eût alors dénoncé les conspirateurs, il n'avait aucune preuve contre eux ; il eût été accablé par la dénégation de l'héritier présomptif de la couronne, par celle d'un prince souverain, par celle du favori du roi, enfin par l'exécration publique. Il s'exposait à être puni comme un lâche calomniateur.

Le chancelier Séguier même en convint en confrontant de Thou avec le grand écuyer. Ce fut dans cette confrontation que de Thou dit à Cinq-Mars ces propres paroles, mentionnées au procès-verbal : « Souvenez-vous, Monsieur, qu'il ne s'est point passé de journée que je ne vous aie parlé de ce traité pour vous en dissuader. » Cinq-Mars reconnut cette vérité. De Thou méritait donc une récompense plutôt que la mort au tribunal de l'équité humaine. Il méritait au moins que le cardinal de Richelieu l'épargnât ; mais l'humanité n'était pas sa vertu. C'est bien ici le cas de quelque chose de plus que *summum jus, summa injuria*. L'arrêt de mort de cet homme de bien porte : « Pour avoir eu connaissance et participation desdites conspirations » ; il ne dit point : pour ne les avoir pas révélées. Il semble que le crime soit d'être instruit d'un crime, et qu'on soit digne de mort pour avoir des yeux et des oreilles.

Tout ce qu'on peut dire peut-être d'un tel arrêt, c'est qu'il ne fut pas rendu par justice, mais par des commissaires. La lettre de la loi meurtrière était précise. C'est non seulement aux jurisconsultes mais à tous les hommes de prononcer si l'esprit de la loi ne fut pas perverti. C'est une triste contradiction qu'un petit nombre d'hommes fasse périr comme criminel celui que toute une nation juge innocent et digne d'estime.

XVI

DE LA RÉVÉLATION PAR LA CONFESSION

Jaurigny et Balthazar Gérard, assassins du prince d'Orange Guillaume Ier, le dominicain Jacques Clément, Châtel, Ravaillac, et tous les autres parricides de ce temps-là, se confessèrent avant de commettre leurs crimes. Le fanatisme, dans ces siècles déplorables, était parvenu à un tel excès que la confession n'était qu'un engagement de plus à consommer leur scélératesse ; elle devenait sacrée, par cette raison que la confession est un sacrement.

Strada dit lui-même que Jaurigny « *non ante facinus aggredi sustinuit, quam expiatam noxis animam apud dominicanum sacerdotem coelesti pane firmaverit.* — Jaurigny n'osa entreprendre cette action sans avoir fortifié par le pain céleste son âme, purgée par la confession aux pieds d'un dominicain. »

On voit, dans l'interrogatoire de Ravaillac, que ce malheureux, sortant des feuillants, et voulant entrer chez les jésuites, s'était adressé au jésuite d'Aubigny ; qu'après lui avoir parlé de plusieurs apparitions qu'il avait eues, il montra à ce jésuite un couteau sur la lame duquel un cœur et une croix étaient gravés, et qu'il dit ces propres mots au jésuite : « Ce cœur indique que le cœur du roi doit être porté à faire la guerre aux huguenots. »

Peut-être si d'Aubigny avait eu assez de zèle et de prudence pour faire instruire le roi de ces paroles, peut-être s'il avait dépeint l'homme qui les avait prononcées, le meilleur des rois n'aurait pas été assassiné.

Le vingtième auguste ou août, l'année 1610, trois mois après la mort de Henri IV, dont les blessures saignaient dans le cœur de tous les Français, l'avocat général Servin, dont la mémoire est encore illustre, requit qu'on fît signer aux jésuites les quatre articles suivants :

1° Que le concile est au-dessus du pape ;

2° Que le pape ne peut priver le roi d'aucun de ses droits par l'excommunication ;

3° Que les ecclésiastiques sont entièrement soumis au roi comme les autres ;

4° Qu'un prêtre qui sait par la confession une conspiration contre le roi et l'État doit la révéler aux magistrats.

Le 22, le parlement rendit un arrêt par lequel il défendait aux jésuites d'enseigner la jeunesse avant d'avoir signé ces quatre articles ; mais la cour de Rome était alors si puissante, et celle de France si faible, que cet arrêt fut inutile.

Un fait qui mérite d'être observé, c'est que cette même cour de Rome, qui ne voulait pas qu'on révélât la confession quand il s'agissait de la vie des souverains, obligeait les confesseurs à dénoncer aux inquisiteurs ceux que leurs pénitentes accusaient en confession de les avoir séduites, et d'avoir abusé d'elles. Paul IV, Pie IV, Clément VIII, Grégoire XV [18], ordonnèrent ces révélations. C'était un piège bien embarrassant pour les confesseurs et pour les pénitentes. C'était faire d'un sacrement un greffe de délations et même de sacrilèges : car, par les anciens canons, et surtout par le concile de Latran tenu sous Innocent III, tout prêtre qui révèle une confession, de quelque nature que ce puisse être, doit être interdit et condamné à une prison perpétuelle.

Mais il y a bien pis ; voilà quatre papes aux XVIe et XVIIe siècles, qui ordonnent la révélation d'un péché d'impureté, et qui ne permettent pas celle d'un parricide. Une femme avoue ou suppose dans le sacrement, devant un carme, qu'un cordelier l'a séduite : le carme doit dénoncer le cordelier. Un assassin fanatique, croyant servir Dieu en tuant son prince, vient consulter un confesseur sur ce cas de conscience : le confesseur devient sacrilège s'il sauve la vie à son souverain.

Cette contradiction absurde et horrible est une suite malheureuse de l'opposition continuelle qui règne depuis tant de siècles entre les lois ecclésiastiques et les lois civiles. Le citoyen se trouve pressé dans cent occasions entre le sacrilège et le crime de haute trahison ; et les règles du bien et du mal sont ensevelies dans un chaos dont on ne les a pas encore tirées.

La confession de ses fautes a été autorisée de tout temps chez presque toutes les nations. On s'accusait dans les mystères d'Orphée, d'Isis, de Cérès, de Samothrace. Les Juifs faisaient l'aveu de leurs péchés le jour de l'expiation solennelle, et ils sont encore dans cet usage. Un pénitent choisit son confesseur, qui devient son pénitent à son tour ; et chacun l'un après l'autre reçoit de son compagnon trente-neuf coups de fouet pendant qu'il récite trois fois la formule de confession, qui ne consiste qu'en treize mots, et qui, par conséquent, n'articule rien de particulier.

Aucune de ces confessions n'entre jamais dans les détails, aucune ne servit de prétexte à ces consultations secrètes que des pénitents fanatiques ont faites quelquefois pour avoir droit de pécher impunément, méthode pernicieuse qui corrompt une institution salutaire. La confession, qui était le plus grand frein des crimes, est souvent devenue, dans des temps de sédition et de trouble, un encouragement au crime même ; et c'est probablement pour toutes ces raisons que tant de sociétés chrétiennes ont aboli une pratique sainte qui leur a paru aussi dangereuse qu'utile.

XVII

DE LA FAUSSE MONNAIE

Le crime de faire de la fausse monnaie est regardé comme haute trahison au second chef, et avec justice : c'est trahir l'État que voler tous les particuliers de l'État. On demande si un négociant qui fait venir des lingots d'Amérique, et qui les convertit chez lui en bonne monnaie, est coupable de haute trahison, et s'il mérite la mort. Dans presque tous les royaumes on les condamne au dernier supplice ; il n'a pourtant volé personne : au contraire, il a fait le bien de l'État en lui procurant une plus grande circulation d'espèces. Mais il s'est arrogé le droit du souverain, il le vole en s'attribuant le petit bénéfice que le roi fait sur les monnaies. Il a fabriqué de bonnes espèces, mais il expose ses imitateurs à la tentation d'en faire de mauvaises. C'est beaucoup que la mort. J'ai connu un jurisconsulte qui voulait qu'on condamnât ce coupable, comme un homme habile et utile, à travailler à la monnaie du roi, les fers aux pieds.

XVIII

DU VOL DOMESTIQUE

Dans les pays où un petit vol domestique est puni par la mort, ce châtiment disproportionné n'est-il pas très dangereux à la société ? n'est-il pas une invitation même au larcin ? car s'il arrive qu'un maître livre son serviteur à la justice pour un vol léger, et qu'on ôte la vie à ce malheureux, tout le voisinage a ce maître en horreur ; on sent alors que la nature est en contradiction avec la loi, et que par conséquent la loi ne vaut rien.

Qu'arrive-t-il donc ? les maîtres volés, ne voulant pas se couvrir d'opprobre, se contentent de chasser leurs domestiques, qui vont voler ailleurs, et qui s'accoutument au brigandage. La peine de mort étant la même pour un petit larcin que pour un vol considérable, il est évident qu'ils chercheront à voler beaucoup. Ils pourront même devenir assassins quand ils croiront que c'est un moyen de n'être pas découverts.

Mais si la peine est proportionnée au délit, si le voleur domestique est condamné à travailler aux ouvrages publics, alors le maître dénoncera sans scrupule ; il n'y aura plus de honte attachée à la dénonciation ; le vol sera moins fréquent. Tout prouve cette grande vérité, qu'une loi rigoureuse produit quelquefois les crimes.

XIX

DU SUICIDE

Le fameux Duverger de Hauranne, abbé de Saint-Cyran, regardé comme le fondateur de Port-Royal, écrivit, vers l'an 1608, un traité sur le suicide, qui est devenu un des livres les plus rares de l'Europe [19].

Le *Décalogue*, dit-il, ordonne de ne point tuer. L'homicide de soi-même ne semble pas moins compris dans ce précepte que le meurtre du prochain. Or, s'il est des cas où il est permis de tuer son prochain, il est aussi des cas où il est permis de se tuer soi-même ; on ne doit attenter sur la vie qu'après avoir consulté la raison.

L'autorité publique, qui tient la place de Dieu, peut

disposer de notre vie. La raison de l'homme peut aussi tenir lieu de la raison de Dieu ; c'est un rayon de la lumière éternelle.

Saint-Cyran étend beaucoup cet argument, qu'on peut prendre pour un pur sophisme ; mais quand il vient à l'explication et aux détails, il est plus difficile de lui répondre. On peut, dit-il, se tuer pour le bien de son prince, pour celui de sa patrie, pour celui de ses parents.

On ne voit pas en effet qu'on puisse condamner les Codrus et les Curtius. Il n'y a point de souverain qui osât punir la famille d'un homme qui se serait dévoué pour lui ; que dis-je ? il n'en est point qui osât ne la pas récompenser. Saint Thomas avant Saint-Cyran avait dit la même chose. Mais on n'a besoin ni de Thomas, ni de Bonaventure, ni de Hauranne, pour savoir qu'un homme qui meurt pour sa patrie est digne de nos éloges.

L'abbé de Saint-Cyran conclut qu'il est permis de faire pour soi-même ce qu'il est beau de faire pour un autre. On sait assez tout ce qui est allégué dans Plutarque, dans Sénèque, dans Montaigne, et dans cent autres philosophes, en faveur du suicide. C'est un lieu commun épuisé. Je ne prétends point ici faire l'apologie d'une action que les lois condamnent ; mais ni l'*Ancien Testament* ni le *Nouveau* n'ont jamais défendu à l'homme de sortir de la vie quand il ne peut plus la supporter. Aucune loi romaine n'a condamné le meurtre de soi-même. Au contraire, voici la loi de l'empereur Marc-Antonin, qui ne fut jamais révoquée.

« Si [20] votre père ou votre frère, n'étant prévenu d'aucun crime, se tue ou pour se soustraire aux douleurs, ou par ennui de la vie, ou par désespoir, ou par démence, que son testament soit valable, ou que ses héritiers succèdent par intestat. »

Malgré cette loi humaine de nos maîtres, nous traînons encore sur la claie, nous traversons d'un pieu le cadavre d'un homme qui est mort volontairement ; nous rendons sa mémoire infâme ; nous déshonorons sa famille autant qu'il est en nous ; nous punissons le fils d'avoir perdu son père, et la veuve d'être privée de son mari. On confisque même le bien du mort ; ce qui est en effet ravir le patrimoine des vivants, auxquels il appartient. Cette coutume, comme plusieurs autres, est dérivée de notre droit canon, qui prive de la sépulture ceux qui meurent d'une mort volontaire. On conclut de là qu'on ne peut hériter d'un homme qui est censé n'avoir point d'héritage au ciel. Le droit canon, au titre *De Poenitentia*, assure que Judas commit un plus grand péché en s'étranglant qu'en vendant notre Seigneur Jésus-Christ.

XX

D'UNE ESPÈCE DE MUTILATION

On trouve dans le *Digeste* une loi d'Adrien [21] qui prononce peine de mort contre les médecins qui font des eunuques, soit en leur arrachant les testicules, soit en les froissant. On confisquait aussi par cette loi les biens de ceux qui se faisaient ainsi mutiler. On aurait pu punir Origène, qui se soumit à cette opération, ayant interprété rigoureusement ce passage de saint Matthieu : « Il en est qui se sont châtrés eux-mêmes pour le royaume des cieux. »

Les choses changèrent sous les empereurs suivants, qui adoptèrent le luxe asiatique, et surtout dans le bas-empire de Constantinople, où l'on vit des eunuques devenir patriarches et commander des armées.

Aujourd'hui à Rome, l'usage est qu'on châtre les

enfants pour les rendre dignes d'être musiciens du pape, de sorte que *castrato* et *musico del papa* sont devenus synonymes. Il n'y a pas longtemps qu'on voyait à Naples en gros caractères, au-dessus de la porte de certains barbiers : *Qui si castrano maravigliosamente i putti.*

XXI

DE LA CONFISCATION ATTACHÉE A TOUS LES DÉLITS DONT ON A PARLÉ

C'est une maxime reçue au barreau : « Qui confisque le corps confisque les biens » ; maxime en vigueur dans les pays où la coutume tient lieu de loi. Ainsi comme nous venons de le dire, on y fait mourir de faim les enfants de ceux qui ont terminé volontairement leurs tristes jours, comme les enfants des meurtriers. Ainsi une famille entière est punie dans tous les cas pour la faute d'un seul homme.

Ainsi lorsqu'un père de famille aura été condamné aux galères perpétuelles par une sentence arbitraire [22], soit pour avoir donné retraite chez soi à un prédicant, soit pour avoir écouté son sermon dans quelque caverne ou dans quelque désert, la femme et les enfants sont réduits à mendier leur pain.

Cette jurisprudence, qui consiste à ravir la nourriture aux orphelins, et à donner à un homme le bien d'autrui, fut inconnue dans tout le temps de la république romaine. Sylla l'introduisit dans ses proscriptions. Il faut avouer qu'une rapine inventée par Sylla n'était pas un exemple à suivre. Aussi cette loi, qui semblait n'être dictée que par l'inhumanité et l'avarice, ne fut suivie ni par César, ni par le bon empereur Trajan, ni par les Antonins, dont toutes les nations prononcent encore le nom avec respect et avec amour. Enfin, sous Justinien, la confiscation n'eut lieu que pour le crime de lèse-majesté.

Il semble que, dans les temps de l'anarchie féodale, les princes et les seigneurs des terres, étant très peu riches, cherchassent à augmenter leur trésor par les condamnations de leurs sujets, et qu'on voulût leur faire un revenu du crime. Les lois, chez eux, étant arbitraires, et la jurisprudence romaine ignorée, les coutumes ou bizarres ou cruelles prévalurent. Mais aujourd'hui que la puissance des souverains est fondée sur des richesses immenses et assurées, leur trésor n'a pas besoin de s'enfler des faibles débris d'une famille malheureuse ; ils sont abandonnés pour l'ordinaire au premier qui les demande. Mais est-ce à un citoyen à s'engraisser des restes du sang d'un autre citoyen ?

La confiscation n'est point admise dans les pays où le droit romain est établi, excepté le ressort du parlement de Toulouse. Elle ne l'est point dans quelques pays coutumiers, comme le Bourbonnais, le Berry, le Maine, le Poitou, la Bretagne où au moins elle respecte les immeubles. Elle était établie autrefois à Calais, et les Anglais l'abolirent lorsqu'ils en furent les maîtres. Il est assez étrange que les habitants de la capitale vivent sous une loi plus rigoureuse que ceux des petites villes ; tant il est vrai que la jurisprudence a été souvent établie au hasard, sans régularité, sans uniformité, comme on bâtit des chaumières dans un village.

Qui croirait que, l'an 1673, dans le beau siècle de la France, l'avocat général Omer Talon ait parlé ainsi en plein parlement, au sujet d'une demoiselle de Canillac[23] ?

« Au chapitre XIII du *Deutéronome* Dieu dit : Si tu te rencontres dans une ville et dans un lieu où règne l'idolâtrie, mets tout au fil de l'épée, sans exception d'âge, de sexe, ni de condition. Rassemble dans les places publiques toutes les dépouilles de la ville ;

brûle-la tout entière avec ses dépouilles, et qu'il ne reste qu'un monceau de cendres de ce lieu d'abomination. En un mot, fais-en un sacrifice au Seigneur, et qu'il ne demeure rien en tes mains des biens de cet anathème.

« Ainsi, dans le crime de lèse-majesté, le roi était maître des biens, et les enfants en étaient privés. Le procès ayant été fait à Naboth, *quia maledixerat regi*, le roi Achab se mit en possession de son héritage, David, étant averti que Miphiboseth s'était engagé dans la rébellion, donna tous ses biens à Siba, qui lui en apporta la nouvelle : *Tua sint ominia quae fuerunt Miphiboseth*[24]. »

Il s'agit de savoir qui héritera des biens de Mlle de Canillac, biens autrefois confisqués sur son père, abandonnés par le roi à un garde du trésor royal, et donnés ensuite par le garde du trésor royal à la testatrice. Et c'est sur ce procès d'une fille d'Auvergne qu'un avocat général s'en rapporte à Achab, roi d'une partie de la Palestine, qui confisqua la vigne de Naboth après avoir assassiné le propriétaire par le poignard de la justice : action abominable qui est passée en proverbe pour inspirer aux hommes l'horreur de l'usurpation. Assurément la vigne de Naboth n'avait aucun rapport avec l'héritage de Mlle de Canillac. Le meurtre et la confiscation des biens de Miphiboseth, petit-fils du roi Saül, et fils de Jonatas, ami et protecteur de David, n'ont pas une plus grande affinité avec le testament de cette demoiselle.

C'est avec cette pédanterie, avec cette démence de citations étrangères au sujet, avec cette ignorance des premiers principes de la nature humaine, avec ces préjugés mal conçus et mal appliqués, que la jurisprudence a été traitée par des hommes qui ont eu de la réputation dans leur sphère. On laisse aux lecteurs à se dire ce qu'il est superflu qu'on leur dise.

XXII

DE LA PROCÉDURE CRIMINELLE, ET DE QUELQUES AUTRES FORMES

Si un jour des lois humaines adoucissent en France quelques usages trop rigoureux, sans pourtant donner des facilités au crime, il est à croire qu'on réformera aussi la procédure dans les articles où les rédacteurs ont paru se livrer à un zèle trop sévère. L'ordonnance criminelle, en plusieurs points, semble n'avoir été dirigée qu'à la perte des accusés. C'est la seule loi qui soit uniforme dans tout le royaume ; ne devrait-elle pas être aussi favorable à l'innocent que terrible au coupable ? En Angleterre, un simple emprisonnement fait mal à propos est réparé par le ministre qui l'a ordonné ; mais en France, l'innocent qui a été plongé dans les cachots, qui a été appliqué à la torture, n'a nulle consolation à espérer, nul dommage à répéter contre personne ; il reste flétri pour jamais dans la société. L'innocent flétri ! et pourquoi ? parce qu'il a été disloqué ! il ne devrait exciter que la pitié et le respect. La recherche des crimes exige des rigueurs, c'est une guerre que la justice humaine fait à la méchanceté ; mais il y a de la générosité et de la compassion jusque dans la guerre. Le brave est compatissant ; faudrait-il que l'homme fût barbare ?

Comparons seulement ici, en quelques points, la procédure criminelle des Romains avec la nôtre.

Chez les Romains, les témoins étaient entendus publiquement, en présence de l'accusé, qui pouvait leur répondre, les interroger lui-même, ou leur mettre en tête un avocat. Cette procédure était noble et franche, elle respirait la magnanimité romaine.

Chez nous tout se fait secrètement. Un seul juge,

avec son greffier, entend chaque témoin l'un après l'autre. Cette pratique, établie par François Ier, fut autorisée par les commissaires qui rédigèrent l'ordonnance de Louis XIV, en 1670. Une méprise seule en fut la cause.

On s'était imaginé, en lisant le code *de Testibus*, que ces mots *testes intrare judicii secretum* signifiaient que les témoins étaient interrogés en secret. Mais *secretum* signifie ici le cabinet du juge. *Intrare secretum,* pour dire parler secrètement, ne serait pas latin. Ce fut un solécisme qui fit cette partie de notre jurisprudence.

Les déposants sont, pour l'ordinaire, des gens de la lie du peuple, et à qui le juge, enfermé avec eux, peut faire dire tout ce qu'il voudra. Ces témoins sont entendus une seconde fois, toujours en secret, ce qui s'appelle récolement. Et si, après ce récolement, ils se rétractent dans leurs dépositions, ou s'ils les changent dans des circonstances essentielles, ils sont punis comme faux témoins. De sorte que lorsqu'un homme d'un esprit simple, et ne sachant pas s'exprimer, mais ayant le cœur droit, et se souvenant qu'il en a dit trop ou trop peu, qu'il a mal entendu le juge, ou que le juge l'a mal entendu, révoque ce qu'il a dit par un principe de justice, il est puni comme un scélérat, et il est forcé souvent de soutenir un faux témoignage, par la seule crainte d'être traité en faux témoin.

En fuyant, il s'expose à être condamné, soit que le crime ait été prouvé, soit qu'il ne l'ait pas été. Quelques jurisconsultes, à la vérité, ont assuré que le contumax ne devait pas être condamné si le crime n'était pas clairement prouvé ; mais d'autres jurisconsultes, moins éclairés, et peut-être plus suivis, ont eu une opinion contraire : ils ont osé dire que la fuite de l'accusé était une preuve du crime ; que le mépris qu'il marquait pour la justice, en refusant de comparaître, méritait le même châtiment que s'il était convaincu. Ainsi, suivant la secte des jurisconsultes que le juge aura embrassée, l'innocent sera absous ou condamné.

C'est un grand abus, dans la jurisprudence française, que l'on prenne souvent pour loi les rêveries et les erreurs, quelquefois cruelles, d'hommes sans aveu qui ont donné leurs sentiments pour des lois.

Sous le règne de Louis XIV on a fait deux ordonnances qui sont uniformes dans tout le royaume. Dans la première, qui a pour objet la procédure civile, il est défendu aux juges de condamner, en matière civile, sur défaut, quand la demande n'est pas prouvée ; mais dans la seconde, qui règle la procédure criminelle, il n'est point dit que, faute de preuves, l'accusé sera renvoyé. Chose étrange ! la loi dit qu'un homme à qui on demande quelque argent ne sera condamné par défaut qu'au cas que la dette soit avérée ; mais s'il est question de la vie, c'est une controverse au barreau de savoir si l'on doit condamner le contumax quand le crime n'est pas prouvé ; et la loi ne résout pas la difficulté.

Quand l'accusé a pris la fuite, vous commencez par saisir et annoter tous ses biens ; vous n'attendez pas seulement que la procédure soit achevée. Vous n'avez encore aucune preuve, vous ne savez pas encore s'il est innocent ou coupable, et vous commencez par lui faire des frais immenses !

C'est une peine, dites-vous, dont vous punissez sa désobéissance au décret de prise de corps. Mais l'extrême rigueur de votre pratique criminelle ne le force-t-elle pas à cette désobéissance ?

Un homme est-il accusé d'un crime, vous l'enfermez d'abord dans un cachot affreux ; vous ne lui permettez communication avec personne ; vous le chargez de fers, comme si vous l'aviez déjà jugé coupable. Les témoins qui déposent contre lui sont entendus secrètement : il ne les voit qu'un moment à la confrontation ; avant d'entendre leurs dépositions, il doit alléguer les moyens de reproches qu'il a contre eux; il faut les circonstancier ; il faut qu'il nomme au même instant toutes les personnes qui peuvent appuyer ces moyens ; il n'est plus admis aux reproches après la lecture des dépositions. S'il montre aux témoins, ou qu'ils ont exagéré les faits, ou qu'ils en ont omis d'autres, ou qu'ils se sont trompés sur des détails, la crainte du supplice les fera persister dans leur parjure. Si des circonstances que l'accusé aura énoncées dans son interrogatoire sont rapportées différemment par les témoins, c'en sera assez à des juges, ou ignorants, ou prévenus, pour condamner un innocent.

Quel est l'homme que cette procédure n'épouvante pas ? quel est l'homme juste qui puisse être sûr de n'y pas succomber ? O juges ! Voulez-vous que l'innocent accusé ne s'enfuie pas, facilitez-lui les moyens de se défendre.

La loi semble obliger le magistrat à se conduire envers l'accusé plutôt en ennemi qu'en juge. Ce juge est le maître d'ordonner [25] la confrontation du prévenu avec le témoin, ou de l'omettre. Comment une chose aussi nécessaire que la confrontation peut-elle être arbitraire ?

L'usage semble en ce point contraire à la loi, qui est équivoque ; il y a toujours confrontation, mais le juge ne confronte pas toujours tous les témoins ; il omet souvent ceux qui ne lui semblent pas faire une charge considérable ; cependant tel témoin qui n'a rien dit contre l'accusé dans l'information peut déposer en sa faveur à la confrontation. Le témoin peut avoir oublié des circonstances favorables au prévenu ; le juge même peut n'avoir pas senti d'abord la valeur de ces circonstances, et ne les avoir pas rédigées. Il est donc très important que l'on confronte tous les témoins avec le prévenu, et qu'en ce point la confrontation ne soit pas arbitraire.

S'il s'agit d'un crime, le prévenu ne peut avoir d'avocat ; alors il prend le parti de la fuite : c'est ce que toutes les maximes du barreau lui conseillent : mais, en fuyant, il peut être condamné, soit que le crime ait été prouvé, soit qu'il ne l'ait pas été. Ainsi donc un homme à qui l'on demande quelque argent n'est condamné par défaut qu'au cas que la dette soit avérée ; mais s'il est question de sa vie, on peut le condamner par défaut quand le crime n'est pas constaté. Quoi donc! La loi aurait fait plus de cas de l'argent que de la vie? O juges! consultez le pieux Antonin et le bon Trajan ; ils défendent que les absents soient condamnés.

Quoi! votre loi permet qu'un concussionnaire, un banqueroutier frauduleux ait recours au ministère d'un avocat ; et très souvent un homme d'honneur est privé de ce secours! S'il peut se trouver une seule occasion où un innocent serait justifié par le ministère d'un avocat, n'est-il pas clair que la loi qui l'en prive est injuste?

Le premier président de Lamoignon disait contre cette loi que « l'avocat ou conseil qu'on avait accoutumé de donner aux accusés n'est point un privilège accordé par les ordonnances ni par les lois : c'est une liberté acquise par le droit naturel, qui est plus ancien que toutes les lois humaines. La nature enseigne à tout homme qu'il doit avoir recours aux lumières des autres quand il n'en a pas assez pour se conduire, et emprunter du secours quand il ne se sent pas assez fort pour se défendre. Nos ordonnances ont retranché aux accusés tant d'avantages qu'il est bien juste de leur conserver ce qui leur reste, et principalement l'avocat qui en fait la partie la plus essentielle. Que si l'on veut comparer notre procédure à celle des

Romains et des autres nations, on trouvera qu'il n'y en a point de si rigoureuse que celle que l'on observe en France, particulièrement depuis l'ordonnance de 1539. »

Cette procédure est bien plus rigoureuse depuis l'ordonnance de 1670. Elle eût été plus douce, si le plus grand nombre des commissaires eût pensé comme M. de Lamoignon.

Le parlement de Toulouse a un usage bien singulier dans les preuves par témoins. On admet ailleurs des demi-preuves, qui au fond ne sont que des doutes : car on sait qu'il n'y a point de demi-vérités ; mais à Toulouse on admet des quarts et des huitièmes de preuves. On y peut regarder, par exemple, un ouï-dire comme un quart, un autre ouï-dire plus vague comme un huitième ; de sorte que huit rumeurs qui ne sont qu'un écho d'un bruit mal fondé peuvent devenir une preuve complète ; et c'est à peu près sur ce principe que Jean Calas fut condamné à la roue. Les lois romaines exigeaient des preuves *luce meridiana clariores*.

XXIII

IDÉE DE QUELQUE RÉFORME

La magistrature est si respectable que le seul pays de la terre où elle est vénale fait des vœux pour être délivré de cet usage. On souhaite que le jurisconsulte puisse parvenir par son mérite à rendre la justice qu'il a défendue par ses veilles, par sa voix et par ses écrits. Peut-être alors on verrait naître, par d'heureux travaux, une jurisprudence régulière et uniforme.

Jugera-t-on toujours différemment la même cause en province et dans la capitale ? Faut-il que le même homme ait raison en Bretagne, et tort en Languedoc ?

Que dis-je ? il y a autant de jurisprudences que de villes ; et dans le même parlement la maxime d'une chambre n'est pas celle de la chambre voisine [26].

Quelle prodigieuse contrariété entre les lois du même royaume ! A Paris, un homme qui a été domicilié dans la ville un an et un jour est réputé bourgeois. En Franche-Comté, un homme libre qui a demeuré un an et un jour dans une maison mainmortable devient esclave ; ses collatéraux n'hériteraient pas de ce qu'il aurait acquis ailleurs, et ses propres enfants sont réduits à la mendicité s'ils ont passé un an loin de la maison où le père est mort. La province est nommée franche, mais quelle franchise !

Quand on veut poser des limites entre l'autorité civile et les usages ecclésiastiques, quelles disputes interminables ! Où sont ces limites ? Qui conciliera les éternelles contradictions du fisc et de la jurisprudence ? Enfin, pourquoi, dans certains pays, les arrêts ne sont-ils jamais motivés ? Y a-t-il quelque honte à rendre raison de son jugement ? Pourquoi ceux qui jugent au nom du souverain ne présentent-ils pas au souverain leurs arrêts de mort avant qu'on les exécute ?

De quelque côté qu'on jette les yeux, on trouve la contrariété, la dureté, l'incertitude, l'arbitraire. Nous cherchons dans ce siècle à tout perfectionner ; cherchons donc à perfectionner les lois dont nos vies et nos fortunes dépendent.

L'Affaire Lally

Thomas-Arthur, comte de Lally, était né en France en 1702 d'une famille d'origine irlandaise. Il s'était distingué à la bataille de Fontenoy (1745) et avait été fait colonel par le roi sur le champ de bataille. La guerre de Sept Ans ayant éclaté en Europe, il fut envoyé comme lieutenant général pour organiser la défense des établissements français de l'Inde. Quand il arriva à Pondichéry, sa déception fut grande : « Point d'argent dans les caisses, peu de munitions de toute espèce, des noirs et des cipayes pour armée, des particuliers riches et la colonie pauvre ; nulle subordination. Ces objets l'irritèrent, et allumèrent en lui cette mauvaise humeur qui sied si mal à un chef, et qui nuit toujours aux affaires. » (Précis du siècle de Louis XV, chap. XXXIV.) *Il eut d'abord quelques succès, mais ne put réussir à reprendre Madras, et se fit enfermer dans Pondichéry. « Par ses plaintes et ses emportements », il se fit « autant d'ennemis qu'il y avait d'officiers et d'habitants dans Pondichéry. On lui rendait outrage pour outrage ; on affichait à sa porte des placards plus insultants encore que ses lettres et ses discours. Il en fut tellement ému que sa tête en parut quelque temps dérangée »* (ibid.). *Enfin, en janvier 1761, le conseil de Pondichéry somma Lally de capituler. Les Anglais furent obligés de le protéger contre les habitants, qui voulaient le tuer. On le transporta avec deux mille autres prisonniers en Angleterre, et de là, il tint à venir se justifier en France contre les accusations de ses ennemis : « Il était si persuadé qu'ils étaient tous répréhensibles et que lui seul avait raison, qu'il vint à Fontainebleau, tout prisonnier qu'il était encore des Anglais, et qu'il offrit de se rendre à la Bastille (novembre 1762). On le prit au mot. Dès qu'il fut enfermé, la foule de ses ennemis, que la compassion devait diminuer, augmenta. Il fut quinze mois en prison sans qu'on l'interrogeât. »*

La suite de son histoire est conforme au récit de Voltaire dans ses Fragments sur l'Inde. *Après la mort du jésuite Lavaur, en 1764, et la découverte dans sa cassette d'un long mémoire contre Lally, l'accusé fut traduit au Châtelet, puis devant le Parlement. Voltaire, qui avait eu vent de l'affaire dès la fin de 1762 (Best. 9999), commence à s'émouvoir dans une lettre à Richelieu du 21 juillet 1764 (Best. 11165) : « J'ai toujours eu envie de prendre la liberté de vous demander ce que vous pensez de l'affaire de M. de Lally : on commence toujours en France par mettre un homme trois ou quatre ans en prison, après quoi on le juge. En Angleterre, on n'aurait du moins été emprisonné qu'après avoir été condamné, et il en aurait été quitte pour donner caution, etc. » Le procès dura deux ans ; le rapporteur était ce même Pasquier, qui fera condamner peu après le jeune chevalier de La Barre, et le* Dictionnaire philosophique *de Voltaire. Il fut condamné à mort pour concussion et haute trahison, et exécuté le 9 mai 1766. Voltaire prit sa défense dans le* XXXIVe *chapitre du* Précis du siècle de Louis XV, *paru en 1768, que nous citons ici, et dans ses* Fragments sur l'Inde, *dont nous publions les extraits relatifs à l'affaire (1774). Puis il travailla, avec son fils Lally-Tollendal, à sa réhabilitation. Il apprit quatre jours avant de mourir que le parlement de Bourgogne avait révisé la sentence de celui de Paris (26 mai 1778). L'arrêt sera cassé à l'unanimité en 1781.*

FRAGMENTS HISTORIQUES SUR L'INDE ET SUR LA MORT DU GÉNÉRAL DE LALLY[1]

ARTICLE XVIII.

Lally et les autres prisonniers conduits en Angleterre, relâchés sur leur parole. Procès criminel de Lally.

Les prisonniers continuèrent dans la route et en Angleterre leurs reproches mutuels que le désespoir aigrissait encore[2]. Le général avait ses partisans, surtout parmi les officiers du régiment de son nom : presque tous les autres étaient ses ennemis déclarés ; chacun écrivait aux ministres de France ; chacun accusait le parti opposé d'être la cause du désastre. Mais la véritable cause était la même que dans les autres parties du monde ; la supériorité des flottes anglaises, l'opiniâtreté attentive de la nation, son crédit, son argent comptant, et cet esprit de patriotisme, qui est plus fort à la longue que l'esprit mercantile et que la cupidité des richesses.

Le général Lally obtint de l'amirauté d'Angleterre la permission de repasser en France sur sa parole. Son premier soin fut de payer ce qu'il avait emprunté pour le service public. La plupart de ses ennemis revinrent en même temps que lui ; ils arrivèrent précédés de toutes les plaintes, des accusations formées de part et d'autre, et de mille écrits dont Paris était inondé. Les partisans de Lally étaient en très petit nombre, et ses adversaires, innombrables.

Un conseil entier ; deux cents employés sans ressources ; les directeurs de la compagnie des Indes voyant leur grand établissement anéanti ; les actionnaires tremblant pour leur fortune ; des officiers irrités, tous se déchaînaient avec d'autant plus d'animosité contre Lally, qu'ils croyaient qu'en perdant Pondichéry il avait gagné des millions. Les femmes, toujours moins modérées que les hommes dans leurs terreurs et dans leurs plaintes, criaient au traître, au concussionnaire, au criminel de lèse-majesté.

Le conseil de Pondichéry en corps présenta une requête contre lui au contrôleur général. Il disait dans cette requête : « Ce n'est point le désir de venger nos injures et notre ruine personnelle qui nous anime, c'est la force de la vérité, c'est le sentiment pur de nos consciences, c'est le cri général. »

Il paraissait pourtant que le sentiment pur des consciences était un peu corrompu par la douleur d'avoir tout perdu, par une haine personnelle, peut-être excusable, et par la soif de la vengeance qu'on ne peut excuser.

Un très brave officier, de la noblesse la plus antique, fort mal à propos outragé par le général, et même dans son honneur, écrivait en termes beaucoup plus violents que le conseil de Pondichéry : « Voilà, *disait-il*, ce qu'un étranger sans nom, sans actions devers lui, sans naissance, sans aucun titre enfin, comblé cependant des honneurs de son maître, prépare en général à toute cette colonie. Rien n'a été sacré pour ses mains sacrilèges ; ce chef les a portées jusqu'à l'autel, en s'appropriant six chandeliers d'argent et un crucifix, que le général anglais lui a fait rendre à la sollicitation du supérieur des capucins, etc. »

Le général s'était attiré par ses fougues indiscrètes, et par ses reproches injustes, une accusation si cruelle : il est vrai qu'il avait fait porter chez lui ces chandeliers et ce crucifix, mais si publiquement qu'il n'était pas possible qu'au milieu de tant de grands intérêts, il voulût s'emparer d'un objet si mince. Aussi l'arrêt qui le condamna ne parle point de sacrilège.

Le reproche d'une basse naissance était bien injuste : nous avons ses titres munis du grand sceau du roi Jacques. Sa maison était très ancienne [3]. On passait donc les bornes avec lui, comme il les avait passées avec tant d'autres. Si quelque chose doit inspirer aux hommes la modération, c'est, sans doute, cette fatale aventure.

Le ministre des finances devait naturellement protéger une compagnie de commerce dont la ruine semblait si préjudiciable au royaume : il y eut un ordre secret d'enfermer Lally à la Bastille. Lui-même offrit de s'y rendre : il écrivit au duc de Choiseul : « J'apporte ici ma tête et mon innocence. J'attends vos ordres. » Quelque temps auparavant, un des agents de ses ennemis lui avait offert de lui révéler toutes leurs intrigues, et il refusa cette offre avec mépris.

Le duc de Choiseul, ministre de la guerre et des affaires étrangères, était généreux à l'excès, bienfaisant et juste ; la hauteur de son âme était égale à la grandeur de ses vues ; mais il eut le malheur de céder aux clameurs de Paris : on avait décidé d'abord qu'on ne prendrait un parti qu'après le rapport fait au conseil des accusations intentées contre Lally et des preuves sur lesquelles on les appuyait. Cette résolution si sage ne fut pas suivie : Lally fut enfermé à la Bastille dans la même chambre où avait été La Bourdonnais, et n'en sortit pas de même.

Il s'agissait d'abord de voir quels juges on lui donnerait. Un conseil de guerre semblait le tribunal le plus convenable ; mais on lui imputait des malversations, des concussions, des crimes de péculat, dont les maréchaux de France ne sont pas juges.

Le comte de Lally avait d'abord formé ses plaintes : ainsi ses adversaires ne firent en quelque sorte que récriminer. Ce procès était si compliqué, il fallait faire venir tant de témoins, que le prisonnier resta quinze mois à la Bastille, sans être interrogé, et sans savoir devant quel tribunal il devait répondre. C'est là, disaient quelques jurisconsultes, le triste destin des citoyens d'un royaume célèbre par les armes et par les arts, mais qui manque encore de bonnes lois, ou plutôt chez qui les sages lois anciennes sont quelquefois oubliées.

Le jésuite Lavaur était alors à Paris ; il demandait au gouvernement une modique pension de quatre cents francs, pour aller prier Dieu le reste de ses jours au fond du Périgord où il était né. Il mourut, et on lui trouva douze cent cinquante mille livres dans sa cassette, en or, en diamants, en lettre de change. Cette aventure d'un supérieur des missions de l'Orient, et la banqueroute de trois millions que fit en ce temps-là le supérieur des missions de l'Occident, nommé La Valette, excitèrent dans toute la France une indignation égale à celle qu'on inspirait contre Lally, et fut une des causes qui produisirent enfin l'abolissement des jésuites [4] : mais en même temps la cassette de Lavaur prépara la perte de Lally. On trouva dans ce coffre deux mémoires, l'un en faveur du comte, l'autre qui le chargeait de tous les crimes. Il devait faire usage de l'un ou de l'autre de ces écrits, selon que les affaires tourneraient. De ce couteau tranchant à double lame, on porta au procureur général celle qui blessait l'accusé. Cet homme du roi fit sa plainte au parlement contre le comte, de vexations, de concussions, de trahisons, de crimes de lèse-majesté. Le parlement renvoya l'affaire au Châtelet en première instance. Et bientôt après des lettres patentes du roi renvoyèrent à la grand' chambre et à la Tournelle assemblées *la connaissance de tous les délits commis dans l'Inde, pour être le procès fait et parfait aux auteurs desdits délits selon la rigueur des ordonnances.* Le mot de justice conviendrait mieux peut-être que celui de rigueur.

Comme le procureur général avait inséré dans sa plainte les termes des crimes de haute trahison, de lèse-majesté, on refusa un conseil à l'accusé. Il n'eut pour sa défense d'autres secours que lui-même. On lui permit d'écrire : il se servit de cette permission pour son malheur. Ses écrits irritèrent encore ses adversaires, et lui en firent de nouveaux. Il reprochait au comte d'Aché d'avoir été cause de la perte de l'Inde, en ne restant pas devant Pondichéry. Mais ce chef d'escadre avait préféré de défendre les îles de Bourbon et de France contre une invasion dont, sans doute, il les croyait menacées. Il avait combattu trois fois contre la flotte anglaise, et avait été blessé dans ces trois batailles. M. de Lally faisait des reproches sanglants au chevalier de Soupire, qui lui répondit, et qui déposa contre lui avec une modération aussi estimable qu'elle est rare.

Enfin, se rendant à lui-même le témoignage qu'il avait toujours fait rigoureusement son devoir, il se livra avec la plume aux mêmes emportements qu'il avait eus quelquefois dans ses discours. Si on lui eût donné un conseil, ses défenses auraient été plus circonspectes : mais il pensa toujours qu'il lui suffisait de se croire innocent. Il força surtout M. de Bussy à lui faire une réponse, et cette réponse d'un homme en faveur duquel l'opinion s'était alors déclarée, paraissant quelques jours avant le jugement, ne pouvait manquer de faire effet sur des esprits déjà prévenus. Lally, qui tant de fois avait prodigué sa vie, et que M. de Bussy affectait de soupçonner de manquer de courage, en avait trop en insultant tous ses adversaires dans ses mémoires. C'était se battre seul contre une armée ;

il n'était guère possible que cette multitude ne l'accablât pas ; tant les discours de toute une ville font impression sur les juges, lors même qu'ils croient être en garde contre cette séduction.

ARTICLE XIX.

Fin du procès criminel contre Lally. Sa mort.

Par une fatalité singulière, et qui ne se voit peut-être qu'en France, le ridicule se mêle presque toujours aux événements funestes. C'était un très grand ridicule en effet de voir des hommes de paix, qui n'étaient jamais sortis de Paris que pour aller à leurs maisons de campagne, interroger, avec un greffier, des officiers généraux de terre et de mer, sur leurs opérations militaires.

Les membres du conseil marchand de Pondichéry, les actionnaires de Paris, les directeurs de la compagnie des Indes, les employés, les commis, leurs femmes, leurs parents, criaient aux juges et aux amis des juges contre le commandant d'une armée qui consistait à peine en mille soldats. Les actions étaient tombées parce que le général était un traître, et que l'amiral s'était allé radouber, au lieu de livrer un quatrième combat naval. On répétait les noms de Trichenapali, de Vandavachi, de Chétoupet. Les conseillers de la grand'chambre achetaient de mauvaises cartes de l'Inde, où ces places ne se trouvaient pas [5].

On faisait un crime à Lally de ne s'être pas emparé de ce poste, nommé Chétoupet, avant d'aller à Madras. Tous les maréchaux de France assemblés auraient eu bien de la peine à décider de si loin si on devait assiéger Chétoupet ou non : et on portait cette question à la grand'chambre! Les accusations étaient si multipliées, qu'il n'était pas possible que, parmi tant de noms indiens, un juge de Paris ne prît souvent une ville pour un homme, et un homme pour une ville.

Le général de terre accusait le général de mer d'être la première cause de la chute des actions, tandis que lui-même était accusé par tout le conseil de Pondichéry d'être l'unique principe de tous les malheurs.

Le chef d'escadre fut assigné pour être ouï. On l'interrogeait, après serment de dire la vérité, pourquoi il avait mis le Cap au sud, au lieu de s'être embossé au nord-est entre Alamparvé et Goudelour? noms qu'aucun Parisien n'avait entendu prononcer auparavant. Heureusement il n'avait point de cabale formée contre lui.

A l'égard du général Lally, on le chargeait d'avoir assiégé Goudelour au lieu d'assiéger d'abord Saint-David; de n'avoir pas marché aussitôt à Madras; d'avoir évacué le poste de Chéringan; de n'avoir pas envoyé trois cents hommes de renfort, noirs ou blancs à Mazulipatan; d'avoir capitulé à Pondichéry, et de n'avoir pas capitulé [6].

Il fut question de savoir si M. de Soupire, maréchal de camp, avait continué ou non le service militaire depuis la perte de Cangivaron, poste assez inconnu à la Tournelle. Il est vrai qu'en interrogeant Lally sur de tels faits, on avait soin de lui dire que c'étaient des opérations militaires sur lesquelles on n'insistait pas; mais on n'en tirait pas moins des inductions contre lui. A ces chefs d'accusation que nous avons entre les mains, en succédaient d'autres sur sa conduite privée. On lui reprochait de s'être mis en colère contre un conseiller de Pondichéry, et d'avoir dit à ce conseiller qui se vantait de donner son sang pour la compagnie : Avez-vous assez de sang pour fournir du boudin aux troupes du roi qui manquent de pain?.... N° 74

On l'accusait d'avoir dit des sottises à un autre conseiller .... N° 87

D'avoir condamné un perruquier, qui avait brûlé de son fer chaud l'épaule d'une négresse, à recevoir un coup du même fer sur son épaule .... N° 88

De s'être enivré quelquefois .... N° 104

D'avoir fait chanter un capucin dans la rue .... N° 105

D'avoir dit que Pondichéry ressemblait à un bordel, où les uns caressaient les filles, et où les autres les voulaient jeter par les fenêtres .... N° 106

D'avoir rendu quelques visites à Mme Pigot qui s'était échappée de chez son mari .... N° 108

D'avoir fait donner du riz à ses chevaux, dans le temps qu'il n'avait point de chevaux .... N° 112

D'avoir donné une fois aux soldats du punch fait avec du coco........................ N° 131

De s'être fait traiter d'un abcès au foie, sans que cet abcès eût crevé; et si l'abcès eût crevé, il en serait heureusement mort .... N° 147

Ces griefs étaient mêlés d'accusations plus importantes. La plus forte était d'avoir vendu Pondichéry aux Anglais ; et la preuve en était que pendant le blocus il avait fait tirer des fusées, sans qu'on en sût la raison, et qu'il avait fait la ronde la nuit tambour battant. N° 144 et 145

On voit assez que ces accusations étaient intentées par des gens fâchés, et mauvais raisonneurs. Leur énorme extravagance semblait devoir décréditer les autres imputations. Nous ne parlerons point ici de cent petites affaires d'argent, qui forment un chaos plus aisé à débrouiller par un marchand que par un historien. Ses défenses nous ont paru très plausibles, et nous renvoyons le lecteur à l'arrêt même qui ne le déclara pas concussionnaire.

Il y eut cent soixante chefs d'accusation contre lui ; les cris du public en augmentaient encore le nombre et le poids : ce procès devenait très sérieux malgré son extrême ridicule ; on approchait de la catastrophe.

Le célèbre d'Aguesseau [7] a dit dans une de ses mercuriales, en adressant la parole aux magistrats, en 1714 : « Justes par la droiture de vos intentions, êtes-vous toujours exempts de l'injustice des préjugés ? et n'est-ce pas cette espèce d'injustice que nous pouvons appeler l'erreur de la vertu, et si nous l'osons dire, le crime des gens de bien ? »

Le terme de *crime* est bien fort ; un honnête homme ne commet point de crime, mais il fait souvent des fautes pernicieuses ; et quel homme, quelle compagnie n'a pas commis de telles fautes ?

Le rapporteur [8] passait pour un homme dur, préoccupé et sanguinaire. S'il avait mérité ce reproche dans toute son étendue, le mot *crime* alors n'aurait pas été peut-être trop violent. Il se vantait d'aimer la justice ; mais il la voulait toujours rigoureuse, et ensuite il s'en repentait. Ses mains étaient encore teintes du sang d'un enfant [9] (l'on peut donner ce nom à un jeune gentilhomme d'environ dix-sept ans) coupable d'un excès dont l'âge l'aurait corrigé, et que six mois de prison auraient expié. C'était lui qui avait déterminé quinze juges contre dix à faire périr cette victime par la mort la plus affreuse, réservée aux parricides [10]. Cette scène se passait chez un peuple réputé sociable, dans le temps même où le monstre de l'inquisition s'apprivoisait ailleurs, et où les anciennes lois des temps barbares s'adoucissaient dans les autres États. Tous les princes, tous les peuples de l'Europe eurent horreur de cet effroyable assassinat juridique. Ce magistrat même en eut des remords ; mais il n'en fut pas moins impitoyable dans le procès du comte Lally.

Quelques autres juges et lui étaient persuadés de la nécessité des supplices dans les affaires les plus graciables ; on eût dit que c'était un plaisir pour eux. Leur maxime était qu'il faut toujours en croire les délateurs plus que les accusés ; et que s'il suffisait de nier, il n'y aurait jamais de coupables. Ils oubliaient cette réponse de l'empereur Julien le philosophe, qui avait lui-même rendu la justice dans Paris : « S'il suffisait d'accuser, il n'y aurait jamais d'innocents. »

Il fallait lire et relire un tas énorme de papiers, mille écrits contradictoires d'opérations militaires, faites dans des lieux dont la position et le nom étaient inconnus aux magistrats ; des faits dont il leur était impossible de se former une idée exacte, des incidents, des objections, des réponses qui coupaient à tout moment le fil de l'affaire. Il n'est pas possible que chaque juge examine par lui-même toutes ces pièces : quand on aurait la patience de les lire, combien peu sont en état de démêler la vérité dans cette multitude de contradictions ! on s'en repose presque toujours sur le rapporteur dans les affaires compliquées ; il dirige les opinions ; on l'en croit sur sa parole ; la vie et la mort, l'honneur et l'opprobre sont dans sa main.

Un avocat général, ayant lu toutes les pièces avec une attention infatigable, fut pleinement convaincu que l'accusé devait être absous. C'était M. Séguier, de la même famille que ce chancelier qui se fit un nom dans l'aurore des belles lettres, cultivées trop tard en France ainsi que tous les arts [11] ; homme d'ailleurs de beaucoup d'esprit, et plus éloquent encore que le rapporteur, dans un goût différent. Il était si persuadé de l'innocence du comte, qu'il s'en expliquait hautement devant les juges et dans tout Paris : M. Pellot, ancien conseiller de grand'chambre, le juge peut-être le plus appliqué et du plus grand sens, fut entièrement de l'avis de M. Séguier.

On a cru que le parlement, aigri par ses fréquentes querelles avec des officiers généraux chargés de lui annoncer les ordres du roi ; exilé plus d'une fois pour sa résistance, et résistant toujours ; devenu enfin, sans presque le savoir, l'ennemi naturel de tout militaire élevé en dignité, pouvait goûter une secrète satisfaction en déployant son autorité sur un homme qui avait exercé un pouvoir souverain. Il humiliait en lui tous les commandants. On ne s'avoue pas ce sentiment caché au fond du cœur ; mais ceux qui le soupçonnent peuvent ne se pas tromper.

Le vice-roi de l'Inde française fut, après plus de cinquante ans de services, condamné à la mort, à l'âge de soixante et huit ans.

Quand on lui prononça son arrêt, l'excès de son indignation fut égal à celui de sa surprise. Il s'emporta contre ses juges, ainsi qu'il s'était emporté contre ses accusateurs ; et tenant à la main un compas qui lui avait servi à tracer des cartes géographiques dans sa prison, il s'en frappa vers le cœur : le coup ne pénétra pas assez pour lui ôter la vie. Réservé à la perdre sur l'échafaud, on le traîna dans un tombereau de boue, ayant dans la bouche un large bâillon qui, débordant sur ses lèvres et défigurant son visage, formait un spectacle affreux. Une curiosité cruelle attire toujours une foule de gens de tout état à un tel spectacle. Plusieurs de ses ennemis vinrent en jouir, et poussèrent l'atrocité jusqu'à l'insulter par des battements de mains. On lui bâillonnait ainsi la bouche, de peur que sa voix ne s'élevât contre ses juges sur l'échafaud, et qu'étant si vivement persuadé de son innocence, il n'en persuadât le peuple. Ce tombereau, ce bâillon soulevèrent les esprits de tout Paris ; et la mort de l'infortuné ne les révolta pas.

L'arrêt portait « que Thomas Arthur Lally était condamné à être décapité, comme dûment atteint et convaincu d'avoir trahi les intérêts du roi, de l'État et de la compagnie des Indes, d'abus d'autorité, vexations et exactions ».

On a déjà remarqué ailleurs que ces mots *trahir les intérêts* ne signifient point une perfidie, une trahison formelle, un crime de lèse-majesté, en un mot la vente de Pondichéry aux Anglais, dont on l'avait accusé. Trahir les intérêts de quelqu'un, veut dire les mal ménager, les mal conduire. Il était évident que dans tout ce procès il n'y avait pas l'ombre de trahison ni de péculat. L'ennemi implacable des Anglais, qui les brava toujours, ne leur avait pas vendu la ville. S'il l'avait fait, on le saurait aujourd'hui. De plus, les Anglais n'auraient pas acheté une ville qu'ils étaient sûrs de prendre. Enfin Lally aurait joui à Londres du fruit de sa trahison, et ne fût pas venu chercher la mort en France parmi ses ennemis. A l'égard du péculat, comme il ne fut jamais chargé de l'argent du roi ni de celui de la compagnie, on ne pouvait l'accuser de ce crime, qu'on dit trop commun.

Abus d'autorité, vexations, exactions, sont aussi des termes vagues et équivoques, à la faveur desquels il n'y a point de présidial qui ne pût condamner à mort un général d'armée, un maréchal de France. Il faut une loi précise et des preuves précises. Le général Lally usa, sans doute, très mal de son autorité, en outrageant de paroles quelques officiers, en manquant d'égards, de circonspection, de bienséance : mais, comme il n'y a point de loi qui dise : « Tout maréchal de France, tout général d'armée, qui sera un brutal, aura la tête tranchée », plusieurs personnes impartiales pensèrent que c'était le parlement qui paraissait abuser de son autorité.

Le mot d'exaction est encore un terme qui n'a pas un sens bien déterminé. Lally n'avait jamais imposé une contribution d'un denier ni sur les habitants de Pondichéry ni sur le conseil. Il ne demanda même jamais au trésorier de ce conseil le paiement de ses appointements de général : il comptait le recevoir à Paris, et il n'y reçut que la mort.

Nous savons de science certaine (autant qu'il est permis de prononcer ce mot de *certaine*) que trois jours après sa mort, un homme très respectable ayant demandé à un des principaux juges sur quel délit avait porté l'arrêt : « Il n'y a point de délit particulier », répondit le juge en propres mots, « c'est sur l'ensemble de sa conduite qu'on a assis le jugement. » Cela était très vrai ; mais cent incongruités dans la conduite d'un homme en place, cent défauts dans le caractère, cent traits de mauvaise humeur mis ensemble, ne composaient pas un crime digne du dernier supplice. S'il était permis de se battre contre son général, s'il fût mort dans un combat de la main des officiers outragés par lui, on eût pu ne pas le plaindre ; mais il ne méritait pas de mourir du glaive de la justice qui ne connaît ni haine ni colère. On peut assurer qu'aucun militaire ne l'eût accusé si violemment, s'ils avaient prévu que leurs plaintes le conduiraient à l'échafaud ; au contraire, ils l'auraient excusé. Tel est le caractère des officiers français.

Cet arrêt semble aujourd'hui d'autant plus cruel que dans le temps même où l'on avait instruit ce procès, le Châtelet, chargé par ordre du roi de punir les concussions évidentes, faites en Canada par des gens de plume, ne les avait condamnés qu'à des restitutions, à des amendes et à des bannissements. Les magistrats du Châtelet avaient senti que dans l'état d'humiliation et de désespoir où la France était réduite en ce temps malheureux, ayant perdu ses troupes, ses vaisseaux, son argent, son commerce, ses colonies, sa réputation, on ne lui aurait rien rendu de tout cela, en faisant pendre dix ou douze coupables qui, n'étant point payés par un gouvernement alors obéré, s'étaient payés par eux-mêmes. Ces accusés n'avaient point contre eux de cabale ; et il y en avait une acharnée et terrible contre un Irlandais qui paraissait avoir été bizarre, capricieux, emporté, jaloux de la fortune d'autrui, appliqué à son intérêt, sans doute, comme tout autre ; mais point voleur, mais brave, mais attaché à l'État, mais innocent. Il fallut du temps pour que la pitié prît la place de la haine : on ne revint en faveur de Lally qu'après plusieurs mois, quand la vengeance assouvie laissa entrer l'équité dans les cœurs avec la commisération.

Ce qui contribua le plus à rétablir sa mémoire dans le public, c'est qu'en effet, après bien des recherches, on trouva qu'il n'avait laissé qu'une fortune médiocre. L'arrêt portait qu'on prendrait sur la confiscation de ses biens cent mille écus pour les pauvres de Pondichéry. Il ne se trouva pas de quoi payer cette somme, dettes préalables acquittées ; et le conseil de Pondichéry avait, dans ses requêtes, fait monter ses trésors à dix-sept millions. Les vrais pauvres intéressants étaient ses parents : le roi leur accorda des grâces qui ne réparèrent pas le malheur de la famille. La plus grande grâce qu'elle espérait était de faire revoir, s'il était possible, le procès par un autre parlement, ou d'en faire remettre la décision à un conseil de guerre, aidé de magistrats.

Il parut enfin aux hommes sages et compatissants que la condamnation du général Lally était un de ces meurtres commis avec le glaive de la justice. Il n'est point de nation civilisée chez qui les lois, faites pour protéger l'innocence, n'aient servi quelquefois à l'opprimer. C'est un malheur attaché à la nature humaine, faible, passionnée, aveugle. Depuis le supplice des Templiers, point de siècles où les juges en France n'aient commis plusieurs de ces erreurs meurtrières. Tantôt c'était une loi absurde et barbare qui commandait ces iniquités judiciaires, tantôt c'était une loi sage qu'on pervertissait [12].

Qu'il soit permis de remettre ici sous les yeux ce que nous avons dit autrefois, que si on avait différé les supplices de la plupart des hommes en place, un seul à peine aurait été exécuté. La raison en est, que cette même nature humaine, si cruelle quand elle est échauffée, revient à la douceur lorsqu'elle se refroidit [13].

L'Affaire du chevalier de La Barre

Le crucifix de bois, placé sur le pont neuf d'Abbeville, avait été l'objet de mutilations dans la nuit du 8 au 9 août 1765. Des coups avaient été portés avec un instrument tranchant, qui avaient tailladé le buste, la jambe et endommagé un orteil. Le crucifix d'un cimetière voisin avait été couvert d'immondices. Les habitants d'Abbeville apprirent ces nouvelles avec indignation et se rassemblèrent sur les lieux. Plainte fut déposée avec demande d'informer et de faire publier un monitoire. L'enquête commença dans cette atmosphère d'émotion populaire. Soixante-dix témoins furent cités qui ne purent donner d'indications précises, mais les soupçons se portèrent sur trois jeunes gens, Gaillard d'Étallonde, le chevalier de La Barre et Moisnel qui s'étaient fait remarquer par leurs fanfaronnades et la manière dont ils affichaient leur irréligion : le jour de la fête du Saint-Sacrement, n'étaient-ils pas restés debout, leur chapeau sur la tête, devant la procession des religieux de Saint-Pierre ? Durant l'instruction, l'évêque d'Amiens vint en personne faire amende honorable, pieds nus et la corde au cou, devant le Christ outragé. Le 26 août les trois jeunes gens furent décrétés d'arrestation. D'Étallonde s'était enfui. Voltaire demandera à Frédéric II de le prendre comme officier et travaillera, plus tard, à partir de 1773 à obtenir sa réhabilitation. Le jeune Moisnel,

— dix-sept ans — perdit entièrement contenance et reconnut tout ce qu'on voulait. Il en fut autrement de Jean-François Lefebvre, chevalier de La Barre, qui avait alors vingt ans. Il avait perdu sa mère tout jeune, et avait fini par être recueilli avec son frère aîné par une tante « à la mode de Bretagne », Mme de Brou, abbesse de Willancourt, femme de cœur, aux idées larges, chez qui fréquentait la bonne société d'Abbeville. Il ne semble pas avoir eu ce caractère exceptionnel que lui a prêté Voltaire. Tout se passe comme s'il avait fait une fixation sur la religion, « superstition du peuple »: il se conduisait en enfant gâté de l'abbaye et aimait se signaler en toutes circonstances par des propos ou des gestes d'impiété. Sa petite bibliothèque comprenait au milieu d'ouvrages libertins le livre d'Helvétius De l'Esprit *et le* Dictionnaire philosophique *de Voltaire. Il fit preuve pendant cet interrogatoire d'une certaine détermination en n'avouant que des peccadilles et en distinguant toujours entre l'impiété et les propos impies. Ce qui lui porta grand préjudice fut l'inimitié de M. de Belleval, qui fréquentait à l'abbaye avant l'arrivée du chevalier et qui avait pris ombrage de l'affection que Mme de Brou portait à son neveu. Or il était le président de l'élection. Quant à M. Duval de Soicourt, conseiller au présidial, il avait aussi quelques griefs contre l'abbesse. La procédure fut conduite de façon très irrégulière, la jonction du procès de sacrilège (mutilation du crucifix) et celle d'impiété constituant un véritable vice de forme. La sentence de la sénéchaussée fut rendue le 28 février 1766. La Barre, et d'Étallonde par coutumace, étaient condamnés à faire amende honorable devant la principale porte de l'église Saint-Vulfran, à avoir la langue coupée, à être menés en tombereau sur la Grand-Place, à y être décapités. Leurs corps et leurs têtes devaient être jetés dans un bûcher ardent. La Barre, sa famille et toute la ville étaient persuadés que le parlement de Paris ne confirmerait pas cette sentence. Le président d'Ormesson, appa-*

renté au jeune chevalier, sous-estima, lui aussi, le danger. Il avait compté sans l'obstination du conseiller Pasquier, rapporteur attitré des grands procès (Damiens, Lally), qui entraîna ses collègues à la dureté et attaqua violemment l'esprit philosophique, et, nommément, Voltaire, dont le Dictionnaire *figurait parmi les livres de l'accusé. La sentence d'Abbeville fut confirmée le 4 juin 1766. Restait la grâce royale. Malgré l'intervention personnelle de l'évêque d'Amiens, Louis XV fut inflexible. Le jeune chevalier, qui avait été amené à la Conciergerie, fut reconduit sous bonne garde à Abbeville et exécuté par le même bourreau qui avait tranché la tête de Lally (1er juillet 1766). Voltaire, qui avait écrit vers le 15 juillet 1766 la* Relation de la mort du chevalier de La Barre *recommanda le « sieur d'Étallonde » à Frédéric II qui lui accorda un brevet d'officier. Plus tard, pour une question de succession, d'Étallonde sollicite sa réhabilitation. En avril 1774, il se trouve à Ferney. Voltaire s'adressa au chancelier Maupeou qui, bien qu'il eût été premier président du parlement de Paris lors de l'arrêt de 1766, était dans des dispositions favorables. Mais survint son renvoi, après l'avènement de Louis XVI. Dans l'impossibilité de faire réviser le procès par cette voie, on présenta une requête au roi. C'est* Le Cri du sang innocent, *paru en juillet 1775. La grâce refusée, « divus Etallundus, martyr de la philosophie » revint en Prusse où Frédéric II pour le consoler l'appela à Potsdam, lui fit une pension et le nomma ingénieur. La grâce devait être finalement accordée en décembre 1788. Quant à la réhabilitation du chevalier de La Barre, demandée dans ses cahiers par la noblesse de Paris, elle fut prononcée solennellement par la Convention.*

Étant donné l'extrême retentissement qu'eut cette affaire sur la sensibilité de Voltaire, qui contraste avec l'absence pendant longtemps d'écrits publics de sa part, nous publions entre la Relation *et* Le Cri du sang innocent *un certain nombre de lettres qui s'échelonnent de 1766 à 1775.*

RELATION DE LA MORT DU CHEVALIER DE LA BARRE

PAR M. CASSEN [1], AVOCAT AU CONSEIL DU ROI, A MONSIEUR LE MARQUIS DE BECCARIA

Il semble, monsieur, que toutes les fois qu'un génie bienfaisant cherche à rendre service au genre humain, un démon funeste s'élève aussitôt pour détruire l'ouvrage de la raison.

A peine eûtes-vous instruit l'Europe par votre excellent livre sur les délits et les peines qu'un homme [2], qui se dit jurisconsulte, écrivit contre vous en France. Vous aviez soutenu la cause de l'humanité, et il fut l'avocat de la barbarie. C'est peut-être ce qui a préparé la catastrophe du jeune chevalier de La Barre, âgé de dix-neuf ans, et du fils du président d'Étallonde, qui n'en avait pas encore dix-huit.

Avant que je vous raconte, monsieur, cette horrible aventure qui a indigné l'Europe entière (excepté peut-être quelques fanatiques ennemis de la nature humaine), permettez-moi de poser ici deux principes que vous trouverez incontestables.

1° Quand une nation est encore assez plongée dans la barbarie pour faire subir aux accusés le supplice de la torture, c'est-à-dire pour leur faire souffrir mille morts au lieu d'une, sans savoir s'ils sont innocents ou coupables, il est clair au moins qu'on ne doit point exercer cette énorme fureur contre un accusé quand il convient de son crime, et qu'on n'a plus besoin d'aucune preuve.

2° Il est aussi absurde que cruel de punir les violations des usages reçus dans un pays [3], les délits commis contre l'opinion régnante, et qui n'ont opéré aucun mal physique, du même supplice dont on punit les parricides et les empoisonneurs.

Si ces deux règles ne sont pas démontrées, il n'y a plus de lois, il n'y a plus de raison sur la terre ; les hommes sont abandonnés à la plus capricieuse tyrannie, et leur sort est fort au-dessus de celui des bêtes.

Ces deux principes établis, je viens, monsieur, à la funeste histoire que je vous ai promise.

Il y avait dans Abbeville, petite cité de Picardie, une abbesse, fille d'un conseiller d'État très estimé ; c'est une dame aimable, de mœurs très régulières, d'une humeur douce et enjouée, bienfaisante, et sage sans superstition.

Un habitant d'Abbeville, nommé Belleval, âgé de soixante ans, vivait avec elle dans une grande intimité, parce qu'il était chargé de quelques affaires du couvent : il est lieutenant d'une espèce de petit tribunal qu'on appelle l'élection, si on peut donner le nom de tribunal à une compagnie de bourgeois uniquement préposés pour régler l'assise de l'impôt appelé la taille. Cet homme devint amoureux de l'abbesse, qui ne le repoussa d'abord qu'avec sa douceur ordinaire, mais qui fut ensuite obligée de marquer son aversion et son mépris pour ses importunités trop redoublées.

Elle fit venir chez elle dans ce temps-là, en 1764, le chevalier de La Barre, son neveu, petit-fils d'un lieutenant général des armées, mais dont le père avait dissipé une fortune de plus de quarante mille livres de rentes : elle prit soin de ce jeune homme comme de son fils, et elle était prête de lui faire obtenir une compagnie de cavalerie ; il fut logé dans l'extérieur du couvent, et madame sa tante lui donnait souvent à souper, ainsi qu'à quelques jeunes gens de ses amis. Le sieur Belleval, exclu de ces soupers, se vengea en suscitant à l'abbesse quelques affaires d'intérêt.

Le jeune La Barre prit vivement le parti de sa tante, et parla à cet homme avec une hauteur qui le révolta entièrement. Belleval résolut de se venger ; il sut que le chevalier de La Barre et le jeune d'Étallonde, fils du président de l'élection, avaient passé depuis peu devant une procession sans ôter leur chapeau : c'était au mois de juillet 1765. Il chercha dès ce moment à faire regarder cet oubli momentané des bienséances comme une insulte préméditée faite à la religion. Tandis qu'il ourdissait secrètement cette trame, il arriva malheureusement que, le 9 août de la même année, on s'aperçut que le crucifix de bois posé sur le pont neuf d'Abbeville était endommagé, et l'on soupçonna que des soldats ivres avaient commis cette insolence impie.

Je ne puis m'empêcher, monsieur, de remarquer ici qu'il est peut-être indécent et dangereux d'exposer sur un pont ce qui doit être révéré dans un temple catholique ; les voitures publiques peuvent aisément le briser ou le renverser par terre. Des ivrognes peuvent l'insulter au sortir d'un cabaret, sans savoir même quel excès ils commettent. Il faut remarquer encore que ces ouvrages grossiers, ces crucifix de grand chemin, ces images de la vierge Marie, ces enfants Jésus qu'on voit dans des niches de plâtre au coin des rues de plusieurs villes, ne sont pas un objet d'adoration tels qu'ils le sont dans nos églises : cela est si vrai qu'il est permis de passer devant ces images sans les saluer. Ce sont des monuments d'une piété mal éclairée ; et, au jugement de tous les hommes sensés, ce qui est saint ne doit être que dans le lieu saint.

Malheureusement l'évêque d'Amiens, étant aussi

évêque d'Abbeville [4], donna à cette aventure une célébrité et une importance qu'elle ne méritait pas. Il fit lancer des monitoires ; il vint faire une procession solennelle auprès de ce crucifix, et on ne parla dans Abbeville que de sacrilèges pendant une année entière. On disait qu'il se formait une nouvelle secte qui brisait tous les crucifix, qui jetait par terre toutes les hosties et les perçait à coups de couteau. On assurait qu'elles avaient répandu beaucoup de sang. Il y eut des femmes qui crurent en avoir été témoins. On renouvela tous les contes calomnieux répandus contre les Juifs dans tant de villes de l'Europe. Vous connaissez, monsieur, à quel excès la populace porte la crédulité et le fanatisme, toujours encouragé par les moines.

Le sieur Belleval, voyant les esprits échauffés, confondit malicieusement ensemble l'aventure du crucifix et celle de la procession, qui n'avaient aucune connexité. Il rechercha toute la vie du chevalier de La Barre : il fit venir chez lui valets, servantes, manœuvres ; il leur dit d'un ton d'inspiré qu'ils étaient obligés, en vertu des monitoires, de révéler tout ce qu'ils avaient pu apprendre à la charge de ce jeune homme : ils répondirent tous qu'ils n'avaient jamais entendu dire que le chevalier de La Barre eût la moindre part à l'endommagement du crucifix.

On ne découvrit aucun indice touchant cette mutilation, et même alors il parut fort douteux que le crucifix eût été mutilé exprès. On commença à croire (ce qui était assez vraisemblable) que quelque charrette chargée de bois avait causé cet accident.

« Mais, dit Belleval, à ceux qu'il voulait faire parler, si vous n'êtes pas sûrs que le chevalier de La Barre ait mutilé un crucifix en passant sur le pont, vous savez au moins que cette année, au mois de juillet, il a passé dans une rue avec deux de ses amis à trente pas d'une procession sans ôter son chapeau. Vous avez ouï-dire qu'il a chanté une fois des chansons libertines ; vous êtes obligés de l'accuser sous peine de péché mortel. »

Après les avoir ainsi intimidés, il alla lui-même chez le premier juge de la sénéchaussée d'Abbeville. Il y déposa contre son ennemi, il força ce juge à entendre les dénonciateurs.

La procédure une fois commencée, il y eut une foule de délations. Chacun disait ce qu'il avait vu ou cru voir, ce qu'il avait entendu ou cru entendre. Mais quel fut, monsieur, l'étonnement de Belleval, lorsque les témoins qu'il avait suscités lui-même contre le chevalier de La Barre dénoncèrent son propre fils comme un des principaux complices des impiétés secrètes qu'on cherchait à mettre au grand jour ! Belleval fut frappé comme d'un coup de foudre : il fit incontinent évader son fils ; mais, ce que vous croirez à peine, il n'en poursuivit pas avec moins de chaleur cet affreux procès.

Voici, monsieur, quelles sont les charges.

Le 13 août 1765, six témoins déposent qu'ils ont vu passer trois jeunes gens à trente pas d'une procession, que les sieurs de La Barre et d'Étallonde avaient leur chapeau sur la tête, et le sieur Moisnel le chapeau sous le bras.

Dans une addition d'information, une Élisabeth Lacrivel dépose avoir entendu dire à un de ses cousins que ce cousin avait entendu dire au chevalier de La Barre qu'il n'avait pas ôté son chapeau.

Le 26 septembre, une femme du peuple, nommée Ursule Gondalier, dépose qu'elle a entendu dire que le chevalier de La Barre, voyant une image de saint Nicolas en plâtre chez la sœur Marie, tourière du couvent, il demanda à cette tourière si elle avait acheté cette image pour avoir celle d'un homme chez elle.

Le nommé Bauvalet dépose que le chevalier de La Barre a proféré un mot impie en parlant de la vierge Marie.

Claude, dit Sélincourt, témoin unique, dépose que l'accusé lui a dit que les commandements de Dieu ont été faits par des prêtres ; mais à la confrontation, l'accusé soutient que Sélincourt est un calomniateur, et qu'il n'a été question que des commandements de l'Église.

Le nommé Héquet, témoin unique, dépose que l'accusé lui a dit ne pouvoir comprendre comment on avait adoré un dieu de pâte. L'accusé, dans la confrontation, soutient qu'il a parlé des Égyptiens.

Nicolas Lavallée dépose qu'il a entendu chanter au chevalier de La Barre deux chansons libertines de corps de garde. L'accusé avoue qu'un jour, étant ivre, il les a chantées avec le sieur d'Étallonde, sans savoir ce qu'il disait ; que dans cette chanson on appelle, à la vérité, sainte Marie-Magdeleine putain, mais qu'avant sa conversion elle avait mené une vie débordée : il est convenu d'avoir récité l'*Ode à Priape* du sieur Piron.

Le nommé Héquet dépose encore, dans une addition, qu'il a vu le chevalier de La Barre faire une petite génuflexion devant les livres intitulés *Thérèse philosophe,* la *Tourière des carmélites,* et le *Portier des chartreux.* Il ne désigne aucun autre livre, mais au récolement et à la confrontation il dit qu'il n'est pas sûr que ce fût le chevalier de La Barre qui fit ces génuflexions.

Le nommé Lacour dépose qu'il a entendu dire à l'accusé au *nom du c...,* au lieu de dire *au nom du Père,* etc. Le chevalier, dans son interrogatoire sur la sellette, a nié ce fait.

Le nommé Pétignot dépose qu'il a entendu l'accusé réciter les litanies du *c...* telles à peu près qu'on les trouve dans Rabelais, et que je n'ose rapporter ici. L'accusé le nie dans son interrogatoire sur la sellette : il avoue qu'il a en effet prononcé *c...,* mais il nie tout le reste.

Voilà, monsieur, toutes les accusations portées contre le chevalier de La Barre, le sieur Moisnel, le sieur d'Étallonde, Jean-François Douville de Maillefeu, et le fils du nommé Belleval, auteur de toute cette tragédie.

Il est constaté qu'il n'y avait eu aucun scandale public, puisque La Barre et Moisnel ne furent arrêtés que sur des monitoires lancés à l'occasion de la mutilation du crucifix, mutilation scandaleuse et publique, dont ils ne furent chargés par aucun témoin. On rechercha toutes les actions de leur vie, leurs conversations secrètes, des paroles échappées un an auparavant ; on accumula des choses qui n'avaient aucun rapport ensemble, et en cela même la procédure fut très vicieuse.

Sans ces monitoires et sans les mouvements violents que se donna Belleval, il n'y aurait jamais eu de la part de ces enfants infortunés ni scandale ni procès criminel : le scandale public n'a été que dans le procès même.

Le monitoire d'Abbeville fit précisément le même effet que celui de Toulouse contre les Calas ; il troubla les cervelles et les consciences. Les témoins, excités par Belleval comme ceux de Toulouse l'avaient été par le capitoul David, rappelèrent, dans leur mémoire, des faits, des discours vagues, dont il n'était guère possible qu'on pût se rappeler exactement les circonstances, ou favorables ou aggravantes.

Il faut avouer, monsieur, que s'il y a quelques cas où un monitoire est nécessaire, il y en a beaucoup d'autres où il est très dangereux. Il invite les gens de la lie du peuple à porter des accusations contre les personnes élevées au-dessus d'eux, dont ils sont toujours jaloux. C'est alors un ordre intimé par l'Église de faire le métier infâme de délateur. Vous êtes menacé de l'enfer si vous ne mettez pas votre prochain en péril de sa vie.

Il n'y a peut-être rien de plus illégal dans les tribunaux de l'Inquisition ; et une grave preuve de l'illégalité de ces monitoires, c'est qu'ils n'émanent point directement des magistrats, c'est le pouvoir ecclésiastique qui les décerne. Chose étrange qu'un ecclésiastique, qui ne peut juger à mort, mette ainsi dans la main des juges le glaive qu'il lui est défendu de porter!

Il n'y eut d'interrogés que le chevalier et le sieur Moisnel, enfant d'environ quinze ans. Moisnel, tout intimidé et entendant prononcer au juge le mot d'attentat contre la religion, fut si hors de lui qu'il se jeta à genoux et fit une confession générale comme s'il eût été devant un prêtre. Le chevalier de La Barre, plus instruit et d'un esprit plus ferme, répondit toujours avec beaucoup de raison, et disculpa Moisnel, dont il avait pitié. Cette conduite, qu'il eut jusqu'au dernier moment, prouve qu'il avait une belle âme. Cette preuve aurait dû être comptée pour beaucoup aux yeux de juges intelligents, et ne lui servit de rien.

Dans ce procès, monsieur, qui a eu des suites si affreuses, vous ne voyez que des indécences, et pas une action noire ; vous n'y trouvez pas un seul de ces délits qui sont des crimes chez toutes les nations, point de meurtre, point de brigandage, point de violence, point de lâcheté : rien de ce qu'on reproche à ces enfants ne serait même un délit dans les autres communions chrétiennes. Je suppose que le chevalier de La Barre et M. d'Étallonde aient dit que l'on ne doit pas adorer un dieu de pâte, c'est précisément et mot à mot ce que disent tous ceux de la religion réformée.

Le chancelier d'Angleterre prononcerait ces mots en plein parlement sans qu'ils fussent relevés par personne. Lorsque milord Lockhart était ambassadeur à Paris, un habitué de paroisse porta furtivement l'eucharistie dans son hôtel à un domestique malade qui était catholique ; milord Lockhart, qui le sut, chassa l'habitué de sa maison ; il dit au cardinal Mazarin qu'il ne souffrirait pas cette insulte. Il traita en propres termes l'eucharistie de dieu de pâte et d'idolâtrie. Le cardinal Mazarin lui fit des excuses.

Le grand archevêque Tillotson [5], le meilleur prédicateur de l'Europe, et presque le seul qui n'ait point déshonoré l'éloquence par de fades lieux communs ou par de vaines phrases fleuries comme Cheminais, ou par de faux raisonnements comme Bourdaloue, l'archevêque Tillotson, dis-je, parle précisément de notre eucharistie comme le chevalier de La Barre. Les mêmes paroles respectées dans milord Lockhart à Paris, et dans la bouche de milord Tillotson à Londres, ne peuvent donc être en France qu'un délit local, un délit de lieu et de temps, un mépris de l'opinion vulgaire, un discours échappé au hasard devant une ou deux personnes. N'est-ce pas le comble de la cruauté de punir ces discours secrets du même supplice dont on punirait celui qui aurait empoisonné son père et sa mère, et qui aurait mis le feu aux quatre coins de sa ville ?

Remarquez, monsieur, je vous en supplie, combien on a deux poids et deux mesures. Vous trouverez dans la *vingt-quatrième Lettre persane* de M. de Montesquieu, président à mortier du parlement de Bordeaux, de l'Académie française, ces propres paroles : « Ce magicien s'appelle pape ; tantôt il fait croire que trois ne sont qu'un, que le pain qu'on mange n'est pas du pain, ou que le vin qu'on boit n'est pas du vin, et mille autres choses de cette espèce. »

M. de Fontenelle s'était exprimé de la même manière dans sa relation de Rome et de Genève sous le nom de *Méro* et d'*Énegu*. Il y avait dix mille fois plus de scandale dans ces paroles de MM. de Fontenelle et de Montesquieu, exposées, par la lecture, aux yeux de dix mille personnes, qu'il n'y en avait dans deux ou trois mots échappés au chevalier de La Barre devant un seul témoin, paroles perdues dont il ne restait aucune trace. Les discours secrets doivent être regardés comme des pensées ; c'est un axiome dont la plus détestable barbarie doit convenir.

Je vous dirai plus, monsieur ; il n'y a point en France de loi expresse qui condamne à mort pour des blasphèmes. L'ordonnance de 1666 prescrit une amende pour la première fois, le double pour la seconde, etc., et le pilori pour la sixième récidive.

Cependant les juges d'Abbeville, par une ignorance et une cruauté inconcevables, condamnèrent le jeune d'Étallonde, âgé de dix-huit ans :

1° A souffrir le supplice de l'amputation de la langue jusqu'à la racine, ce qui s'exécute de manière que si le patient ne présente pas la langue lui-même, on la lui tire avec des tenailles de fer, et on la lui arrache.

2° On devait lui couper la main droite à la porte de la principale église.

3° Ensuite il devait être conduit dans un tombereau à la place du marché, être attaché à un poteau avec une chaîne de fer, et être brûlé à petit feu. Le sieur d'Étallonde avait heureusement épargné, par la fuite, à ses juges l'horreur de cette exécution.

Le chevalier de La Barre étant entre leurs mains, ils eurent l'humanité d'adoucir la sentence, en ordonnant qu'il serait décapité avant d'être jeté dans les flammes ; mais s'ils diminuèrent le supplice d'un côté, ils l'augmentèrent de l'autre, en le condamnant à subir la question ordinaire et extraordinaire, pour lui faire déclarer ses complices ; comme si des extravagances de jeune homme, des paroles emportées dont il ne reste pas le moindre vestige, étaient un crime d'État, une conspiration. Cette étonnante sentence fut rendue le 28 février de cette année 1766.

La jurisprudence de France est dans un si grand

chaos, et conséquemment l'ignorance des juges est si grande, que ceux qui portèrent cette sentence se fondèrent sur une déclaration de Louis XIV, émanée en 1682, à l'occasion des prétendus sortilèges et des empoisonnements réels commis par la Voisin, la Vigoureux, et les deux prêtres nommés Vigoureux et Le Sage. Cette ordonnance de 1682 prescrit à la vérité la peine de mort pour le sacrilège joint à la superstition ; mais il n'est question, dans cette loi, que de magie et de sortilège, c'est-à-dire de ceux qui, en abusant de la crédulité du peuple et en se disant magiciens, sont à la fois profanateurs et empoisonneurs : voilà la lettre et l'esprit de la loi : il s'agit, dans cette loi, de faits criminels pernicieux à la société, et non pas de vaines paroles, d'imprudences, de légèretés, de sottises commises sans aucun dessein prémédité, sans aucun complot, sans même aucun scandale public.

Les juges de la ville d'Abbeville péchaient donc visiblement contre la loi autant que contre l'humanité, en condamnant à des supplices aussi épouvantables que recherchés un gentilhomme et un fils d'une très honnête famille, tous deux dans un âge où l'on ne pouvait regarder leur étourderie que comme un égarement qu'une année de prison aurait corrigé. Il y avait même si peu de corps de délit que les juges, dans leur sentence, se servent de ces termes vagues et ridicules employés par le petit peuple : « pour avoir chanté des chansons abominables et exécrables contre la vierge Marie, les saints et saintes ». Remarquez, monsieur, qu'ils n'avaient chanté ces « chansons abominables et exécrables contre les saints et saintes » que devant un seul témoin, qu'ils pouvaient récuser légalement. Ces épithètes sont-elles de la dignité de la magistrature ? Une ancienne chanson de table n'est après tout qu'une chanson. C'est le sang humain légèrement répandu, c'est la torture, c'est le supplice de la langue arrachée, de la main coupée, du corps jeté dans les flammes, qui est abominable et exécrable.

La sénéchaussée d'Abbeville ressortit au parlement de Paris. Le chevalier de La Barre y fut transféré, son procès y fut instruit. Dix des plus célèbres avocats de Paris signèrent une consultation par laquelle ils démontrèrent l'illégalité des procédures, et l'indulgence qu'on doit à des enfants mineurs, qui ne sont accusés ni d'un complot, ni d'un crime réfléchi ; le procureur général, versé dans la jurisprudence, conclut à casser la sentence d'Abbeville : il y avait vingt-cinq juges, dix acquiescèrent aux conclusions du procureur général [6] ; mais des circonstances singulières, que je ne puis mettre par écrit, obligèrent les quinze autres à confirmer cette sentence étonnante, le 4 juin 1766.

Est-il possible, monsieur, que, dans une société qui n'est pas sauvage, cinq voix de plus sur vingt-cinq suffisent pour arracher la vie à un accusé, et très souvent à un innocent? Il faudrait dans un tel cas de l'unanimité ; il faudrait au moins que les trois quarts des voix fussent pour la mort, encore, en ce dernier cas, le quart des juges qui mitigerait l'arrêt devrait, dans l'opinion des cœurs bien faits, l'emporter sur les trois quarts de ces bourgeois cruels, qui se jouent impunément de la vie de leurs concitoyens sans que la société en retire le moindre avantage.

La France entière regarda ce jugement avec horreur. Le chevalier de La Barre fut renvoyé à Abbeville pour y être exécuté. On fit prendre aux archers qui le conduisaient des chemins détournés ; on craignait que le chevalier de La Barre ne fût délivré sur la route par ses amis ; mais c'était ce qu'on devait souhaiter plutôt que craindre.

Enfin, le 1er juillet de cette année, se fit dans Abbeville cette exécution trop mémorable : cet enfant fut d'abord appliqué à la torture. Voici quel est ce genre de tourment.

Les jambes du patient sont serrées entre des ais ; on enfonce des coins de fer ou de bois entre les ais et les genoux, les os en sont brisés. Le chevalier s'évanouit, mais il revint bientôt à lui à l'aide de quelques liqueurs spiritueuses, et déclara, sans se plaindre, qu'il n'avait point de complices.

On lui donna pour confesseur et pour assistant un dominicain [7], ami de sa tante l'abbesse, avec lequel il avait souvent soupé dans le couvent. Ce bon homme pleurait, et le chevalier le consolait. On leur servit à dîner. Le dominicain ne pouvait manger. « Prenons un peu de nourriture, lui dit le chevalier ; vous aurez besoin de force autant que moi pour soutenir le spectacle que je vais donner. »

Le spectacle en effet était terrible : on avait envoyé de Paris cinq bourreaux pour cette exécution. Je ne puis dire en effet si on lui coupa la langue et la main. Tout ce que je sais par les lettres d'Abbeville, c'est qu'il monta sur l'échafaud avec un courage tranquille, sans plainte, sans colère, et sans ostentation : tout ce qu'il dit au religieux qui l'assistait se réduit à ces paroles : « Je ne croyais pas qu'on pût faire mourir un gentilhomme pour si peu de chose. »

Il serait devenu certainement un excellent officier : il étudiait la guerre par principes ; il avait fait des remarques sur quelques ouvrages du roi de Prusse et du maréchal de Saxe, les deux plus grands généraux de l'Europe.

Lorsque la nouvelle de sa mort fut reçue à Paris, le nonce dit publiquement qu'il n'aurait point été traité ainsi à Rome, et que s'il avait avoué ses fautes à l'Inquisition d'Espagne, ou du Portugal, il n'eût été condamné qu'à une pénitence de quelques années.

Je laisse, monsieur, à votre humanité et à votre

sagesse le soin de faire des réflexions sur un événement si affreux, si étrange, et devant lequel tout ce qu'on nous conte des prétendus supplices des premiers chrétiens doit disparaître. Dites-moi quel est le plus coupable, ou un enfant qui chante deux chansons réputées impies dans sa seule secte, et innocentes dans tout le reste de la terre, ou un juge qui ameute ses confrères pour faire périr cet enfant indiscret par une mort affreuse.

Le sage et éloquent marquis de Vauvenargues a dit : « Ce qui n'offense pas la société n'est pas du ressort de sa justice [8]. » Cette vérité doit être la base de tous les codes criminels ; or certainement le chevalier de La Barre n'avait pas nui à la société en disant une parole imprudente à un valet, à une tourière, en chantant une chanson. C'étaient des imprudences secrètes dont on ne se souvenait plus ; c'étaient des légèretés d'enfant oubliées depuis plus d'une année, et qui ne furent tirées de leur obscurité que par le moyen d'un monitoire qui les fit révéler, monitoire fulminé pour un autre objet, monitoire qui forma des délateurs, monitoire tyrannique, fait pour troubler la paix de toutes les familles.

Il est si vrai qu'il ne faut pas traiter un jeune homme imprudent comme un scélérat consommé dans le crime que le jeune M. d'Étallonde, condamné par les mêmes juges à une mort encore plus horrible, a été accueilli par le roi de Prusse et mis au nombre de ses officiers ; il est regardé par tout le régiment comme un excellent sujet : qui sait si un jour il ne viendra pas se venger de l'affront qu'on lui a fait dans sa patrie ?

L'exécution du chevalier de La Barre consterna tellement tout Abbeville, et jeta dans les esprits une telle horreur, que l'on n'osa pas poursuivre le procès des autres accusés.

Vous vous étonnez sans doute, monsieur, qu'il se

passe tant de scènes si tragiques dans un pays qui se vante de la douceur de ses mœurs, et où les étrangers mêmes venaient en foule chercher les agréments de la société. Mais je ne vous cacherai point que s'il y a toujours un certain nombre d'esprits indulgents et aimables, il reste encore dans plusieurs autres un ancien caractère de barbarie que rien n'a pu effacer. Vous retrouverez encore ce même esprit qui fit mettre à prix la tête d'un cardinal premier ministre, et qui conduisait l'archevêque de Paris, un poignard à la main, dans le sanctuaire de la justice [9]. Certainement la religion était plus outragée par ces deux actions que par les étourderies du chevalier de La Barre ; mais voilà comme va le monde :

Ille crucem sceleris pretium tulit, hic diadema [10].

(Juvén., *sat.* XIII, v. 105.)

Quelques juges ont dit que, dans les circonstances présentes, la religion avait besoin de ce funeste exemple. Ils se sont bien trompés ; rien ne lui a fait plus de tort. On ne subjugue pas ainsi les esprits ; on les indigne et on les révolte.

J'ai entendu dire malheureusement à plusieurs personnes qu'elles ne pouvaient s'empêcher de détester une secte qui ne se soutenait que par des bourreaux. Ces discours publics et répétés m'ont fait frémir plus d'une fois.

On a voulu faire périr, par un supplice réservé aux empoisonneurs et aux parricides, des enfants accusés d'avoir chanté d'anciennes chansons blasphématoires, et cela même a fait prononcer plus de cent mille blasphèmes. Vous ne sauriez croire, monsieur, combien cet événement rend notre religion catholique romaine exécrable à tous les étrangers. Les juges disent que la politique les a forcés à en user ainsi. Quelle politique imbécile et barbare! Ah! monsieur, quel crime horrible contre la justice de prononcer un jugement par politique, surtout un jugement de mort! et encore de quelle mort!

L'attendrissement et l'horreur qui me saisissent ne me permettent pas d'en dire davantage.

J'ai l'honneur d'être, etc.

A M. LE COMTE DE ROCHEFORT [11]

Aux eaux de Rolle, 16 de juillet [1766] [12].

La petite acquisition de mon cœur, que vous avez faite, monsieur, vous est bien confirmée. En vous remerciant des ruines de la Grèce, que vous voulez bien m'envoyer [13]. Vous voyez quelquefois dans Paris les ruines du bon goût et du bon sens, et vous ne verrez jamais que chez un petit nombre de sages les ruines que vous désirez de voir.

Voici une relation (*la Relation d'Abbeville*) qu'on m'envoie, dans laquelle vous trouverez un triste exemple de la décadence de l'humanité. On me mande que cette horrible aventure n'a presque point fait de sensation dans Paris. Les atrocités qui ne se passent point sous nos yeux ne nous touchent guère ; personne même ne savait la cause de cette funeste catastrophe. On ne pouvait pas deviner qu'un vieux élu, très réprouvé, amoureux, à soixante ans, d'une abbesse, et jaloux d'un jeune homme de vingt-deux ans, avait seul été l'auteur d'un événement si déplorable. Si Sa Majesté en avait été informée, je suis persuadé que la bonté de son caractère l'aurait portée à faire grâce.

Voilà trois désastres bien extraordinaires, en peu d'années : ceux des Calas, des Sirven et de ces malheureux jeunes gens d'Abbeville. A quels pièges affreux la nature humaine est exposée! Je bénis ma fortune qui me fait achever ma vie dans les déserts des Suisses, où l'on ne connaît point de pareilles abominations. Elles mettent la noirceur dans l'âme. Les Français passent pour être gais et polis ; il vaudrait bien mieux passer pour être humains. Démocrite doit rire de nos folies ; mais Héraclite doit pleurer de nos cruautés. Je retournerai demain dans l'ermitage où vous m'avez vu pour recevoir le prince de Brunswick. On le dit humain et généreux : c'est le caractère des braves gens. Les robes noires, qui n'ont jamais connu le danger, sont barbares.

Pardonnez à la tristesse de ma lettre, vous, monsieur, qui pensez comme le prince de Brunswick. Conservez-moi une amitié que je mérite par mon tendre et respectueux attachement pour vous.

A D'ALEMBERT

18 juillet [1766] [14].

Frère Damilaville vous a communiqué sans doute la *Relation* d'Abbeville, mon cher philosophe. Je ne conçois pas comment des êtres pensants peuvent demeurer dans un pays de singes qui deviennent si souvent tigres. Pour moi, j'ai honte d'être même sur la frontière. En vérité, voici le temps de rompre ses liens, et de porter ailleurs l'horreur dont on est pénétré. Je n'ai pu parvenir à recevoir la consultation des avocats ; vous l'avez vue sans doute, et vous avez frémi. Ce n'est plus le temps de plaisanter, les bons mots ne conviennent point aux massacres. Quoi! des Busiris en robe font périr dans les plus horribles supplices des enfants de seize ans! et cela malgré l'avis de dix juges intègres et humains! Et la nation le souffre! A peine en parle-t-on un moment, on court ensuite à l'Opéra-Comique; et la barbarie, devenue plus insolente par notre silence, égorgera demain qui elle voudra juridiquement; et vous surtout, qui aurez élevé la voix contre elle deux ou trois minutes. Ici Calas roué, là Sirven pendu, plus loin un bâillon dans la bouche d'un lieutenant général, quinze jours après, cinq jeunes gens condamnés aux flammes pour des folies qui méritaient Saint-Lazare. Qu'importe l'Avant-propos du roi de Prusse [15]? Apporte-t-il le moindre remède à ces maux exécrables? est-ce là le pays de la philosophie et des agréments? C'est celui de la Saint Barthélemy. L'Inquisition n'aurait pas osé faire ce que des juges jansénistes viennent d'exécuter. Mandez-moi, je vous en prie, ce qu'on dit du moins, puisqu'on ne fait rien. C'est une misérable consolation d'apprendre que des monstres sont abhorrés, mais c'est la seule qui reste à notre faiblesse, et je vous la demande. M. le prince de Brunswick est outré d'indignation, de colère, et de pitié. Redoublez tous ces sentiments dans mon cœur par deux mots de votre main, que vous enverrez, par la petite poste, à frère Damilaville. Votre amitié, et celle de quelques êtres pensants, est le seul plaisir auquel je puisse être sensible.

A M. LE MARÉCHAL DUC DE RICHELIEU

19 d'aoust comme disent les Velches, car ailleurs on dit d'auguste [1766] [16].

Je demande pardon à mon héros de ne lui point écrire de ma main, et je lui demande encore pardon de ne lui pas écrire gaiement; mais je suis malade et triste. Sa missionnaire [17] a l'air d'un oiseau ; elle s'en retourne à tire-d'aile à Paris. Vous avez bien raison de dire qu'elle a une imagination brillante et faite pour vous. Elle dit que vous n'avez que trente à quarante ans, tout au plus ; elle me confirme dans l'idée où j'ai toujours été que vous n'êtes pas un homme comme un autre. Je vous admire sans pouvoir vous suivre. Vous savez que la terre est couverte de chênes et de roseaux : vous êtes le chêne, et je suis un vieux roseau tout courbé par les orages. J'avoue même que la tempête, qui a fait périr ce jeune fou de chevalier de La Barre, m'a fait plier la tête. Il faut bien que ce malheureux jeune homme n'ait pas été aussi coupable qu'on l'a dit, puisque non seulement huit avocats ont pris sa défense, mais que, de vingt-cinq juges, il y en a eu dix qui n'ont jamais voulu opiner à la mort.

J'ai une nièce dont les terres sont aux portes d'Abbeville [18]. J'ai entre les mains l'interrogatoire ; et je peux vous assurer que, dans toute cette affaire, il y a tout au plus de quoi enfermer pour trois mois à Saint-Lazare des étourdis dont le plus âgé avait vingt et un ans, et le plus jeune quinze et demi.

Il semble que l'affaire des Calas n'ait inspiré que de la cruauté. Je ne m'accoutume point à ce mélange de frivolité et de barbarie : des singes devenus des tigres affligent ma sensibilité, et révoltent mon esprit. Il est triste que les nations étrangères ne nous connaissent, depuis quelques années, que par les choses les plus avilissantes et les plus odieuses.

Je ne suis point étonné d'ailleurs que la calomnie se joigne à la cruauté. Le hasard, ce maître du monde, m'avait adressé une malheureuse famille qui se trouve précisément dans la même situation que les Calas, et pour laquelle les mêmes avocats vont présenter la même requête. Le roi de Prusse m'ayant envoyé cinq cents livres d'aumône pour cette famille malheureuse, et lui ayant offert un asile dans ses États, je lui ai répondu avec la cajolerie qu'il faut mettre dans les lettres qu'on écrit à des rois victorieux. C'était dans le temps que M. le prince de Brunswick faisait à mes petits pénates le même honneur que vous avez daigné leur faire. Voilà l'occasion du bruit qui a couru que je voulais aller finir ma carrière dans les États du roi de Prusse ; chose dont je suis très éloigné, presque tout mon bien étant placé dans le Palatinat et dans la Souabe. Je sais que tous les lieux sont égaux, et qu'il est fort indifférent de mourir sur les bords de l'Elbe ou du Rhin. Je quitterais même sans regret la retraite où vous avez daigné me voir, et que j'ai très embellie. Il la faudra même quitter, si la calomnie m'y force ; mais je n'en ai eu, jusqu'à présent, nulle envie.

Il faut que je vous dise une chose bien singulière. On a affecté de mettre, dans l'arrêt qui condamne le chevalier de La Barre, qu'il faisait des génuflexions devant le *Dictionnaire philosophique ;* il n'avait jamais eu ce livre. Le procès-verbal porte qu'un de ses camarades et lui s'étaient mis à genoux devant *Le Portier des chartreux*, et l'*Ode à Priape* de Piron ; ils récitaient les *Litanies du c..* ; ils faisaient des folies de jeunes pages ; et il n'y avait personne de la bande qui fût capable de lire un livre de philosophie. Tout le mal est venu d'une abbesse dont un vieux scélérat a été jaloux, et le roi n'a jamais su la cause véritable de cette horrible catastrophe. La voix du public indigné s'est tellement élevée contre ce jugement atroce, que les juges n'ont pas osé poursuivre le procès après l'exécution du chevalier de La Barre, qui est mort avec un courage et un sang-froid étonnant, et qui serait devenu un excellent officier.

Des avocats m'ont mandé qu'on avait fait jouer dans cette affaire des ressorts abominables. J'y suis intéressé par ce *Dictionnaire philosophique* qu'on m'a très faussement imputé. J'en suis si peu l'auteur, que l'article *Messie*, qui est tout entier dans le *Dictionnaire encyclopédique*, est d'un ministre protestant, homme de condition, et très homme de bien ; et j'ai entre les mains son manuscrit, écrit de sa propre main.

Il y a plusieurs autres articles dont les auteurs sont connus ; et, en un mot, on ne pourra jamais me convaincre d'être l'auteur de cet ouvrage. On m'impute beaucoup de livres, et depuis longtemps je n'en fais aucun. Je remplis mes devoirs ; j'ai, Dieu merci, les attestations de mes curés et des États de ma petite province. On peut me persécuter, mais ce ne sera certainement pas avec justice. Si d'ailleurs j'avais besoin d'un asile, il n'y a aucun souverain, depuis l'impératrice de Russie jusqu'au landgrave de Hesse, qui ne m'en ait offert. Je ne serais pas persécuté en Italie ; pourquoi le serais-je dans ma patrie ? Je ne vois pas quelle pourrait être la raison d'une persécution nouvelle, à moins que ce ne fût pour plaire à Fréron.

J'ai encore une chose à vous dire, mon héros, dans ma confession générale, c'est que je n'ai jamais été gai que par emprunt. Quiconque fait des tragédies et écrit des histoires, est naturellement sérieux, quelque français qu'il puisse être. Vous avez adouci et égayé mes mœurs, quand j'ai été assez heureux pour vous faire ma cour. J'étais chenille, j'ai pris quelquefois des ailes de papillon ; mais je suis redevenu chenille.

Vivez heureux, et vivez longtemps : voilà mon refrain. La nation a besoin de vous. Le prince de Brunswick se désespérait de ne vous avoir pas vu ; il convenait avec moi que vous êtes le seul qui ayez soutenu la gloire de la France. Votre gaieté doit être inaltérable ; elle est accompagnée des suffrages du public, et je ne connais guère de carrière plus belle que la vôtre.

Agréez mes vœux ardents et mon très respectueux hommage qui ne finira qu'avec ma vie. V.

P. S. Oserais-je vous conjurer de donner ce mémoire à M. de Saint-Florentin, et de daigner l'appuyer de votre puissante protection et de toutes vos forces? Quand on peut, avec des paroles, tirer une famille d'honnêtes gens de la plus horrible calamité, on doit dire ces paroles : je vous le demande en grâce.

A M. D'ÉTALLONDE DE MORIVAL

Le 10 février [1767] [19].

Dans la situation où vous êtes, monsieur, j'ai cru ne pouvoir mieux faire que de prendre la liberté de vous recommander fortement au maître que vous servez aujourd'hui. Il est vrai que ma recommandation est bien peu de chose, et qu'il ne m'appartient pas d'oser espérer qu'il puisse y avoir égard ; mais il me parut, l'année passée, si touché et si indigné de l'horrible destinée de votre ami et de la barbarie de vos juges ; il me fit l'honneur de m'en écrire plusieurs fois avec tant de compassion et tant de philosophie, que j'ai cru devoir lui parler à cœur ouvert, en dernier lieu, de ce qui vous regarde. Il sait que vous n'êtes coupable que de vous être moqué inconsidérément d'une superstition que tous les hommes sensés détestent dans le fond de leur cœur. Vous avez ri des grimaces des singes dans le pays des singes, et les singes vous ont déchiré. Tout ce qu'il y a d'honnêtes gens en France (et il y en a beaucoup) ont regardé votre arrêt avec horreur. Vous auriez pu aisément vous réfugier, sous un autre nom, dans quelque province ; mais, puisque vous avez pris le parti de servir un grand roi philosophe, il faut espérer que vous ne vous en repentirez pas. Les épreuves sont longues dans le service où vous êtes ; la discipline, sévère ; la fortune, médiocre, mais honnête. Je voudrais bien qu'en considération de votre malheur et de votre jeunesse il vous encourageât par quelque grade. Je lui ai mandé que vous m'aviez écrit une lettre pleine de raison, que vous avez de l'esprit, que vous êtes rempli de bonne volonté, que votre fatale aventure servira à vous rendre plus circonspect et plus attaché à vos devoirs.

Vous saurez sans doute bientôt l'allemand parfaitement ; cela ne vous sera pas inutile. Il y aura mille occasions où le roi pourra vous employer, en conséquence des bons témoignages qu'on rendra de vous. Quelquefois les plus grands malheurs ont ouvert le chemin de la fortune. Si vous trouvez, dans le pays où vous êtes, quelque poste à votre convenance, quelque place que vous puissiez demander, vous n'avez qu'à m'écrire à la même adresse, et je prendrai la liberté d'en écrire au roi. Mon premier dessein était de vous faire entrer dans un établissement qu'on projetait à Clèves, mais il est survenu des obstacles ; ce projet a été dérangé, et les bontés du roi que vous servez me paraissent à présent d'une grande ressource.

Celui qui vous écrit désire passionnément de vous servir, et voudrait, s'il le pouvait, faire repentir les barbares qui ont traité des enfants avec tant d'inhumanité.

A M. CHARDON [20]

5 d'avril [1767] [21].

Monsieur,

Il paraît, par la lettre dont vous m'honorez, du 27 de mars, que vous avez vu des choses bien tristes dans les deux hémisphères. Si le pays d'Eldorado avait été cultivable, il y a grande apparence que l'amiral Drake s'en serait emparé, ou que les Hollandais y auraient envoyé quelques colonies de Surinam. On a bien raison de dire de la France : *Non illi imperium pelagi;* mais, si on ajoute : *Illa se jactet in aula* [22], ce ne sera pas *in aula tolosana.*

Je suis persuadé, monsieur, que vous auriez couru toute l'Amérique sans pouvoir trouver, chez les nations nommées sauvages, deux exemples consécutifs d'accusations de parricides, et surtout de parricides commis par amour de la religion. Vous auriez trouvé encore moins, chez des peuples qui n'ont qu'une raison simple et grossière, des pères de famille condamnés à la roue et à la corde, sur les indices les plus frivoles, et contre toutes les probabilités humaines.

Il faut que la raison languedochienne soit d'une autre espèce que celle des autres hommes. Notre jurisprudence a produit d'étranges scènes depuis quelques années ; elles font frémir le reste de l'Europe. Il est bien cruel que, depuis Moscou jusqu'au Rhin, on dise que, n'ayant su nous défendre ni sur mer ni sur terre, nous avons eu le courage de rouer l'innocent Calas, de pendre en effigie et de ruiner en réalité la famille Sirven, de disloquer dans les tortures le petit-fils d'un lieutenant général, un enfant de dix-neuf ans ; de lui couper la main et la langue, de jeter sa tête d'un côté, et son corps de l'autre, dans les flammes, pour avoir chanté deux chansons grivoises, et avoir passé devant une procession de capucins sans ôter son chapeau. Je voudrais que les gens qui sont si fiers et si rogues sur leurs paillers, voyageassent un peu dans l'Europe, qu'ils entendissent ce que l'on dit d'eux, qu'ils vissent au moins les lettres que des princes éclairés écrivent sur leur conduite ; ils rougiraient, et la France ne présenterait plus aux autres nations le spectacle inconcevable de l'atrocité fanatique qui règne d'un côté, et de la douceur, de la politesse, des grâces, de l'enjouement et de la philosophie indulgente qui règnent de l'autre, et tout cela dans une même ville, dans une ville sur laquelle toute l'Europe n'a les yeux que parce que les beaux-arts y ont été cultivés ; car il est très vrai que ce sont nos beaux-arts seuls qui engagent les Russes et les Sarmates à parler notre langue. Ces arts, autrefois si bien cultivés en France, font que les autres nations nous pardonnent nos férocités et nos folies.

Vous me paraissez trop philosophe, monsieur, et vous me marquez trop de bonté pour que je ne vous parle pas avec toute la vérité qui est dans mon cœur. Je vous plains infiniment de remuer, dans l'horrible château où vous allez tous les jours, le cloaque de nos malheurs. La brillante fonction de faire valoir le code de la raison et de l'innocence des Sirven sera plus consolante pour une âme comme la vôtre. Je suis bien sensiblement touché des dispositions où vous êtes de sacrifier votre temps, et même votre santé, pour rapporter et pour juger l'affaire des Sirven, dans le temps que vous êtes enfoncé dans le labyrinthe de la Cayenne. Nous vous supplions, Sirven et moi, de ne vous point gêner. Nous attendrons votre commodité avec une patience qui ne nous coûtera rien, et qui ne diminuera pas assurément notre reconnaissance. Que cette malheureuse famille soit justifiée à la Saint-Jean ou à la Pentecôte, il n'importe ; elle jouit du moins de la liberté et du soleil, et l'intendant de la Cayenne n'en jouit pas. C'est au plus malheureux que vous donnez bien justement vos premiers soins ; et je suis encore étonné que, dans la multitude de vos affaires, vous ayez trouvé le temps de m'écrire une lettre que j'ai relue plusieurs fois avec autant d'attendrissement que d'admiration. Pénétré de ces sentiments et d'un sincère respect, j'ai l'honneur d'être, monsieur, votre etc.

A M. D'ÉTALLONDE DE MORIVAL

26 de mai [1767] [23].

Je fus très consolé, monsieur, quand le roi de Prusse daigna me mander qu'il vous ferait du bien. Il a rempli sur-le-champ ses promesses, et j'ai l'honneur de lui écrire aujourd'hui pour l'en remercier du fond de mon cœur. Il est assurément bien loin de penser comme vos infâmes persécuteurs. Je voudrais que vous commandassiez un jour ses armées, et que vous vinssiez assiéger Abbeville. Je ne sais rien de plus déshonorant pour notre nation que l'arrêt atroce rendu contre des jeunes gens de famille, que partout ailleurs on aurait condamnés à six mois de prison.

Le nonce disait hautement à Paris que l'inquisition elle-même n'aurait jamais été si cruelle. Je mets cet assassinat à côté de celui des Calas, et immédiatement au-dessous de la Saint-Barthélemy. Notre nation est frivole, mais elle est cruelle. Il y a peut-être dans la France sept à huit cents personnes de mœurs douces et de bonne compagnie, qui sont la fleur de la nation, et qui font illusion aux étrangers. Dans ce nombre il s'en trouve toujours dix ou douze qui cultivent les arts avec succès. On juge de la nation par eux, on se trompe cruellement. Nos vieux prêtres et nos vieux magistrats sont précisément ce qu'étaient les anciens druides qui sacrifiaient des hommes : les mœurs ne changent point.

Vous savez que M. le chevalier de La Barre est mort en héros. Sa fermeté noble et simple, dans une si grande jeunesse, m'arrache encore des larmes. J'eus hier la visite d'un officier de la légion de Soubise, qui est d'Abbeville. Il m'a dit qu'il s'était donné tous les mouvements possibles pour prévenir l'exécrable catastrophe qui a indigné tous les gens sensés de l'Europe. Tout ce qu'il m'a dit a bien redoublé ma sensibilité. Quelle religion, monsieur, qu'une secte absurde qui ne se soutient que par des bourreaux, et dont les chefs s'engraissent de la substance des malheureux!

Servez un roi philosophe, et détestez à jamais la plus détestable des superstitions.

A M. LE COMTE DE ROCHEFORT

2 de novembre [1768] [24].

L'enterré ressuscite un moment, monsieur, pour vous dire que, s'il vivait une éternité, il vous aimerait pendant tout ce temps-là. Il est comblé de vos bontés : il lui est encore arrivé deux gros fromages par votre munificence. S'il avait de la santé, il trouverait son sort très préférable à celui du rat retiré du monde dans un fromage d'Hollande ; mais quand on est vieux et malade, tout ce qu'on peut faire c'est de supporter la vie et de se cacher.

Je vous ai envoyé quatre volumes du *Siècle de Louis XIV* et de *Louis XV;* mais, en France, les fromages arrivent beaucoup plus sûrement par le coche que les livres. Je crois qu'il faudra tout votre crédit pour que les commis à la douane des pensées vous délivrent le récit de la bataille de Fontenoy et la prise de Minorque. La société s'est si bien perfectionnée qu'on ne peut plus rien lire sans la permission de la chambre syndicale des librairies. On dit qu'un célèbre janséniste a proposé un édit par lequel il sera défendu à tous les philosophes de parler, à moins que ce ne soit en présence de deux députés de Sorbonne, qui rendront compte au *prima mensis* de tout ce qui aura été dit dans Paris dans le cours du mois.

Pour moi, je pense qu'il serait beaucoup plus utile et plus convenable de leur *couper la main droite* pour les empêcher d'écrire, et de leur *arracher la langue* de peur qu'ils ne parlent. C'est une excellente précaution dont on s'est déjà servi, et qui a fait beaucoup d'honneur à notre nation. Ce petit préservatif a même été essayé avec succès dans Abbeville sur le petit-fils d'un lieutenant général ; mais ce ne sont là que des palliatifs. Mon avis serait qu'on fît une Saint-Barthélemy de tous les philosophes, et qu'on égorgeât dans leur lit tous ceux qui auraient Locke, Montaigne, Bayle dans leur bibliothèque. Je voudrais même qu'on brûlât tous les livres, excepté *La Gazette ecclésiastique* et *Le Journal chrétien*.

Je resterai constamment dans ma solitude jusqu'à ce que je voie ces jours heureux où la pensée sera bannie du monde, et où les hommes seront parvenus au noble état de brutes. Cependant, monsieur, tant que je penserai et que j'aurai du sentiment, soyez sûr que je vous serai tendrement attaché. Si on faisait une Saint-Barthélemy de ceux qui ont les idées justes et nobles, vous seriez sûrement massacré un des premiers. En attendant, conservez-moi vos bontés. Je me mets aux pieds de madame de Rochefort.

A M. CHRISTIN, AVOCAT A SAINT-CLAUDE

13 de novembre [1768][25]

Vous ne savez pas, mon cher petit philosophe, combien je vous regrette. Je ne peux plus parler qu'aux gens qui pensent comme vous ; il n'y a que la communication de la philosophie qui console.

On me mande de Toulouse ce que vous allez lire. « Je connais actuellement assez Toulouse pour vous assurer qu'il n'est peut-être aucune ville du royaume où il y ait autant de gens éclairés. Il est vrai qu'il s'y trouve plus qu'ailleurs des hommes durs et opiniâtres, incapables de se prêter un seul moment à la raison ; mais leur nombre diminue chaque jour, et non seulement toute la jeunesse du parlement, mais une grande partie du centre et plusieurs hommes de la tête vous sont entièrement dévoués. Vous ne sauriez croire combien tout a changé depuis la malheureuse aventure de Calas. On va jusqu'à se reprocher le jugement rendu contre M. Rochette et les trois gentilshommes ; on regarde le premier comme injuste, et le second comme trop sévère. »

Mon cher ami, attisez bien le feu sacré dans votre Franche-Comté. Voici un petit A.B.C. qui m'est tombé entre les mains ; je vous en ferai passer quelques-uns à mesure ; recommandez seulement au postillon de passer chez moi, et je le garnirai à chaque voyage. Je vous supplie de me faire venir *Le Spectacle de la nature*, *Les Révolutions* de Vertot[26], les *Lettres américaines sur l'Histoire naturelle* de M. de Buffon ; le plus tôt c'est toujours le mieux : je vous serai très obligé. Je vous embrasse le plus tendrement qu'il est possible.

A LA MARQUISE DU DEFFAND

A Ferney, 25 janvier [1775][27].

[...] Mais venons, je vous prie, à l'affaire que vous voulez bien protéger. Je me suis mis aux pieds de Mme la duchesse d'Anville[28] ; je ne compte que sur elle, je n'aurai d'obligation qu'à elle. Nous demandons un sauf-conduit et rien autre chose ; mais, comme ces sauf-conduits se donnent par M. de Vergennes aux affaires étrangères, il a fallu absolument commencer par avoir un congé du roi de Prusse, et en donner part à son ambassadeur, d'autant plus que le roi de Prusse lui-même a recommandé vivement mon jeune homme à ce ministre.

Nous attendons de la protection de Mme la duchesse d'Anville, que nous obtiendrons, en termes honorables, ce sauf-conduit si nécessaire ; le temps fera le reste. Ce sera peut-être une chose aussi curieuse qu'affreuse de voir comment un petit juge de province, voulant perdre Mme de Brou, abbesse de Willencourt, suborna des faux témoins, et nomma, pour juger avec lui, un procureur devenu marchand de bois et de vin, condamné aux consuls pour des friponneries.

C'est ce cabaretier qui condamna, lui troisième, deux enfants innocents au supplice des parricides. On ne le croirait pas ; vous ne m'en croirez pas vous-même, en vous faisant lire ma lettre ; cependant rien n'est plus vrai.

Cette étrange vengeance fut confirmée au parlement de Paris, à la pluralité des voix. Il y avait six mille pages de procédures à lire : il fallait, ce jour-là, écrire aux *classes*, et minuter des remontrances. On ne peut pas songer à tout. On se dépêcha de dire que le marchand de bois avait *bien jugé;* et ces deux mots suffirent pour briser les os de ces deux enfants, pour leur arracher la langue avec des tenailles, pour leur couper la main droite, pour jeter leur corps tout vivant dans un feu composé de deux voies de bois et de deux charrettes de fagots. L'un subit ce martyre en personne, l'autre en effigie ; mais le temps vient où le sang innocent crie vengeance.

Cet exécrable assassinat est plus horrible que celui des Calas, car les juges des Calas s'étaient trompés sur les apparences, et avaient été coupables de bonne foi ; mais ceux d'Abbeville ne se trompèrent pas : ils virent leur crime, et ils le commirent. Je crois vous avoir déjà dit, madame, à peu près ce que je vous dis aujourd'hui ; mais je suis si plein que je répète.

Mon grand malheur est que je désespère de vivre assez longtemps pour venir à bout de mon entreprise ; mais je l'aurai du moins mise en bon train. Les parties intéressées achèveront ce que j'ai commencé.

Pour écarter l'horreur de ces idées, je vous demande comment je pourrais m'y prendre pour vous faire tenir un chiffon qui vous ennuiera peut-être. Il est dédié à un homme que vous n'aimez point, à ce qu'on dit ; c'est M. d'Alembert ; mais vous pardonnerez sans doute à un académicien qui dédie un ouvrage à l'Académie, sous le nom de son secrétaire. Si vous ne l'aimez pas, vous l'estimez ; et il vous le rend au centuple.

Moi, je vous estime et je vous aime de toutes les forces de ce qu'on appelle mon âme.

LE CRI
DU SANG INNOCENT

AU ROI TRÈS CHRÉTIEN,
EN SON CONSEIL

Sire,

L'auguste cérémonie de votre sacre n'a rien ajouté aux droits de votre majesté ; les serments qu'elle a fait d'être bon et humain, n'ont pu augmenter la magnanimité de votre cœur et votre amour de la justice. Mais c'est en ces solennités que les infortunés sont autorisés à se jeter à vos pieds : ils y courent en foule ; c'est le temps de la clémence ; elle est assise sur le trône à vos côtés, elle vous présente ceux que la persécution opprime. Je lui tends de loin les bras, du fond d'un pays étranger. Opprimé depuis l'âge de quinze ans (et l'Europe sait avec quelle horreur) je suis sans avocat, sans appui, sans patron ; mais vous êtes juste.

Né gentilhomme dans votre brave et fidèle province de Picardie [29], mon nom est d'Étallonde de Morival. Plusieurs de mes parents sont morts au service de l'État. J'ai un frère capitaine au régiment de Champagne. Je me suis destiné au service dès mon enfance.

J'étais dans la Gueldre, en 1765, où j'apprenais la langue allemande et un peu de mathématique pratique, deux choses nécessaires à un officier, lorsque le bruit que j'étais impliqué dans un procès criminel au présidial d'Abbeville parvint jusqu'à moi.

On me manda des particularités si atroces et si

inouïes sur cette affaire, à laquelle je n'aurais jamais dû m'attendre, que je conçus, tout jeune que j'étais, le dessein de ne jamais rentrer dans une ville livrée à des cabales et à des manœuvres qui effarouchaient mon caractère. Je me sentais né avec assez de courage et de désintéressement pour porter les armes en quelque qualité que ce pût être. Je savais déjà très bien l'allemand : frappé du mérite militaire des troupes prussiennes, et de la gloire étonnante du souverain qui les a formées, j'entrai cadet dans un de ses régiments.

Ma franchise ne me permit pas de dissimuler que j'étais catholique, et que jamais je ne changerais de religion : cette déclaration ne me nuisit point, et je produis encore des attestations de mes commandants, qui attestent que j'ai toujours rempli les fonctions de catholique et les devoirs de soldat. Je trouvai chez les Prussiens des vainqueurs, et point d'intolérants.

Je crus inutile de faire connaître ma naissance et ma famille, je servis avec la régularité la plus ponctuelle.

Le roi de Prusse, qui entre dans tous les détails de ses régiments, sut qu'il y avait un jeune Français qui passait pour sage, qui ne connaissait les débauches d'aucune espèce, qui n'avait jamais été repris d'aucun de ses supérieurs, et dont l'unique occupation, après ses exercices, était d'étudier l'art du génie : il daigna me faire officier, sans même s'informer qui j'étais. Et enfin ayant vu par hasard quelques-uns de mes plans de fortifications, de marches, de campements et de batailles, il m'a honoré du titre de son aide de camp et de son ingénieur. Je lui en dois une éternelle reconnaissance ; mon devoir est de vivre et de mourir à son service. Votre majesté a trop de grandeur d'âme, pour ne pas approuver de tels sentiments.

Que votre justice et celle de votre conseil daignent maintenant jeter un coup d'œil sur l'attentat contre les lois et sur la barbarie dont je porte ma plainte.

Mme l'abbesse de Willancourt, monastère d'Abbeville, fille respectable d'un garde des sceaux estimé de toute la France presque autant que celui qui vous sert aujourd'hui si bien dans cette place, avait pour implacable ennemi un conseiller du présidial, nommé Duval de Soicourt. Cette inimitié publique, encore plus commune dans les petites villes que dans les grandes, n'était que trop connue dans Abbeville, madame l'abbesse avait été forcée de priver Soicourt, par avis de parents, de la curatelle d'une jeune personne assez riche, élevée dans son couvent.

Soicourt venait encore de perdre deux procès contre des familles d'Abbeville. On savait qu'il avait juré de s'en venger.

On connait jusqu'à quel excès affreux il a porté cette vengeance. L'Europe entière en a eu horreur ; et cette horreur augmente encore tous les jours, loin de s'affaiblir par le temps.

Il est public que Duval de Soicourt se conduisit précisément dans Abbeville [30], comme le capitoul David avait agi contre les innocents Calas dans Toulouse. Votre majesté a, sans doute, entendu parler de cet assassinat juridique des Calas, que votre conseil a condamné avec tant de justice et de force. C'est contre une pareille barbarie que j'atteste votre équité.

La généreuse Mme Feydeau de Brou, abbesse de Willancourt, élevait auprès d'elle un jeune homme, son cousin germain, petit-fils d'un lieutenant-général de vos armées, qui était à peu près de mon âge, et qui étudiait comme moi la tactique. Ses talents étaient infiniment supérieurs aux miens. J'ai encore de sa main des notes sur les campagnes du roi de

Prusse et du maréchal de Saxe, qui font voir qu'il aurait été digne de servir sous ces grands hommes.

La conformité de nos études nous ayant liés ensemble, j'eus l'honneur d'être invité à dîner avec lui chez madame l'abbesse, dans l'extérieur du couvent, au mois de juin 1765 : nous y allions assez tard, et nous étions fort pressés. Il tombait une petite pluie ; nous rencontrâmes quelques enfants de notre connaissance ; nous mîmes nos chapeaux, et nous continuâmes notre route. Nous étions, je m'en souviens, à plus de cinquante pas d'une procession de capucins.

Soicourt ayant su que nous ne nous étions point détournés de notre chemin pour aller nous mettre à genoux devant cette procession, projeta d'abord d'en faire un procès au cousin germain de madame l'abbesse. C'était seulement, disait-il, pour l'inquiéter, et pour lui faire voir qu'il était un homme à craindre.

Mais ayant su qu'un crucifix de bois, élevé sur le pont neuf de la ville, avait été mutilé depuis quelque temps, soit par vétusté, soit par quelque charrette, il résolut de nous en accuser, et de joindre ces deux griefs ensemble. Cette entreprise était difficile.

Je n'ai, sans doute, rien exagéré quand j'ai dit qu'il imita la conduite du capitoul David ; car il écrivit lettres sur lettres à l'évêque d'Amiens ; et ces lettres doivent se retrouver dans les papiers de ce prélat. Il dit qu'il y avait une conspiration contre la religion catholique romaine ; que l'on donnait tous les jours des coups de bâton aux crucifix ; qu'on se munissait d'hosties consacrées, qu'on les perçait à coups de couteau, et que, selon le bruit public, elles avaient répandu du sang.

On ne croira pas cet excès d'absurde calomnie ; je ne la crois pas moi-même ; cependant je la lis dans les copies des pièces qu'on m'a enfin remises entre les mains.

Sur cet exposé non moins extravagant qu'odieux, on obtint des monitoires, c'est-à-dire, des ordres à toutes les servantes, à toute la populace d'aller révéler aux juges tous les contes qu'elles auraient entendu faire, et de calomnier en justice, sous peine d'être damnées.

On ignore dans Paris, comme je l'avais toujours ignoré moi-même, que Duval de Soicourt ayant intimidé tout Abbeville, porté l'alarme dans toutes les familles, ayant forcé madame l'abbesse à quitter son abbaye pour aller solliciter à la cour, se trouvant libre pour faire le mal, et ne trouvant pas deux assesseurs pour faire le mal avec lui, osa associer au ministère de juge : qui? on ne le croira pas encore ; cela est aussi absurde que les hosties percées à coups de couteau, et versant du sang : qui, dis-je, fut le troisième juge avec Duval? un marchand de vin, de bœufs et de cochons! un nommé Broutel, qui avait acheté dans la juridiction un office de procureur, qui avait même exercé très rarement cette charge : oui, encore une fois, un marchand de cochons, chargé alors de deux sentences des consuls d'Abbeville contre lui, et qui lui ordonnent de produire ses comptes. Dans ce temps-là même il avait déjà un procès à la cour des aides de Paris, procès qu'il perdit bientôt après ; l'arrêt le déclara incapable de posséder aucune charge municipale dans votre royaume.

Tels furent mes juges pendant que je servais un grand roi, et que je me disposais à servir votre majesté, Soicourt et Broutel avaient déterré une sentence rendue, il y a cent trente années, dans des temps de trouble en Picardie, sur quelques profanations fort différentes. Ils la copièrent ; ils condamnèrent deux enfants. Je suis l'un des deux ; l'autre est ce petit-fils d'un général de vos armées : c'est ce chevalier de La Barre dont je ne puis prononcer le nom qu'en répandant des larmes ; c'est ce jeune homme qui en a coûté à toutes les âmes sensibles, depuis le trône de Pétersbourg jusqu'au trône pontifical de Rome ; c'est cet enfant plein de vertus et de talents au-dessus de son âge, qui mourut dans Abbeville, au milieu de cinq bourreaux, avec la même résignation et le même courage modeste qu'étaient morts le fils du grand de Thou, le Tite-Live de la France, le conseiller Dubourg, le maréchal de Marillac, et tant d'autres.

Si votre majesté fait la guerre, elle verra mille gentilshommes mourir à ses pieds : la gloire de leur mort pourra vous consoler de leur perte, vous, Sire, et leurs familles. Mais être traîné à un supplice affreux et infâme, périr par l'ordre d'un Broutel! quel état! et qui peut s'en consoler!

On demandera peut-être comment la sentence d'Abbeville, qui était nulle et de toute nullité, a pu cependant être confirmée par le parlement de Paris, a pu être exécutée en partie ; en voici la raison : c'est que le parlement ne pouvait savoir quels étaient ceux qui l'avaient prononcée.

Des enfants plongés dans des cachots, et ne connaissant point ce Broutel, leur premier bourreau, ne pouvaient dire au parlement : Nous sommes condamnés par un marchand de bœufs et de porcs, chargé de décrets des consuls contre lui. Ils ne le savaient pas ; Broutel s'était dit avocat. Il avait pris en effet pour cinquante francs des lettres de gradué à Reims ; il s'était fait mettre à Paris sur le tableau des licenciés ès lois ; ainsi il y avait un fantôme de gradué pour condamner ces pauvres enfants, et ils n'avaient pas un seul avocat pour les défendre. L'état horrible où ils furent pendant toute la procédure avait tellement altéré leurs organes, qu'ils étaient incapables de penser et de parler, et qu'ils ressemblaient parfaitement aux agneaux que Broutel vendit si souvent aux bouchers d'Abbeville.

Votre conseil, Sire, peut remarquer qu'on permet en France à un banqueroutier frauduleux d'être assisté continuellement par un avocat, et qu'on ne le permit pas à des mineurs dans un procès où il s'agissait de leur vie.

Grâce aux monitoires, reste odieux de l'ancienne procédure de l'inquisition, Soicourt et Broutel avaient fait entendre cent vingt témoins, la plupart gens de la lie du peuple ; et de ces cent vingt témoins, il n'y en avait pas trois d'oculaires. Cependant il fallut tout lire, tout rapporter : cette énorme compilation, qui contenait six mille pages, ne pouvait que fatiguer le parlement, occupé alors des besoins de l'État dans une crise assez grande. Les opinions se partagèrent, et la confirmation de l'affreuse sentence ne passa enfin que de deux voix.

Je ne demande point si, au tribunal de l'humanité et de la raison, deux voix devraient suffire pour condamner des innocents au supplice que l'on inflige aux parricides. Pougatchev, souillé de mille assassinats barbares, et du crime le plus avéré de lèse-majesté et de lèse-société au premier chef, n'a subi d'autre supplice que celui d'avoir la tête tranchée.

La sentence de Duval de Soicourt et du marchand de bœufs portait qu'on nous couperait le poing, qu'on nous arracherait la langue, qu'on nous jetterait dans les flammes. Cette sentence fut confirmée par la prépondérance de deux voix.

Le parlement a gémi que les anciennes lois le forcent à ne consulter que cette pluralité pour arracher la vie à un citoyen. Hélas! m'est-il permis d'observer que chez les Algonquins, les Hurons, les Chiacas, il faut que toutes les voix soient unanimes pour dépecer un prisonnier et pour le manger? Quand elles ne le sont pas, le captif est adopté dans une famille, et regardé comme l'enfant de la maison.

Sire, mon application à mes devoirs ne m'a pas permis d'être instruit plus tôt des détails de cette Saint-Barthélemy d'Abbeville. Je ne sais que d'aujourd'hui que l'on destinait trois autres enfants à cette boucherie. J'apprends que les parents de ces enfants trouvèrent huit avocats pour les défendre, quoiqu'en matière criminelle les accusés n'aient jamais le secours d'un avocat quand on les interroge, et quand on les confronte. Mais un avocat est en droit de parler pour eux sur tout ce qui ne concerne pas la procédure secrète. Et qu'il me soit permis, Sire, de remarquer ici que chez les Romains, nos législateurs et nos maîtres, et chez les nations qui se piquent d'imiter les Romains, il n'y eut jamais de pièces secrètes. Enfin, Sire, sur la seule connaissance de ce qui était public, ces huit avocats intrépides déclarèrent, le 27 juin 1766 :

1° Que le juge Soicourt ne pouvait être juge, puisqu'il était partie (pages 15 et 16 de la consultation).

2° Que Broutel ne pouvait être juge, puisqu'il avait agi en plusieurs affaires en qualité de procureur, et que son unique occupation était alors de vendre des bestiaux (page 17).

3° Que cette manœuvre de Soicourt et de Broutel était une infraction punissable de la loi (mêmes pages).

Cette décision de huit avocats célèbres est signée Celier, d'Outremont, Gerbier, Vouglans, Timberge, Turpin, Linguet.

Il est vrai qu'elle vint trop tard. L'estimable chevalier de La Barre était déjà sacrifié. L'injustice et l'horreur de son supplice, jointes à la décision de huit jurisconsultes, firent une telle impression sur tous les cœurs, que les juges d'Abbeville n'osèrent poursuivre cet abominable procès. Ils s'enfuirent à la campagne, de peur d'être lapidés par le peuple. Plus de procédures, plus d'interrogatoires et de confrontations. Tout fut absorbé dans l'horreur qu'ils inspiraient à la nation, et qu'ils ressentaient en eux-mêmes.

Je n'ai pu, Sire, faire entendre autour de votre trône, le cri du sang innocent. Souffrez que j'appelle aujourd'hui à mon secours le jugement de huit interprètes des lois qui demandent vengeance pour moi, comme pour les trois autres enfants qu'ils ont sauvés de la mort. La cause de ces enfants est la mienne. Je n'ai pas même osé m'adresser seul à votre majesté sans avoir consulté le roi mon maître, sans avoir demandé l'opinion de son chancelier et des chefs de la justice : ils ont confirmé l'avis des huit jurisconsultes de votre parlement. On connaît depuis longtemps l'avis du marquis de Beccaria, qui est à la tête des lois de l'Empire. Il n'y a qu'une voix en Angleterre et dans le grand tribunal de la Russie sur cette affreuse et incroyable catastrophe. Rome ne pense pas autrement que Pétersbourg, Astrakan et Kazan. Je pourrais, Sire, demander justice à votre majesté au nom de l'Europe et de l'Asie. Votre conseil, qui a vengé le sang des Calas, aurait pour moi la même équité. Mais étranger pendant dix années, lié à mes devoirs, loin de la France, ignorant la route qu'il faut tenir pour parvenir à une révision de procès, je suis forcé de me borner à représenter à votre majesté l'excès de la cruauté commise dans un temps où cette cruauté ne pouvait parvenir à vos oreilles. Il me suffit que votre équité soit instruite.

Je me joins à tous vos sujets dans l'amour respectueux qu'ils ont pour votre personne, et dans les vœux unanimes pour votre prospérité qui n'égalera jamais vos vertus.

A Neufchâtel, ce 30 juin 1775.

PRÉCIS DE LA PROCÉDURE D'ABBEVILLE

Du 26 septembre 1765.

Un prévôt de salle, nommé Étienne Naturé, ami de Broutel, et buvant souvent avec lui, dit qu'il a entendu, dans la salle d'armes du sieur d'Étallonde, avouer qu'il n'avait pas ôté son chapeau devant la procession des capucins, conjointement avec le chevalier de La Barre et le sieur Moisnel.

Et le même Étienne Naturé se dédit entièrement à la confrontation avec les sieurs chevalier de La Barre et Moisnel ; et déclare expressément que le sieur d'Étallonde n'a jamais mis le pied dans la salle d'armes.

Du 28.

Le sieur Aliamet dépose avoir ouï dire qu'un nommé Bauvalet avait dit que le sieur d'Étallonde avait dit qu'il avait trouvé, chez ce nommé Bauvalet, un médaillon de plâtre fort mal fait, et qu'ayant proposé de l'acheter de ce nommé Bauvalet, il avait dit que c'était pour le briser, « parce qu'il ne valait pas le diable ».

Il ne spécifie point ce que ce médaillon représentait, et on ne voit pas ce qu'on peut inférer de cette déposition. On a prétendu que ce plâtre représentait quelques figures de la passion, fort mal faites.

Le même jour, Antoine Watier, âgé de seize à dix-sept ans, dépose avoir entendu le sieur d'Étallonde chanter une chanson, dans laquelle il est question d'un saint qui avait eu autrefois une maladie vénérienne, et ajoute qu'il ne se souvient pas du nom de ce saint. Le sieur d'Étallonde proteste qu'il ne connaît ni ce saint ni Watier.

Du 5 décembre 1765.

Marie-Antoinette Le Leu, femme d'un maître de jeu de billard, dépose que le sieur d'Étallonde a chanté une chanson dans laquelle « Marie-Madeleine avait ses mal-semaines ».

Il est bien indécent d'écouter sérieusement de telles sottises ; et rien ne démontre mieux l'acharnement grossier de Duval de Soicourt et de Broutel. Si Madeleine était pécheresse, il est clair qu'elle était sujette à des mal-semaines, autrement des menstrues, des ordinaires. Mais si quelque loustic d'un régiment, ou quelque goujat a fait autrefois cette misérable chanson grivoise, si un enfant l'a chantée, il ne paraît pas que cet enfant mérite la mort la plus recherchée et la plus cruelle, et périsse dans des supplices que les Busiris et les Nérons n'osaient pas inventer.

Le même jour, le sieur de La Vieuville dépose avoir ouï dire au sieur de Saveuse, qu'il a entendu dire au sieur Moisnel que le sieur d'Étallonde avait un jour escrimé avec sa canne sur le pont neuf contre un crucifix de bois.

Je réponds que non seulement cela est très faux, mais que cela est impossible. Je ne portais jamais de canne, mais une petite baguette fort légère. Le crucifix qui était alors sur le pont neuf, était élevé, comme tout Abbeville le sait, sur un gros piédestal de huit pieds de haut, et par conséquent il n'était pas possible d'escrimer contre cette figure.

J'ajoute qu'il eût été à souhaiter que les choses

saintes ne fussent jamais placées que dans les lieux saints, et je crois indécent qu'un crucifix soit dans une rue, exposé à être brisé par tous les accidents.

Du 3 octobre 1765.

Le sieur Moisnel, enfant de quatorze ou quinze ans, est retiré de son cachot, et interrogé si le jour de la procession des capucins il n'était pas avec les sieurs d'Étallonde et de la Barre, à vingt-cinq pas seulement du Saint-Sacrement ; s'ils n'ont pas affecté, *par impiété*, de ne point se découvrir dans le dessein *d'insulter à la Divinité*, et s'ils ne se sont pas vantés de cette *action impie ;* s'il n'a pas vu le sieur d'Étallonde donner des coups au crucifix du pont neuf ; si le jour de la foire de la Madeleine le sieur d'Étallonde ne lui avait pas dit qu'il avait égratigné une jambe du crucifix du pont neuf : a répondu *non* à toutes ces demandes.

On peut voir, par ce seul interrogatoire, avec quelle malignité Duval et Broutel voulaient faire tomber cet enfant dans le piège.

Pourquoi lui dire que la procession des capucins n'était qu'à vingt-cinq pas, tandis qu'elle était à plus de cinquante ? Je sais mieux mesurer les distances dans ma profession d'ingénieur que tous les praticiens et tous les capucins d'Abbeville.

Pourquoi supposer que ces enfants avaient passé vite, *par impiété*, dans le temps qu'il faisait une petite pluie et qu'ils étaient pressés d'aller dîner ? Quelle impiété est-ce donc de mettre son chapeau pendant la pluie ?

Et remarquez qu'après cet interrogatoire on le plongea dans un cachot plus noir et plus infect, afin de le forcer, par ces traitements odieux, à déposer tout ce qu'on voulait.

Du 7 octobre 1765.

On interroge de surcroît le sieur Moisnel sur les mêmes articles ; et le sieur Moisnel répond que non seulement le chevalier de La Barre et le sieur d'Étallonde n'ont point passé devant la procession, et ne se sont point couverts par impiété, mais qu'il a passé plusieurs fois avec eux devant d'autres processions, et qu'ils se sont mis à genoux.

A cette réponse, si ingénue et si vraie, le troisième juge, nommé Villers, se récrie : « Il ne faut pas tant tourmenter ces pauvres innocents. »

Soicourt et Broutel en fureur menacèrent cet enfant de le faire pendre s'il persistait à nier. Ils l'effrayèrent ; ils lui firent verser des larmes. Ils lui firent dire, dans ce second interrogatoire, une chose qui n'a pas la moindre vraisemblance : que d'Étallonde avait dit qu'il n'y avait point de Dieu, et qu'il avait ajouté un mot qu'on n'ose prononcer.

Il faut savoir que dans Abbeville il y avait alors un ouvrier nommé Bondieu, et que de là vient l'infâme équivoque qu'on employa pour nous perdre.

Enfin ils lui firent articuler même, dans l'excès de leur égarement, que d'Étallonde connaissait un prêtre qui fournirait des hosties consacrées pour servir à des *opérations magiques*, ainsi que Duval et Broutel le donnaient à entendre.

Quelle extravagance ! en même temps quelle bêtise ! Si dans ma première jeunesse j'avais été assez abandonné pour ne pas croire en Dieu, comment aurais-je cru à des hosties consacrées avec lesquelles on ferait des *opérations magiques ?*

D'où venait cette accusation ridicule d'*opérations magiques* avec des hosties ? d'un bruit répandu dans la populace, qu'on ne pouvait poursuivre avec tant de cruauté de jeunes fils de famille que pour un crime de magie. Et pourquoi de la magie plutôt qu'un autre délit? parce qu'il y avait des monitoires qui ordonnaient à tout le monde de venir à révélation ; et que, selon les idées du peuple, ces monitoires n'étaient ordinairement lancés que contre les hérétiques et les magiciens.

Les provinces de France sont-elles encore plongées dans leur ancienne barbarie? sommes-nous revenus à ces temps d'opprobre où l'on accusait le prédicateur Urbain Grandier d'avoir ensorcelé dix-sept religieuses de Loudun, où l'on forçait le curé Gaufridi d'avouer qu'il avait soufflé le diable dans le corps de Madeleine Lapallu, et où l'on a vu enfin le jésuite Girard près d'être condamné aux flammes pour avoir jeté un sort sur la Cadière?

Ce fut dans cet interrogatoire que cet enfant Moisnel, intimidé par les menaces du marchand de bœufs et du marchand de sang humain, leur demanda pardon de ne leur avoir pas dit tout ce qu'on lui ordonnait de dire. Il croyait avoir fait un péché mortel ; et il fit, à genoux, une confession générale comme s'il eût été au sacrement de pénitence. Broutel et Duval rirent de sa simplicité, et en profitèrent pour nous perdre.

Interrogé encore s'il n'avait pas entendu de jeunes gens traiter Dieu de... dans une conversation, et s'il n'avait pas lui-même appelé Dieu... il répondit qu'il avait tenu ces propos avec d'Étallonde.

Mais peut-on avoir tenu tels discours tête à tête? et si on les a tenus, qui peut les dénoncer? On voit assez à quel point celui qui interrogeait était barbare et grossier, à quel point l'enfant était simple et innocent.

On lui demanda s'il n'avait pas chanté des chansons horribles. Ce sont les propres mots. L'enfant l'avoua. Mais qu'est-ce qu'une chanson ordurière sur les *mal-semaines* de la Madeleine, faite par quelque goujat, il y a plus de cent ans, et qu'on suppose chantée en secret par deux jeunes gens aussi dépourvus alors de goût et de connaissances que Broutel et Duval ? Avaient-ils chanté cette chanson dans la place publique ? avaient-ils scandalisé la ville ? non : et la preuve que cette puérilité était ignorée, c'est que Soicourt avait obtenu des monitoires pour faire révéler, contre les enfants de ses ennemis, tout ce qu'une populace grossière pouvait avoir entendu dire.

Pour moi, en méprisant de telles inepties, je jure que je ne me souviens pas d'un seul mot de cette chanson ; et j'affirme qu'il faut être le plus lâche des hommes pour faire d'un couplet de corps de garde, le sujet d'un procès criminel.

Enfin on m'a envoyé plusieurs billets de la main de Moisnel, écrits de son cachot, avec la connivence du geôlier, dans lesquels il est dit : « Mon trouble est trop grand ; j'ai l'esprit hors de son assiette ; je ne suis pas dans mon bon sens. »

J'ai entre les mains une autre lettre de lui, de cette année, conçue en ces termes :

« Je voudrais, monsieur, avoir perdu entièrement la mémoire de l'horrible aventure qui ensanglanta Abbeville, il y a plusieurs années, et qui révolta toute l'Europe. Pour ce qui me regarde, la seule chose dont je puisse me souvenir, c'est que j'avais environ quinze ans, qu'on me mit aux fers, que le sieur Soicourt me fit les menaces les plus affreuses, que je fus hors de moi-même, que je me jetai à genoux, et que je dis *oui* toutes les fois que ce Soicourt m'ordonna de dire *oui*, sans savoir un seul mot de ce qu'on me demandait. Ces horreurs m'ont mis dans un état qui a altéré ma santé pour le reste de ma vie. »

Je suis donc en droit de récuser de vains témoignages qu'on lui arracha par tant de menaces et qu'il a désavoués, ainsi que je me crois en droit de faire déclarer nulle toute la procédure de mes trois juges, d'en prendre deux à partie, et de les regarder, non pas comme des juges, mais comme des assassins.

Ce n'est que d'après M. le marquis de Beccaria et d'après les jurisconsultes de l'Europe que je leur donne ce nom qu'ils ont si bien mérité, et qui n'est pas trop fort pour leur inconcevable méchanceté. On interrogea avec la même atrocité le chevalier de La Barre, et quoiqu'il fût très au-dessus de son âge, on réussit enfin à l'intimider.

Comme j'étais très loin de la France, on persuada même à ce jeune homme qu'il pouvait se sauver en me chargeant, et qu'il n'y avait nul mal à rejeter tout sur un ami qui dédaignait de se défendre.

On renouvela avec lui l'impertinente histoire des hosties. On lui demanda si un prêtre ne lui en avait pas envoyé, et s'il n'était pas quelquefois sorti du sang de quelques hosties consacrées. Il répondit avec un juste mépris ; mais il ajouta qu'il y avait en effet un curé à Yvernot qui aurait pu, à ce qu'on disait, prêter des hosties ; mais que ce curé était en prison. On ne poussa pas plus loin ces questions absurdes.

Je sens que la lecture d'un tel procès criminel dégoûte et rebute un homme sensé : c'est avec une peine extrême que je poursuis ce détail de la sottise humaine.

Interrogé s'il n'a pas dit qu'il était difficile *d'adorer un dieu de pâte*, a répondu qu'il peut avoir tenu de tels discours, et que s'il les a tenus, c'est avec d'Étallonde ; que s'il a disputé sur la religion, c'est avec d'Étallonde.

Hélas! voilà un étrange aveu, une étrange accusation. « Si j'ai agité des questions délicates, c'est avec vous », ce *si* prouve-t-il quelque chose? ce *si* est-il positif? est-ce là une preuve, barbares que vous êtes?

Je ne mets point de condition à mon assertion ; je dis sans aucun *si* que vous êtes des tigres dont il faudrait purger la terre.

Et dans quel pays de l'Europe n'a-t-on pas disputé publiquement et en particulier sur la religion? dans quel pays ceux qui ont une autre religion que la romaine, n'ont-ils pas dit et redit, imprimé et prêché ce que Duval et Broutel imputaient au chevalier de La Barre et à moi? Une conversation entre deux jeunes amis, n'ayant eu aucun effet, aucune suite, n'ayant été écoutée de personne, ne pouvait devenir un corps de délit. Il fallait que les interrogateurs eussent deviné cet entretien. Ces paroles, en effet, sont souvent dans la bouche des protestants ; il y en a quelques-uns établis, avec privilège du roi, dans Abbeville et dans les villes voisines. Les assassins du chevalier de La Barre avaient donc deviné au hasard ce discours si commun qu'ils nous attribuaient ; et par un hasard encore plus singulier, il se trouva peut-être qu'ils devinaient juste, du moins en partie.

Nous avions pu quelquefois examiner la religion romaine, le chevalier de La Barre et moi, parce que nous étions nés l'un et l'autre avec un esprit avide d'instruction, parce que la religion exige absolument l'attention de tout honnête homme, parce qu'on est un sot indigne de vivre, quand on passe tout son temps à l'opéra comique ou dans de vains plaisirs sans jamais s'informer de ce qui a pu précéder et de ce qui peut suivre la minute où nous rampons sur la terre. Mais vouloir nous juger sur ce que nous avons dit, mon ami et moi tête à tête, c'était vouloir nous condamner sur nos pensées, sur nos rêves. C'est ce que les plus cruels tyrans n'ont jamais osé faire.

On sent toute l'irrégularité, pour ne pas dire l'abomination de cette procédure aussi illégale qu'infâme ; car de quoi s'agissait-il dans ce procès dont le fond était si frivole et si ridicule? d'un crucifix de grand chemin qui avait une égratignure à la jambe. C'était là d'abord le corps du délit auquel nous n'avions nulle part. Et on interroge les accusés sur des chansons de corps de garde, sur l'*Ode à Priape* du sieur Piron [31], sur des hosties qui ont répandu du sang, sur un entretien particulier dont on ne pouvait avoir aucune connaissance! Enfin, le dirai-je? on demanda au chevalier de La Barre et au sieur Moisnel, si je n'avais pas été à la garde-robe, pendant la nuit, dans le cimetière de Sainte-Catherine, auprès d'un crucifix. Et c'était pour avoir révélation de ces belles choses qu'on avait jeté des monitoires.

Si le conseil de sa majesté très chrétienne, auquel on aurait enfin recours, pouvait surmonter son mépris pour une telle procédure, et son horreur pour ceux qui l'ont faite ; s'il contenait assez sa juste indignation pour jeter les yeux sur ce procès ; si les exemples affreux des Calas et des Sirven dans le Languedoc, de Montbailli [32] dans Saint-Omer, de Martin dans le duché de Bar, étaient présents à sa mémoire, ce serait de lui que j'attendrais justice. Je le supplierais de considérer qu'au temps même du meurtre horrible du chevalier de La Barre, huit fameux avocats de Paris élevèrent leur voix contre la sentence d'Abbeville, en faveur de trois enfants poursuivis comme moi, et menacés comme moi de la mort la plus cruelle.

J'ai pris la liberté de mettre cette décision sous les yeux du roi ; J'ose croire que, s'il a daigné lire ma requête, il en a été touché. Sa bonté, son suffrage sont tout ce que j'ambitionne, et tout ce qui peut me consoler.

D'Étallonde de Morival.

AU ROI FRÉDÉRIC II DE PRUSSE

A Ferney, 31 auguste [1775] [33].

Sire, je renvoie aujourd'hui aux pieds de Votre Majesté votre brave et sage officier d'Étallonde de Morival, que vous avez daigné me confier pendant dix-huit mois. Je vous réponds qu'on ne lui trouvera pas à Potsdam l'air évaporé et avantageux de nos prétendus marquis français. Sa conduite et son application continuelle à l'étude de la tactique et à l'art du génie, la circonspection dans ses démarches et dans ses paroles, la douceur de ses mœurs, son bon esprit, sont d'assez fortes preuves contre la démence aussi exécrable qu'absurde de la sentence de trois juges de village, qui le condamna, il y a dix ans, avec le chevalier de La Barre, à un supplice que les Busiris n'auraient pas osé imaginer.

Après ces Busiris d'Abbeville, il trouve en vous un Solon. L'Europe sait que le héros de la Prusse a été son législateur ; et c'est comme législateur que vous avez protégé la vertu livrée aux bourreaux par le fanatisme. Il est à croire qu'on ne verra plus en France de ces atrocités affreuses, qui ont fait jusqu'ici un contraste si étrange et si fréquent avec notre légèreté ; on cessera de dire : Le peuple le plus gai est le plus barbare.

DOSSIER

CHRONOLOGIE DES AFFAIRES

1760. *Décembre :* Affaire des jésuites d'Ornex : Voltaire paie les dettes des frères Crassy.

28 décembre : Affaire Decroze : Voltaire intervient pour défendre un jeune homme bastonné chez une femme légère par Ancian, curé de Moens.

1761. *Mai :* Affaire du *patibulum :* « Otez-moi cette potence ! » Voltaire accusé de sacrilège dans le déplacement de l'église de Ferney.

L'AFFAIRE CALAS

1761. *13 octobre :* Mort de Marc-Antoine Calas.

1762. *19 février :* Exécution de François Rochette.

9 mars : Le parlement de Toulouse condamne Jean Calas, par huit voix contre cinq.

10 mars : Exécution de Jean Calas.

18 mars : Pierre Calas est banni à perpétuité. Sa femme, sa servante et Gaubert Lavaysse sont acquittés par six voix contre sept.

20 mars : Voltaire informé du supplice de Calas par Dominique Audibert.

17 mai : Célébration à Toulouse du bicentenaire du massacre des protestants en 1562.

7 juillet : A Monseigneur le Chancelier, signé Donat Calas, mais écrit par Voltaire pour accompagner les pièces. *Requête au roi en son Conseil.*

10 juillet : Publication de *Pièces originales*. Contient des documents datés des 15 et 22 juin.

10 août : Histoire d'Élisabeth Canning et des Calas.

Divers mémoires à l'instigation de Voltaire :

20 août : Mémoire pour dame Anne-Rose Cabibel, veuve du sieur Jean Calas, L. et L. D. Calas, leurs fils, et Anne-Rose et Anne Calas, leurs filles, demandeurs en cassation d'un arrêt du parlement de Toulouse du 9 mars 1762, signé par Mariette.

23 août : Mémoire à consulter, signé É. de Beaumont. *Mémoire pour Donat, Pierre et Louis Calas,* signé par Loiseau de Mauléon.

1763. *7 mars :* Le Conseil du roi autorise l'appel contre le jugement du parlement de Toulouse. *Traité sur la Tolérance.*

1764. *Observation pour dame veuve Calas,* signé Mariette.

4 juin : Le Conseil du roi attribue le jugement définitif au tribunal de Paris dit « les requêtes de l'hôtel ».

1765. *22 janvier : Mémoire à consulter,* signé É. de Beaumont. *9 mars :* Le Conseil du roi réhabilite Calas. *Mémoire pour la veuve Calas,* signé Mariette.

L'AFFAIRE SIRVEN

1761. *15-16 décembre :* Élisabeth Sirven disparaît du domicile provisoire de ses parents à Saint-Alby.

1762. *3-4 janvier :* Son corps est trouvé dans un puits.

19 janvier : Les Sirven et leurs deux filles sont décrétés d'arrestation. Ils s'enfuient.
7 décembre : Première relation de l'affaire (cf. Best. 10008).

1764. *29 mars :* M. et Mme Sirven sont condamnés à être pendus ; leurs filles à les regarder pendre et à être exilées.

1766. *25 janvier :* Voltaire reçoit une esquisse du factum d'Élie de Beaumont.

Juin : Voltaire envoie l'*Avis au public sur les parricides.*

Décembre : Dix-neuf avocats signent le factum qui est enfin publié.

1768. *28 février :* Appel présenté au Conseil du roi.

7 mars : Appel rejeté.

1769. *31 août :* Sirven vient se rendre. Il est emprisonné à Mazamet. Il fait un nouvel appel.

16 novembre : Sa culpabilité est confirmée par la cour de Mazamet. La sentence est réduite à une amende et au bannissement.

1770. *Décembre :* Appel est fait devant le parlement de Toulouse.

1771. *25 novembre :* Les Sirven sont acquittés des accusations calomnieuses devant le nouveau parlement.

10 septembre 1772-mai 1775 : Quatre jugements additionnels réaffirment et complètent l'acquittement.

L'AFFAIRE LALLY

1761. *Janvier :* Capitulation de Lally à Pondichéry.

1762. *Novembre :* Lally, prisonnier en Angleterre, rentre en France pour se justifier. Il est enfermé à la Bastille.

1766. *6 mai :* Condamnation de Lally par le parlement de Paris.

9 mai : Lally est décapité en place de Grève.

1778. *26 mai :* Quatre jours avant sa mort, Voltaire apprend par le fils de Lally que le parlement de Bourgogne avait révisé la sentence du parlement de Paris.

L'AFFAIRE DU CHEVALIER DE LA BARRE

1765. *8-9 août :* Mutilation du crucifix d'Abbeville.

1766. *27 février :* La Barre et Moisnel sont conduits à la Chambre criminelle de la sénéchaussée d'Abbeville pour y être entendus une dernière fois.

28 février : Sentence des magistrats d'Abbeville. Condamnation de La Barre à la décollation et au bûcher. « Fait et arrêté en la Chambre du Conseil de la sénéchaussée de Ponthieu à Abbeville. »

4 juin : Le parlement de Paris, « la grand-chambre assemblée », confirme l'arrêt d'Abbeville. Le *Dictionnaire philosophique* sera brûlé.

21 juin : Voltaire songe à se réfugier à Clèves, ville prussienne.

1er juillet : Supplice du chevalier de La Barre.

15 juillet : La *Relation de la mort du chevalier de La Barre* est envoyée à d'Argental. Voltaire se réfugie en Suisse, et prend les eaux de Rolle.

1774. *Avril :* D'Étallonde est à Ferney, Voltaire travaille à sa réhabilitation.

1775. *Juillet : Le Cri du sang innocent au roi très chrétien en son conseil,* daté du 30 juin, paraît, suivi du *Précis de la procédure d'Abbeville.* La grâce du roi est refusée.

1788. *Octobre :* La grâce est accordée.

2 décembre : Elle est entérinée par la Grand-Chambre.

***

1769. *Août :* Voltaire s'intéresse à l'affaire Martin.

1770. *26-27 juillet :* Crime supposé des Montbailli.

7 septembre : Deux serfs de Saint-Claude viennent demander protection à Voltaire.

1771. *Janvier :* Création des parlements Maupeou. *La méprise d'Arras,* défense de Montbailli.

1772. *Août*. Voltaire s'intéresse au procès de Mlle Camp.

1775. *Décembre :* Édit de Turgot détachant le pays de Gex des Fermes Générales : conclusion de l'« affaire de la gabelle ». Cérémonie aux États de Gex le 12 décembre Ovations à Voltaire : « Vive le roi, Vive Voltaire ! »

BIBLIOGRAPHIE SOMMAIRE

CHASSAIGNE, MARC. *L'Affaire Calas.* Paris, Perrin, 1929. (Nouvelle collection historique. — Drames judiciaires d'autrefois, 2e série, no 3.)

BIEN, DAVID D. *The Calas Affair : persecution, toleration, and heresy in eighteenth century Toulouse.* Princeton, 1960.

Documents sur l'Affaire Calas. Toulouse, Édition du Centre régional de documentation pédagogique de Toulouse, 1958.

POMEAU, RENÉ. « Nouveau regard sur le dossier Calas », *Europe,* juin 1962.

DELBECKE, FRANCIS. *L'Action politique et sociale des avocats au XVIIIe siècle.* Louvain, Librairie universitaire, 1927. (Recueil de travaux publiés par les membres des conférences d'histoire et de philologie, 2e série, 10). (Les affaires Calas et Sirven et le rôle de Voltaire.)

CHASSAIGNE, MARC. *Le Procès du chevalier de La Barre,* Paris, 1920.

HOLLEAUX, DOMINIQUE. « Le procès du chevalier de La Barre ». In *Quelques procès criminels des XVIIe et XVIIIe siècles.* Paris, P. U. F., 1964.

DESNOIRESTERRES, G. *Voltaire et la société de son temps,* Paris, 1874, 8 volumes.

POMEAU, RENÉ. *La Religion de Voltaire,* Paris, Nizet, 1956.

VOLTAIRE. *Mélanges.* Préface d'Emmanuel Berl. Paris, Gallimard, « Bibliothèque de la Pléiade », 1961.

VOLTAIRE. *Correspondance générale,* éd. Théodore Besterman, Genève, 1953-1965 (80 volumes). Commentaires en anglais. Cette *Correspondance* est en cours de publication dans la « Bibliothèque de la Pléiade », avec les notes traduites par Frédéric Deloffre.

NOTES

PRÉFACE

Page 9.

1. Best. 9596.

(Dans l'édition Th. Besterman de la correspondance de Voltaire, cette lettre porte le nº 9596. Nous désignons cette édition, selon l'usage, par le sigle Best. suivi du numéro de la lettre.)

Page 11.

2. Comme on le voit dans la *Lettre sur Vanini*, in *Lettres à S. A. Mgr le prince de *** sur Rabelais et sur d'autres auteurs accusés d'avoir mal parlé de la religion chrétienne* (1767).

Page 12.

3. Deux exceptions cependant : Courtilz, ce Franc-comtois incarcéré à Spandau, dont Voltaire avait demandé la grâce à Frédéric pendant son séjour à Berlin, et surtout l'amiral anglais Byng exécuté au début de 1757, malgré les interventions de Voltaire, pour avoir capitulé devant le maréchal de Richelieu à Port-Mahon. Cf. *Précis du siècle de Louis XV*, chapitre XXXII.

Page 13.

4. René Pomeau : « Nouveau regard sur le dossier Calas », *Europe*, juin 1962.

Page 16.

5. *Mémoire de Donat Calas*, que nous publions ici, p. 55.

Page 20.

6. Diderot, *Lettres à Sophie Volland*, 8 août 1762.

Page 21.

7. Best. 13832.

Page 23.

8. « François-Marie Arouet, dit Zozo, dit Voltaire », *La Table Ronde*, février 1958.

Page 24.

9. Dans le texte italien qui venait de paraître, comme il le dit à Damilaville le 16 octobre 1765. La traduction française, de l'abbé Morellet, ne paraîtra qu'en 1766. Cf. p. 237.

Page 26.

10. A Saurin, 28 décembre 1768.

11. Accusé avec sa femme d'avoir tué leur vieille mère dans la nuit du 26 au 27 juillet 1770. Lui fut roué, elle fut épargnée, étant enceinte. Voltaire la fit reconnaître innocente et réhabiliter Montbailli.

12. A la suite de négociations avec les fermiers généraux, Voltaire obtint pour le pays de Gex, moyennant 30 000 livres par an, un abonnement pour le sel et le tabac. Il y eut une cérémonie extraordinaire aux états généraux de Gex. Voltaire y assistait et fut ovationné (12 décembre 1775).

13. Voltaire présenta pour leur affranchissement plusieurs requêtes au pouvoir, de Choiseul à Maupeou et à Turgot. Mais il n'obtint jamais satisfaction.

14. Cultivateur du Barrois roué pour un assassinat dont l'auteur avait ensuite avoué. Voltaire s'occupa de sa réhabilitation pendant l'année 1769. (Cf. Best. 14824 sqq.)

15. Précepteur jésuite qui avait fait épouser sa nièce à son élève pour s'approprier l'héritage de ce dernier. Voltaire parle

de son procès dans son *Supplément aux causes célèbres* (1769). N. B. : allusion aux *Causes célèbres et intéressantes* de Guyot de Pitaval (1734).

16. Protestante que le vicomte de Bombelles avait épousée au désert devant un pasteur et qu'il laissait pour faire un riche mariage catholique, après en avoir eu un enfant : il soutenait la nullité de sa première union. Voltaire ne put réussir qu'à faire obtenir quelque argent à la victime (1772).

17. 1771-1773. Voltaire fut en ce cas moins clairvoyant que dans les autres affaires. Le public ne le suivit pas : dans des questions d'argent qui étaient assez troubles, les créanciers avaient bien l'air malhonnêtes, mais le débiteur — la victime, le comte de Morangiès — n'était pas non plus très recommandable. Cf. *Fragment sur la justice* et *Précis du procès de M. le comte de Morangiès contre la famille Verron.*

18. Le bilan final des interventions de Voltaire dans le domaine de ce que l'édition de Kehl range sous la rubrique *Politique et Législation* est assez impressionnant : *Édit de Tolérance* de 1787 en faveur des protestants, abolition du servage dès le début de la révolution, ainsi que de la torture (octobre 1789), réhabilitation du chevalier de La Barre par la Convention, réforme de tout l'appareil judiciaire, etc.

19. Selon l'expression de Lanson, à la fin de son *Voltaire*, réédité et mis à jour par René Pomeau en 1960, et dont nous tenons à signaler la remarquable qualité.

L'AFFAIRE CALAS

Page 35.

1. Best. 9617. Cette lettre est sans doute une lettre supposée. Elle a le mérite de marquer le coup d'envoi de l'affaire Calas.

2. Le 27 mars 1762 (Best. 9592). Chazel (Balthazar Espeir de) : procureur à Nîmes, vieil ami de Voltaire.

Page 36.

3. Damiens : voir la note 15 de l'affaire Sirven.

Page 37.

4. Pierre Mariette : avocat au Conseil ; auteur du *Mémoire pour A. R. Cabibel.*

5. Best. 9703.
6. Sur le chancelier Lamoignon de Malesherbes, voir la note 26 de l'affaire Calas.

Page 38.

7. Le comte d'Argental : ami de Voltaire qui s'intéressait spécialement, ainsi que sa femme, aux questions de théâtre.
8. Best. 9755.
9. Il s'agit évidemment de Mme Calas qui venait d'arriver à Paris.

Page 39.

10. Allusion à la guerre de Sept Ans (1756-1763).
11. Best. 9766

Page 41.

12. Cette lettre et la suivante sont des lettres supposées, qui furent publiées le 10 juillet 1762.

Page 42.

13. *Ce sont les loueurs de chevaux.* (Note de Voltaire.)
14. *Sur les sept heures.* (Note de Voltaire.)
15. *La cuisine est auprès de la salle à manger, au premier étage.* (Note de Voltaire.)

Page 43.

16. A noter que les voisins s'accordèrent tous pour avoir entendu vers neuf heures et demie des gémissements et des cris venant de la maison des Calas. Mais avaient-ils entendu : « ils l'ont assassiné » (occitan : lan tuàt), comme ils l'affirmèrent tous d'abord ? ou, comme on chercha à leur faire dire : « on m'assassine » (Me tuòn) ? L'hésitation était possible.

Page 44.

17. Châtelaine : localité du pays de Gex.
18. Il s'agit bien évidemment de Voltaire lui-même.

Page 45.

19. Donat Calas, qui était en apprentissage à Nîmes, était venu se réfugier à Genève.

20. *On a dit qu'on l'avait vu dans une église. Est-ce une preuve qu'il devait abjurer ? Ne voit-on pas tous les jours des catholiques venir entendre les prédicateurs célèbres en Suisse, dans Amsterdam, à Genève, etc. ? Enfin il est prouvé que Marc-Antoine Calas n'avait pris aucune mesure pour changer de religion ; ainsi nul motif de la colère prétendue de ses parents.* (Note de Voltaire.)

Page 47.

21. *Il est de la plus grande vraisemblance que Marc-Antoine Calas se défit lui-même : il était mécontent de sa situation ; il était sombre, atrabilaire, et lisait souvent des ouvrages sur le suicide. Lavaysse, avant le souper, l'avait trouvé dans une profonde rêverie. Sa mère s'en était aussi aperçue. Ces mots je brûle, répondus à la servante, qui lui proposait d'approcher du feu, sont d'un grand poids. Il descend seul en bas après le souper. Il exécute sa résolution funeste. Son frère, au bout de deux heures, en reconduisant Lavaysse, est témoin de ce spectacle. Tous deux s'écrient ; le père vient ; on dépend le cadavre : voilà la première cause du jugement porté contre cet infortuné père. Il ne veut pas dire aux voisins, aux chirurgiens : « Mon fils s'est pendu ; il faut qu'on le traîne sur la claie et qu'on déshonore ma famille. » Il n'avoue la vérité que lorsqu'on ne peut plus la celer. C'est sa piété paternelle qui l'a perdu ; on a cru qu'il était coupable de la mort de son fils, parce qu'il n'avait pas voulu d'abord accuser son fils.* (Note de Voltaire.)

22. *Cette servante est catholique et pieuse ; elle était dans la maison depuis trente ans ; elle avait beaucoup servi à la conversion d'un des enfants du sieur Calas. Son témoignage est du plus grand poids. Comment n'a-t-il pas prévalu sur les présomptions les plus trompeuses ?* (Note de Voltaire.)

Page 48.

23. *Dans quel temps le père aurait-il pu pendre son fils ? Ce n'est pas avant le souper, puisqu'ils soupèrent ensemble ; ce n'est pas pendant le souper ; ce n'est pas après le souper, puisque le père et la famille étaient en haut quand le fils était descendu. Comment le père, assisté même de main-forte, aurait-il pu pendre son fils aux deux battants d'une porte au rez-de-chaussée, sans un violent combat, sans un tumulte horrible ? Enfin, pourquoi*

ce père aurait-il pendu son fils ? Pour le dépendre ? Quelle absurdité dans ces accusations ! (Note de Voltaire.)

Page 49.

24. *Quand le père et la mère en larmes étaient, vers les dix heures du soir, auprès de leur fils Marc-Antoine, déjà mort et froid, ils s'écriaient, ils poussaient des cris pitoyables, ils éclataient en sanglots ; ce sont ces sanglots, ces cris paternels, qu'on a imaginé être les cris mêmes de Marc-Antoine Calas, mort deux heures auparavant : et c'est sur cette méprise qu'on a cru qu'un père et une mère, qui pleuraient leur fils mort, assassinaient ce fils ; et c'est sur cela qu'on a jugé !* (Note de Voltaire.)

25. *Un témoin a prétendu qu'on avait entendu Calas père menacer son fils quelques semaines auparavant. Quel rapport des menaces paternelles peuvent-elles avoir avec un parricide ? Marc-Antoine Calas passait sa vie à la paume, au billard, dans les salles d'armes ; le père le menaçait s'il ne changeait pas. Cette juste correction de l'amour paternel, et peut-être quelques vivacités, prouveront-elles le crime le plus atroce et le plus dénaturé ?* (Note de Voltaire.)

Page 51.

26. *M. le chancelier se souviendra sans doute de ces paroles de M. d'Aguesseau son prédécesseur, dans sa dix-septième mercuriale : « Qui croirait qu'une première impression pût décider quelquefois de la vie et de la mort ? Un amas fatal de circonstances, qu'on dirait que la fortune a assemblées pour faire périr un malheureux, une foule de témoins muets, et par là plus redoutables, semblent déposer contre l'innocence ; le juge prévient, son indignation s'allume, et son zèle même le séduit. Moins juge qu'accusateur, il ne voit plus que ce qui sert à condamner, et il sacrifie aux raisonnements de l'homme celui qu'il aurait sauvé s'il n'avait admis que les preuves de la loi. Un événement imprévu fait quelquefois éclater dans la suite l'innocence accablée sous le poids des conjectures, et dément ces indices trompeurs dont la fausse lumière avait ébloui l'esprit du magistrat. La vérité sort du nuage de la vraisemblance ; mais elle en sort trop tard : le sang de l'innocent demande vengeance contre la prévention de son juge, et le magistrat est réduit à pleurer toute sa vie un malheur que son repentir ne peut plus réparer.* (Note de Voltaire.)

— En 1762, le chancelier était Guillaume II de Lamoignon, né en 1683, chancelier en 1750, mort en 1772.

27. *De très mauvais physiciens ont prétendu qu'il n'était pas possible que Marc-Antoine se fût pendu. Rien n'est pourtant si possible : ce qui ne l'est pas, c'est qu'un vieillard ait pendu, au bas de la maison, un jeune homme robuste, tandis que ce vieillard était en haut.*

N. B. — *Le père, en arrivant sur le lieu où son fils était suspendu, avait voulu couper la corde ; elle avait cédé d'elle-même ; il crut l'avoir coupée : il se trompa sur ce fait inutile devant les juges, qui le crurent coupable.*

On dit encore que ce père, accablé et hors de lui-même, avait dit dans son interrogatoire : « Tous les conviés passèrent, au sortir de table, dans la même chambre. » Pierre lui répliqua : « Eh, mon père, oubliez-vous que mon frère Marc-Antoine sortit avant nous, et descendit en bas ? — Oui, vous avez raison, répondit le père. — Vous vous coupez, vous êtes coupable », dirent les juges. Si cette anecdote est vraie, de quoi dépend la vie des hommes ? (Note de Voltaire.)

28. *Qu'on oppose indices à indices, dépositions à dépositions, conjectures à conjectures ; et les avocats qui ont défendu la cause des accusés sont prêts de faire voir l'innocence de celui qui a été sacrifié. S'il ne s'agit que de conviction, on s'en rapporte à l'Europe entière ; s'il s'agit d'un examen juridique, on s'en rapporte à tous les magistrats, à ceux de Toulouse même, qui, avec le temps, se feront un honneur et un devoir de réparer, s'il est possible, un malheur dont plusieurs d'entre eux sont effrayés aujourd'hui. Qu'ils descendent dans eux-mêmes, qu'ils voient par quel raisonnement ils se sont dirigés. Ne se sont-ils pas dit : « Marc-Antoine Calas n'a pu se pendre lui-même : donc d'autres l'ont pendu ; il a soupé avec sa famille et avec Lavaysse : donc il a été étranglé par sa famille et par Lavaysse ; on l'a vu une ou deux fois, dit-on, dans une église : donc sa famille protestante l'a étranglé par principe de religion. Voilà les présomptions qui les excusent.*

Mais à présent les juges se disent : Sans doute Marc-Antoine Calas a pu renoncer à la vie ; il est physiquement impossible que son père seul l'ait étranglé : donc son père seul ne devait pas périr ; il nous est prouvé que la mère, et son fils Pierre, et Lavaysse, et la servante, qui seuls pouvaïent être coupables avec le père, sont tous innocents, puisque nous les avons tous élargis : donc il nous est prouvé que Calas le père, qui ne les a point quittés un instant, est innocent comme eux.

Il est reconnu que Marc-Antoine Calas ne devait pas abjurer : donc il est impossible que son père l'ait immolé à la fureur du fanatisme. Nous n'avons aucun témoin oculaire, et il ne peut en être. Il n'y a eu que des rapports d'après des ouï-dire ; or ces vains rapports ne peuvent balancer la déclaration de Calas sur la roue, et l'innocence avérée des autres accusés : donc Calas le père, que nous avons roué, était innocent ; donc nous devons pleurer sur le jugement que nous avons rendu ; et ce n'est pas là le premier exemple d'un si juste et si noble repentir. (Note de Voltaire.)

Page 52.

29. Comme les deux précédentes, cette lettre est supposée.

Page 53.

30. Celles qui précèdent (du 15 et 22 juin 1762).

Page 55.

31. Ce mémoire et la déclaration qui le suit, rédigés aussi par Voltaire, parurent en 1762, in-8° de trente pages.

32. Ou Rahamme, auteur d'un traité *Du corps et du sang de Jésus-Christ.*

Page 56.

33. Allusion à la guerre de Sept Ans, qui se terminera en 1763, et qui a effectivement obéré les finances de l'État. Voltaire n'a pas toujours eu personnellement le même enthousiasme : cf. *Précis du siècle de Louis XV*, chap. XXXIV : « La France alors semblait plus épuisée d'hommes et d'argent dans son union avec l'Autriche qu'elle n'avait paru l'être dans deux cents ans de guerre contre elle, etc. »

Page 57.

34. *J'atteste devant Dieu que j'ai demeuré pendant quatre ans à Toulouse, chez les sieur et dame Calas ; que je n'ai jamais vu une famille plus unie, ni un père plus tendre, et que, dans l'espace de quatre années, il ne s'est pas mis une fois en colère ; que si j'ai*

quelques sentiments d'honneur, de droiture, et de modération, je les dois à l'éducation que j'ai reçue chez lui.

Genève, 5 juillet 1762.

Signé : *J. Calvet, caissier des postes de Suisse, d'Allemagne et d'Italie.* (Note de Voltaire.)

Page 58.

35. Pièce de Gresset ; la scène VI du second acte et la 1re du troisième contiennent des vers sur le suicide.

Page 61.

36. *Ordonnance de 1760, article Ier, titre IV.* (Note de Voltaire.)

Page 62.

37. *Il y a dans Toulouse quatre confréries de pénitents, blancs, bleus, gris, noirs ; ils portent une longue capote, avec un masque de la même couleur, percé de deux trous pour les yeux.* (Note de Voltaire.)

Page 63.

38. Cf. supra *Lettre de Donat Calas,* p. 44.

Page 70.

39. François, duc de Fitz-James (1709-1764), évêque de Soissons et aumônier de Louis XV.

Page 74.

40. « L'édition originale, qui a vingt et une pages in-8o, doit être du mois d'auguste 1762. La margrave de Bade-Dourlac en accuse réception le 24 de ce mois. » (*Note de Beuchot, éditeur de Voltaire au XIXe siècle.*)

41. Inutile de préciser que Voltaire n'était pas à Londres en 1753, et que, quand bien même il y aurait été, il n'aurait entendu parler ni d'Élisabeth Canning, ni de Mrs Web, ni de l'intervention du philosophe Ramsay, qui était mort dix ans auparavant...

Page 77.

42. Il s'agit, selon toute vraisemblance, d'une allusion fantaisiste à André-Michel, chevalier de Ramsay (1686-1743),

disciple de Fénelon, et auteur des fameux *Voyages de Cyrus* (1727).

Page 78.

43. Bedlam : le premier des asiles psychiatriques en Angleterre, fondé par Henri VIII en 1547.

Page 86.

44. *Cet écrit est d'un témoin oculaire qui n'a aucune correspondance avec les Calas, mais qui est ennemi du fanatisme et ami de l'équité.* (Note de Voltaire.)

45. Thiroux de Crosne (1736-1794) . conseiller au parlement et maître des requêtes. C'est à ce dernier titre qu'il fut choisi par Maupeou pour rapporter l'affaire Calas devant le Conseil.

46. Best. 10149.

TRAITÉ SUR LA TOLÉRANCE

Page 88.

1. *On ne peut empêcher que Jean Calas ne soit roué ; mais on peut rendre les juges exécrables, et c'est ce que je leur souhaite. Je me suis avisé de mettre par écrit toutes les raisons qui pourraient justifier ces juges ; je me suis distillé la tête pour trouver de quoi les excuser, et je n'ai trouvé que de quoi les décimer. Gardez-vous d'imputer aux laïques un petit ouvrage sur la tolérance qui va bientôt paraître. Il est, dit-on, d'un bon prêtre ; il y a des endroits qui font frémir, et d'autres qui font pouffer de rire ; car, Dieu merci, l'intolérance est aussi absurde qu'horrible.*

Cette lettre à Damilaville du 24 janvier 1763, nous permet de remonter aux sources de la composition du *Traité*, qui ne parut que quelques mois plus tard. Son immense succès et son retentissement sur l'opinion s'expliquent par la hauteur que Voltaire avait su donner au débat.

Page 89.

2. *12 octobre 1761* (Note de Voltaire.)

Page 90.

3. *On ne lui trouva, après le transport du cadavre à l'hôtel de ville, qu'une petite égratignure au bout du nez et une petite tache sur la poitrine, causée par quelque inadvertance dans le transport du corps.* (Note de Voltaire.)

Page 92.

4. En effet le massacre des Huguenots avait eu lieu dix ans avant la Saint-Barthélemy. On allait donc, en 1762, en fêter le bicentenaire. Le 19 février 1762, le pasteur Rochette avait été pendu, et les trois frères Grenier décapités à la hache, devant une foule immense place du Salin. Le procureur toulousain Riquet de Bonrepos, celui-là même qui s'occupe de l'affaire Calas depuis le 5 décembre 1761, intervient aussi dans l'affaire Sirven, qui débute en janvier 1762. Tous ces événements se renforçaient pour créer de toutes parts une atmosphère hostile aux Calas.

Page 93.

5. Lassalle.

6. Laborde.

7. *Je ne connais que deux exemples de pères accusés dans l'histoire d'avoir assassiné leur fils pour la religion :*

Le premier est du père de sainte Barbara, que nous nommons sainte Barbe. Il avait commandé deux fenêtres dans sa salle de bains ; Barbe, en son absence, en fit une troisième en l'honneur de la Sainte Trinité ; elle fit, du bout du doigt, *le signe de la croix sur des colonnes de marbre, et ce signe se grava profondément dans les colonnes. Son père, en colère, courut après elle l'épée à la main, mais elle s'enfuit à travers la montagne qui s'ouvrit pour elle. Le père fit le tour de la montagne, et rattrapa sa fille ; on la fouetta toute nue, mais Dieu la couvrit d'un nuage blanc ; enfin son père lui trancha la tête. Voilà ce que rapporte la* Fleur des saints.

Le second exemple est le prince Herménégilde. Il se révolta contre le roi son père, lui donna bataille en 584, fut vaincu et tué par un officier : on en a fait un martyr parce que son père était arien. (Note de Voltaire.)

Page 96.

8. *Un jacobin vint dans mon cachot, et me menaça du même genre de mort si je n'abjurais pas : c'est ce que j'atteste devant Dieu. 23 juillet 1762. Pierre Calas.* (Note de Voltaire.)

9. *Mémoire à consulter*, et *Consultation pour la dame Anne-Rose Cabibel, veuve Calas, et pour ses enfants*, 23 août 1762.

10. *Mémoire pour Donat, Pierre et Louis Calas.*

Page 97.

11. *Mémoire pour Dame Anne-Rose Cabibel, veuve du sieur Jean Calas, L. et L. D. leurs fils, et Anne-Rose et Anne Calas, leurs filles, demandeurs en cassation d'un arrêt du parlement de Toulouse du 9 mars 1762.*

12. *On les a contrefaits dans plusieurs villes, et la dame Calas a perdu le fruit de cette générosité.* (Note de Voltaire.)

13. Dévot *vient du latin* devotus. *Les* devoti *de l'ancienne Rome étaient ceux qui se dévouaient pour le salut de la république : c'étaient les Curtius, les Decius.* (Note de Voltaire.)

Page 98.

14. Abbé Claude-François Houtteville, auteur de *La Religion chrétienne prouvée par les faits.*

Page 99.

15. C'est ainsi qu'on désignait les conseillers du parlement.

Page 101.

16. *Ils renouvelaient le sentiment de Bérenger sur l'Eucharistie ; ils niaient qu'un corps pût être en cent mille endroits différents, même par la toute-puissance divine ; ils niaient que les attributs pussent exister sans sujet ; ils croyaient qu'il était absolument impossible que ce qui est pain et vin aux yeux, au goût, à l'estomac, fût anéanti dans le moment même qu'il existe ; ils soutenaient toutes ces erreurs, condamnées autrefois dans Bérenger. Ils se fondaient sur plusieurs passages des premiers Pères de l'Église, et surtout de saint Justin, qui dit expressément dans son dialogue contre Tryphon : « L'oblation de la fine farine... est la figure de l'Eucharistie que Jésus-Christ nous ordonne de faire en mémoire de sa passion.* Καὶ ἡ τῆς σεμιδαλέως... τύπος ἦν τοῦ ἄρτου τῆς εὐχαριστίας, ὃν εἰς ἀνάμνησιν τοῦ πάθους...

Ἰησοῦς Χριστὸς ὁ αὔριος ἡμῶν παρέδωκε ποιεῖν. » (*Page 119, Édit. Londinensis, 1719, in-8°.*)

Ils rappelaient tout ce qu'on avait dit dans les premiers siècles contre le culte des reliques ; ils citaient ces paroles de Vigilantius : « Est-il nécessaire que vous respectiez ou même que vous adoriez une vile poussière ? Les âmes des martyrs animent-elles encore leurs cendres ? Les coutumes des idolâtres se sont introduites dans l'Église : on commence à allumer des flambeaux en plein midi. Nous pouvons pendant notre vie prier les uns pour les autres ; mais après la mort, à quoi servent ces prières ? »

Mais ils ne disaient pas combien saint Jérôme s'était élevé contre ces paroles de Vigilantius. Enfin, ils voulaient tout rappeler aux temps apostoliques, et ne voulaient pas convenir que, l'Église s'étant étendue et fortifiée, il avait fallu nécessairement étendre et fortifier sa discipline : ils condamnaient les richesses, qui semblaient pourtant nécessaires pour soutenir la majesté du culte. (Note de Voltaire.)

Page 102.

17. *Mme de Cental, à qui appartenait une partie des terres ravagées, et sur lesquelles on ne voyait plus que les cadavres de ses habitants, demanda justice au roi Henri II, qui la renvoya au parlement de Paris. L'avocat général de Provence, nommé Guérin, principal auteur des massacres, fut seul condamné à perdre la tête. De Thou dit qu'il porta seul la peine des autres coupables,* quod aulicorum favore destitueretur, *parce qu'il n'avait pas d'amis à la cour.* (Note de Voltaire.)

Page 105.

18. *François Gomar était un théologien protestant ; il soutint, contre Arminius son collègue, que Dieu a destiné de toute éternité la plus grande partie des hommes à être brûlés éternellement : ce dogme infernal fut soutenu, comme il devait l'être, par la persécution. Le grand pensionnaire Barneveldt, qui était du parti contraire à Gomar, eut la tête tranchée à l'âge de soixante-douze ans, le 13 mai 1619, « pour avoir contristé au possible l'Église de Dieu ».* (Note de Voltaire.)

Page 107.

19. *Voyez Ricaut.* (Note de Voltaire.)

Page 108.

20. *Voyez Kempfer et toutes les relations du Japon.* (Note de Voltaire.)

Page 109.

21. *M. de La Bourbonnaie, intendant de Rouen, dit que la manufacture de chapeaux est tombée à Caudebec et à Neuchâtel par la fuite des réfugiés. M. Foucaut, intendant de Caen, dit que le commerce est tombé de moitié dans la généralité. M. de Maupeou, intendant de Poitiers, dit que la manufacture de droguet est anéantie. M. de Bezons, intendant de Bordeaux, se plaint que le commerce de Clérac et de Nérac ne subsiste presque plus. M. de Miroménil, intendant de Touraine, dit que le commerce de Tours est diminué de dix millions par année ; et tout cela par la persécution. (Voyez les mémoires des intendants en 1698.) Comptez surtout le nombre des officiers de terre et de mer, et des matelots, qui ont été obligés d'aller servir contre la France, et souvent avec un funeste avantage, et voyez si l'intolérance n'a pas causé quelque mal à l'État.*

On n'a pas ici la témérité de proposer des vues à des ministres dont on connaît le génie et les grands sentiments, et dont le cœur est aussi noble que la naissance : ils verront assez que le rétablissement de la marine demande quelque indulgence pour les habitants de nos côtes. (Note de Voltaire.)

Page 116.

22. L'abbé de Malvaux, qui publia en 1762 l'*Accord de la religion et de l'humanité sur l'intolérance ;* cf. chap. XXIV du présent *Traité, Post-scriptum.*

Page 117.

23. Exactement : *Quaeve anus tam excors inveniri potest, quae illa, quae quondam credebantur, apud inferos portenta extimescat.* (*De Natura deorum,* I. II, chap. II.)

Page 118.

24. *Chap. XXI et XXIV.* (Note de Voltaire.)

Page 119.

25. Actes, *XXV, 16*. (Note de Voltaire.)

26. Ibid., *XXVI, 24*. (Note de Voltaire.)

27. *Quoique les Juifs n'eussent pas le droit du glaive depuis qu'Archélaüs avait été relégué chez les Allobroges, et que la Judée était gouvernée en province de l'Empire, cependant les Romains fermaient souvent les yeux quand les Juifs exerçaient le jugement du zèle, c'est-à-dire quand, dans une émeute subite, ils lapidaient par zèle celui qu'ils croyaient avoir blasphémé.* (Note de Voltaire.)

28. *Actes*, VII, 57.

Page 120.

29. *Ulpianus*, Digest., *l. I, tit. II :* Eis qui judaïcam superstitionem sequuntur honores adipisci permiserunt, etc. (Note de Voltaire.)

Page 122.

30. *Il n'y a qu'à ouvrir Virgile pour voir que les Romains reconnaissaient un Dieu suprême, souverain de tous les êtres célestes.*

... O! qui res hominum deumque
Aeternis regis imperiis, et fulmine terres.
(Aen., *I, 233-234*.)

O pater, o hominum divumque aeterna potestas, *etc.*
(Aen., *X, 18*.)

Horace s'exprime bien plus fortement :

Unde nil majus generatur ipso,
Nec viget quidquam simile, aut secundum.
(*Lib. I, od. XII, 17-18*.)

On ne chantait autre chose que l'unité de Dieu dans les mystères auxquels presque tous les Romains étaient initiés. Voyez le bel hymne d'Orphée ; lisez la lettre de Maxime de Madaure à saint Augustin, dans laquelle il dit « qu'il n'y a que des imbéciles qui puissent ne pas reconnaître un Dieu souverain ». Longinien étant païen écrit au même saint Augustin que Dieu « est unique, incom-

préhensible, ineffable »; Lactance, lui-même, qu'on ne peut accuser d'être trop indulgent, avoue, dans son livre V (Divin. Institut., *chap. III*), *que « les Romains soumettent tous les dieux au Dieu suprême ;* illos subjicit et mancipat Deo ». *Tertullien même, dans son* Apologétique (*chap. XXIV*), *avoue que tout l'Empire reconnaissait un Dieu, maître du monde, dont la puissance et la majesté sont infinies,* principem mundi, perfectae potentiae et majestatis. *Ouvrez surtout Platon, le maître de Cicéron dans la philosophie, vous y verrez « qu'il n'y a qu'un Dieu ; qu'il faut l'adorer, l'aimer, travailler à lui ressembler par la sainteté et par la justice ». Épictète dans les fers, Marc-Antoine sur le trône, disent la même chose en cent endroits.* (Note de Voltaire.)

Page 123.

31. *Apologétique,* chap. XXIX.
32. *Ibid.,* chap. XXV.
33. *Ibid.,* chap. III.

Page 124.

34. Dans son *De paucitate martyrum,* ouvrage réfuté par dom Ruinart (Dom Thierry), *Acta primorum martyrum sincera...,* Paris, 1689.

Page 127.

35. Histoire ecclésiastique, *l. VIII.* (Note de Voltaire.)

Page 130.

36. *Daniel,* III.

Page 133.

37. Un arrêt venait d'être rendu contre l'inoculation par le parlement de Paris, le 8 juin 1763, mais la pratique s'en répandait malgré tout.

Page 135.

38. *Voyez l'excellente lettre de Locke sur la tolérance.* (Note de Voltaire.)

Page 136.

39. *Jean*, XIV, 28.

Page 138.

40. *Galates*, II, 14.
41. *Matthieu*, I, 17.
42. *Luc*, III, 23-31.

Page 139.

43. Commencent ici les « rabbinisations » sur lesquelles s'appuyait Voltaire pour démontrer que lui, pauvre « faiseur de contes », ne pouvait être l'auteur du *Traité*. Cf. A Damilaville, 4 mars 1764 : « Vous savez que je m'intéresse à cet ouvrage, quoique j'aie été très fâché qu'on m'en crût l'auteur. Il n'y a pas de raison à m'imputer un livre farci de grec et d'hébreu et de citations de rabbins. »
44. *Exode*, XII, 8.
45. *Ibid.*, XII, 11.
46. La Pâque juive.
47. *Lévitique*, XIII, 23.

Page 140.

48. *Ibid.*, XVI, 22.
49. *Deutéronome*, XIV.
50. *Amos*, V, 26.
51. *Jérémie*, VII, 22.
52. *Act.*, VII, 42-43.

Page 141.

53. *Deutér.*, XII, 8.
54. *Josué*, XXIV, 15 sq.

Page 142.

55. *Nombres*, XXI, 9.
56. *II Chroniques*, IV.
57. *I Rois*, XII, 28.
58. *Ibid.*
59. *III Rois*, XV, 14 ; XXII, 44.
60. *IV Rois*, XVI.
61. *III Rois*, XVIII, 38 et 40.

62. *IV Rois*, II, 24.
63. *Nombres*, XXXI.
64. *Madian n'était point compris dans la terre promise : c'est un petit canton de l'Idumée, dans l'Arabie Pétrée ; il commence vers le septentrion au torrent d'Arnon, et finit au torrent de Zared, au milieu des rochers, et sur le rivage oriental du lac Asphaltite. Ce pays est habité aujourd'hui par une petite horde d'Arabes : il peut avoir huit lieues ou environ de long, et un peu moins en largeur.* (Note de Voltaire.)

Page 143.

65. *Nombres*, XXXI, 32 sq.
66. *Nombres*, XXXI, 40.
67. *Ézéchiel*, XXXIX, 20, 18.
68. *Juges*, XI, 24.

Page 144.

69. *Ibid.*, XVII, verset dernier.

Page 146.

70. *IV Rois*, V, 18 et 19.
71. *Jérémie*, XXVII, 6.
72. *Ibid.*, XXVII, 17.
73. *Isaïe*, XLIV et XLV.

Page 147.

74. *Malachie*, I, II.
75. *Exode*, XX, 5.

Page 148.

76. *Deutér.*, V, 16.
77. *Ibid.*, XXVIII.
78. Dans *The divine legation of Moses*, que Voltaire semble avoir surtout connu par la traduction d'extraits, faite par M. Silhouette, Londres 1742.
79. *Ézéchiel*, XVIII, 20.
80. *Ibid.*, XX, 25.
81. *Le sentiment d'Ézéchiel prévalut enfin dans la synagogue ; mais il y eut des Juifs qui, en croyant aux peines éternelles, croyaient aussi que Dieu poursuivait sur les enfants les iniquités*

des pères : aujourd'hui ils sont punis par-delà la cinquantième génération, et ont encore les peines éternelles à craindre. On demande comment les descendants des Juifs, qui n'étaient pas complices de la mort de Jésus-Christ, ceux qui étant dans Jérusalem n'y eurent aucune part, et ceux qui étaient répandus sur le reste de la terre, peuvent être temporellement punis dans leurs enfants, aussi innocents que leurs pères. Cette punition temporelle, ou plutôt cette manière d'exister différente des autres peuples, et de faire le commerce sans avoir de patrie, peut n'être point regardée comme un châtiment en comparaison des peines éternelles qu'ils s'attirent par leur incrédulité, et qu'ils peuvent éviter par une conversion sincère. (Note de Voltaire.)

Page 149.

82. *Le dogme de la fatalité est ancien et universel : vous le trouvez toujours dans Homère. Jupiter voudrait sauver la vie à son fils Sarpédon ; mais le destin l'a condamné à la mort : Jupiter ne peut qu'obéir. Le destin était, chez les philosophes, ou l'enchaînement nécessaire des causes et des effets nécessairement produits par la nature, ou ce même enchaînement ordonné par la Providence : ce qui est bien plus raisonnable. Tout le système de la fatalité est contenu dans ce vers d'Annaeus Sénèque* [*ép.* CVII] *:*

Ducunt volentem fata, nolentem trahunt.

On est toujours convenu que Dieu gouvernait l'univers par des lois éternelles, universelles, immuables : cette vérité fut la source de toutes ces disputes inintelligibles sur la liberté, jusqu'à ce que le sage Locke soit venu : il a prouvé que la liberté est le pouvoir d'agir. Dieu donne ce pouvoir ; et l'homme, agissant librement selon les ordres éternels de Dieu, est une des roues de la grande machine du monde. Toute l'antiquité disputa sur la liberté ; mais personne ne persécuta sur ce sujet jusqu'à nos jours. Quelle horreur absurde d'avoir emprisonné un Arnauld, un Sacy, un Nicole, et tant d'autres qui ont été la lumière de la France ! (Note de Voltaire.)

83. *Le roman théologique de la métempsycose vient de l'Inde, dont nous avons reçu beaucoup plus de fables qu'on ne croit communément. Ce dogme est expliqué dans l'admirable quinzième livre des* Métamorphoses *d'Ovide. Il a été reçu presque*

dans toute la terre ; il a toujours été combattu ; mais nous ne voyons point qu'aucun prêtre de l'antiquité ait jamais fait donner une lettre de cachet à un disciple de Pythagore. (Note de Voltaire.)

84. *Ni les anciens Juifs, ni les Égyptiens, ni les Grecs leurs contemporains, ne croyaient que l'âme de l'homme allât dans le ciel après sa mort. Les Juifs pensaient que la lune et le soleil étaient à quelques lieues au-dessus de nous, dans le même cercle, et que le firmament était une voûte épaisse et solide, qui soutenait le poids des eaux, lesquelles s'échappaient par quelques ouvertures. Le palais des dieux, chez les anciens Grecs, était sur le mont Olympe. La demeure des héros après la mort était, du temps d'Homère, dans une île au delà de l'océan, et c'était l'opinion des esséniens.*

Depuis Homère, on assigna des planètes aux dieux, mais il n'y avait pas plus de raison aux hommes de placer un dieu dans la lune qu'aux habitants de la lune de mettre un dieu dans la planète de la terre. Junon et Iris n'eurent d'autres palais que les nuées; il n'y avait pas là où reposer son pied. Chez les sabéens, chaque dieu eut son étoile; mais une étoile étant un soleil, il n'y a pas moyen d'habiter là, à moins d'être de la nature du feu. C'est donc une question fort inutile de demander ce que les anciens pensaient du ciel : la meilleure réponse est qu'ils ne pensaient pas. (Note de Voltaire.)

Page 150.

85. *Matthieu*, XXII, 4.
86. *Luc*, XIV.

Page 151.

87. Verset 23.
88. *Luc*, XIV, 12.
89. *Ibid.*, XIV, 26.

Page 152.

90. *Matthieu*, XVIII, 17.
91. *Ibid.*, XXI, 19.
92. *Marc*, XI, 13.

Page 153.

93. *Luc*, XV.

94. *Matthieu*, XX.
95. *Luc*, X.
96. *Matthieu*, IX, 15.
97. *Luc*, VII, 48.
98. *Jean*, VIII, 11.
99. *Jean*, II, 9.
100. *Matthieu*, XXVI, 52 ; *Jean*, XVIII, 11.
101. *Luc*, IX, 55.

Page 154.

102. *Luc*, XXIII, 34.
103. *Luc*, XXII, 44.
104. *Matthieu*, XXIII.
105. *Ibid.*, XXVI, 59.

Page 155.

106. *Ibid.*, XXVI, 61.
107. *Ibid.*, XXVI, 63.
108. *Il était en effet très difficile aux Juifs, pour ne pas dire impossible, de comprendre, sans une révélation particulière, ce mystère ineffable de l'incarnation du fils de Dieu, Dieu lui-même. La* Genèse (*chap. VI*) *appelle* fils de Dieu *les fils des hommes puissants; de même, les grands cèdres, dans les psaumes* [LXXIX, 11], *sont appelés* cèdres de Dieu ; *la mélancolie de Saül,* mélancolie de Dieu. *Cependant, il paraît que les Juifs entendirent à la lettre que Jésus se dit fils de Dieu dans le sens propre ; mais s'ils regardèrent ces mots comme un blasphème, c'est peut-être encore une preuve de l'ignorance où ils étaient du mystère de l'incarnation, et de Dieu, fils de Dieu, envoyé sur la terre pour le salut des hommes.* (Note de Voltaire.)
109. *Matthieu*, XXVI, 64.

Page 156.

110. *Actes*, XXV, 16.

Page 159.

111. Le dialogue est un genre où excelle Voltaire. Il en publia de nombreux qui ont été recueillis par R. Naves, Voltaire : *Dialogues et anecdotes philosophiques*, Paris, Garnier,

1940. Le *Dictionnaire philosophique* lui aussi en est émaillé.
112. *Jean*, XIV, 28.

Page 160.

113. Maxime de La Rochefoucauld.

Page 161.

114. Note de Voltaire, ajoutée en 1771 :
Lorsqu'on écrivait ainsi en 1762, l'ordre des jésuites n'était pas aboli en France. S'ils avaient été malheureux, l'auteur les aurait assurément respectés. Mais qu'on se souvienne à jamais qu'ils n'ont été persécutés que parce qu'ils avaient été persécuteurs; et que leur exemple fasse trembler ceux qui, étant plus intolérants que les jésuites, voudraient opprimer un jour leurs concitoyens qui n'embrasseraient pas leurs opinions dures et absurdes.

Page 165.

115. Ravaillac.

Page 166.

116. *Actes des apôtres*, V, 29.

Page 173.

117. Saint-Marceau.
118. *I Corinthiens*, XV, 36.

Page 177.

119. Les noms ci-dessous sont plus que probablement fantaisistes. On a proposé pour Gomarus : Gomez, et pour Gemelinus, Geminianus.

Page 179.

120. *Luc*, X, 27.

Page 181.

121. L'abbé Malvaux. Cf. note 22 du *Traité sur la Tolérance*.

Page 183.

122. De l'abbé Caveyrac.

Page 184.

123. Dans son ouvrage : *Négociations en Hollande*, 6 vol.

Page 190.

124. A partir de l'édition de 1765 (t. II des *Nouveaux Mélanges*).

Page 191.

125. Le Père La Valette.
126. Par d'Alembert, 1765, in-12.

L'AFFAIRE SIRVEN

Page 199.

1. Best. 11576.
2. Il s'agit du *Mémoire à consulter* du 22 janvier 1765 relatif à l'affaire Calas. Le « malheureux David » est évidemment le capitoul David de Beaudrigue.
3. Damilaville (Étienne-Noël) : ami de Voltaire, commis au vingtième, 1723-1768.

Page 200.

4. Best. 11710. Il s'agit d'une lettre ouverte, selon toute vraisemblance, adressée à Pierre Desinnocends, conseiller au parlement de Toulouse, et qui avait sans doute voté pour l'exécution des Calas.

Page 202.

5. Best. 12277.
6. Il s'agit vraisemblablement, non du mémoire définitif, qui tardera encore pendant dix mois, mais d'une esquisse.

Page 204.

7. Cet *Avis* est mentionné à la date du 15 septembre 1766 dans les *Mémoires secrets* de Bachaumont. Mais Voltaire en avait envoyé un exemplaire à Frédéric dès le 21 juin 1766 (Best. 12485), en lui demandant de contribuer à la souscription pour les Sirven. Envoi de demande analogue et le même

jour au landgrave de Hesse, et à la duchesse de Saxe-Gotha.

8. En réalité, on vient de le voir, le factum ne parut qu'à la fin de l'année. Voltaire anticipait un peu. Cf. *infra* (p. 232) lettre du 15 décembre à Damilaville, que nous publions : « Ce fut dans l'espérance de voir paraître incessamment le factum des Sirven que l'on composa l'*Avis au public.* »

Page 205.

9. Ou couvent des Dames noires. Il serait juste de préciser, ce que ne fait pas Voltaire, qu'Élisabeth Sirven avait déjà l'esprit assez dérangé avant son entrée au couvent.

Page 208.

10. *I Cor.*, xv, 36.

Page 209.

11. Jacques Clément. Cf. *Essai sur les mœurs*, chap. CLXXIII : « prêtre fanatique, encouragé par son prieur Bourgoin, par son couvent, par l'esprit de la Ligue, et muni des sacrements », qui « vint demander audience au roi et l'assassina » (1589).

Page 210.

12. Urbain Grandier, curé de Loudun (1590-1634).

Page 211.

13. *Discours des sorciers, tiré de quelques procès, avec une instruction pour un juge en fait de sorcellerie* (1603).

Page 213.

14. S'agit-il d'un opuscule non identifié de Needham (John Turberville), 1713-1781, comme le suggère une note des éditeurs de Kehl (édition entreprise par Beaumarchais avant la Révolution) : « Cette brochure inconnue... est vraisemblablement l'ouvrage du bon Needham, qui se croyant un grand homme parce qu'il avait regardé du sperme et du jus de mouton par le trou de son microscope, s'était mis à dire son avis à tort et à travers sur l'autre monde et sur celui-ci. »

15. Damiens. Son attentat, qui frappa de stupeur la nation, et indigna Voltaire, mit une sourdine quelque temps à l'opposition parlementaire.

16. Caveyrac. Cf. *Traité sur la Tolérance*, p. 183.

Page 214.

17. *Ruchat, t. I, pp. 2, 4, 5, 6 et 7; Roset, t. III, p. 13; Savion, t. III, p. 126 ; Chouet, p. 26, avec les preuves du procès.* (Note de Voltaire.)

Page 216.

18. Cf. *supra Traité sur la Tolérance,* chap. I, p. 92. C'était la commémoration du 17 mai 1562.

Page 225.

19. *Matthieu,* XVIII, 17.
20. En décembre 1740.

Page 226.

21. *Cicéron,* De Divinatione, *II, 72.* (Note de Voltaire.)

Page 227.

22. Tillotson (John), prélat anglais (1630-1694), dans ses *Sermons sur diverses matières importantes,* publiés à Amsterdam par Barbeyrac, de 1713 à 1729.
23. *Sixième sermon.* (Note de Voltaire.)

Page 228.

24. C'est le *Poème sur la Loi naturelle* de Voltaire, paru en 1756, composé selon toute vraisemblance à Berlin en 1752.

Page 229.

25. Il s'agit évidemment de Calvin et de Luther. Islèbe est le nom francisé de Eisleben.

Page 230.

26. Best. 12665.

Page 232.

27. Il s'agit de Daniel Marc Antoine Chardon (1730-1790?) qui, après avoir été en 1763 intendant de Sainte-Lucie, avait été nommé maître des requêtes en 1764. C'est lui que le duc de Choiseul nomma comme rapporteur au procès Sirven à la sollicitation de Voltaire. Sur la duchesse d'Anville, voir la note 28 de l'affaire du chevalier de La Barre.

28. Sur Damilaville, voir la note 3 de l'affaire Sirven.
29. Best. 12845.

COMMENTAIRE
SUR LE LIVRE DES DÉLITS ET DES PEINES
DE BECCARIA

Page 241.

1. Saint Jérôme, *De Viris Illustribus*, chap. CXXI.

Page 242.

2. *Voyez* Histoire de l'Église. (Note de Voltaire.)

Page 246.

3. *Exode*, XX, 7.
4. Variante dans l'édition originale :

Or, quel rapport le parjure peut-il avoir avec ces mots *cabo de dios, cadédis, sangbleu, ventrebleu, corpo de dio ?*

Page 247.

5. *Titre XIII*, Ad legem Juliam. (Note de Voltaire.)

Page 248.

6. *Esprit des lois*, XII, 4.

Page 249.

7. Bene ac sapienter, patres conscripti, majores instituerunt, ut rerum agendarum, ita dicendi initium a precationibus capere, etc. Pline le Jeune, Panégyrique de Trajan, *chap.* I. (Note de Voltaire.)

Page 251.

8. *Matthieu*, XVIII, 17.
9. Deutéronome, *chap. XIII*. (Note de Voltaire.)
10. Paul Ferry, pasteur protestant (1591-1669).

Page 252.

11. *Jacob Spon, et Gui Vances.* (Note de Voltaire.)

Page 253.

12. Exactement le 20 avril.

13. Ou : Desmarets de Saint-Sorlin (Jean), poète et auteur dramatique (1596-1676).

Page 258.

14. *Bodin,* De Re publica, *livre III,* v. (Note de Voltaire.)

15. Surnom donné à M. de Machault, à cause de la sévérité dont il avait fait preuve dans ses commissions de magistrature.

Page 259.

16. *L'auteur de* l'Esprit des Lois, *qui a semé tant de belles vérités dans son ouvrage, paraît s'être cruellement trompé quand, pour étayer son principe que le sentiment vague de l'honneur est le fondement des monarchies, et que la vertu est le fondement des républiques, il dit des Chinois* (VIII, 21) : « *J'ignore ce que c'est que cet honneur chez des peuples à qui l'on ne fait rien faire qu'à coups de bâton.* » *Certainement, de ce qu'on écarte la populace avec le pantsé, et de ce qu'on donne des coups de pantsé aux gueux insolents et fripons, il ne s'ensuit pas que la Chine ne soit gouvernée par des tribunaux qui veillent les uns sur les autres, et que ce ne soit une excellente forme de gouvernement.* (Note de Voltaire.)

Page 263.

17. *Actes des apôtres,* v, 29.

Page 269.

18. *La constitution de Grégoire XV est du 30 août 1622; voyez les* Mémoires ecclésiastiques *du jésuite d'Avrigny, si mieux n'aimez consulter le Bullaire.* (Note de Voltaire.)

Page 272.

19. *Il fut imprimé in-12 à Paris chez Toussaint Dubray, en 1609, avec privilège du roi ; il doit être dans la bibliothèque de Sa Majesté.* (Note de Voltaire.)

Page 273.

20. Leg. I, *Cod. lib. IX, tit. L.* De Bonis eorum qui sibi mortem, *etc.* (Note de Voltaire.)

Page 274.

21. Leg. IV, § 2, *lib. XLVIII, tit. VIII.* Ad legem Corneliam de sicariis. (Note de Voltaire.)

Page 275.

22. *Voyez l'édit de 1724, 14 mai, publié à la sollicitation du cardinal de Fleury, revu par lui.* (Note de Voltaire.)

Page 276.

23. Journal du Palais, *t. I, 444.* (Note de Voltaire.)

Page 277.

24. *II Rois,* XVI, 4.

Page 281.

25. Et, si besoin est, confrontez, *dit l'ordonnance de 1670, titre XV, article Ier.* (Note de Voltaire.)

Page 284.

26. *Voyez sur cela le président Bouhier.* (Note de Voltaire.) Bouhier (Jean), 1673-1746. Président du parlement de Dijon et académicien à partir de 1727.

L'AFFAIRE LALLY

Page 289.

1. Ces *Fragments historiques sur l'Inde et sur la mort du général de Lally,* dont nous extrayons deux chapitres, en comportent trente-six, et constituent, en plus d'un tableau historique de ce pays avant l'arrivée de La Bourdonnais, un sommaire des actions de La Bourdonnais et de Dupleix, de celle de Lally pendant la guerre de Sept Ans, et une étude de la religion des brames.

2. Il s'agit des deux mille prisonniers avec lesquels Lally avait été transféré en Angleterre.

Page 291.

3. *Une branche de cette famille a possédé le château de Tollendal en Irlande depuis un temps immémorial jusqu'à la der-*

nière révolution. Le lord Kelly, vice-roi d'Irlande sous Élisabeth, était du nom de Lally, mais d'une autre branche. (Note de Voltaire.)

Page 292.

4. C'est en effet le procès du père La Valette, jésuite français qui avait créé une maison de commerce aux Antilles, qui fut à l'origine de la condamnation des jésuites par le parlement de Paris, en 1762, puis de leur expulsion, édictée par Louis XV en 1764.

Page 294.

5. *On prétend qu'un des juges demanda à une personne de la famille de M. de Lally si Pondichéry était bien à deux cents lieues de Paris.* (Note de Voltaire.)

Page 295.

6. *Le maréchal Keith disait à une impératrice de Russie : Madame, si vous envoyez en Allemagne un général traître et lâche, vous pouvez le faire pendre à son retour. Mais s'il n'est qu'incapable, tant pis pour vous, pourquoi l'avez-vous choisi ? c'est votre faute, il a fait ce qu'il a pu, vous lui devez encore des remerciements. Ainsi, quand on aurait prouvé que Lally était incapable, ce qu'on était encore bien loin de prouver, puisqu'il avait eu du succès tant qu'il n'avait pas manqué de troupes et d'argent, tant qu'on lui avait obéi, il aurait encore été très injuste de le condamner.* (Note de Voltaire.)

Page 297.

7. Henri-François d'Aguesseau (1668-1751) exerça les fonctions de chancelier.

8. Pasquier.

9. Il s'agit bien entendu du chevalier de La Barre, mais Voltaire embrouille la chronologie. Le rapport de Pasquier eut lieu en juin 1766, Lally fut exécuté en mai, et La Barre seulement en juillet.

10. *Cinq voix ont donc suffi pour condamner un enfant aux supplices accumulés de la torture ordinaire et extraordinaire, de la langue arrachée avec des tenailles, du poing coupé, et d'être jeté dans les flammes. Un enfant ! un petit-fils d'un lieutenant*

général qui avait bien servi l'État! et cet événement, plus horrible que ce qu'on a jamais rapporté ou inventé sur les Cannibales, s'est passé chez une nation qui passe pour éclairée et humaine. (Note de Voltaire.)

Page 298.

11. Pierre Séguier, chancelier, duc de Villemor, pair de France (1588-1672). « Il fut le protecteur de l'Académie française avant que ce corps libre, composé des premiers seigneurs du royaume et des premiers écrivains, fût en état de n'avoir jamais d'autre protecteur que le roi. » (Voltaire, *Le Siècle de Louis XIV.*)

Page 303.

12. *La maréchale d'Ancre fut accusée d'avoir sacrifié un coq blanc à la lune, et brûlée comme sorcière.*

On prouva au curé Gaufridi qu'il avait eu de fréquentes conférences avec le diable. Une des plus fortes charges contre Vanini était qu'on avait trouvé chez lui un grand crapaud; et en conséquence il fut déclaré sorcier et athée.

Le jésuite Girard fut accusé d'avoir ensorcelé la Cadière; le curé Grandier d'avoir ensorcelé tout un couvent.

Le parlement défendit d'écrire contre Aristote, sous peine des galères.

Montecuculi, chambellan, échanson du dauphin François, fut condamné comme séduit par l'empereur Charles Quint, pour empoisonner ce jeune prince, parce qu'il se mêlait un peu de chimie. Ces exemples d'absurdité et de barbarie sont innombrables. (Note de Voltaire.)

13. Note de l'édition de Kehl. : « *Les ennemis du comte de Lally avaient tellement excité la haine contre lui qu'un bruit vrai ou faux s'étant répandu que le parlement avait envoyé au roi une députation pour le prier de ne point accorder de grâce, personne ne parut s'étonner d'une démarche qui, faite par des juges contre un homme qu'ils viennent de condamner, serait un aveu de leur partialité ou de leur corruption. On a dit aussi que la crainte de voir cet acte de la justice et de la bonté du roi, empêcher une mort devenue nécessaire à l'existence et à la fortune des ennemis de Lally, avait fait accélérer l'exécution, et que ce fut cette raison qui fit négliger à son égard toute espèce de bienséance; mais on*

ne peut le croire sans accuser ceux qui présidaient à l'exécution d'être les complices des calomniateurs de Lally. D'autres ont aussi prétendu que l'on avait voulu le punir par cette humiliation d'avoir cherché à se tuer; cette idée est absurde; on ne peut soupçonner des magistrats d'une superstition aussi cruelle que honteuse. Le fait du bâillon n'est que trop vrai; mais personne, dès le lendemain de l'exécution, n'osa s'avouer l'auteur de cet abominable raffinement de barbarie. Dans un pays où les lois seraient respectées, un homme capable d'ajouter à la sévérité d'un supplice prononcé par un arrêt, serait sévèrement puni; et l'impunité de ceux qui ont donné l'ordre du bâillon, est un opprobre pour la législation française, à laquelle les étrangers ne font déjà que trop de reproches.

« Le comte de Lally a laissé un fils né d'un mariage secret. Il apprit en même temps la naissance, la mort horrible de son père, et l'ordre qu'il lui donnait de venger sa mémoire : forcé d'attendre sa majorité, tout ce temps fut employé à s'en rendre digne. Enfin l'arrêt fatal fut cassé, au rapport de M. Lambert, par le conseil qui fut effrayé de la foule des violations des formes légales qui avaient précédé et accompagné ce jugement. M. de Voltaire était mourant lorsqu'il apprit cette nouvelle; elle le tira de la léthargie où il était plongé : Je meurs content, *écrivit-il au jeune comte de Lally,* je vois que le roi aime la justice. »

L'AFFAIRE DU CHEVALIER DE LA BARRE

Page 310.

1. Voltaire avait été en contact avec Cassen à propos de l'affaire Sirven. Cassen mourra au début de l'année 1768. Cf. Best. 13760 : « Je suis très fâché de la mort de M. Cassen. Il sera aisé de trouver un avocat au conseil qui le remplace. »

2. Il s'agit selon toute vraisemblance de Muyart de Vouglans (Pierre-François), auteur d'une *Réfutation des principes hasardés dans le Traité des Délits et des Peines*, 1766. Beuchot doute de cette attribution en s'appuyant sur le fait que Muyart fut l'un des huit signataires d'une consultation du 27 juin 1766 en faveur de La Barre et de ses coaccusés (Cf. *Le Cri du sang innocent*, p. 348). Il est plus vraisemblable que Voltaire n'avait

pas encore eu vent de cette consultation lorsqu'il écrivit sa relation.

Page 311.

3. Idée chère à Voltaire, cf. *Dictionnaire philosophique*, article *Délits locaux*.

Page 313.

4. De La Motte (Louis-Gabriel François). Il intervint personnellement auprès de Louis XV, après avoir envoyé une lettre pressante au Procureur général : « Je vous supplie, monsieur, de suspendre autant qu'il se pourra l'exécution d'Abbeville contre les accusés d'impiété. Nous travaillons à obtenir du roi que la peine de mort soit changée en prison perpétuelle. » Cf. Abbé Delgove, *Histoire de l'abbé de La Motte, évêque d'Amiens*, Paris 1872.

Page 318.

5. Sur Tillotson, voir la note 22 de l'affaire Sirven.

Page 321.

6. Joly de Fleury (Omer) (1715-1810).

Page 322.

7. Le P. Bocquet, jacobin, docteur en Sorbonne et théologal de Saint-Wulfram.

Page 323.

8. *Réflexions et Maximes*, n° 164.

Page 324.

9. Allusions respectives au cardinal de Retz et à Mazarin pendant la première Fronde (1649). Cf. *Le Siècle de Louis XIV*, chap. IV et *Histoire du parlement de Paris*, chap. LVI.

10. « L'un reçoit la croix pour prix de son forfait, l'autre le diadème. »

Page 325.

11. Chevalier Jean Amédée de Rochefort d'Ally, brigadier des armées.

12. Best. 12539.

13. Le Roy (Julien David) : *Ruines des plus beaux monuments de la Grèce*, Paris, 1758.

Page 326.

14. Best. 12545.

Page 327.

15. Avant-propos de Frédéric à l'*Abrégé de l'histoire ecclésiastique* (supposé) *de Fleury* par l'abbé Jean Martin de Prades (1730-1782) : avant-propos violent rempli d'invectives contre la religion (cf. Best. 12547).

16. Best. 12616.

Page 328.

17. Anne Madeleine Louise Charlotte Auguste de La Tour du Pin. Elle avait épousé en 1748 François David Bollioud de Saint-Julien, baron d'Argental.

18. Mme de Florian.

Page 331.

19. Best. 13042.

Page 332.

20. Sur Chardon, voir la note 27 de l'affaire Sirven.

21. Best. 13191.

Page 333.

22. Virgile, *Énéide*, I, 138 et 140.

Page 335.

23. Best. 13306.

Page 336.

24. Best. 14326.

Page 338.

25. Best. 14350.

26. *Le Spectacle de la nature* de l'abbé Pluche (Antoine), paru entre 1732 et 1751. Vertot d'Aubeuf (René Aubert de) : *Histoire des révolutions de Portugal*, paru en 1712.

Page 339.

27. Best. 18196.

28. Duchesse d'Anville : Marie-Louise Nicole de La Rochefoucauld. Elle avait fait plusieurs séjours à Genève de 1762 à 1766. Voltaire la sollicita à cette époque pour Sirven et Espinas.

Page 341.

29. *Fidelissima Picardorum natio.* (Note de Voltaire.)

Page 343.

30. *Je dois remarquer ici (et c'est un devoir indispensable) que dans l'affreux procès suscité uniquement par Duval de Soicourt, M. Cassen, avocat au conseil de sa majesté très chrétienne, fut consulté ; il en écrivit au marquis de Beccaria, le premier jurisconsulte de l'Empire. J'ai vu sa lettre imprimée. On s'est trompé dans les noms : on a mis Belleval pour Duval. On s'est trompé encore sur quelques circonstances indifférentes au fond du procès.* (Note de Voltaire.)

Note des éditeurs de Kehl : « Ce n'est point par négligence qu'au lieu de corriger les noms, nous avons laissé cette note et la lettre telles qu'elles sont. M. de Voltaire a suivi des mémoires contradictoires entre eux, quoique envoyés également d'Abbeville ; mais ces incertitudes sur l'instigateur secret de cet assassinat sont peu importantes ; les vrais coupables sont les juges, et ils sont connus. Quant à l'innocence des victimes qu'ils ont immolées à une lâche politique ou à la superstition, elle est prouvée par l'accusation même : où les droits naturels des hommes n'ont pas été violés, il ne peut y avoir de crime. »

Page 358.

31. *Il est porté dans le procès-verbal que ces enfants sont convaincus d'avoir récité l'ode de Piron. Ils sont condamnés au supplice des parricides : et Piron avait une pension de 1200 livres sur la cassette du roi.* (Note de Voltaire.)

32. *J'ai lu qu'il y a cinq ou six ans des juges de province condamnèrent le sieur Montbailli et son épouse à être roués et brûlés. L'innocent Montbailli fut roué. Sa femme étant grosse*

fut réservée pour être brûlée. Le conseil du roi empêcha ce dernier crime.

Un juge auprès de Bar fit rouer un honnête cultivateur, nommé Martin, chargé de sept enfants. Celui qui avait fait le crime l'avoua huit jours après. (Note de Voltaire.)

Note des éditeurs de Kehl : « On a vu, dans la lettre de M. Cassen, qu'une cérémonie ridicule, faite par l'évêque d'Amiens avait contribué, par le trouble qu'elle jeta dans les esprits de la populace d'Abbeville, à fournir aux ennemis du chevalier de La Barre des prétextes pour le perdre. Cet évêque, affaibli par l'âge et par la dévotion, mais naturellement bon et humain, porta jusqu'au tombeau le remords de ce crime involontaire. Son successeur, qui est d'une foi plus robuste, a eu la cruauté d'insulter à la mémoire de La Barre, dans un mandement qu'il a publié pour défendre à ses diocésains de souscrire pour cette édition. Cette défense de lire un livre, faite à des hommes par d'autres hommes, est une insulte aux droits du genre humain. La tyrannie s'est souillée souvent d'attentats plus violents, mais il n'en est aucun d'aussi absurde, et peu qui entraînent des suites si funestes. On ne connaît ni le temps ni le pays où un homme eut, pour la première fois, l'insolence de s'arroger un pareil pouvoir. On sait seulement que ce crime, contre l'humanité, est particulier aux prêtres de quelques nations européennes. »

Page 359.

33. Best. 18509.

L'AFFAIRE CALAS ET LE TRAITÉ SUR LA TOLÉRANCE

L'AFFAIRE CALAS

TRAITÉ SUR LA TOLÉRANCE A L'OCCASION DE LA MORT DE JEAN CALAS

L'AFFAIRE SIRVEN

AVIS AU PUBLIC SUR LES PARRICIDES IMPUTÉS AUX CALAS ET AUX SIRVEN

COMMENTAIRE SUR LE LIVRE DES DÉLITS ET DES PEINES (DE BECCARIA) PAR UN AVOCAT DE PROVINCE

L'AFFAIRE LALLY

L'AFFAIRE DU CHEVALIER DE LA BARRE

DOSSIER

DU MÊME AUTEUR

Dans la même collection

ROMANS ET CONTES, *tome I* : Le Crocheteur borgne. Cosi-Sancta. Songe de Platon. Micromégas. Le Monde comme il va. Zadig ou la Destinée. Memnon ou la Sagesse humaine. Lettre d'un Turc. Histoire des voyages de Scarmentado. Les Deux Consolés. Histoire d'un bon bramin. Pot-pourri. Le Blanc et le noir. Jeannot et Colin. Petite digression. Aventure indienne. L'Ingénu. La Princesse de Babylone. *Édition présentée et établie par Frédéric Deloffre avec la collaboration de Jacques Van den Heuvel et Jacqueline Hellegouarc'h.*

ROMANS ET CONTES, *tome II* : Candide ou l'Optimisme. L'Homme aux quarante écus. Les Lettres d'Amabed, etc. Le Taureau blanc. Aventure de la Mémoire. Éloge historique de la Raison. Les Oreilles du comte de Chesterfield et le chapelain Goudman. Histoire de Jenni ou le Sage et l'athée. *Postface de Roland Barthes. Édition établie par Frédéric Deloffre avec la collaboration de Jacques Van den Heuvel et Jacqueline Hellegouarc'h.*

LETTRES PHILOSOPHIQUES. *Édition présentée et établie par Frédéric Deloffre.*

DICTIONNAIRE PHILOSOPHIQUE. *Édition présentée et établie par Alain Pons.*

CANDIDE OU L'OPTIMISME. *Édition présentée par Jacques Van den Heuvel. Texte établi par Frédéric Deloffre.*

ZADIG OU LA DESTINÉE. *Édition présentée par Jacques Van den Heuvel. Texte établi par Frédéric Deloffre.*

Impression Bussière Camedan Imprimeries
à Saint-Amand (Cher),
le 12 juillet 2001.
Dépôt légal : juillet 2001.
1er dépôt légal dans la collection : juin 1975.
Numéro d'imprimeur : 013170/1.
ISBN 2-07-036672-3./Imprimé en France.

5544